詞譜要籍整理與彙編（第一輯）
朱惠國◎主編　劉尊明◎副主編

填詞圖譜

［清］賴以邠◎編著　查繼超◎增輯　查曾榮　王又華◎同輯　余　意◎整理

華東師範大學出版社
·上海·

圖書在版編目（CIP）數據

填詞圖譜/（清）賴以邠編著；查曾榮，王又華同輯；余意整理．—上海：華東師範大學出版社，2022．
（詞譜要籍整理與彙編）
ISBN 978-7-5760-3013-6

Ⅰ．①填…　Ⅱ．①賴…　②查…　③王…　④余…　Ⅲ．①詞（文學）—文學理論—中國—古代　Ⅳ．①I207.23

中國版本圖書館 CIP 數據核字（2022）第 120461 號

上海市促進文化創意産業發展財政扶持資金資助出版

詞譜要籍整理與彙編
填詞圖譜

編著者　［清］賴以邠
增輯者　［清］查繼超
同輯者　［清］查曾榮　王又華
整理者　余　意
責任編輯　時潤民
責任校對　龐　堅
裝幀設計　盧曉紅

出版發行　華東師範大學出版社
社　　址　上海市中山北路 3663 號　郵編 200062
網　　址　www.ecnupress.com.cn
電　　話　021-60821666　行政傳真 021-62572105
客服電話　021-62865537　門市（郵購）電話 021-62869887
地　　址　上海市中山北路 3663 號華東師範大學校内先鋒路口
網　　店　http://hdsdcbs.tmall.com

印　　刷　上海盛隆印務有限公司
開　　本　890×1240　32 開
印　　張　18.625
插　　頁　2
字　　數　336 千字
版　　次　2022 年 9 月第 1 版
印　　次　2022 年 9 月第 1 次
書　　號　ISBN 978-7-5760-3013-6
定　　價　148.00 元

出版人　王　焰

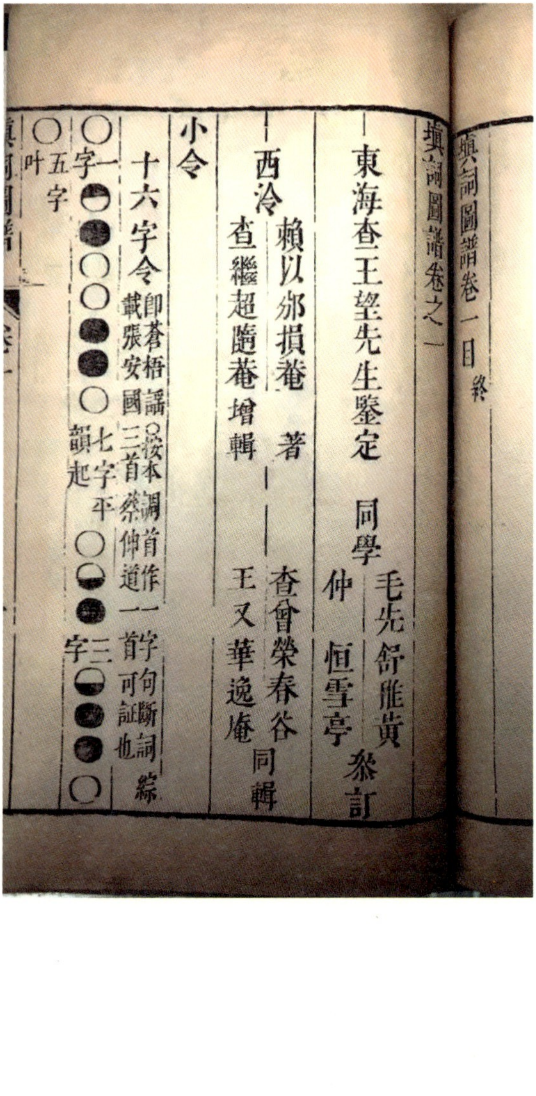
填詞圖譜卷一目終

填詞圖譜卷之一

東海查三王望先生鑒定　同學　毛先舒稚黃　仲恒雪亭　參訂

西泠　賴以邠損菴　著
查繼超隨菴　增輯
查曾榮春谷　王又華逸庵　同輯

小令

十六字令　即蒼梧謡○按本調首作一字句斷詞綜載張安國三首蔡伸道一首可證也

○字一　◐●○○●●○七字平韻起　○◐●三字　◐●●○

叶五字

清康熙十八年（一六七九）

武林鴻寶堂刻《詞學全書》本《填詞圖譜》書影（一）

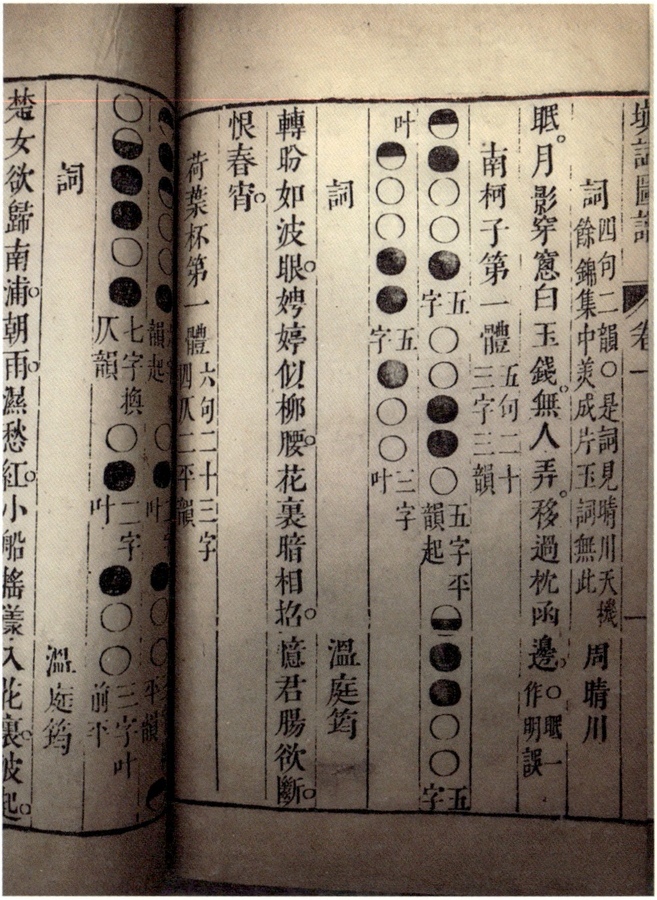

填詞圖譜 卷一 一

詞 四句二韻。是詞見晴川天機餘錦集中羨成片玉詞無此 周晴川

眠。月影穿窻白玉錢。無人弄移過枕函邊。作明一眠誤

南柯子第一體 五句二十三字三韻

詞 溫庭筠

轉盼如波眼。娉婷似柳腰。花裏暗相招。憶君腸欲斷。恨春宵。

荷葉杯第一體 六句二十三字 四仄二平韻

詞 溫庭筠

楚女欲歸南浦。朝雨濕愁紅。小船搖漾入花裏。波起。

清康熙十八年（一六七九）

武林鴻寶堂刻《詞學全書》本《填詞圖譜》書影（二）

總序

詞譜，這裏主要指格律譜，產生於明中期，是詞樂失傳後，爲規範詞的創作而逐漸發展起來的一種專門性質的工具書。廣義的詞譜包括音樂譜和格律譜，但就明清詞譜而言，除極少數詞譜，如《自怡軒詞譜》、《碎金詞譜》是從《九宫大成》輯録而成，具有音樂性外，一般都是格律譜。

晚清以來，詞譜研究一直處於較少被關注的邊緣位置，相比詞史與詞論，詞譜研究的成果不多，且研究格局也比較狹窄，可以説，至今缺乏整體性、系統性的研究。晚清民初的詞譜研究大多集中在細部的考察和瑣碎的考訂上，對詞譜文獻尚未有全面的整理和系統的考察。民國時期，學者們多撰文專門探討四聲陰陽及詞人用調等問題，亦有一些學者熱心於增補詞調，至於詞譜的全面系統研究，則依然缺乏。一九四九年後，由於時代原因，詞譜以及與之關係密切的詞調與詞律研究長期受到冷落，直到進入新時期，相關研究才零星逐漸復甦，卻也呈現出十分不均衡的面貌：詞調研究成果相對多一些，但總體上缺乏規劃性；詞律、詞韻等方面的研究成果很少，且多見於語言學等外圍學科；詞譜文獻研究有一些進展，但主要是單個詞譜的研究，成果也比較零散；至於詞譜史的研究，不僅成果少，而且多是以史論方式介紹明清以至民國詞譜著作的編撰過程、詞律研究進程及相關學者的詞律思想主張，並没有觸及問題的實質。因此，明清詞譜的研究總體比較冷寂。

一

進入新世紀，尤其是二〇〇八年前後，明清詞譜研究開始受到重視，相關研究也逐步展開，並取得一些成績。在此過程中，有兩方面的研究推進速度較快，取得的成果也比較突出。

其一，重要詞譜的研究取得明顯進展。明清詞譜的研究起步較晚，但一些重要詞譜因爲影響較大，學術地位重要，吸引了一批學者投入較多精力進行研究，並已取得非常明顯的進展。這在《詩餘圖譜》、《欽定詞譜》、《詞繫》三部重要詞譜的研究方面表現得尤其充分。

《詩餘圖譜》是中國真正意義上的第一個詞譜，地位十分特殊，但以往專門的研究並不多。學術界雖然常常提及該譜，事實上對它的認識還比較模糊，其表現主要有兩方面：一是張冠李戴，將之和賴以邠等人的《填詞圖譜》相混淆，將後者的問題算在前者上；二是没有梳理《詩餘圖譜》版本，分不清初刻本和後續版本的區别，將後續版本中出現的問題誤以爲是張綖《詩餘圖譜》初刻本的。這兩種情況在以往的研究文章和著作中經常會遇到，直到張仲謀在臺灣發現《詩餘圖譜》初刻本，才徹底扭轉了局面。此後《詩餘圖譜》各種版本的發掘和梳理，進一步呈現了該詞譜的真實面貌和流傳過程。可以説，由於文獻資料的突破，《詩餘圖譜》的研究在最近十餘年快速推進，形成的成果也與之前有了質的變化。

《欽定詞譜》由於是「欽定」，在清代幾無討論的可能，更談不上去指謬糾誤，清以後，雖然「欽定」的禁忌不復存在，但由於該譜的「權威性」，也很少有人去留意、審視譜中的問題，部分學者也只是重視詞調補遺工作，而非對原譜本身作研究，因此《欽定詞譜》存在的問題也長期得不到糾正。但最近幾十年情況正在發生變化，陸續有學者關注此譜，將其納入研究範圍，而研究的核心内容，就是對其糾誤匡謬。大致而言，對《欽定詞譜》的研究可以分爲三個階段：第一個階段是一九九七年周玉魁發表《略論〈欽定詞譜〉的幾個問題》一文，開始對該譜進行整體性研究，並且研究的方向也十分明確，就是指出其存在的問題。這種思路事實上對《欽定詞譜》之後的研究路徑有明顯的導向作用。但作者發表此文後，再没見到其後續研究成果。第二階段是新世紀以後，主要是二〇一〇年前後，謝桃坊和蔡國强兩位發表了一系列論文，對《欽定詞譜》的問題作進一步討論，其研究思路與周文大致相近。其中謝桃坊偏重於《欽定詞譜》收録詞調標準的討論，也涉及譜中調名、分體、韻位等方面的具體問題，蔡國强則更偏重於調名、韻脚等具體問題的討論。蔡文的許多觀點之後被集中吸收到其考正著作中。第三階段是二〇一七年蔡國强的《欽定詞譜考正》出版，標誌着《欽定詞譜》的研究進入了一個新的階段。三個階段層層推進，進展較快。《詞繫》是最有價值的明清詞譜之一，但由於戰亂以及編撰者秦巘家道中落等原因，一直没有機會刊刻，外界所知甚少，因此相關的研究也就無從談起。直到上個世紀末，該書稿本被重新發現並整理出版後，學界才開始了對該書的研究。研究工作主要圍繞三個方面進行：首先是整體性介紹，由於該譜是第一次整理，這類介紹是必要的，以便於把握該譜的基本特點；其次是價值發現與詞譜史評價，這對於《詞繫》的深度認識以及詞譜史定位尤其重要；第三是文獻的發現與完善。北京師範大學出版社一九九六年出版了《詞繫》一書，是根據收藏在北京師範大學圖書館的未定稿本整理而成，其間唐圭璋、鄧魁英、劉永泰等先生做出重要貢獻。但是該稿本與夏承燾、龍榆生等先生描述的稿本不同，夏承燾等看到的是更加完善的謄清本，此事一度成爲迷案。此後有學者據《中國古籍善本書目》的著録，在北京大學圖書館發現了珍貴的謄清本，國家圖書館出版社於二〇一四年對其進行複製性出版，收入「中華再造善本續編」。至此，《詞繫》的最終面目得以被公諸於世，便於學者作進一步深入研究。《詞繫》的研究，從零到現在大致成熟，其推進速度也比較快。

其二，研究視野有所拓展，對冷僻的詞譜和海外的詞譜開始有所關注。明清詞譜研究之前主要集中在幾部比較著名的詞譜上，但最近十幾年一個明顯的變化，就是開始對冷僻的詞譜有了一定的關注，並取得初步進展。比較典型的例子是對鈔本《詞學筌蹄》、稿本《詞家玉律》、稿本《詞榘》、鈔本《詞海評林》等詞譜的關注與研究，及對稀見詞譜《牖日譜詞選》、《記紅集》、《三百詞譜》、《詩餘譜纂》、《詩餘協律》、《有真意齋詞譜》、《彈簫館詞譜》等的介紹與初步研究。其中對鈔本《詞學筌蹄》、稿本《詞榘》、稿本《詞家玉律》的研究代表了三種不同的類型。

《詞學筌蹄》以鈔本的形式存在，但在很長一段時間内被視爲一部詞選，較少受到關注。唐圭璋《全宋詞》「引用書目」將此書列爲第五類的「詞譜類」，是非常有識見的判斷，此後蔣哲倫、楊萬里編《唐宋詞書録》，也順着唐先生的思路，將其列爲「詞譜、詞韻類」。至此，該書詞譜的身份大體被確認。此書真正受到關注，進入詞譜研究的視野，是在張仲謀二〇〇五年發表《〈詞學筌蹄〉考論》一文之後。文章對該譜作了比較全面的介紹與討論，進一步論證其詞譜性質，以爲是中國現存最早的詞譜。但總體來看，作爲中國最早的詞譜，或者説詞譜的雛形，其產生的過程、背後的深層原因及詞譜學意義等問題，仍有待作進一步深入研究。

《詞榘》的編撰者方成培是有很高造詣的詞學家，其《香研居詞麈》一書向爲學界稱道，但同爲其重要詞學著作的《詞榘》卻未曾刊刻，也久未見著録，只在民國時期《歙縣志》等地方文獻上稍有提及。加上此書稿本長期保存在安徽省博物館，鮮爲人知。直到二〇〇七年鮑恒在《文學遺產》上發表文章介紹《詞榘》的兩個不同稿本，該書才進入學者的研究視野。作者在撰文的同時，還聯合王延鵬開始整理《詞榘》，在文獻比對、字迹辨識等基礎性工作上花費了大量心血。《詞榘》稿本的整理與出版，將對中國明清詞譜史的研究產生重要影響。

《詞家玉律》的情況則有所不同，編撰者王一元並非名家，書稿也只是保存在其家鄉的無錫圖書館，因此幾無人知。二〇一〇年，顔慶餘撰文介紹該稿本，這部詞譜才進入研究者的視野。但此稿的價值究竟如何，是否有整理的必要？仍需作進一步的考察與研究。總體來講，最近十來年，一些之前少有人關注的珍稀詞譜開始受到重視，並被不斷發掘與介紹，這對明清詞譜史的研究具有重要意義。就我們所知，此類詞譜有一定數量，該方面的研究工作將會持續一段時間。

最近十幾年，學者們對域外詞譜也開始加以關注。由於歷史原因，中國周邊的日本、朝鮮半島、越南三個地區在古代均採用漢字書寫系統，漢文詩詞創作十分普遍。詞譜作爲漢詞創作的工具書，也較早流傳到了這些國家。以往的詞譜研究對留存域外的明清詞譜關注不多，對域外國家本土編製的詞譜更是所知甚少。這種情況目前已有所改變，不少學者開始將目光投向域外，並嘗試將域外主要是日本的詞譜納入研究範圍。此方面的研究工作起步不久，大致可以分爲三個方面。第一，是研究流傳到域外的明清詞譜。如上所述，明清時期有不少詞譜流入域外，這些詞譜大部分都能在國内找到相同版本，但也有一些比較特殊的鈔本或批本，是國内所没有的，具有較高的文獻價值。對此已有一些學者開始關注並展開實際研究工作，如江合友《關於張綖〈詩餘圖譜〉的日藏抄本》，詳細介紹了《詩餘圖譜》的兩種日藏抄本；又如日本詞學家萩原正樹《關於〈欽定詞譜〉兩種内府刻本的異同》對日本京都大學一九八三年影印「京都大學漢籍善本」中的一種《欽定詞譜》底本作了介紹，並將其與中國書店一九七九年影印本作了詳細比對與析論。第二，是對域外國家本土編製詞譜的關注與研究。域外國家本土編製的詞譜一般是以中國傳過去的詞譜爲母本，在此基礎上作一些本土化改造。這些詞譜在彼處取得成功，有的甚至還返流回中國，受到中國詞人的喜愛，如日本田能村孝憲編的《填詞圖譜》。目前學界對這些詞譜也有所關注，如江合友《田能村孝憲〈填詞圖譜〉探析——兼及明清詞譜對日本填詞之影響》，朱惠國《古代詞樂、詞譜與域外詞的創作關聯》也涉及這一問題。其三是對域外詞譜學研究的關注，如日本學者萩原正樹近年研究森川竹磎的《詞律大成》，撰有《森川竹磎〈詞律大成〉原文與解題》，該書在整理《詞律大成》的同時，另附《森川竹磎略年譜》和《〈詞律大成〉解題》於書後，頗具資料價值。萩原正樹的著作代表了日本詞譜學的一些特點與最新進展，已引起國內詞學界的注意，有關的資料收集與評價也正在進行。從這三方面的研究看，明清詞譜研究的視野有了明顯的拓展，已進入了一個新的階段。

二

毫無疑問，近十幾年明清詞譜研究的進展是明顯的，但我們也清醒地看到，晚清以來，詞譜研究在詞學研究大格局中所占的比重偏小，積累不够，加上新時期成長起來的新一代學者普遍對詞調、詞律有陌生感，因此目前的明清詞譜研究總體上還存在基礎薄弱、人員短缺等問題。除此之外，研究工作本身也存在一些不足。這些不足主要有以下幾個方面。

一是基礎性、整體性的文獻研究缺乏。詞譜文獻學是目前明清詞譜研究中相對成熟的一部分，取得的成果也比較多，但問題是這些研究比較零散，不成系統。迄今爲止，學界對明清詞譜的整體情況還比較模糊，比如從明中葉《詞學筌蹄》產生以來，總共有過多少詞譜，其中存世的詞譜有多少，有哪些類型，收藏在什麼地方，保存情況如何？這些目前都是未知的，換句話説，時至今日，我們還未系統地摸過明清詞譜的家底。進一步看，這些詞譜各自有哪些編撰特點，作者的背景怎樣，當時是否被廣泛接受與普遍使用，實際評價又如何？對這些方面的研究工作雖然已有了一部分，但涉及的只是部分詞譜。因此説，詞譜文獻的基礎性研究還比較薄弱，很需要在調查研究的基礎上，編出一份相對齊全的明清詞譜收藏目録，如果在目録的基礎上，能撰寫系統性的明清詞譜敘録，或能反映明清詞譜總體情況的學術著作，就更好了。至於對明清詞譜的整理，目前主要集中在幾部著名的詞譜上，如《欽定詞譜》、《詞繫》、《碎金詞譜》等，一些在明清詞譜史上有重要地位的詞譜，如《填詞圖譜》、《嘯餘譜·詩餘譜》等，至今還没有被整理過，可見詞譜文獻研究雖然已取得一些進展，但依然缺乏大規模、集成性的研究成果。

二是大部分研究仍停留在淺層次的階段，没有深入到詞譜本身的内容中去。目前的明清詞譜研究雖然涉及到了詞譜的編製方式、文獻來源，以及與之關係密切的詞調、詞律、詞韻等多個方面，成果數量也已經有了一定的累積，但這些研究大部分停留在表面，缺少對實質性内容的深入思考。如大部分論著多集中在詞譜的作者、版本，以及編纂背景、標注符號、編排方法等外部要素上，而對於最能反映詞譜學本質的句式、律理、分體等問題的探討卻不是很多，即使有一些涉及明清詞譜修訂的論文觸及了詞律問題，也多是專攻一隅，未能系統而全面。换句話説，目前的研究大部分還是在外圍，並没有深入詞譜的實質。事實上，詞譜作爲一種專門工具書，是明清人在詞樂失傳後，爲規範並方便詞的創作而發明的，編譜者所依據的文獻以及對詞調的體認程度無疑會影響到詞譜質量的高下。我們現在能看到的文獻比明清人要全，因此在總結前人研究成果的基礎上，對主要的詞譜進行細致分析，討論其譜式的準確性和合理性，應該是明清詞譜研究的主要内容。此外，除了個别的早期詞譜，絶大多數明清詞譜都不是憑空產生的，編寫者或多或少地借鑒了前人的詞譜，既有繼承，也有發展，因此梳理這些詞譜之間的内在關係，看看後者在前者的基礎上解決了什麽問題，還留下什麽問題，由此分析明清詞譜發展演化的過程與規律，也應該是明清詞譜研究的一項重要内容。而從明清詞譜研究的現狀看，此類研究目前還比較少見，這無疑是一個比較明顯的缺憾。

三是對明清詞譜的學術價值和詞學史地位普遍認識不足。已有的明清詞譜研究大部分是從形式的角度入手，將詞譜視爲技術層面的工具，很少從詞學發展的層面深入探討其歷史地位，也很少從詞譜編製與創作互動的關係來考察其學術價值。對一些深層次問題，如明清詞譜產生的根本原因，詞譜發展的内在動因和規律，詞譜在清詞中興過程中的實際作用等，很少有專門的討論。比如我們在談到詞譜的產生時，較多關注到《詞學筌蹄》和《草堂詩餘》的關係，關注詞譜中標注符號的來源等，至於爲什麼會在這個時候形成這部製作粗糙卻又具有里程碑意義的詞譜，則目前還少有人去考量，而這個問題非常關鍵，是涉及到詞體能否生存、能否繼續發展的重大問題。又如我們現在討論清詞的中興，總結了很多因素，固然都有道理，而清詞的中興和詞譜的發達又有没有關係？這其中的綫索，也較少有人去作深入思考。可見在目前的詞譜研究中，理論的研究和思考還没有跟上去。這些都需要在今後的研究中加以改進，以對詞譜的學術價值有一個更加全面、深入的考量。

四是重要詞譜的校訂工作没有得到應有的重視。以《詞律》、《欽定詞譜》爲代表的明清詞譜從產生之日起，一直是詞創作的重要依據，將來無疑也會如此，因此詞譜的正確與完善對詞的創作至關重要。但如上所述，明清時期由於製譜者在文獻方面的不足和認識上的局限，導致這些詞譜在平仄、句式、韻律、分段等諸方面，都或多或少地存在一些瑕疵以及錯誤，即使明清詞譜中最著名、最權威、最流行的《欽定詞譜》和《詞律》，即通常所説的「譜」、「律」，也存在不少問題。《詞律》的問題在清代已經有學者指出過；《欽定詞譜》由於是「欽定」，在清代無法展開討論，近年雖有學者陸續指出其中存在的各式問題，但是這些工作總體來説比較分散，且没有從詞譜的系統性校訂、完善這一層面來展開，因此對普通的詞譜使用者而言，詞譜中的這些問題和錯誤一直存在，並在不斷地誤導詞的創作。問題的嚴重性還在於，幾乎極少有人想到詞譜有錯誤，更没有想到要去校訂明清詞譜，使之更加準確和完善。很少有一種工具書會像詞譜一樣，幾百年來一直不被加以校訂卻持續爲創作提供依據。即便是詞譜中由於文獻不足，僅依據殘詞製成之譜，如《欽定詞譜》中署名張孝祥的《錦園春》四十二字體，也至今依然被視爲創作的圭臬。因此對明清詞譜中影響最大，至今使用最廣泛的詞譜，如《詞律》、《欽定詞譜》等，在前人研究的基礎上，作一次系統、徹底的校訂，使之更加準確，是完全有必要，也有可能的一項工作，這不僅是明清詞譜研究的重大突破，也是一項功在當代，利在長遠的重大文化工程。

最後是明清詞譜研究缺少規劃，没有系統性。以上四方面問題之所以產生，非常重要的一個原因，就是現有的明清詞譜研究缺少總體規劃，没有系統性。如對明清詞譜基礎性文獻大規模的搜集與著録，對詞譜要籍如《詩餘圖譜》、《嘯餘譜·詩餘譜》、《填詞圖譜》、《詞律》、《詞榘》、《詞繫》等的大規模整理與研究，對重要詞譜如《詞律》、《欽定詞譜》的研究與校訂等，都需要有一定的規劃與統籌，調動相應的人力和資金支持。而現有的研究主要基於學者的個人興趣來展開，因此上述大規模的研究計劃就難以得到實施。

三

目前明清詞譜研究雖有許多工作要做，但其中最爲迫切的是基礎性文獻的整理與研究，只有掌握了明清詞譜的基礎文獻，才能對其基本特點、編製原理、演化軌跡、發展動因和詞學史地位、學術價值等作出準確、詳細、符合歷史事實的描述與闡釋。基礎性文獻的整理與研究主要包括兩個方面：一是對明清詞譜的存世情況進行全面排查與記録，二是在此基礎上選擇一些重要的明清詞譜進行有計劃的整理與研究。「詞譜要籍整理與彙編」叢書就是基於後一點而編撰的一套明清詞譜整理本。

本套叢書，我們計劃挑選二十部左右學術價值較高的明清詞譜進行整理與初步研究，挑選的原則主要考慮四個方面，即代表性、學術性、重要性和珍稀性。

所謂代表性，主要是指挑選的詞譜在譜式體例、時代分佈等方面均有一定代表性。詞譜的種類較多，從大的方面區分，可以分爲圖譜和文字譜，但同是圖譜，在標示符號和標示方式上也有不少差異，如黑白圈、方形框等，在圖和例詞的安排上，有的兩者分開，有的則合二爲一。至於文字譜，在譜式設計上也有不少差異，如有的與工尺合譜，有的則設計出獨特的文字表示不同的句式或體式。這些譜式不可能全部兼顧，但一些有代表性的譜式均在本叢書的考慮之内。時代的代表性，主要是兼顧不同時期編撰的詞譜。明清詞譜産生於明中葉，但在時段的分佈上並不均衡，有的時期如康熙、乾隆朝編撰的詞譜比較多，有的時期如雍正、嘉慶朝就少，除了詞譜本身發展原因外，與該時期的時間長短有關，但作爲一部叢書，還是要儘量兼顧各個歷史時期，以展示不同時期詞譜的特色。

學術性主要是關注詞譜本身的學術含量。詞譜是一種填詞專用工具書，同時也是詞調、詞律、詞韻研究成果的重要載體，體現出編譜者的學術水平和創新程度。作爲一套詞譜要籍整理叢書，詞譜的學術性是入選的一個重要標準。如張綖的《詩餘圖譜》是中國第一個真正意義上的詞譜，奠定了明清詞譜的編譜思路和基本體例，其學術性和創新性不容置疑；又如徐師曾《文體明辨・詩餘》「直以平仄作譜」，是第一個「去圖著譜」的詞譜，也是第一個明確有「分體」意識，調下以「各體別之」的詞譜。這些詞譜有較高的學術性，並在明清詞譜發展過程中具有重要作用，是我們重點予以整理與研究的。詞譜的重要性一般和其學術性相關，但也不能一概而論，有的詞譜儘管並不完美，卻由於各種原因，實際影響力比較大。比如程明善的《嘯餘譜・詩餘譜》，現在研究者普遍認爲是承襲了徐師曾《文體明辨・詩餘》，並非自己獨立創作，而且本身還存在多種問題，但該譜在明清之際非常流行，萬樹甚至以「通行天壤」來形容，實際影響非常之大。又如查繼超等《填詞圖譜》，萬樹以爲「圖則葫蘆張本，譜則矇捧《嘯餘》，持議或偏，參稽太略」，但作爲《詞學全書》的一種，在清初也十分流行，同樣具有重要影響。這些詞譜也是我們重點關注與進行整理的。另外，稀缺性也是我們重點考慮的一個因素。歷史上不少詞譜由於種種原因沒有刊刻，一直以稿本或鈔本的形態保存在圖書館或博物館，這些詞譜除了學術價值，還有比較高的文獻價值，如方成培《詞榘》、毛晉《詞海評林》等。對這些詞譜的整理和研究，一定程度上還具有保存文獻的意義。其他稀見詞譜，如李文林《詩餘協律》、呂德本《詞學辨體式》等，雖是刻本，但由於存世數量有限，流傳不廣，也有整理、研究的必要。

綜合上述四方面的考慮，我們初步擬定需整理的詞譜要籍如下：

明代詞譜六種：張綖《詩餘圖譜》(附毛晉輯《詩餘圖譜補略》)、萬惟檀《詩餘圖譜》、顧長發《詩餘圖譜》、徐師曾《文體明辨・詩餘》、程明善《嘯餘譜・詩餘譜》、毛晉《詞海評林》。

清代詞譜十五種：吳綺《選聲集》並吳綺等《記紅集》、賴以邠等《填詞圖譜》、葉申薌《天籟軒詞譜》、孫致彌《詞鵠》、鄭元慶《三百詞譜》、李文林《詩餘協律》、許寶善《自怡軒詞譜》、方成培《詞榘》、禮思鵬《詞調萃雅》、郭鞏《詩餘譜式》、呂德本《詞學辨體式》、朱燮《朱飲山千金譜・詩餘譜》、舒夢蘭《白香詞譜》、錢裕《有真意齋詞譜》。

至於萬樹《詞律》、王奕清等《欽定詞譜》、秦巘《詞繫》這三部大譜，因有專門的研究與考訂計劃，故不置於本套從書中。而《碎金詞譜》偏重音樂性，且已有劉崇德先生整理並譯成現代樂譜，故也不列入整理名單。此外，隨研究深入並根據需要，以上書目也可能調整。

每一種詞譜的整理一般包括兩個方面：文獻整理和基礎研究。文獻整理遵循古籍整理的一般方法，並根據詞譜的特點作相應調整，主要包括有：底本選擇、校勘、標點、附録等。基礎研究主要對編撰者的生平行實、詞學活動進行考證，及對詞譜的編撰過程、基本特點、使用情況、版本與流傳等方面進行闡述，最後用「前言」的形式體現出來。

本叢書以「詞譜要籍整理與彙編」的總名出版。二十餘種詞譜以統一的體例，按時代先後爲序，採用繁體直排的形式，各自成册。原則上，每一種均包括書影、前言、凡例、正文、附録五個部分。附録主要收録詞譜編撰者的生平傳記資料以及該譜其他版本的序跋、題辭等資料，但不包括後人的研究文章。此項視每種詞譜的具體情况而定，不作强求。

由於本叢書是第一次具規模性地整理詞譜文獻，參與者缺少經驗，加之時間與精力問題，難免會存在各種問題，在此敬祈海内外方家、讀者不吝指正。

朱惠國

二〇二一年三月於上海

目録

填詞圖譜卷之三……一四七
中調……一四七

填詞圖譜卷之五…………二四九

長調…………二四九

填詞圖譜卷之六

長調

填詞圖譜續集一卷

中調

前言

明、清時期，詞譜之學興盛。清康熙間刊行的《填詞圖譜》，與前後出現的諸多詞譜，共同促進了清代詞創作與詞學的繁榮，於清代詞與詞學中興實有功焉。和其他詞譜流傳方式不同，《填詞圖譜》鮮有單行本，多與《填詞名解》、《古今詞論》、《詞韻》合名爲《詞學全書》行世。作爲「一部繁簡適中、便於實用的詞學工具書」〔一〕，《詞學全書》甫一面世，即頗受歡迎，嗣後多有版行，作爲其中重要部分的《填詞圖譜》自然亦一再刊行。然歷來有關此書撰者生平資料多有闕略，以致《詞學全書》輯者、《填詞圖譜》撰者，在不同的文獻記載中頗有不同。在不同情境下出版的《詞學全書》或《填詞圖譜》，由外在環境決定了其文本樣態並非一成不變，諸多因素作用下，導致了認識《填詞圖譜》以及《詞學全書》的複雜性。現藉助以下資料，冀對相關問題能作一較爲清晰的描述。

〔一〕吳熊和《詞學全書·前言》，查繼超輯，吳熊和點校《詞學全書》，書目文獻出版社一九八六年版。

一、《詞學全書》及《填詞圖譜》諸本

今流傳頗廣之《詞學全書》，乃其書之通行本，現一般認爲源於清康熙十八年（一六七九）武林鴻寶堂刊本。該本前有查培繼康熙十八年長至日所撰之《詞學全書序》，具體有四個部分：《填詞名解》四卷（錢塘毛先舒稚黄著）、《古今詞論》一卷（錢塘王又華静齋鈔校）、《填詞圖譜》六卷又《續集》一卷（东海查王望先生鑒定，同学毛先舒稚黄、仲恒雪亭参訂，西泠賴以邠著，查繼超随菴增輯，查曾榮春谷、王又華逸庵同輯）、《詞韻》上下卷《古韻通略》附（錢塘雪亭仲恒道久編次，王又華静齋補切，男嗣瑠田叔訂注；附《古韻通略》，西泠柴紹炳虎臣著，毛先舒稚黄括略並注）。此版輾轉寶旭齋、世德堂、致和堂，並各有刷本，其中世德堂、致和堂徑改查培繼原序時間「康熙十八年歲次己未長至日查培繼題於如圃草堂」爲「乾隆十一年歲次丙寅長至日查培繼題於如圃草堂」，書版因多次刷印，加之時間歷久，自多耗損，後出者各處局部多有漫漶。民國五年，木石居據多種版本校成《詞學全書》石印本；後又有民國十年大東書局石印本、文寶書局石印本，亦保留通行本之舊觀。一九八四年，北京市中國書店據木石居校本影印。一九八六年書目文獻出版社出版吳熊和先生點校《詞學全書》上下册，該書「據原刻本點校，参以世德堂本和木石山房本」，對於《填詞圖譜》「凡有誤或失當者，就都根據《詞律》、《詞譜》及《花間集》、《草堂詩餘》與諸家詞集，一一校訂」，「《填詞圖譜》原書以黑白圈爲平仄譜，即以白圈表平，黑圈表仄，半白半黑圈表可平可仄。爲了便於讀者，改用了現在通

行的標平仄的方式，即以「一表平，丨表仄，╋表可平可仄」，等等。〔一〕一九九〇年貴州人民出版社出版陳果青、房開江校訂《詞學全書》，以民國五年木石山房石印本爲底本，校以乾隆十一年世德堂刊本，綜稽《廣韻》、《詞律》、《全宋詞》、《全金元詞》等典籍而成重排鉛印本。一九九六年，齊魯書社陸續出版《四庫全書存目叢書》，其中《詞學全書》據北京大學圖書館藏清康熙十八年刻本影印；賴以邠《填詞圖譜》亦據北京大學圖書館藏清康熙十八年刻《詞學全書》本影印而另列。

然《詞學全書》在通行本之外，實存有諸多異於通行本之本，今華東師範大學中文系博士生王琳夫多有發現，筆者在親閱原書的基礎上，倚重其發現並提供的相關材料略述如下：上海圖書館藏《詞學全書》三種本（書號：線普長六〇八三八三—九〇），該本亦鴻寶堂梓行，編次爲：《填詞圖譜》、《填詞名解》、《詞韻》，王又華《古今詞論》作爲内附存在，正文中名爲《填詞圖譜論略》；無查培繼序，有查繼超、徐士俊、仲恒序；《填詞圖譜》署名、凡例及第一調《绛州春》，與諸通行本署名、凡例及首調《十六字令》有異，此本王琳夫定爲「真正的康熙十八年初刻本」；上海圖書館藏《填詞圖譜》六卷本（書號：線普四〇九三七八—八三），名爲《填詞圖譜》，實則包含《詞學全書》全部内容，具體編次爲：查培繼《填詞圖譜序》（内容同於查培繼《詞學全書序》）、查繼超《填詞圖譜序》、《填詞名解略例八則》（錢塘毛先舒

〔一〕吴熊和《詞學全書・前言》，查繼超輯，吴熊和點校《詞學全書》，書目文獻出版社一九八六年版。

稚黄識)、《詞韻》(仲恒序、《詞韻論略》、《詞韻》卷上卷下)、《填詞圖譜論略》、《填詞圖譜凡例》、《填詞圖譜》,其中《填詞圖譜》署名同於前本,此本首調已經變爲《十六字令》,王琳夫推斷萬樹看到的《填詞圖譜》是此本書名《填詞圖譜》中之《填詞圖譜》,應是康熙二十六年以前傳播較爲廣泛的版本; 王琳夫認爲另還有一鴻寶堂修訂本《詞學全書》(上海圖書館藏,書號: 線普長五八七八五—九一),該本無論是序以及諸内容編次方面趨同於通行本。 王琳夫發現,初刻本最具特色的一點是《填詞圖譜凡例》最後一條曰: 「圖圈即是譜,詞字面○爲平,●爲仄,譜平而可仄者用◒,譜仄而可平者用◓,大約上半爲現譜之音,下半爲和調之用,其譜左旁『一』即前例一三三二等之讀也。」通行本爲: 「圖圈即是譜,詞字面○爲平,●爲仄,譜平而可仄者用◒,譜仄而可平者用◓,大約上半爲現譜之音,下半爲通用之法。」是初刻本詞譜以「一」標「讀」,在平仄、句、韻之符號外,增加「讀」之符號。 於此可知,《填詞圖譜》是詞譜史中最早引入「讀」的概念並發明「讀」的符號,且在詞譜中進行實踐者。

作爲工具書,《詞學全書》諸刊本顯然是爲案頭準備的,自是攜帶不易,價格或亦不菲。 在此情景下,出現了根據通行本進行縮略的巾箱本、各種鈔本等。 乾隆癸卯年(一七八三)秋鐫《詞鏡》,即是一種縮略的巾箱本,具體編次爲: 江聲序、官志涵《詞鏡平仄圖譜序》、林栖梧輯梓《詞鏡平仄圖譜詞例》、林栖梧抄梓《詞論》、小令、中調、長調,作者題署「西泠賴損菴著,查隨菴輯」,「古閩林栖梧繡梓」。 除江聲、官志涵二序,《詞鏡平仄圖譜詞例》和《詞論》,分别摘抄自《填詞圖譜凡例》和王又華《古今詞論》,小令、中調、長調三部分亦從《填詞圖譜》諸部分摘取相關各調而成，當時還有「栖梧軒」、「寶章堂」、「賦梅堂」等相繼發兑的諸本，頗有影響，各大圖書館頗有庋藏。王琳夫又發現存在聚順堂鈔本《填詞圖譜》，今存中國臺灣「中央圖書館」，由「甲」冊至「癸」冊共十冊：《填詞小令》四冊，《填詞中調》兩冊，《填詞長調》三冊，《填詞名解》一冊，重點依託於《詞學全書》的《填詞圖譜》與《填詞名解》鈔撮而成；美國哈佛大學圖書館藏《詞論》一卷《填詞圖譜》一卷藍絲闌鈔本，節鈔《古今詞論》、《填詞圖譜凡例》與《填詞圖譜》，《填詞圖譜》撰者署名與通行本同，鈔錄小令三十六調、中調十四調、長調二調，前半部分有圖有譜，後半部分無圖有譜，平仄隨詞文注。

此外，上海圖書館另藏有鈔本《詞學辨體圖譜全書》四卷八冊（書號：五二八三四六—五三），卷一單調小令、雙調小令，卷二中調，卷三長調上，卷四長調下，該書封面題曰「填詞圖譜」，各卷目錄標署諸如卷一曰「填詞圖譜卷一目錄」，每卷正文首則另標，諸如卷一曰「詞學辨體圖譜全書卷之一」，撰者署名曰「東海查王望先生鑒定，錢塘毛先舒稚黄參訂」，無撰著者。由封面命名《填詞圖譜》以及鑒定者、參訂者，知該本與賴以邠著《填詞圖譜》之間存在聯繫，但二者之間非完全因襲，實存有異同。相同之處，全篇依詞調字數由少到多排列，同一詞調字數不同者分第一體、第二體等，根據字數位置不同，多數詞調調名與詞例均同，局部詞調排列次序亦同。但仔細比較，亦可發現二者之間存在較大相異之處：出現了一些通行本《填詞圖譜》沒有的詞調，如《紇那曲》、《羅嗊曲》、《章臺柳》、《憶江南》等；一般

《填詞圖譜》詞調下有對於全詞字、句、段、韻等形式的説明，但此本基本無此項；此本樂於標注詞調另名，諸如「《羅嗊曲》即《望夫歌》」、「《南柯子》第一體曲，一名《春宵》」等，而通行本《填詞圖譜》除「《十六字令》即《蒼梧謡》」外，其他罕見；通行本《填詞圖譜》之圖、譜分列，此本改成隨詞注列，且只標句、韻，句符號「〇」，平韻「◎」，仄韻「⊙」，各種符號採用朱筆，至於其他詞中字之平仄，均未標注，等等。由以上同異，我們大致可以斷定，《詞學辨體圖譜全書》是立足於通行本《填詞圖譜》並吸收和參考後來諸如萬樹《詞律》等成果而形成的一部詞譜學著作。

最後，有關《詞學全書》輯者到底是查繼超還是查培繼或其他人，有關文獻標注是不同的。如《海寧經籍志備考》曰：「《詞學全書》，四庫書目四十卷，查培繼著。」北京市中國書店《詞學全書》即署「(清)查培繼輯編」。而《杭州府志》卷五十九又記，「《詞學全書》四十卷、《題虹詞》六卷，國朝王仲恒撰」。標注不一。其實在查培繼《詞學全書序》中已經明確，「家仲隨菴偕毛氏、賴氏、仲子、王子，有《詞學》之刻」，該書總輯者是查繼超，而非其他人，相關文獻記載題查培繼或者他人輯編，均屬誤認。

二、《填詞圖譜》之撰述者及相關參與者

《填詞圖譜》之撰述及相關參與者，今有兩種標注：其一爲上海圖書館藏《詞學全書》三種本，署爲「東海查王望先生鑒定，同學毛先舒稚黄、仲恒雪亭參訂，西泠賴以邠損菴、查繼超隨菴增輯，王又華靜

齋校閲」；其一爲通行本，署爲「东海查王望先生鑒定，同学毛先舒稚黄、仲恒雪亭参訂，西泠賴以邠著，查繼超随菴增輯，查曾榮春谷、王又華逸庵同輯」，二本鑒定者、参訂者均同，賴以邠從上圖藏三種本之增輯者變爲通行本之著作者，王又華從校閲者變爲同輯者，通行本同輯者則另外增加了查曾榮。查繼超《填詞圖譜序》曰：

自乙卯入中州，客桐丘官署，與内兄屠子尹和、四明張子又陶，簿書之暇，互相唱答，遂彙集《選聲》、《嘯餘》、《九宫譜》，参以《花間》、《草堂》、汲古閣六十種諸册，考定繕錄各存藏本，以爲法程，未敢問世也。今春歸里，過鴻寶堂，見宅相王子静齋案頭積残簡，盈笥滿篋，中有《填詞圖譜》一集，取而閲之，知損菴賴子數十年心血所存，王子手抄較正，將以付之剞劂者，遂出余藏本對勘，脗合過半，畧有異同。王子復因而增輯之，取太極陰陽之義，而爲圖爲譜，以正之都諫家兄，兄曰：「有聖人作焉，取是譜而删存之，何不可以爲經哉？」余與賴子、王子曰：「今則第可謂《填詞圖譜》。」遂以弁首。

據此序可知，查繼超曾亦有詞譜之舉，見賴以邠《填詞圖譜》後與之對勘，王又華增輯，求正於查培繼。以此觀之，通行本諸人標署是較爲客觀的，因此以通行本爲據，《填詞圖譜》第一著作權人當爲賴以邠，查繼超、查曾榮、王又華均有輯佚貢獻，毛先舒、仲恒參訂和查培繼鑒定則是參與了部分工作，也就是説與《填詞圖譜》相關者有查培繼、毛先舒、仲恒、賴以邠，查繼超、查曾榮、王又華等七人。

查培繼（一六一五—一六九二），據《海寧查氏族譜》卷三：「培繼，字王望，號勉齋，海鹽學廩生，中順治辛卯（一六五一，順治八年）舉人，聯捷壬辰（一六五二，順治九年）進士，任廣東東莞知縣，行取戶、刑二部主事員外郎中，授廣西道監察御史，轉戶、刑、兵科掌印給事中，差巡江西饒九南道按察司副使，丁卯（一六八七，康熙二十六年）告歸。……生萬曆乙卯（一六一五，萬曆四十三年）五月廿八日寅時，卒於康熙壬申（一六九二，康熙三十一年）十二月廿三日子時，壽七十有八。崇祀江西名宦本邑鄉賢祠。詳浙江、江西通志。」(一)

毛先舒（一六二〇—一六八八），《杭州府志》卷九十四「文苑」：「毛先舒，字稚黃，一名騤，字馳黃，錢塘諸生，六歲能辨四聲，八歲能詩，十歲屬文，十八著《白榆堂集》，鏤之版。陳子龍爲紹興推官，見而咨嗟，赴省城特詣之。先舒感其知己，師事焉。劉宗周講學蕺山，先舒執贄往問性命之學，

(一) 查燕緒等《海寧查氏族譜》卷三，宣統己酉（一九〇九）重葺本，遼寧圖書館藏，北京中國國家圖書館《中華古籍資源庫》。

究宋儒語，取其有裨實行者，題曰：鍼心慎鈔。時京師語曰：浙中三毛，東南文豪，蓋指先舒與奇齡、際可也。」〔一〕因與陸圻等其他杭州九才子和陳子龍於西湖結詩社，並稱「西泠十子」。

仲恒與毛先舒並爲同學，彼此當有學緣。仲恒，錢塘人，約生於明天啟四年（一六二四），卒於清康熙三十七年（一六九四）後，年逾七十〔二〕，生平行跡見《錢塘縣志》：「仲恒，字道久，父敬則，以文行著於鄉，載郡志。恒九歲能文，長負氣節，事母金少不懌，即長跪俟顔霽始起。伯兄鼎遭謗下獄，恒未弱冠，變服爲傭保，策應得脱。居常泊如，與其婦鍾校讎卷帙，或累月不出庭戶，於書無所不讀，著有《四書彙纂》二十卷、《大禮簡》四十九卷、《春秋井觀》三卷、《宋詩鈔萃》十二卷、《詞學全書》四十卷、《淇園文集》十卷、《編年詩鈔》八卷、《題虹詞》六卷，學者稱雪亭先生。婦，鍾忠惠公化民女孫，名筠，字賁若，以賢孝聞，所著有《梨雲榭詩餘》三卷、《淇園詩文集》四卷。子清，有經術，能世其家。」〔三〕另著有《詞韻》、《雪亭詞》。

〔一〕郑澐修，邵晋涵纂《杭州府志》卷九十四「文苑」，《續修四庫全書》第七〇二册，上海古籍出版社二〇〇二年版，第四一二頁。

〔二〕吴熊和《詞學全書·前言》據《國朝杭郡詩三輯》卷三，查繼超輯，吴熊和點校《詞學全書》，書目文獻出版社一九八六年版，第七頁。

〔三〕《錢塘縣志》卷二十二，清康熙五十七年（一七一八）刻本，北京中國國家圖書館《中華古籍資源庫》。

賴以邠，行年因文獻有闕亦隱晦不彰。《杭州府志》曰：「賴以邠，字水西，號迂翁，少爲仁和諸生，負雋才，中年棄去，布衣野服，蕭然物外。詩詞書畫，無不擅長，尤工於寫蘭，雨晴風雪，各盡其態，好事家爭奉縑粟相易，藏若拱璧。」[一]

查繼超（一六二一—一七〇一），行年見《海寧查氏族譜》：「繼超，字聲止，號隨菴，原名繼侯。邑庠生。《約編》云：爲人剛決有口辯，雄長一時，嘗爲祖塋訟事，始終出力。……生天啟辛酉（一六二一）三月初三日子時，卒康熙辛巳（一七〇一，康熙四十年）八月初五日子時，壽八十有一。」[二]

查曾榮（一六四三—一七〇八），據《海寧查氏族譜》：「錢塘庠生，中康熙己酉（一六六九，康熙八年）舉人，榜姓嚴，歷任廣東惠來縣知縣，敕授文林郎加僉事道銜。……生崇正癸未（一六四三，崇禎十六年）七月初二亥時，卒康熙戊子（一七〇八，康熙四十七年）九月廿九日丑時」。[三] 調任惠來縣知縣前曾任金華府教授，任廣東惠來縣知縣七年，精勤圖治，潔清自矢，有文集《葵陽稿》。[四]

[一] 郑澐修，邵晋涵纂《杭州府志》卷九十六「方技」，《續修四庫全書》第七〇二冊，上海古籍出版社二〇〇二年版，第四四八頁。

[二][三] 查燕緒等《海寧查氏族譜》卷三，宣統己酉（一九〇九）重葺本，遼寧圖書館藏，北京中國國家圖書館《中華古籍資源庫》。

[四] 查元翔《海寧查氏族譜》，清道光八年（一八二八）刊本，上海圖書館藏，北京中國國家圖書館《中華古籍資源庫》。

王又華，事跡湮没不彰，字静齋，號逸庵，錢塘人，纂輯《古今詞論》一卷。

以上七人，有三位姓查，均出自同族。其中查培繼與查繼超行輩相同，爲海寧查氏第十一世，查培繼年齒長於查繼超；查曾榮爲海寧查氏第十二世，查繼超與查曾榮同出海寧查氏南支六世雪坡公四支，血緣關係更近。據查繼超《填詞圖譜序》所言「今春歸里過鴻寶堂，見宅相王子静齋案頭積殘簡，盈笥滿篋」，可知王又華爲查繼超外甥。七人中，查曾榮、王又華行輩低於前五人。另仲恒婦鍾筠與查崧繼婦鍾氏爲姊妹，查崧繼乃查慎行父。仲恒《雪亭詞》有《賀新郎》詞「琪園即席勉留查甥夏重」，查慎行「原名嗣璉，字夏重，號他山，更字悔餘」(一)。民國葉恭綽亦曰：「恒，字道久，仁和人。妻鍾氏，名筠，字賁若。查初白母亦氏鍾，故道久稱之爲甥云。」(二)實則仲恒與海寧查氏家族存在姻親關係。仲恒另有詞作《賀新郎·兒清與王甥啟玉，偕友人北行，久滯吴門，作詞促之》，大約仲恒與王又華王氏家族也存在姻親關係。另須説明的是，朱彝尊乃查培繼舅，史載查培繼任東莞知縣時，朱彝尊曾遠道而去探訪。由於文獻不足，難以判定賴以邠、毛先舒是否與查氏家族存在較爲密切的關係，但可確定的是，仲

(一) 查燕緒等《海寧查氏族譜》卷三，宣統己酉(一九〇九)重葺本，遼寧圖書館藏，北京中國國家圖書館《中華古籍資源庫》。
(二) 葉恭綽《雪亭詞》題耑，仲恒《雪亭詞》稿本，張宏生《清詞珍本叢刊》第七册，鳳凰出版社二〇〇七年版。

恒與毛先舒同學而有學緣，賴以邠則與以上諸子存在地緣上的關係。總而言之，《詞學全書》或者説《填詞圖譜》乃是在家族力量的推動下，綜合血緣、姻緣、學緣、地緣等學術力量而形成的。

三、《詞學全書》與《填詞圖譜》的歷史價值

《四庫全書總目提要》曰：「《詞學全書》十四卷，内府藏本。國朝查繼超編。繼超字隨庵，海寧人。是編輯於康熙己未，以毛先舒《填詞名解》四卷、王又華《古今詞論》一卷、賴以邠《填詞圖譜》六卷《續集》一卷、仲恒《詞韻》二卷，彙爲一編，無所發明考正。」《四庫全書總目提要》述評《填詞圖譜》曰：「《填詞圖譜》六卷《續集》三卷，浙江汪啓淑家藏本。國朝賴以邠撰。以邠字損庵，仁和人。是編踵張綖之書而作，亦取古詞爲譜，而以黑白圈記其平仄，爲圖顛倒錯亂，罅漏百出，爲萬樹《詞律》所駁者不能縷數。」對二者作出了否定性評價。然歷史中産生的事物只能在歷史中評價。對於詞譜等詞學專書的編製，四庫館臣曰：「今之詞譜，皆取唐宋舊詞，以調名相同者互校，以求其句法、字數；取句法、字數相同者互校，以求其平仄；其句法、字數有異同者，則據而注爲又一體；其平仄有異同者，則據而注爲可平可仄。自《嘯餘譜》以下，皆以此法推究，得其崖略，定爲科律而矣。」由此可知，詞譜等詞學書籍之完善程度，取決於唐宋詞文獻占有程度。《詞學全書》産生的時代，唐宋詞籍獲睹不易，見全則更爲不易，由此決定了詞學專書後出者必定精於前出者，但後出者無視前出者的歷史條件而作一概否定，這無疑

是有問題的。筆者認爲，固然《詞學全書》或《填詞圖譜》存在諸多不嚴謹、不科學之處，但將其放在詞學發展的歷史中，《詞學全書》或《填詞圖譜》依然有其價值。

有詞以來，便有詞學，其一爲指導填詞而興，其一爲明晰詞體知識而作，龍榆生先生曰：「取唐、宋以來之燕樂雜曲，依其節拍而實之以文字，謂之『填詞』。推求各曲調表情之緩急悲歡，與詞體之淵源流變，乃至各作者利病得失之所由，謂之『詞學』。」(一) 然後世二者之間漸有互相發明之效果。《詞學全書》「是一部較早而收書較少的專研詞學的叢書」，含有《填詞名解》、《古今詞論》、《填詞圖譜》、《詞韻》，「雖僅收書四部，而涉及詞調、詞論、詞譜、詞韻諸方面，較早的爲研究者匯集詞學的資料，方便後學，其功實不可沒」。(二) 也可以說，在詞學失傳的明清之際，《詞學全書》揭示了詞學的範圍包含詞調、詞論、詞譜、詞韻，雖然以今天看去，範圍過於偏狹，但却立足於詞學之聲學特徵，簡要地推求其淵源流變與特徵，更重要的是總結了相關詞調諸如字、句、韻、段等的語言形式規律，在「歌詞之法已亡之後」，「『因其句度長短之數，聲韻平上之差』，藉長短不葺之新詩體，以自抒其性靈抱負」(三)，以詞學之研求實現指導填詞之學，是有意義的。至於《四庫全書總目提要》批評其「無所發明」，則是根本無視《詞學全書》四

(一)(三) 龍榆生《研究詞學之商榷》，《龍榆生詞學論文集》，上海古籍出版社一九九七年版，第八七頁。

(二) 查繼超輯，陳果青、房開江校訂《詞學全書》，貴州人民出版社一九九〇年版，第一頁。

部分著作綜輯一處所顯示的整體價值。

詞入明、清時，詞樂散佚已久，明時有周瑛《詞學筌蹄》、張綖《詩餘圖譜》、程明善《嘯餘譜》、徐師曾《詞體明辨》等詞譜之作出。清初賴以邠踵武張綖，承其《詩餘圖譜》之義例輯作《填詞圖譜》，乃是冀望於有助初學。但是《四庫全書》將之列入詞曲類存目中並嚴厲批評。萬樹撰作《詞律》也多集矢於《填詞圖譜》，在《發凡》中說「近日《圖譜》，踵張世文之法，平用白圈，仄用黑圈，可通者則變其下半，一望茫茫，引人入暗，且有讎校不精處，應白而黑，應黑而白者，信譜者守之，尤易迷惑」(一)，又曰「近復有《填詞圖譜》者，圖則葫蘆張本，譜則臏捧《嘯餘》，持論或偏，參稽太略」(二)，其意以《填詞圖譜》爲非上乘佳作也。如以法度謹嚴而言，萬樹《詞律》對於詞譜之學確實有大大向前推進之功，「鉤稽衆製，排比其平仄之出入，斟酌其字句之分合，務以名家爲標準。而又嚴上、去之區別，正諸家之缺遺，舉明清以來，張綖、程明善、賴以邠諸家之説，摧陷而廓清之，而『圖譜之學』，於以建樹」，然「其性質固與張之《詩餘圖譜》、程之《嘯餘譜》、賴之《填詞圖譜》，異名同實者也」。可以説沒有張、程、賴三者有缺陷的實踐經驗，就沒有萬樹《詞律》作爲真正「圖譜之學」著作的出現。

(一) 萬樹《詞律・發凡》，萬樹《詞律》，上海古籍出版社一九八四年版。
(二) 萬樹《詞律・自敘》，萬樹《詞律》，上海古籍出版社一九八四年版。

作爲歷史進程中產生的《填詞圖譜》，即使與萬樹《詞律》相較亦有其實際意義，如吴熊和先生比較了清代《詞律》、《欽定詞譜》、《白香詞譜》與《填詞圖譜》後説：「《詞律》所收六百六十調，一千一百八十餘體；《詞譜》所收八百二十六調，三千三百零六體，都屬於大型詞譜。舒夢蘭《白香詞譜》僅收一百調，一調僅列一體，屬於小型詞譜。《填詞圖譜》則適量而適中，作爲一部中型詞譜，或許更適於實用。全書以平仄爲圖譜，也便於初學。」(一) 可謂的論。

(一) 吴熊和《詞學全書·前言》，查繼超輯，吴熊和點校《詞學全書》，書目文獻出版社一九八六年版，第七頁。

整理說明

一、《填詞圖譜》歷來鮮有單行本，多與《填詞名解》、《古今詞論》、《詞韻》一起合册，名《詞學全書》行世。《詞學全書》今通行本爲所謂武林鴻寶堂康熙十八年（一六七九）刻本，北京大學圖書館有藏；然上海圖書館藏《詞學全書》三種本、六卷本、修訂本，文本形態均異於通行本。兹據北京大學圖書館藏清康熙十八年刻《詞學全書》本爲底本，參稽天津圖書館藏清乾隆十一年（一七四六）致和堂梓行本、民國五年（一九一六）木石山房石印本，底本漫漶不清處依據後二本。

二、本次整理從編排體例、調圖符號及詞譜選擇等，完全遵從撰者原始面貌，凡於調名、分段、句讀、叶韻等有誤或失當之處，不以後之萬樹《詞律》、王奕清等《欽定詞譜》訂正之，冀存歷史之真也。

三、《填詞圖譜》每一調有詞調、詞調簡要說明、調圖、詞譜四個部分，凡原本中有明顯訛字、誤字、羨字等處，脚注指明。

四、詞譜詞例之選擇，《填詞圖譜》多源自選本，詞人朝代跨唐、宋、金、元、明，尤其是明前詞人詞作缺乏考證，詞例之調與所列之調或有不合，詞例之作者亦有歧異，詞例之文亦有互異，兹依據曾昭岷等編《全唐五代詞》、唐圭璋編《全宋詞》、唐圭璋編《全金元詞》、楊鐮編《全元詞》，對詞例之詞調、作者、詞正文中異文等進行考察，凡有不同者，不作改動，僅脚注標明，以作提示。

五、賴以邠《填詞圖譜》後經查繼超增輯，查曾榮、王又華同輯，查王望鑒定，毛先舒、仲恒參訂，諸人生平事跡多晦而不明，今從《海寧查氏族譜》、《杭州府志》等文獻鉤稽相關資料，並從通行本之外摘鈔不見於通行本之序題及仲恒《雪亭詞》稿本中若干文字，匯爲附録，以供參考。

填詞圖譜凡例

〇古來才人，多工於詞。近日詞家，皆俎豆周、柳，規摹晏、辛，其才華情致，不讓古人。然陶資虛無而生於規矩，匠運智巧而不棄繩墨，詞調盈千，各具體格，能不事規矩繩墨哉！故每調先列圖，次列譜，按圖諧音，按譜命意，以是填詞，思過半矣。

〇填詞，宋雖後於唐，而詞以宋爲盛。每調之詞，宋不可得方取唐，唐不可得方及元明。梁武帝曾有《江南弄》等詞，雖六朝已濫觴，槩不敢盡取。

〇長短之句，字數雖同，其讀斷各別，當詳摹之。如四字句，有二二，有一三；如五字句，有二三，有三二；如七字句，有四三，有三四，其餘字句之間，亦各有異同處，不能縷舉，亦恐太煩，令人拘苦。總之，神而明之，存乎其人耳。

〇詞有兩字、三字至七、八、九、十字者，若惟填疊實字，讀且崛強，況付雪兒乎。故必用虛字襯貼呼喚，一字如「正」、「但」之類，二字如「莫是」、「又還」之類，三字如「更能消」、「最無端」之類，用之恰當，嬝娜虛徐，觀者自無掩卷之誚。

○詞中有襯字者，因此句限於字數，不能達意，偶增一字，後人竟可不用，如《繫裙腰》末句「問」字之類，槩爲標出。

○有一調而具二體，如《竹枝詞》本拗體七絕，亦可作不拗七絕；又如《憶秦娥》、《柳梢青》、《梅花引》、《兩同心》用仄韻，亦可用平韻之類，槩爲標出。

○雙調詞或後段同前，只圖前段。於有數體之調，或前段有同他體，只圖後段，後段有同他體，只圖前段，或前後段於他體俱同，則不圖不譜，并七言絕句之類，亦無圖譜，止存調名，如《清平調》、《多麗》又體之類，槩爲標出。

○平仄音韻，諸刻本有加圈字上者，有明注字下者，有方界文旁者，總求簡約，以儉刻資，無甚同異，但段截瑣碎，覺未便於初學。兹仍依古譜圖圈之法，既廣博於搜羅，復精嚴夫考訂，魯魚悉正，滄海無遺，具眼自能鑒別。

○圖圈即是譜。詞字面○爲平、●爲仄；譜平而可仄者用◒，譜仄而可平者用◓，大約上半爲現譜之音，下半爲通用之法[二]。

仁和賴以邠損菴識

【校】

[一]通用之法：上海圖書館藏《詞學全書》三種本作「和調之用」，且下另有「其譜左旁『一』即前例一三三二等之讀也」一句。

填詞圖譜卷之一

東海查王望先生鑒定　同學毛先舒稚黄、仲恒雪亭參訂
西泠賴以邠損菴著　查繼超隨菴增輯　查曾榮春谷、王又華逸庵同輯

小令

十六字令

即《蒼梧謠》；按：本調首作一字句斷，《詞綜》載張安國三首、蔡伸道一首可證也

○一字◓●○○●●○七字平韻起○◓●三字◓●●○○五字叶

詞　四句，二韻；是詞見晴川，《天機餘錦》集中，美成《片玉詞》無此　　周晴川

眠，月影穿窗白玉錢。無人弄，移過枕函邊。「眠」一作「明」，誤。

南柯子第一體

五句，二十三字，三韻

◓●○○●五字○○●●○五字平韻起◓●●○○五字叶◓○○●●五字●○○三字叶

詞　　溫庭筠

轉盼如波眼，娉婷似柳腰。花裏暗相招。憶君腸欲斷，恨春宵。

荷葉杯第一體

六句，二十三字，四仄二平韻

◓●◓○○●六字仄韻起○●二字叶●○○三字換平韻◓○◓●●○●七字換仄韻○●二字叶●○○三字叶前平

詞　　溫庭筠

楚女欲歸南浦。朝雨。濕愁紅。小船搖漾入花裏。波起。隔西風。

開元樂(一)

四句，二十四字，二韻

◒●◒○○●六字◒○◒●○○六字平韻起◒●◒○●●六字◒○◒●○○六字叶

詞　　夏言

猶是西泠橋畔，難尋春柳春花。只有婆娑老樹，夕陽依舊栖鴉。

南柯子第二體

五句，二十六字，三韻

◒●○◒●五字○○●●○五字平韻起◒○◒●●○○七字叶◒●◒○○●六字●○○三字叶

詞　　張泌

岸柳拖烟綠，庭花照日紅。數聲蜀魄入簾籠。驚斷碧窗殘夢，畫屏空。

(一) 此調本名《三臺》，唐教坊曲名。因宋沈括有别名《開元樂》詞一首，又名。

摘得新

六句，二十六字，四韻

◓●○三字平韻起○◒◓●○五字叶◓○○●●五字●○○三字叶◒○◒●◓◓●七字●○○三字叶

詞

皇甫松

摘得新。枝枝葉葉春。管絃兼美酒，最關人。平生都得幾十度，展香茵。

荷葉杯第二體

六句，二十六字，二仄四平韻

◒●◒○○○●六字仄韻起○●二字叶◓●●○○五字換平韻◒◒◓●●○○七字叶○○○三字叶○○○疊上三字

詞

顧　夐

歌發誰家筵上。寥亮。別恨正悠悠。蘭釭背帳月當樓。愁摩愁。愁摩愁。

瀟湘神

五句，二十七字，四韻

○●○三字平韻起○●○疊上三字◓○◓●●○○七字叶●●●○○●●七字◓○◓●●○○七字叶

詞 劉禹錫

湘水流。湘水流。九疑雲物至今秋。若問二妃何處所，零陵芳草露中愁。

夢江口(一)

五句，二十七字，三韻

○◓●三字◓●●○○五字平韻起◓●◓○○●●七字◓○◓●●○○七字叶◓●●○○五字叶

詞 溫庭筠

千萬恨，恨極在天涯。山月不知心裏事，水風空落眼前花。搖曳碧雲斜。

(一) 本調實爲《夢江南》。下所舉例詞，於《花間集》南宋紹興十八年(一一四八)本中即名爲《夢江南》。

桂殿秋

五句，二十七字，三韻

○●●三字●○○三字平韻起◒○●◓●◒○七字叶◒○●●○○●七字◓●○○◓●○七字叶

詞

秋色裏，月明中。紅旌翠節下蓬宫。蟠桃已結瑤池露，桂子初開玉殿風。

向子諲

深院月（一）

五句，二十七字，三韻

○●●三字●○○三字平韻起○●○○●●○七字叶◒●○○○●●七字◓○◒●●○○七字叶

（一）《全宋詞》調名《搗練子》。《深院月》乃《搗練子》别名。

詞　　秦觀(一)

心耿耿，淚雙雙。斜月斜風(二)冷透窗。人去秋來宮漏永，夜深無語對銀缸。

漁父

五句，二十七字，四韻

◐●○○●●○七字平韻起◐○◐●●○○七字叶○●●三字●○○三字叶◐●○○●●○七字叶

詞　　和凝

白芷汀寒立鷺鷥。蘋風輕翦浪花時。煙冪冪，日遲遲。香引芙蓉惹釣絲。

南鄉子第一體

五句，二十七字，二平三仄韻

(一)《全宋詞》作者佚名。

(二) 斜月斜風：《全宋詞》作「皓月清風」。

●●○○四字平韻起●○◓●●○○七字叶◓●●○○●●七字換仄韻○●二字叶●●◓○○●●七字叶

詞　歐陽炯

岸遠沙平。日斜歸路晚霞明。孔雀自憐金翠尾。臨水。認得行人驚不起。

天淨沙

五句，二十八字，三韻

◓○◓●○○六字平韻起◓○◓●○○六字叶◓●○○◓●六字◓○○●四字◓○◓●○○六字叶

詞　楊慎

桂花影裏金波。瑤池倒映銀河。玉臂清輝無那，纖纖攤破，分明掌上嫦娥。

小秦王[一]

四句，二十八字，三韻

◒◒◓◓●◒○七字平韻起◓◓○◒●◓○七字叶◓◓◒◒◓◓●七字◓◓◒◒◒◓○七字叶

詞

徐　渭

風前燭熖片時紅。馬首西時馬尾東。兩隻鴛鴦睡不醒，一隻相似愁殺儂。

楊柳枝第一體

四句，二十八字，即七言絶句，故不圖

詞

劉禹錫

煬帝行宫汴水濱。數株殘柳不勝春。晚來風起花如雪，飛入宫墻不見人。

[一] 此調本名《陽關曲》、《渭城曲》。

賣花聲第一體

即七言絕句，平韻，故不圖

詞(一) 皇甫松

蠻歌豆蔻北人愁。蒲雨杉風野艇秋。浪起鵁鶄眠不得，寒沙細細入江流。

八拍蠻第一體

即七言絕句，惟第三句拗，故不圖

詞 孫光憲

孔雀尾拖金線長。怕人飛起入丁香。越女沙頭爭拾翠，相呼歸去背斜陽。

八拍蠻第二體

與第一體同，惟首句末用仄字，故不圖

(一)《花間集》南宋紹興十八年本此詞調名作《浪淘沙》。

詞 閻選

愁鎖黛眉煙易慘，淚飄紅臉粉難勻。憔悴不知緣底事，遇人推道不宜春。

竹枝

即拗體七言絶句，故不圖；亦有不拗者

詞 劉禹錫

白帝城頭春草生。白鹽山下蜀江清。南人上來歌一曲，北人莫上動鄉情。

欸乃曲

即七言絶句，故不圖；亦有用拗體者

詞 元結

千里楓林煙雨深。無朝無暮有猿吟。停橈靜聽曲中意，好是雲山韶濩音。

清平調

合樂府之清調、平調而爲之，即七言絶句，用平韻，故不圖

詞

李　白

雲想衣裳花想容。春風拂檻露華濃。若非群玉山頭見，定向瑤臺月下逢。

南鄉子第二體

五句，二十八字，二平三仄韻

◒●○○四字平韻起◒○◒●●○○七字叶◒●◒○○●●七字換仄韻○○●三字叶◒●○○◒●●七字叶。

詞

歐陽炯

嫩草如煙。石榴花發海南天。日暮江亭春影淥。鴛鴦浴。水遠山長看不足。

法駕導引

六句，三十字，三韻

○◒●三字○◒●三字疊◒●●○○五字平韻起◒●◓○○●●七字○○◒●●○○七字叶○●●○○五字叶。

詞　　韓夫人(一)

朝元路，朝元路，同駕玉華君。千乘載花紅一色，人間遥指是祥雲。迴望海光新。

江南春

六句，三韻，三十字

○●●三字●○○三字平韻起◒○○●●五字◒○●○○五字叶◒○◒●○○●七字◒●◒○○●○七字叶。

詞　　寇　準

波渺渺，柳依依。孤村芳草遠，斜日杏花飛。江南春盡離腸斷，蘋滿汀州人未歸。

(一)《全宋詞》作者署陳與義。

一葉落

七句，三十一字，六韻

●●●三字仄韻起○○●三字叶◓○◓●◓○●七字叶◓○●●○五字◒○◓○●五字叶◓○
●疊上三字◓●○○●五字叶。

詞　　　　莊　宗

一葉落。搴珠箔。此時景物正蕭索。畫樓月影寒，西風吹羅幕。吹羅幕。往事思量著。

蕃女怨

七句，三十一字，四仄二平韻

◓○◒●○◓●七字仄韻起◓◓◒●四字叶●○○三字○●●三字叶◓○○●四字叶◓○◒●
●○○七字換平韻●○○三字叶。

詞　　　　溫庭筠

萬枝香雪開已遍。細雨雙燕。鈿蟬箏，金雀扇。畫梁相見。雁門消息不歸來。又飛迴。

遐方怨第一體

七句，三十二字，五韻

◓●●三字●○○三字平韻起◓●○○四字叶◓◓○◓◓●○七字叶◓○◓●●○○七字叶◓
○○●●五字●○○三字叶。

詞 溫庭筠

憑繡檻，解羅帷。未得君書。斷腸瀟湘春雁飛。不知征馬幾時歸。海棠花謝也，雨霏霏。

思帝鄉第一體

八句，三十三字，四韻

○●●三字●○○三字平韻起◓●○○○●六字●○○三字叶◓●○○●●六字●○○三字叶
◓●○○○●六字●○○三字叶

詞 韋莊

雲髻墜，鳳釵垂。髻墜釵垂無力，枕函欹。翡翠屏深月落，漏依依。說盡人間天上，兩心知。

如夢令

六句，三十三字，五韻

◐●◐○○●六字仄韻起◐●◐○○●六字叶◐●●○○五字◐●◐○◐●六字叶○●○●

本句疊四字叶◐●●○○●六字叶

詞　　曹元寵

門外緑陰千頃。兩兩黃鸝相應。睡起不勝情，行到碧梧金井。人靜人靜。風動一庭花影。

甘州子

七句，三十三字，五韻

◐○◐●●○○七字平韻起○◐●三字●○○三字叶◐○◐●●○○七字叶◐●●○○五字叶

○●●三字◐●●○○五字叶

詞　　顧　敻

曾如劉阮訪仙蹤。深洞客，此時逢。綺筵散後繡衾同。款曲見韶容。山枕上，長是怯晨鐘。

西溪子第一體

八句，三十三字，五仄二平韻

◐●◐○○●六字仄韻起◐●◐○○●六字叶●○○三字○◐●三字叶○●●三字叶◐●○○●●六字叶●○○三字換平韻●○○三字叶

詞 牛嶠

捍撥雙盤金鳳。蟬鬢玉釵搖動。畫堂前，人不語。弦解語。彈到昭君怨處。翠蛾愁。不抬頭。

桃花水第一體

八句，三十三字，六韻

◐●○○○●●七字●○○三字平韻起◐◐●三字◐●●○○五字叶◐●●○○五字叶○○二字叶◐○○●○五字叶●○○三字叶

韋莊

詞(一)

碧沼紅芳煙雨靜，倚蘭橈。垂玉佩，交帶嫋纖腰。鴛夢隔星橋。迢迢。越羅香暗銷。墜花翹。

天仙子第一體

六句，三十四字，五韻

◐●◐○○●●七字仄韻起◐◐◐◐○◐●七字叶◐○◐●●○○七字○◐●三字叶◐○●三字叶◐●◐○○●●七字叶

皇甫松

詞

晴野鷺鷥飛一隻。水葓花發秋江碧。劉郎此日別天仙，登綺席。淚珠滴。十二晚峰高歷歷。

(一)《花間集》南宋紹興本此詞調名原作《訴衷情》。另有唐教坊曲名《訴衷情》者，因毛文錫詞有「桃花流水漾縱橫」句，又名《桃花水》。二者實不相同。

風流子第一體

七句，三十四字，五韻

◓●◓○○●六字仄韻起◓●◓○◓●六字叶◓●○三字●○○三字◓●◓○◓●六字叶◓●○●四字叶◓●◓○○●六字叶

詞　　孫光憲

茅舍槿籬溪曲。雞犬自南自北。菰葉長，水葓開，門外春波漲淥。聽織聲促。軋軋鳴梭穿屋。

思帝鄉第二體

八句，三十四字，五韻

◓●○三字平韻起◓○●●○五字叶◓●◓○◓●六字●○○三字叶◓●○○●●六字●○○三字叶◓●○○●五字●○○三字叶

詞　　韋莊

春日遊。杏花吹滿頭。陌上誰家年少，足風流。妾擬將身嫁與，一生休。縱被無情棄，不能羞。

歸自謠

前段三句，後段三句，共三十四字，六韻

○●●三字仄韻起○●◓○◒●●七字叶◓○◒●○○●七字叶　○○◓●○◒●七字叶

○○●三字叶◓○◓●○○●七字叶

詞　歐陽修

何處笛。深夜夢回情脈脈。竹風簷雨寒窗隔。　離人幾歲無消息。今頭白。不眠特地重相憶。

定西番

前段四句，後段四句，共三十五字，四韻

◓●◓○○●六字○●●三字●○○三字平韻起●○○三字叶　◒●◓○○●六字◓○◒

●○五字叶◒●◓○◓●六字●○○三字叶

詞　孫光憲

帝子枕前秋後，霜幄冷，月華明。正三更。　何處戍樓寒笛，夢殘聞一聲。遙想漢關萬里，淚縱橫。

連理枝(一)

八句，三十五字，四韻

◒●○○●五字仄韻起◒●○○●五字叶◒◒◒◒四字◒○◒●四字◒○○●四字叶●●○○●五字●○○●四字○○●●四字叶

詞　　李白

淺畫雲垂帔。點滴昭陽淚。咫尺宸居，君恩斷絶，似遥千里。望水晶簾外，竹枝寒守，羊車未至。

水晶簾第一體(二)

七句，三十五字，五韻

(一) 此調《尊前集》載李白原詞爲雙調七十字者，《欽定詞譜》以爲將雙調分作兩首者非。

(二) 此調名原應爲《南歌子》别名。本處及後各例詞調名則應爲《江城子》，見《花間集》南宋紹興本，此處及後署名「水晶簾」者誤。

◐○◐●●○○七字平韻起●○○三字叶●○○三字叶◐◐◐◐◐●●○○九字叶◐●◐
○○●●七字○●●三字●○○三字叶

詞　　牛嶠

鵁鶄飛起郡城東。碧江空。半灘風。越王宮殿蘋葉藕花中。簾卷水樓魚浪起，千片雪，雨濛濛。

西溪子第二體

八句，三十五字，仄仄平共七韻

◐●◐○○●六字仄韻起◐●◐○○●六字叶●○○三字○◐●三字更仄韻●◐●三字叶◐●
◐○○●六字叶◐●●○○五字換平韻●○○三字叶

詞　　毛文錫

昨日西溪遊賞。芳樹奇花千樣。鎖春光，金樽滿。聽弦管。嬌妓舞衫香暖。不覺到斜暉。馬馱歸。

望江怨

七句，三十五字，六韻

○○●三字仄韻起◒●○○◒◒●七字叶◒◒○◒●五字叶◒○◒●○○●七字叶●○●三字叶◒●●○○五字◒○○●●五字叶

詞　　牛嶠

東風急。惜別花時手頻執。羅幃愁獨入。馬嘶殘雨春蕪濕。倚門立。寄語薄情郎，粉香和淚泣。

何滿子第一體

六句，三十六字，三韻

◒●○○◒●六字◒○◒●○○六字平韻起◒●◒○○●六字○○◒●○○六字叶◒●◒○◒●六字◒○◒●○○六字叶

詞　　毛文錫

紅粉樓前月照，碧紗窗外鶯啼。夢斷遼陽音信，那堪獨守空闈。恨對百花時節，王孫綠草萋萋。

水晶簾第二體(一)

六句，三十六字，五韻

◓◓○○●◓○七字平韻起●○○三字叶●○○三字叶◓◓◒◒◓●●○○九字叶◒●◒

○○●●七字◒○●●●○○七字叶

詞

歐陽炯

晚日金陵岸草平。落霞明。水無情。六代繁華暗逐逝波聲。空有姑蘇臺上月，如西子鏡照江城。

思帝鄉第三體

八句，三十六字，五韻

○○二字平韻起◓○○●○五字叶◓●◓○◒●六字●○○三字叶◓●○○●●六字◒○●●

○五字叶◓●◓○○●六字●○○三字叶

(一) 調名實應爲《江城子》，此署「水晶簾」者誤，見前述。

詞　　孫光憲

如何。遣情情更多。永日水堂簾下，斂羞蛾。六幅羅裙窣地，微行曳碧波。看盡滿池疏雨，打團荷。

長相思

前段四句，後段同，共三十六字，八韻

◓◓○三字平韻起◓◓○二字疊◓●○○◓◓○七字叶◓○◓●○五字叶

詞　　馮延巳

紅滿枝。綠滿枝。宿雨厭厭睡起遲。閒庭花影移。　憶歸期。數歸期。夢見雖多相見稀。相逢知幾時。按：後段亦可分韻。

烏夜啼

前段四句，後段五句，共三十六字，五韻

◓○◓●○○六字平韻起●○○三字叶◓●◓○四字◓●●○○五字叶　　○◓●三字○◓●

三字●○○三字叶●●◐○○●六字●○○三字叶

詞　　辛棄疾

山(一)頭醉倒山公。月明中。記得昨宵，歸路笑兒童。　溪欲轉，山已斷，兩三松。一段可憐風月，欠詩翁。

上西樓(二)

前段四句，後段五句，共三十六字，五韻

◐○◐●○○六字平韻起●○○三字叶◐●◐○◐●六字●○○三字叶　◐◐●三字◐○●三字●○○三字叶◐●○○四字◐●●○○五字叶

詞　　薛昭蘊

羅襦繡袂香紅。畫堂中。細草平沙蕃馬，小屏風。　卷羅幕，憑妝閣，思無窮。暮雨輕

(一) 山：《全宋詞》作「江」。
(二) 此調名乃唐教坊曲名《相見歡》之别名。

煙，魂斷隔簾櫳。

何滿子第二體

六句，三十七字，三韻

◒●◓○◒●六字◒○◒●○○六字平韻起◒●◓○○●●七字◓○◓●○○六字叶◒●◒

○◓●六字◓○◒●○○六字叶

詞　　孫光憲

冠劍不隨君去，江河還共恩深。歌袖半遮眉黛慘，淚珠旋滴衣襟。惆悵雲愁雨怨，斷魂何處相尋。

水晶簾第三體[一]

五句，三十七字，三韻

[一] 調名實應爲《江城子》，署「水晶簾」者誤，見前述。

◓●○○◓●○七字平韻起◓○○●◓●○○八字叶◓●○○◓●●○○九字叶◓●◓○○●●七字◓◓◓●○○六字叶

詞　　牛嶠

極浦煙消水鳥飛。離筵分手時送金卮。渡口楊花狂雪任風吹。日暮空江波浪急，芳草岸柳如絲。

桃花水第二體(一)

八句，三十七字，六韻

◓●○○●●七字●○○三字平韻起◓◓●三字◓●●○○五字叶◓●●○○五字叶●○○三字叶◓◓○○●○六字叶◓○◓●○五字叶

詞　　顧敻

永夜抛人何處去，絕來音。香閣掩，眉斂月將沉。爭忍不相尋。怨孤衾。換我心爲你心。

(一) 此調名應作《訴衷情》。下例詞見《花間集》南宋紹興本，本名《訴衷情》，與因毛文錫詞中句而又名《桃花水》之唐教坊曲名《訴衷情》者不同。見前述。

始知相憶深。

望梅花第一體

六句，三十八字，六韻

◒●◒○◒●六字仄韻起◒●◒○○●六字叶◒●◒○○●●七字叶◒●◒○○●六字叶◒
●◒○○●●七字叶◒●◒○○●六字叶

詞　　和凝

春草全無消息。臘雪猶餘蹤跡。越嶺寒枝香自拆。冷豔奇芳堪惜。何事壽陽無處覓。吹入誰家橫笛。

望梅花第二體

前段三句，後段三句，共三十八字，五韻

◒○◒●●○○七字平韻起◒◒●◒○○●七字◒●○○◒●○七字叶◒●●○○五字
叶◒●○○●●○七字叶◒●●○○五字叶

詞　　孫光憲

數枝開與短牆平。見雪萼紅跗相映，引起誰人邊塞情。　簾外欲三更。吹斷離愁月正明。空聽隔江聲。

上行杯第一體

前段三句，後段六句，三十八字，平仄五韻

◓●◓○◓●六字◓◓●◓◓○○七字平韻起◓●◓○○●●七字㈠　◓○●●四字●

○○三字○●●三字換仄韻◓●二字叶◓●二字叶◓●○○四字叶前平

詞　　孫光憲

草草離亭鞍馬，從遠道此地分襟。燕宋秦吳千萬里。　無辭一醉，野棠開，江草濕。佇立。沾泣。征騎駸駸。

㈠ 此處頗訛，按《欽定詞譜》中《上行杯》調爲單調，兹作兩段，然又於上段末句不標「叶」字，且調下説明「平仄五韻」亦不含此。但凡詞分上下段者，上下段末句必叶韻，故此處實不可解，姑且不作改動，存其訛誤面目。

宫中調笑第二體

六句，三十八字，六韻，亦有於三句分段者

◒●◓○●五字仄韻起◓●◓○○●●七字叶◒○◓●○○●七字叶◓●◒○◒●六字叶◒
○◓●○◒●七字叶◓●◒○◒●六字叶

詞(一)　　　　　　　　秦　觀

腸斷繡簾卷。妾願身爲梁上燕。朝朝暮暮長相見。莫遣恩遷情變。紅綃粉淚知何限。萬古空傳遺願。

醉太平

前段四句，後段同，共三十八字，八韻

◒○●○四字平韻起◒○●○四字叶◓○◒●○○六字叶◓○○●○五字叶

(一)《全宋詞》調名作《調笑令》。

詞　　劉　過

情高意真。眉長鬢青。小樓明月調箏。寫春風數聲。思君憶君。魂牽夢縈。翠銷香暖雲屏。更那堪酒醒。

感恩多第一體

前段四句，後段五句，共三十九字，二仄五平韻

●○○●●五字仄韻起◓●○○●五字叶●○○●○五字換平韻●○○三字叶　◓●◓○◓
●六字●○○三字叶●○○疊上三字●●○○四字●○○●○五字叶

詞　　牛　嶠

兩條紅粉淚。多少香閨意。強攀桃李枝。斂愁眉。陌上鶯啼蝶舞，柳花飛。柳花飛。願得郎心，憶家還早歸。

長命女

七句，三十九字，六韻，亦有於第三句分段者，今譜依《花間集》

◒◓●三字仄韻起◒●○○○●●七字叶◒●○○●五字叶　◓◒○○●●六字◒●○○●●六字叶◓●◓○○●●七字叶◓●○○●五字叶

詞　和凝

天欲曉。宮漏穿花聲繚繞。窗裏星光少。　冷霞寒侵帳額，殘月光沉樹杪。夢斷錦幃空悄悄。強起愁眉小。

上行杯第二體

前段三句，後段六句，共三十九字，七韻

◒●◒○◓●六字仄韻起◒◓◓◓○○●七字叶◓●○○○●●七字叶　◒◒◓●四字●○○三字○●●三字更仄韻◓●二字叶◒●●三字叶◒◓◒●四字叶

詞　孫光憲

離棹逡巡欲動。臨極浦故人相送。去住心情知不共。　金船滿捧，綺羅愁，絲管咽。迴別。帆影滅。江浪如雪。

美少年第一體(一)

前段四句，後段同，共四十字，四韻

○◓●◓○五字◓●○○●五字仄韻起◓●●○○五字◓●○○●五字叶

詞　　魏承班

煙雨晚晴天，零落花無語。難話此時心，梁燕雙來去。琴韻對薰風，有恨和情撫。腸斷斷絃頻，淚滴黃金縷。

春光好第一體

前段五句，後段四句，共四十字，五韻

○◓●三字●○○三字平韻起●○○三字叶◓●◓○○●六字●○○三字叶◓●◓○◓●

六字◓○●●◓○六字叶◓●◓○○●●七字●○○三字叶

(一) 本調例詞調名原作《生查子》，見《花間集》。《生查子》乃唐教坊曲名。

詞　　　　和　凝

紗窗暖，畫屏閑。嚲雲鬟。睡起四肢無力，半春間。玉指剪裁羅勝，金盤點綴酥山。窺舞深心無限事，小眉彎。

酒泉子第一體

前段五句，後段五句，共四十字，二平四(一)仄韻

◐●◐○四字平韻起◐●●○○●六字●○○三字○●●三字●○○三字叶　◐○◐●○○

●七字換仄韻◐○○●●五字叶●○○三字○●●三字叶●○○三字叶(二)

詞　　　　毛熙震(三)

鈿匣舞鸞。隱映豔紅修碧，月梳斜，雲鬢膩，粉香寒。曉花微斂輕呵展。裹釵金燕軟。日初昇，簾半卷。對妝殘。

(一) 原作「三」，因末句圖例漏標「叶」字，故此處亦漏計末韻。

(二) 原漏標「叶」字，末句必叶韻，補。

(三) 作者名原誤爲「毛震熙」，改。

感恩多第二體

前段四句，後段五句，共四十字，二仄五平韻

●○○●●五字仄韻起◒●○○●五字叶●○○●○五字換平韻●○○三字叶　◓●◒○◓
○●七字●○○三字叶●○○疊上三字●●○○四字●○○●○五字叶

詞　牛　嶠

自從南浦別。愁見丁香結。近來情轉深。憶鴛衾。幾度將書託煙雁，淚盈襟。淚盈襟。禮月求天，願君知我心。

蝴蝶兒

前段四句，後段四句，共四十字，六韻

○●○三字●○○三字平韻起◓○◒●●○○七字叶◓○◓●○五字叶　◒●○○●五字
○○●●○五字叶◒○◒●●○○七字叶◓○○●○五字叶

詞　張　泌

蝴蝶兒，晚春時。阿嬌初著淡黃衣。倚窗學畫伊。還似花間見，雙雙對對飛。無端和

淚濕胭脂。惹教雙翅垂。

賀聖朝影(一)

前段四句，後段四句，共四十字，七韻

◓●◓○○●○七字平韻起●○○三字叶◓○◓●●○○七字叶●○○三字叶

◓●◓○○●●七字●○○三字叶◓○◓●●○○七字叶●○○三字叶

詞

歐陽修

白雪梨花紅粉桃。露華高。垂楊慢舞綠絲條。草如袍。風過小池輕浪起，似江皋。

千金莫惜買香醪。且陶陶。

酒泉子第二體

前段五句，後段五句，共四十字，五仄二平韻

(一) 此調本名《添聲楊柳枝》。

◐●◐○四字◐●○○◐●六字仄韻起●○○三字○●●三(一)字叶●○○三字換平韻　◐○
◐●○○●七字更仄韻◐○○●●五字叶●○○三字○●●三字叶●○○三字叶前平

詞　孫光憲

空磧無邊，萬里陽關道路。馬蕭蕭，人去去。隴雲愁。香貂舊製戎衣窄。胡霜千里白。綺羅心，魂夢隔。上高樓。

太平時(二)

前段四句，後段同，共四十字，八韻

◐●◐○◐●○七字平韻起●◐○三字叶◐○◐●●○○七字叶●○○三字叶

詞　賀鑄

蜀錦塵香生襪羅。小婆娑。箇儂無賴動人多。見(三)橫波。按(四)角雲開風卷幕，月浸

(一) 三：原誤爲「四」。
(二) 此調本名《添聲楊柳枝》。
(三) 見：《全宋詞》作「是」。
(四) 按：《全宋詞》作「樓」。

河。纖纖持酒豔聲歌。奈情何。

醉公子

前段四句，二仄二平韻，後段同，換仄平韻，共四十字

◓◓○◓●五字仄韻起◓○○●●五字叶◓●●○○五字換平韻◓○◓●○五字叶

詞　　　　顧　敻

岸柳垂金線。雨晴鶯百囀。家住綠楊邊。往來多少年。　馬嘶芳草遠。高樓簾半掩。斂袖翠蛾攢。相逢爾許難。

一痕沙(一)

前段四句，二仄二平韻；後段四句，換二仄二平韻，共四十字

◓●◓○◓●六字仄韻起◓●◓○○●六字叶◓●●○○五字換平韻●○○三字叶

(一) 此調本名《昭君怨》。

詞(一)　辛棄疾

長記瀟湘秋晚。歌舞橘洲人散。走馬月明中。折芙蓉。今日西山南浦。畫棟珠簾雲雨。風景不爭多。奈愁何。

楊柳枝第二體(二)

前段四句，後段四句，四十字，平仄平八韻

◐●○○●●○七字平韻起●○○三字叶◐○◐●●○○七字叶●○○三字叶◐●◐○○●●七字換仄韻○○●三字叶●○◐●●○○七字叶前平●○○三字叶

詞　顧夐

秋夜香閨思寂寥。漏迢迢。鴛帷羅幌麝煙銷。燭光搖。正憶玉郎遊蕩去。無尋處。更聞簾外雨瀟瀟。滴芭蕉。

(一)《全宋詞》調名及詞題標署《昭君怨・豫章寄張定叟》。
(二) 此調應爲《添聲楊柳枝》。《花間集》調名作《楊柳枝》。

美少年第二體[一]

前段四句，後段五句，共四十一字，五韻

◒◒◒◓○五字◒●○○●五字仄韻起◒●●○○五字●●○○●五字叶　●◓○三字○

◓●三字叶○●○○●五字叶●●●○○五字◓●○○●五字叶

詞　　牛希濟

春山煙欲收，天澹星稀小。殘月臉邊明，别淚臨清曉。　語已多，情未了。回首猶重道。記得緑羅裙，處處憐芳草。

紗窗恨第一體

前段四句，後段五句，共四十一字，二仄四平韻

◒○●●○○●七字仄韻起●○○三字換平韻◓○◒●○○●七字叶仄●○○三字叶平　◓○

●三字●◓○●四字◒◒◓◓●○○七字叶◓●○○四字●○○三字叶

[一] 此體之所舉例詞調名原作《生查子》，見前述。

詞　　毛文錫

新春燕子還來至。一雙飛。壘巢泥濕時時墜。涴人衣。　後園裏，看百花發，香風拂繡戶金扉。月照紗窗，恨依依。

女冠子第一體

前段五句，後段四句，共四十一字，二仄四平韻

●◓◓●四字仄韻◓●◓○◒●六字叶●○○三字換平韻◓●○○●五字◒○●●○五字叶

◓○○●●五字◒●●○○五字叶◒●○○●五字●○○三字叶

詞　　韋莊

四月十七。正是去年今日。別君時。忍淚佯低面，含羞半斂眉。　不知魂已斷，空有夢相隨。除却天邊月，沒人知。

玉蝴蝶第一體

前段四句，後段四句，共四十一字，七韻

◓○◓●○○六字平韻起◓◓◓◓○五字叶◓●●○○五字叶○○●●○五字叶 ◓○○
●●五字◓●●○○五字叶◓●●○○五字叶●○○●○五字叶

詞 溫庭筠

秋風淒切傷離。行客未歸時。塞外草先衰。江南雁到遲。芙蓉凋嫩臉，楊柳墮新眉。
搖落使人悲。斷腸誰得知。

羅衣濕第一體(一)

前段四句，後段五句，共四十一字，四平三仄韻

◓●◓○◓●○七字仄韻起◓◓◓●○○六字叶◓◓●三字◓●●○○五字叶 ◓○◓●
○○●七字換仄韻○◓●三字叶◓○◓●四字叶○●●三字●○○三字叶前

詞 毛文錫

豆蔻花繁煙豔深。丁香軟結同心。翠鬟女，相與共淘金。紅蕉葉裏猩猩語。鴛鴦浦。

(一) 此調本名《中興樂》。下所舉例詞，《全唐五代詞》調名署《中興樂》。

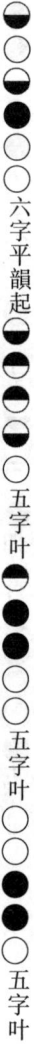

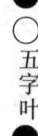

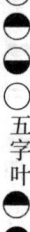

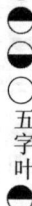

鏡中鸞舞。絲雨隔，荔枝陰。

醉花間

前段五句，後段四句，共四十一字，七韻

◐○●三字仄韻起◐○●三字叶○●○○●五字叶◐●●○○五字◐●○○●五字叶◐○

●○●五字叶◐●○○●五字叶◐○●●○五字◐●○○●五字叶

詞

毛文錫

深相憶。莫相憶。相憶情難極。銀漢是紅牆，一帶遙相隔。金盤珠露滴。兩岸榆花白。風搖玉佩清，今夕爲何夕。

點绛唇

前段四句，後段五句，共四十一字，七韻

◐●○○四字◐○◐●○○●七字仄韻起◐○◐●四字叶◐●○○●五字叶◐●◐○四字

◐●○○●五字叶○○●三字叶◐○○●四字叶◐●○○●五字叶

詞 林　逋

金谷年年，亂生春色誰爲主。餘花落處。滿地和煙雨。　又是離歌，一闋長亭暮。王孫去。萋萋無數。南北東西路。

桃花水第三體(一)

前段五句，後段四句，共四十一字，八韻

◒○◒●●○○七字平韻起◒●●○○五字叶○○●三字●○○三字叶◒●●○○五字叶

◒●●○○五字叶●○○三字叶◒○◒●●○○七字叶●○○三字叶

詞 毛文錫

桃花流水漾縱橫。春晝彩霞明。劉郎去，阮郎行。惆悵恨難平。　愁坐對雲屏。算歸程。何時攜手洞邊迎。訴衷情。

(一) 此體所舉毛文錫例詞，《全唐五代詞》調名署《訴衷情》。此《訴衷情》者，爲唐教坊曲名，因毛詞首句而又名《桃花水》，與前所列《桃花水》第一、第二體例詞原名《訴衷情》者不相同。

酒泉子第三體

前段五句，後段五句，共四十一字，四平四仄韻

◓●◓○四字平韻起◓●◓○○●六字換仄韻●○○三字○●●三字叶●○○三字叶平　◓○

◓●●○○七字叶○●◓○◓●六字更仄韻●○○三字○●●三字叶仄●○○三字叶前平

詞　　溫庭筠

羅帶惹香。猶繫別時紅荳。淚痕新，金縷舊。斷離腸。　一雙嬌燕語雕梁。還是去年時節。綠陰濃，芳草歇。柳花狂。

酒泉子第四體

與第三體同，惟後段首句換韻

◓●○○四字平韻起◓●◓○○●六字換仄韻●○○三字○●●三字叶●○○三字叶平　◓○

◓●◓○●七字更仄韻◓●◓○○●六字叶◓○○三字○●●三字叶●○○三字叶前平

詞　　韋莊

月落星沉。樓上美人春睡。綠雲傾，金枕膩。畫屏深。　子規啼破相思夢。曙色東方

才動。柳煙輕，花露重。思難任。

贊浦子

前段四句，後段四句，共四十二字，四韻

◐●○○●五字○○●●○五字平韻起◐●○○●五字○○●●○五字叶
◐●◐○◐●六字◐○◐●○○六字叶◐●○○●五字○○●●○五字叶

詞

毛文錫

錦帳添香睡，金爐換夕薰。懶結芙蓉帶，慵拖翡翠裙。正是桃夭柳媚，那堪暮雨朝雲。宋玉高唐意，裁瓊欲贈君。

美少年第三體(一)

前段四句，後段四句，共四十二字，四韻

(一) 此體之所舉例詞調名原作《生查子》，見前述。

◐●●○○五字◐●○○●五字仄韻起◐●●○○五字◐●○○●五字叶　○○●●●

○○七字◐●○○●五字叶◐●●○○五字◐●○○●五字叶

詞　孫光憲

暖日策花驄，嚲鞚垂楊陌。芳草惹煙青，落絮隨風白。誰家繡轂動香塵，隱映神仙客。枉(一)殺玉鞭郎，咫尺音容隔。

美少年第四體(二)

前段五句二韻，後段同，共四十二字

○●○三字◐○●三字◐●○○●五字仄韻起◐●●○○五字◐●○○●五字叶

詞　張　泌

相見稀，喜相見，相見還相遠。檀畫荔支紅，金蔓蜻蜓軟。魚雁疎，芳信斷，花落庭陰

(一) 枉：《全唐五代詞》作「狂」。

(二) 此體之所舉例詞調名原作《生查子》，見前述。

晚。可惜玉肌膚，消瘦成慵懶。

浣溪沙第一體

前段三句，後段三句，共四十二字，五韻

◓●◒○◓●○七字平韻起◓○◒●◓○○七字叶◓◒◒◓◓◒○七字叶

◓◓●◒○

◓●七字◒◒○◓◓◒○七字叶●◒○◓◓◒○七字叶

詞

薛昭藴

粉上依稀有淚痕。郡庭花落斂黄昏。遠情深恨與誰論。　記得去年寒食日，延秋門外卓金輪。日斜人散暗銷魂。按此調李後主叶仄。

酒泉子第六體

前段四句，後段五句，共四十二字，五韻

◒●○○●●六字◓○○●四字◓○◒●●○○七字平韻起●○○三字叶

○◓●三字●

○○三字叶◒●◓○◒●六字◓○◒●●○○七字更平韻●○○三字叶

詞　李　珣

秋月嬋娟皎潔，碧紗窗外，照花穿竹冷沉沉。印池心。　凝露滴，砌蛩吟。驚覺謝娘殘夢，夜深斜傍枕前來。影徘徊。

月當廳(一)

前段四句，後段四句，共四十二字，六韻

◐○◐●四字仄韻起　◐●○○●五字叶　◐●●◐○●六字　○◐○◐●五字叶

◐○○●●五字叶　◐○○●●五字叶　◐●●○○●六字　◐●●○○●六字叶

詞(二)　辛棄疾

吳頭楚尾。一棹人千里。休說舊愁新恨，長亭今如此(三)。　宦遊吾倦矣。玉人留我醉。明日落花寒食，得且住爲佳耳。

(一)「廳」當爲「窗」。《月當窗》調本名《霜天曉角》。

(二)《全宋詞》調名署《霜天曉角》。

(三)本句《全宋詞》作六字句「長亭樹、今如此」。

羅衣濕第二體[一]

前段四句，後段五句，共四十二字，六韻

◒○◓●●○○七字平韻起◒○◓●○○六字叶◒●○○四字◓●○○四字叶　◒○◒●
◓○六字叶◒○○三字叶◒○◓●四字◓○◒●四字◓●○○四字叶

詞

牛希濟

池塘暖碧浸晴暉。濛濛柳絮輕飛。紅蕊凋來，醉夢還稀。春雲空有雁歸。珠簾垂。
東風寂寞，恨郎抛擲，淚濕羅衣。

紗窗恨第二體

與第一體同，惟後段第四句作五字，故不圖

詞

毛文錫

雙雙蝶翅塗鉛粉。咂花心。綺窗繡戶飛來穩。畫堂陰。二三月、愛隨風絮，伴落花來

[一] 此調本名《中興樂》。下所舉例詞，《全唐五代詞》調名署《中興樂》。

拂衣襟。更剪輕羅片，傳黄金。

酒泉子第五體

前段五句，後段四句，共四十二字，三平三仄韻

◓●◓○四字◒●◓○○●●七字●○○三字平韻起○●●三字●○○三字叶　◒○◒●

◓○●七字換仄韻◒●○○●五字叶◓○◒●◓○●七字叶●○○三字叶前平

詞　　牛嶠

記得去年，煙暖杏園花正發，雪飄香。江草綠，柳絲長。鈿車纖手卷簾望。眉學春山樣。鳳釵低裹翠寰上。落梅妝。

玉蝴蝶第二體

與第一體同，惟後段首句作六字，故不圖不譜

戀情深

前段四句，後段四句，共四十二字，二仄五平韻

◓●◒○○●●七字仄韻起◓○○●四字叶◓○◒●●○○七字換平韻●○○三字叶　　◒○

◒●●○○七字叶◒●●○○五字叶◓●●○○●六字●○○三字叶

詞　　　　毛文錫

滴滴銅壺寒漏咽。醉紅樓月。宴餘香殿會鴛衾。蕩春心。　真珠簾下曉光侵。鶯語隔瓊林。寶帳欲開慵起，戀情深。

歸自謠第二體(一)

前段四句，後段四句，共四十二字，八韻

○●二字仄韻起◓●◓○○●●七字叶◒◒●◓○●六字叶◓◒○●●五字叶　　◓◓●

○○●六字叶◓○○●●五字叶◓◒◒●○●六字叶◓○○●●五字叶

(一) 此署「歸自謠」者誤，調名實應爲《歸國謠》，與《歸自謠》不可相混。

詞　牛嶠(一)

雙臉。小鳳戰蓖金颭豔。舞衣無力風斂。藕絲秋色染。錦帳繡帷斜掩。露珠清曉簟。粉心黃蕊花靨。黛眉山兩點。

清商怨

前段四句，後段四句，共四十三字，六韻

◐○◐○◐◐●七字仄韻起◐◐○◐●五字叶◐●○○四字◐○○●●五字叶◐◐○○
●●六字叶◐●●◐○◐●七字叶◐●○○四字◐○○●●五字叶

詞　晏殊

關河愁思望處滿。漸素秋向晚。雁過南雲，行人回淚眼。雙鸞衾裯悔展。夜又永枕孤人遠。夢未成歸，梅花聞塞管。

(一)《全唐五代詞》作者署溫庭筠，調名作《歸國謠》。

酒泉子第七體

前段五句，後段五句，共四十三字，平仄平共七韻

◐●◐○四字平韻起◐●●○○●●七字仄韻起●○○三字○●●三字叶仄●○○三字叶平

◐○◐●●○○七字叶◐●●○○●●七字●○○三字○●●三字叶●○○三字叶

詞　　張泌

春雨打窗。驚夢覺來天氣曉。畫堂深，紅焰小。背蘭缸。酒香噴鼻懶開缸。惆悵更無人共醉，舊巢中，新燕子。語雙雙。

酒泉子第九體

前段四句，後段五句，共四十三字，四[一]韻

◐●○○四字◐●●○○●六字◐○◐●●○○七字平韻起●○○三字叶　◐○◐●●

(一) 四：原作「三」，因末句圖例漏標「叶」字，故此處亦漏計末韻。

○○七字叶◓●◓○○●●七字●○○三字●○●三字●○○三字叶(一)

詞　李珣

秋雨聯綿，聲散敗荷叢裏，那堪深夜枕前聽。酒初醒。牽愁惹思更無停。燭暗香凝天欲曉，細和煙，冷和雨，透簾中。

酒泉子第十體

前段與第九體同，故只列後段圖，共四十三字

◓○◓●●○○七字平叶◓●◓○○●六字◓○◓●●○○七字叶●○○三字叶

詞　張泌

紫陌青門，三十六宮春色，御溝輦路暗相通。杏園風。咸陽沽酒寶釵空。笑指未央歸去，插花走馬落殘紅。月明中。

(一)原漏標「叶」字，末句必叶韻，補。

酒泉子第十一體

前段與九體同，惟第二句作七字；後段同十體，惟第二句作五字，故不圖不譜

酒泉子第十二體

前段與十一體同；後段同十體，惟次句作五字，三句更平韻，故不圖

詞　　顧　敻

水碧風清，入檻細香紅藕膩，謝娘斂翠恨無涯。小屏斜。　堪憎蕩子不還家。謾留羅帶結，帳深枕膩炷沉煙。負當年。

百尺樓第一體(一)

前段四句二韻，後段同，共四十四字

◓◓◓◓○五字◓●○○●五字仄韻起◓●○○●●○七字◓●○○●五字叶

(一) 此調本名《卜算子》，因秦湛詞「極目煙中百尺樓」句，故又名。

詞(一)　秦　觀(二)

春透水波明，寒峭花枝瘦。極目煙中百尺樓，人在樓中否。　四和嫋金凫，雙陸思纖手。擬倩東風浣此情，情更濃於酒。

伊川令

七句，四十四字，六韻

◓○◓●○○●七字仄韻起◓●○○●五字叶◓●◓○○●六字叶◓●◓○◓●六字叶◓○○●○●六字叶◓○●●●○○七字◓○●○○●●七字叶

詞　花仲穎(三)妻

西風昨夜穿簾幕。閨院添消索。最是梧桐零落。迤邐秋光過却。　人情音信難托。(四)

(一)《全宋詞》調名署《卜算子》。

(二)《全宋詞》作者署秦觀之子秦湛。

(三)穎：《全宋詞》作「胤」。

(四)《全宋詞》此句後多「魚雁成耽閣」一句。

教奴獨自守空房，淚珠與燈花共落。

巫山一段雲

前段四句三韻，後段同，共四十四字

◓●○○●五字○○●●○五字平韻起◓○◓●●○○七字叶◓●●○○五字叶

詞　　毛文錫

雨霽巫山上，雲輕映碧天。遠風吹散又相連。十二晚峯前。　暗濕啼猿樹，高籠過客船。朝朝暮暮楚江邊。幾度降神仙。

採桑子

前段四句，後段同，共四十四字，六韻

◓○◓●○○●七字◓●○○四字平韻起◓●○○四字叶◓●○○◓●○七字叶

詞　　和凝

蝤蠐領上訶梨子，繡帶雙垂。椒戶閑時。競學摴蒱賭荔支。　叢頭鞋子紅編細，裙窣金絲。無事嚬眉。春思翻教阿母疑。

桃花水第四體(一)

前段四句，後段六句，共四十四字，六韻

◐○◐●●○○七字平韻起◐●●○○五字叶○◐●○○●六字◐●●○○五字叶○●●三字●○○三字叶●○○三字叶◐○●●四字●●○○四字●●○○四字叶

詞(二)　　僧仲殊

湧金門外小瀛洲。寒食更風流。紅船滿湖歌吹，花外有高樓。　晴日暖，淡烟浮。恣嬉遊。三千粉黛，十二闌干，一片雲頭。

(一) 此體之所舉例詞，調名本爲《訴衷情》，係唐教坊曲名，因前列第三體毛文錫詞首句而又名《桃花水》，與前列第一、第二體例詞調名《訴衷情》者不同。見前述。

(二) 《全宋詞》調名署《訴衷情》。

添字昭君怨

前段四句，後段四句，共四(一)十四字，平仄共八韻

●●◒○●●六字仄韻起◒●◓○○●六字叶◒○◓●●○○七字換平韻●○○三字叶 ◒

●◓○○●六字更仄韻◓●○○●●六字叶◒○◓●●○○七字叶●○○三字叶

詞(二)　　湯顯祖

昔日千金小姐。今日水流花謝。淹淹惜惜杜陵花。太虧他。　生性獨行無那。此夜星前一箇。生生死死爲情多。奈情何。

後庭花第一體

前段四句四韻，後段同，共四十四字

◒○◓●○○●七字仄韻起◓○○●四字叶◓○◒●○◒●七字叶◓◒○●四字叶

(一) 此處原作「四四」，多一「四」字。

(二) 此詞出自湯顯祖《牡丹亭》第二十七齣「魂遊」。

毛熙震

詞

鶯啼燕語芳菲節。瑞庭花發。昔時歡宴歌聲揭。管弦清越。自從陵谷追遊歇。畫梁塵黦。傷心一片如珪月。閒鎖宮闕。

酒泉子第八體

前段四句，後段五句，共四十四字，四平四仄韻

◐●○○四字平韻起◐●◐○○●●七字仄韻起◐○◐●●○○七字平叶●○○三字叶　◐
○○●○○●七字仄叶◐●◐○○●●七字叶●○○三字○●●三字仄叶●○○三字平叶

顧　夐

詞

黛怨紅羞。掩映畫堂春欲暮。殘花微雨隔青樓。思悠悠。芳菲時節看將度。寂寞無人還獨語。畫羅襦，香粉汙。不勝愁。

菩薩蠻

前段四句，二仄二平，後段四句，更二仄二平，共四十四字，八韻

◓○◓●○○●七字仄韻起◓○◓●○○●七字叶◓●●○○五字換平韻◓○◓●○五字叶

◓○○●●五字更仄韻◓●○○●五字叶◓●●○○五字更平韻◓○◓●○五字叶

詞　李白

平林漠漠煙如織。寒山一帶傷心碧。暝色入高樓。有人樓上愁。　玉階空佇立。宿鳥歸飛急。何處是歸程。長亭更短亭。

減字木蘭花

前段四句，二仄二平韻，後段同，更仄平韻，共四十四字

◓○◓●四字仄韻起◓●◓○○●●七字叶◓●○○四字換平韻◓●○○●●○七字叶

詞　辛棄疾

盈盈淚眼。往日青樓天樣遠。秋月春花。輸與尋常姊妹家。　水村山驛。日暮行雲無氣力。錦字偷裁。立盡西風雁不來。

百尺樓第二體[一]

同一體，次段首句無韻，末作六字，故不圖

詞

徐　俯

胸中千種愁[二]，掛在斜陽樹。緑葉陰陰自[三]得春，草滿鶯啼處。　不見淩波[四]步，空想[五]如簧語。門[六]外重重疊疊山，遮不斷愁來路。

好時光

前段四句，後段四句，共四十五字，四韻

○●○○○●六字○●◐●○○六字平韻起○●●○○●●七字○○◐○○五字叶　◐◐

[一] 此調原名《卜算子》，見前述。
[二] 本句《全宋詞》作「天中百種愁」。
[三] 自：《全宋詞》作「占」。
[四] 淩波：《全宋詞》作「生塵」。
[五] 想：《全宋詞》作「憶」。
[六] 門：《全宋詞》作「柳」。

○●●五字◒●●●○○六字叶◒●○○●五字◒●●○○五字叶

詞

唐玄宗

寶髻偏宜宮樣，蓮臉嫩體紅香。眉黛不須張敞畫，天教入鬢長。莫倚傾國貌，嫁取個有情郎。彼此當年少，莫負好時光。

釣船笛(一)

前段四句，後段四句，共四十五字，四韻

◒●●○○五字◒●◒○○●六字仄韻起◒●◒○◒●六字◒◒○◒●五字叶◒○◒●●○○七字◒●◒○●五字叶◒●◒○○●六字◒◒○◒●五字叶

詞

蔣子雲

葉暗乳鴉啼，風定老紅猶落。蝴蝶不隨春去，入薰風池閣。休歌金縷勸金卮，酒病煞如昨。簾卷日長人靜，任楊花飄泊。

(一) 此調名爲《好事近》别名。

酒泉子第十三體

前段與十一體同；後段與十體同，惟第二句作七字，故不圖

詞　　毛文錫

綠樹春深，燕語鶯啼聲斷續，惠風飄蕩入芳叢。惹殘紅。　柳絲無力嫋煙空。金盞不辭須滿酌，海棠花下思朦朧。醉春風。

繡帶子㈠

前段四句，後段五句，共四十五字，六韻

◐●●○○五字平韻起◐●●○○五字叶◐●◐○◐●六字◐●●○○五字叶◐●●○○五字叶◐◐●◐●○○七字叶◐○◐●四字◐○◐●四字◐●○○四字叶

詞　　黄庭堅

小院一枝梅。衝破曉寒開。晚到芳園遊戲，滿袖帶香回。玉酒覆銀盃。盡醉去猶待

㈠ 此調亦名《好女兒》。

重來。東鄰何事，驚吹怨笛，雪片成堆。

柳含煙第一體

前段五句，後段四句，共四十五字，五平二仄韻

◐○●三字●○○三字平韻起◐●○○●●六字●○◐●●○○七字叶●○○三字叶◐●
●○○●●七字換仄韻◐●○○●●六字叶◐○◐●●○○七字叶前平●○○三字叶

詞 毛文錫

河橋柳，占芳春。映水含煙拂路，幾回攀折贈行人。暗傷神。 樂府吹爲横笛曲。能使離腸斷續。不如移植在金門。近天恩。

柳含煙第二體

前段五句二韻，後段與第一體同，共四十五字

◐○●三字●○○三字◐●◐○○●六字◐○◐●●○○七字平韻起●○○三字叶

詞　　　　　　　　　　　　　　　　　　毛文錫

隋堤柳，汴河春，夾岸綠陰千里，龍舟鳳舸木蘭香。錦帆張。　因夢江南春景好。一路流蘇羽葆。笙歌未盡起横流。鎖春愁。

漁父家風[一]

前段四句，後段六句，共四十五字，六韻

◐○◐●●○○七字平韻起◐●●○○五字叶◐○◐●○○●七字◐●●○○五字叶　◐
●●三字●○○三字叶●○○三字叶◐○●●四字●●○○四字●●●○四字叶

詞　　　　　　　　　　　　　　　　　　張元幹

八年不見荔枝紅。腸斷故園東。風枝露葉新採，悵望冷香濃。　冰透骨，玉開容。想筠籠。今宵歸夢，滿頰天漿，更御冷風。

[一] 此調本名《訴衷情令》，張元幹以黄庭堅詞曾詠「漁父家風」而改此名。

杏園芳

前段四句四韻，後段同，惟首句作七字，不用韻，共四十五字

◐○◐●○○六字平韻起◐○◐●○○六字叶◐○◐●●○○七字叶●○○三字叶　七字叶㈠

詞　　　尹　鶚

嚴妝嫩臉花明。教人見了關情。含羞舉步越羅輕。稱娉婷。　終朝咫尺窺香閣，迢遙似隔層城。何時休遣夢相縈。入雲屏。「稱」叶去

花自落㈡

前段四句，後段四句，共四十五字，七韻

○◐●三字◐●◐○○●六字用仄韻起◐●◐○○●●七字叶◐○○●●五字叶◐●◐
○◐●六字叶◐●◐○○●六字叶◐●◐○○●●七字叶◐○○●●五字叶

㈠「七字叶」前無圖，以詞調下之説明「前段四句四韻，後段同」度之，此三字應爲衍文。

㈡ 此調本名《謁金門》。下所舉例詞，《全唐五代詞》調名署《謁金門》。

詞　韋莊

空相憶，無計得傳消息。天上嫦娥人不識。寄書何處覓。春(一)睡覺來無力。不忍把伊書跡。滿院落花春寂寂。斷腸芳草碧。按：後段首句，孫光憲分二四成句。

誤佳期

前段四句，後段四句，共四十六字，五韻

◐●○○◐●六字仄韻起◐●◐○●●六字叶◐○◐○●○○七字◐●○○●五字叶◐

●●○○五字◐●○○●五字叶◐○◐●●○○七字◐●○○●五字叶

詞　楊慎

今夜風光堪愛。可惜那人不在。臨行多是不曾留，故意將人怪。雙木架鞦韆，兩下深深拜。條香燒盡紙成灰，莫把心兒壞。

(一) 春：《全唐五代詞》作「新」。

憶少年

前段五句，後段四句，共四十六字，五韻

○○◒●四字○○◓●四字○○○●四字仄韻起○○●○●五字●○○○●五字叶 ●●

○○○◓●七字叶◓○◒●○○●七字叶○○●○●五字●○○○●五字叶

詞

晁補之

無窮官柳，無情畫舸，無根行客。南山尚相送，只高城人隔。罨畫園林溪紺碧。算重來盡成陳跡。劉郎鬢如此，況桃花顏色。

洛陽春[一]

前段四句，後段同，共四十六字，六韻

◓●◒○○●六字仄韻起◒○○●四字叶◓○◒●●○○七字◓◓●○○●六字叶

[一] 此調另名《一落索》、《玉連環》、《一絡索》。

陳師道

詞

素手拈花纖軟。生香相亂。却須詩力與丹青，恐俗手難成染。　一顧教人微倩。那堪親見。不辭紫袖拂清塵，也要識春風面。

荊州亭(一)

前段四句，後段四句，共四十六字，六韻

◐●◐○◐●六字仄韻起◐●◐○◐●六字叶◐●●○○五字◐●◐○●●六字叶　◐●
●○◐●六字叶◐●◐○◐●六字叶○●●○○五字◐●◐○○●六字叶

女鬼仙

詞(二)

簾捲曲闌獨倚。江展暮雲無際。淚眼不曾晴，家在吴頭楚尾。　數點雪花亂委。撲漉沙鷗驚起。詩句欲成時，沒入蒼煙叢裏。

(一) 此調又名《江亭怨》。
(二) 《全宋詞》調名署《清平樂令》。

金蕉葉

前段四句，後段四句，共四十六字，六韻

◒○◓●四字仄韻起●○◒◓○◓●七字叶◒◒○●●●六字◒○●◓●五字叶　◓●◒

○◓●六字叶●○○◓○◓●七字叶◒○◒◓●●六字○○◓●●五字叶

詞　　蔣　捷

雲褰翠幕。滿天星碎珠迸索。孤蟾欄外照我，看看過轉角。　酒醒寒砧正作。待眠來夢魂怕惡。枕屏那更畫了，平沙斷雁落。

一絡索(一)

前段四句，後段五句，共四十六字，六韻

◓●◓○○●六字仄韻起◓○◒●四字叶◓○◒●●○○七字◒●◓○○●六字叶　◒●

◒○○●六字叶◒○○●四字叶◓○◒●●○○七字○●●○○●六字叶

(一) 此調另名《洛陽春》、《一落索》、《玉連環》。

朱希真

詞

慣被好花留住。蝶飛鶯語。少年場上醉鄉中，容易放春歸去。今日江南春暮。朱顏何處。莫將愁緒比飛花，花有數愁無數。

憶秦娥

前段五句，後段五句，共四十六字，八韻

◓○●三字仄韻起◓○◓●○○●七字叶○○●疊上三字◓○◓●四字◓○○●四字叶 ●

○◓●○○●七字叶◓○◓●○○●七字叶○○●疊上三字◓○◓●四字●○○●四字叶

李　白

詞

簫聲咽。秦娥夢斷秦樓月。秦樓月。年年柳色，灞陵傷別。樂游原上清秋節。咸陽古道音塵絕。音塵絕。西風殘照，漢家陵闕。此調按東山、竹屋詞中亦多用平韻。

憶蘿月(一)

前段四句，後段四句，共四十六字，四仄三平韻

◐○◐●四字仄韻起◐●○○●五字叶◐●◐○○●●七字叶◐●◐○○●六字叶◐◐

◐●○○六字換平韻◐○◐●○○六字叶◐●◐○◐●六字◐◐◐●○○六字叶

詞 韋莊

鶯啼殘月。繡閣香燈滅。門外馬嘶郎欲別。正是落花時節。 妝成不畫蛾眉。含愁獨

倚金扉。去路香塵莫掃，掃即郎去歸遲。

望仙門

前段四句，後段五句，共四十六字，八韻

◐○◐●●○○七字平韻起●○○三字叶◐○◐●●○○七字叶●○○三字叶◐●○○●

五字◐○◐●○○六字叶◐○◐●●○○七字叶●○○疊上三字◐●●○○五字叶

(一) 此調本名《清平樂》。下所舉例詞，《全唐五代詞》調名署《清平樂》。

詞　　晏殊

玉池波浪碧如鱗。露蓮新。清歌一曲翠眉顰。舞華茵。　滿酌蘭英酒，須知獻壽千春。太平無事荷君恩。荷君恩。齊唱望仙門。

後庭花第二體

前段同第一體，後段五句二十四字，四韻，共四十六字

◐○○●●五字○○●三字仄叶◐●○○●五字叶◐○◐●○○●七字叶●○○●四字叶

詞　　孫光憲

景陽鐘動宮鶯囀。露涼金殿。輕飆吹起瓊花旋。玉葉如剪。　晚來高閣上，珠簾卷。見墜香千片。修蛾慢臉陪雕輦。後庭新宴。

後庭花第三體

前段同第一體，後段五句二十四字，四韻，共四十六字

◐○○●●五字◐○○●四字仄叶◐○◐●四字叶◐●◐○○●●七字叶◐◐○●四字叶

詞　　孫光憲

石城依舊空江國。故宮春色。七尺青絲芳草綠(一)。絕世難得。　玉英凋落盡，更何人識。野棠如織。只是教人添怨憶。悵望無極。

更漏子

前段六句，二仄二平韻，後段同，惟更仄平韻，共四十六字

◐○◐三字○◐●三字仄韻起◐●◐○◐●六字叶◐●●三字●○○三字換平韻◐○◐●○五字叶

詞　　溫庭筠

玉爐香，紅蠟淚。偏照畫堂秋思。眉翠薄，鬢雲殘。夜長衾枕寒。　梧桐樹，三更雨。不道離情正苦。一葉葉，一聲聲。空階滴到明。

(一) 綠：《全唐五代詞》作「碧」。

填詞圖譜卷之二

東海查王望先生鑒定　同學毛先舒稚黄、仲恒雪亭參訂

西泠賴以邠損菴著　查繼超隨菴增輯　查曾榮春谷、王又華逸庵同輯

小令

聖無憂(一)

前段四句，後段四句，共四十七字，四韻

◓●○○●五字◓○●●○○六字平韻起◓○◓●○○●七字◓●●○○五字叶

◓●◓
○○●六字◓○●●○○六字叶◓○◓●○○●七字◓●●○○五字叶

(一) 此調本名《烏夜啼》，唐教坊曲名，歐陽修詞名《聖無憂》，趙令時詞名《錦堂春》。

詞 歐陽修

此(一)路風波險，十年一别須臾。人生聚散長如此，相見且歡娱。好酒能消光景，春風不染髭鬚。爲公一醉花前倒，紅袖莫來扶。

相思兒令(二)

前段四句，後段四句，共四十七字，五韻

◐●◐○○●六字◐●●○○五字平韻起◐●◐○○●六字◐◐●○○五字叶 ◐●◐●○○六字叶●○○◐●○○七字叶◐○◐●○○六字◐○◐●○○六字叶

詞 晏殊

昨日探春消息，湖上綠波平。無奈繞堤芳草，還向舊痕生。有酒且醉瑤觥。更何妨檀板新聲。誰教楊柳千絲，就中牽繫人情。

(一) 此：《全宋詞》作「世」。

(二) 此調《花草粹編》名《相思令》。

玉連環(一)

前段四句，後段四句，共四十七字，六韻

◒○◒●○○●七字仄韻起◒○◒●四字叶◒○◒●●○○七字◒●●○○●六字叶　◒
●◒○○●六字叶◒○◒●四字叶◒○◒●●○○七字◒●●○○●六字叶

詞　　張　先

來時露浥衣香潤。綵縧垂鬢。卷簾還喜月相親，把酒與花相近。西去陽關休問。未歌先恨。玉峯山下水長流，流水盡情無盡。

喜遷鶯第一體

前段五句，後段五句，共四十七字，六韻

○○●三字●○○三字平韻起◒●●○○五字叶◒○○●●○○七字叶◒●●○○五字叶
●●○三字○○●三字◒●◒○○●六字◒○◒●●○○七字叶◒●●○○五字叶

(一) 此調另名《洛陽春》、《一落索》、《一絡索》。

詞　　薛昭蘊

金門晚㈠，玉京春。駿馬驟輕塵。樺烟深處白衫新。認得化龍身。　九陌喧，千戶啟，滿袖桂香風細，杏園歡宴曲江濱。自古㈡占芳辰。

畫堂春

前段四句，後段四句，共四十七字，七韻

◐○◐●●○○七字平韻起◐○◐●○○六字叶◐○◐●●○○七字叶◐●○○四字叶

◐●◐○◐●六字◐○◐●○○六字叶◐○◐●●○○七字叶◐●○○四字叶

詞　　徐俯㈢

落紅鋪徑水平池。弄晴小雨霏霏。杏花憔悴杜鵑啼。無奈春歸。　柳外畫樓獨上，凭闌手撚花枝。放花無語對斜暉。此恨誰知。

㈠ 晚：《全唐五代詞》作「曉」。
㈡ 古：《全唐五代詞》作「此」。
㈢ 《全宋詞》列爲秦觀詞及徐俯存目詞。

甘草子

前段五句，後段四句，共四十七字，七韻

○●二字仄韻起◒●○○四字◒●○○●五字叶◒●●○○五字◒●○○●五字叶　◒●◒○○◒●七字叶●◒●◒○○●七字叶◒●◒○◒◒●七字叶●●○○●五字叶

詞　王世貞

春暮。密打窗紗，陣陣梨花雨。韐匣迸胭脂，綺袖調鸚鵡。　輕煖頻寒相劖剁。做不癢不疼情緒。倩得張郎畫眉嫵。任子規淒楚。

喜遷鶯第二體

前段與第一體同，後段換仄韻，故只列後段圖，共四十七字

●●○三字○●●三字換仄韻●●○○○●六字叶◒○○●●○○七字◒●○○●五字叶

詞　毛文錫

芳春景，曖晴煙。喬木見鶯遷。傳枝隈葉語關關。飛過綺叢間。　錦翼鮮，金毳軟。百轉千嬌相喚。碧紗窗曉怕聞聲，驚破鴛鴦暖。

碧桃春（一）

前段四句，後段五句，共四十七字，八韻

◒○◒●●○○七字平韻起◒○○●○五字叶◒○◒●●○○七字叶◒○○●○五字叶

◒●●三字●○○三字叶◒○◒●○五字叶◒○◒●●○○七字叶◒○◒●○五字叶

詞（二）

歐陽修

南園春早踏青時。風和聞馬嘶。青梅如豆柳如眉。日長蝴蝶飛。花露重，草烟低。人家簾幕垂。鞦韆慵困解羅衣。畫梁雙燕棲。

雀冲天第一體（三）

前段五句，後段五句，共四十七字，平仄平共九韻

○●●三字○●●三字平韻起◒●●○○五字叶◒○○●●○○七字叶◒●●○○五字叶◒

（一）此調本名《阮郎歸》。

（二）《全宋詞》列爲歐陽修存目詞，另收入馮延巳、晏殊名下。

（三）此調本名《喜迁鶯》，因韋莊詞有「鶴冲天」句而又更名。

○●三字換仄韻◓○●三字叶◓●●○○●六字叶◓○◓●●○○七字更平韻◓●●○○五字叶

詞　　歐陽修

梅謝粉，柳拖金。香滿舊園林。養花天氣半晴陰。花好却愁深。　花無數。愁無數。花好却愁春去。戴花持酒祝東風。千萬莫匆匆。

錦堂春(一)

前段四句二韻，後段同，共四十八字

◓●◓○◓●六字◓○◓●○○六字平韻起◓○○●○○●七字◓●●○○五字叶

詞　　趙令時

樓上縈簾弱絮，墻頭礙月低花。年年春事關心事，腸斷欲栖鴉。　舞鏡鸞衾翠減，啼珠鳳蠟紅斜。重門不鎖相思夢，隨意繞天涯。

(一) 此調本爲唐教坊曲《烏夜啼》。

人月圓

前段四句，後段五句，共四十八字，四韻

◓○◓●○○●七字◓●●○○五字平韻起◓○◓●◓○◓●八字◓●○○四字叶　◓○

◓●四字◓○◓●四字◓●○○四字叶◓○◓●◓○●●八字◓●○○四字叶

詞　　吴彦高

南朝千古傷心地，還唱後庭花。舊時王謝堂前燕子，飛入人家。　恍然在遇，天姿勝雪，宮鬢堆鴉。江州司馬青衫濕淚，同是天涯。

喜團圓

前段五句，後段六句，共四十八字，四韻

◓○◓●四字◓○◓●四字◓●○○四字平韻起◓○◓●○○●七字◓○●○○五字叶

◓○◓●四字◓○◓●四字◓●○○四字叶◓○◓●◓○◓●八字◓●○○四字叶

詞　　晏幾道

危樓靜鎖，窗中遠岫，門外垂楊。珠簾不禁春風度，解偷送餘香。　眠思夢想，不如雙燕，得到蘭房。別來只是憑高淚眼，感舊離腸。

南唐浣溪沙

前段四句，後段四句，共四十八字，五韻

◓●○○●●○七字平韻起◓○◒●●○○七字叶◓●◓○○●●七字●○○三字叶

◒

●◓○○●●七字◒○◒●●○○七字叶◓●◒○○●●七字●○○三字叶

詞　　劉基

燕子巢成倦不飛。綠陰鳴鵲靜頻嘶。拄杖獨穿芳草徑，立多時。　池面紫錢荷點點，枝頭青彈杏離離。更愛葵花紅粉豔，似崔徽。

朝中措

前段四句，後段五句，共四十八字，五韻

◒○◒●●○○七字平韻起◒●●○○五字叶◓●◒○◒●六字◓○◓●○○六字叶

◒

○◓●四字◒○◓●四字◓●○○四字叶◒●◓○◒●六字◒○◓●○○六字叶

詞　　歐陽修

平山欄檻倚晴空。山色有無中。手種堂前楊柳，別來幾度春風。文章太守，揮毫萬字，一飲千鍾。行樂直須年少，樽前看取衰翁。

海棠春(一)

前段四句三韻，後段同，共四十八字

◓○◓●○○●七字仄韻起◓●●◓○◓●七字叶◓●●○○五字◓●○○●五字叶

詞　　秦　觀(二)

流鶯窗外啼聲巧。睡未足把人驚覺。翠被曉寒輕，寶篆沈烟裊。宿醒未解宫娥報。道別院笙歌會早。試問海棠花，昨夜開多少。

(一) 此調《欽定詞譜》以爲始自秦觀，因其詞有「試問海棠花，昨夜開多少」句而名。
(二) 《全宋詞》作者佚名。

山花子第二體

前段四句三韻，後段同，共四十八字

◒●◒◒◒●○七字平韻起◒○◒●●○○七字叶◒●◒○◒◒●七字●○○三字叶

詞　　和凝

鶯錦蟬縠馥麝臍。輕裾花早曉烟迷。鸂鶒戰金紅掌墜，翠雲低。星靨笑隈霞臉畔。蹙金開襜襯銀泥。春思半和芳草嫩，緑萋萋。

武陵春第一體

前段四句三韻，後段同，共四十八字

◒●◒○○●●七字◒●●○○五字平韻起◒●○○◒●○七字叶◒●●○○五字叶

詞　　毛滂

風過冰簷環佩響，宿霧在華茵。賸落瑤花襯月明。嫌怕有纖塵。鳳口銜燈金炫轉，人醉覺寒輕。但得清光解照人，不負五更春。

洞天春

前段四句，後段五句，共四十八字，七韻

◒◒◓◓◒●六字仄韻起◓●◒○●●六字叶◓●○○◓◒●七字叶◓◒○○●五字叶
◒○◓●◓●六字叶◓●◒○◓●六字叶◓●○○四字◓○○●四字◒○◒●四字叶

詞

歐陽修

鶯啼綠樹聲早。檻外殘紅未掃。露點真珠遍芳草。正簾幃清曉。鞦韆宅院悄悄。又是清明過了。燕蝶輕狂，柳絲撩亂，春心多少。

秋蕊香

前段四句，後段四句，共四十八字，八韻

◒●◒○◓●六字仄韻起◒●◓○○●六字叶◓○◒●○○●七字叶◒●◓○◒●六字叶
◒○◓●○○●七字叶◓○●三字叶◓○◓●◓○●七字叶◒●◒○◒●六字叶

詞

晏幾道

池苑清陰欲就。還傍送春時候。眼中人去難歡偶。誰共一杯芳酒。朱欄碧砌皆如舊。記攜手。有情不管別離久。情在相逢終有。

虞美人影[一]

前段四句四韻，後段同，共四十八字

◐○◐●○○●七字仄韻起◐●◐○◐●六字叶◐●◐○◐●六字叶◐●○○●五字叶

詞[二]　秦觀[三]

碧紗影弄東風曉。一夜海棠開了。枝上數聲啼鳥。粧點知多少。妬雲恨雨腰肢裊。眉黛不堪重掃。薄倖不來春老。羞帶宜男草。

三字令

前段八句四韻，後段同，共四十八字

[一] 此調一名《桃源憶故人》。
[二] 此詞另名《桃源憶故人》。
[三] 作者又作歐陽修。

○◓●三字●○○三字平韻起●○○三字叶○◓●三字●○○三字叶●○○三字○●●三字●
○○三字叶

詞　　　牛希濟(一)

春去盡，日遲遲。牡丹時。羅幌幌，翠簾垂。彩箋書，紅粉淚，兩心知。人不在，燕空歸。負佳期。香燼落，枕函欹。月分明，花澹薄，惹相思。

陽臺夢

前段四句，後段四句，共四十九字，五韻

◓○◓●○○●七字仄韻起◓○◓●○○●七字叶◓○◓●●○○七字●○○●●五字叶
◓○◓●●五字◓●○○●●六字叶◓○◓●●○○七字◓●○○●五字叶

詞　　　莊宗

薄羅衫子金泥縫。困纖腰怯銖衣重。笑迎移步小蘭叢，嚲金翹玉鳳。嬌多情脈脈，羞

(一)《全唐五代詞》作者署歐陽炯。

把同心撚弄。楚天雲雨却相和，又入陽臺夢。

月宮春

前段四句，後段四句，共四十九字，六韻

◐○○●●○○七字平韻起◐○◐●○五字叶◐○○◐●●○○七字叶◐○◐●○五字叶

◐●○○○●●七字◐○◐●●○○七字叶◐●○○◐●六字◐○◐●○五字叶

詞　毛文錫

水晶宮裏桂花開。神仙探幾廻。紅芳金蕊繡重臺。低傾瑪瑙杯。　玉兔銀蟾爭守護，嫦娥姹女戲相偎。遥聽鈞天九奏，玉皇親看來。

武陵春第二體

前段四句，後段四句，共四十九字，六韻

◐●◐○○●●七字◐●●○○五字平韻起◐●○○◐●○七字叶◐●●○○五字叶◐

●◐○○●●七字◐●●○○五字叶◐●○○◐●○七字叶◐●●●○○六字叶

詞 婦李清照

風住塵香花已盡，日晚倦梳頭。物是人非事事休。欲語淚先流。 聞說雙溪春尚好，也擬泛輕舟。只恐雙溪舴艋舟。載不動許多愁。

賀聖朝第一體

前段五句三韻，後段同，惟首句作八字，共四十九字

◒○◒●○○●七字仄韻起◒◒○◒●五字叶◒○◒●四字◒○○●四字◒○○●四字叶

詞 葉清臣

滿斟綠醑留君住。莫匆匆歸去。三分春色，二分愁悶，一分風雨。 花開花謝都來幾許。且高歌休訴。知他來歲，牡丹時候，相逢何處。「都來幾許」，一本作「花無語日且」云云，訛。

柳梢青

前段五句，後段五句，共四十九字，六韻

◒●○○四字平韻起◒○◒●◒●○○八字叶◒●○○四字◒○◒●四字◒●○○四字叶

◐○◐●○○六字叶◐◐●○○●○七字叶◐●○○四字◐○◐●四字◐●○○四字叶

詞　　秦　觀[一]

岸草平沙。吳王故苑柳嫋烟斜。雨後寒輕，風前香軟，春在梨花。　行人一棹天涯。酒醒處殘陽亂鴉。門外鞦韆，牆頭紅粉，深院誰家。

柳梢青第二體

與第一體同，只改用仄韻，故不圖

詞　　賀　鑄[二]

子規啼血[三]。可憐又是春歸時節。滿院東風，海棠鋪繡，梨花飛雪。　丁香露泣殘枝。悄未比愁腸寸結。自是休文，多情多感，不干風月。

[一]《全宋詞》作者署僧仲殊。

[二]《全宋詞》作者又署蔡伸。

[三]《全宋詞》署名蔡伸詞首句作「數聲鶗鴂」。

太常引第一體

前段四句，後段五句，共四十九字，七韻

◓○◒●●○○七字平韻起◒○●○○五字叶◓●●○○五字叶◓○●○○●○七字叶

◒○●●四字◒○◓●四字◓●●○○五字叶◓●●○○五字叶◒●●○○●○七字叶

詞　　辛棄疾

一輪秋影轉金波。飛鏡又重磨。把酒問姮娥。被白髮欺人奈何。　乘風好去，長空萬里，直下看山河。斫去桂婆娑。人道是清光更多。

河瀆神

前段四句，後段四句，共四十九字，四平四仄韻

◒●●○○五字平韻起◒○◒◒○○六字叶◓○◒○●○○七字叶◓○◓●○○六字叶

◓○◒●○○●七字換仄韻◓○◒●○●六字叶◒●◓○○●六字叶◒○○●○●六字叶

詞　　溫庭筠

孤廟對寒潮。西陵風雨蕭蕭。謝娘惆悵倚蘭橈。淚流玉筯千條。　暮天愁聽思歸樂。

早梅香滿山廓。回首兩情蕭索。離魂何處飄泊。

歸去來

前段五句，後段五句，共四十九字，九韻

◒●◒○●六字仄韻起◒●○○●五字叶◒●○○四字◒○●三字叶◒●●○●六字叶
◒●○○●五字叶◒○●●○◒●七字叶◒○◓●○●七字叶○○●三字叶◓○●三字叶

詞　　柳永

初過元宵三五。慵困春情緒。燈月闌珊，嬉遊處。遊人盡厭歡聚。憑仗如花女。持杯謝酒朋詩侶。餘酲更不禁香醑。歌筵舞。且歸去。

醉鄉春

前段五句，後段五句，共四十九字，七韻

◒●◓○○●六字仄韻起◒●◓○○●六字叶◓●●三字●○○三字◒●◓○○●六字叶
◓●◓○○●六字叶◓●◓○◓●六字叶◓○●三字叶●○○三字◓○◓●○○●七字叶

詞[一]

秦　觀

喚起一聲人悄。衾冷夢寒窻曉。瘴雨過，海棠開[二]，春色又添多少。社甕釀成微笑。半缺椰[三]瓢共舀。覺傾[四]倒。急投床，醉鄉廣大人間小。

醉高歌

前段四句，後段四句，共五十字，四韻

◐●◐●○○六字◐●◐○●●六字仄韻起◐○◐●○○●七字◐●○○●●六字叶◐
○◐●○○六字◐●◐○●●六字叶◐○◐●◐◐◐七字◐●○○●●六字叶

詞

姚牧菴

十年燕月歌聲，幾點吳霜鬢影。西風吹起鱸魚興，已在桑榆暮景。榮枯枕上三更，傀

(一)《全宋詞》調名署《添春色》。
(二)開：《全宋詞》作「晴」。
(三)椰：《全宋詞》作「瘻」。
(四)傾：《全宋詞》作「健」。

儡場頭四並。人生幻化總浮漚，幾箇臨危自省。

偷聲木蘭花

前段四句，二仄二平韻，後段同，惟換仄平韻，共五十字

◓○◓●○○●七字仄韻起○●◓○○●●七字叶◓●○○四字換平韻◓●◓○◓●○七字叶

詞　　　　張　先

雲籠瓊院梅花瘦。外院重扉聯寶獸。海月新生。上得高樓沒奈情。　簾波不動銀釭小。今夜夜長爭得曉。欲夢高唐。祇恐覺來添斷腸。

憶漢月

前段四句，後段四句，共五十字，五韻

◓●◓○○●六字仄韻起◓●○○◓●六字叶◓○◓●●○○七字◓●◓○◓●六字叶

◓○○●●五字◓●●◓○○●七字叶◓○◓●●○○七字◓●●○○●六字叶

詞　　歐陽修

紅豔幾枝輕嫋。新被東風開了。倚烟啼露爲誰嬌，故惹蜨憐蜂惱。　多情遊賞處，留戀向綠叢千繞。酒闌歡罷不成歸，腸斷月斜春老。

少年遊第一體

前段五句三韻，後段同，惟起句末字不用韻，共五十字

◓○◓◓◓○○七字平韻起◓●●○○五字叶◓◓◓◓四字◓○○●四字◓●●○○五字叶

詞　　林少瞻

霽霞散曉月猶明。踈木掛殘星。山徑人稀，翠羅深處，啼鳥兩三聲。　霜華重逼雲(一)裘冷，心共馬蹄輕。十里青山，一溪流水，都做許多情。

西江月第一體

前段四句，後段同，共五十字，六韻

(一) 雲：《全宋詞》作「駝」。

◓◓◓○◓●六字◓○●●○○六字平韻起◓○◓●●○○七字叶◓●◓○◓●六字叶上聲

蘇　軾

詞

照野瀰瀰淺浪，橫空曖曖微霄。障泥未解玉驄驕。我欲醉眠芳草。　可惜一溪明月，莫教踏碎瓊瑤。解鞍攲枕綠楊橋。杜宇數聲春曉。

城頭月

前段五句，後段五句，共五十字，六韻

◓○◓●○○●七字仄韻起◓●◓○●五字叶◓●◓○四字◓○◓●四字◓●○○●五字叶
◓○◓●○○●七字叶◓●○○●五字叶◓●○○四字◓○●●四字◓●○○●五字叶

李公昂(一)

詞

工夫作用中宵晝。點化無中有。真氣長存，童顏不改，底用呵摩皺。　一身二五之精

(一) 作者名誤，應爲李昂英。

媾。積得嬰兒就。試問霞翁，三田熟未，還解冲霄(一)否。

滿宮花第一體

前段五句三韻，後段同，共五十字

◐◐○三字○●●三字仄韻起◐●◐○○●六字叶◐○◐●●○○七字◐●◐○○●六字叶

詞

尹　鶚

月沉沉，人悄悄。一炷後庭香裊。風流帝子不歸來，滿地禁花慵掃。離恨多，相見少。何處醉迷三島。漏清宮樹子規啼，愁鎖碧窗春曉。

月中行(二)

前段四句，後段四句，共五十字，七韻

(一) 冲霄：《全宋詞》作「飛沖」。

(二) 此調本名《月宮春》，周邦彦詞更名《月中行》。

◓○◓●●○○七字平韻起◓●●○○五字叶◓○○◓●●○○七字叶◓●●○○五字叶

◓○◓●○○●七字◓●●◓●○○七字叶◓○◓●●○○七字叶◓●●○○五字叶

詞　　周邦彥

蜀絲趂日染乾紅。微暖口㈠脂融。博山細篆靄房櫳。靜看打窻蟲。　愁多膽怯疑虛幙，聲不斷暮景踈鐘。團圍㈡四壁小屏風。涙盡夢啼㈢中。

太常引第二體

與第一體同，惟前段次句作六字，故不圖

詞　　辛棄疾

君王著意履聲間。便合押紫宸班。今代又尊韓。道吏部文章泰山。　一杯千歲，問公何事，早伴赤松閒。功業後來看。似江左風流謝安。

㈠ 口：《全宋詞》作「面」。
㈡ 圍：《全宋詞》作「團」。
㈢ 啼：《全宋詞》作「魂」。

應天長第一體

前段五句，後段五句，共五十字，八韻

◓○◒●○○●七字仄韻起◒●◒○○●●七字叶●○◒三字◒◓●三字叶◒●◓○○●●七字叶

●○○三字○●●三字叶◒●◓○○●六字叶◓●◓○◒●六字叶◓◒○◓●五字叶

詞

韋莊

綠槐陰裏黃鶯語。深院無人春晝午。畫簾垂，金鳳舞。寂寞繡屏香一炷。碧天雲，無定處。空有夢魂來去。夜夜綠窗風雨。斷腸君信否。

燕歸梁

前段五句，後段四句，共五十字，七韻

◓●○○◓●○七字平韻起◓●○○四字叶◓○◒●●○○七字叶○◒●三字●○○三字叶

◒○◓●○○●七字◒○◓●○○六字叶◓○◒●●○○七字叶◓◓●●○○六字叶

詞　柳　永

織錦裁篇寫意深。字值千金。一回披玩一愁吟。腸成結，淚盈襟。　幽歡已散前期遠，無聊賴是而今。密憑歸雁寄芳音。恐冷落舊時心。

應天長第二體

前段四句，後段四句，共五十字，八韻

◒○◒●○○●七字仄韻起◒●◒○○●●七字叶○○●●○○●七字叶◒●●○○●●七字叶◒○○●●五字叶◒●◒○○●六字叶◒●◒○○●六字叶◒●●○●五字叶

詞　毛文錫

平江波暖鴛鴦語。兩兩釣船歸極浦。蘆洲一夜風和雨。飛起淺沙翹雪鷺。　漁燈明遠渚。蘭棹今宵何處。羅袂從風輕舉。愁殺採蓮女。

惜分飛

前段四句四韻，後段同，共五十字

◓●◓○○●●七字仄韻起◓●◓○◓●六字叶◓●○○●五字叶◓○◓●○○●七字叶

詞　　毛滂

淚溼闌干花著露。愁到眉峰碧聚。此恨平分取。更無言語空相覷。　斷雨殘雲無意緒。寂寞朝朝暮暮。今夜山深處。斷魂分付潮回去。

滴滴金

前段五句四韻，後段同，共五十字

◓○◓●○○●七字仄韻起●○○三字◓○●三字叶◓●○○◓◓●七字叶◓◓○○●五字叶

詞　　晏殊

梅花漏泄春消息。柳絲長，草芽碧。不覺星霜鬢邊白。念時光堪惜。　蘭堂把酒留嘉客。對離筵，駐行色。千里音塵便疏隔。合有人相憶。

怨三三

前段五句，後段五句，共五十字，八韻

◐○●◐○○七字平韻起◐●○○四字叶◐●○○◐●○七字叶◐○●三字◐○○三字叶
◐○◐●○○六字叶◐○●○○●○七字叶◐◐●○○五字叶◐○○●四字◐●○○四字叶

詞　李之儀

清溪一派瀉揉藍。岸草毵毵。記得黃鸝語畫檐。喚狂裏，醉重三。春風不動垂簾。
似三五初圓素蟾。鎮淚眼廉纖。何時歌舞，再和池南。

漁歌子

前段六句四韻，後段同，共五十字

●◐○三字○●●三字仄韻起◐○◐●○○●七字叶◐◐◐三字◐◐●三字叶◐●○○◐●六字叶

詞　顧敻

曉風清，幽沼綠。倚闌凝望珍禽浴。畫簾垂，翠屏曲。滿袖荷香馥郁。好攄懷，堪寓目。身閒心靜平生足。酒杯深，光影促。名利無心較逐。

荷葉杯第三體

前段五句，後段同，平仄共十韻

◓●○○◒●六字仄韻起○●二字叶◒●●○○五字換平韻◓○◒●●○○七字叶◓●●○○五字叶

詞 韋莊

絕代佳人難得。傾國。花下見無期。一雙愁黛遠山眉。不忍更思維。閒掩翠屏金鳳。殘夢。羅幕畫堂空。碧天無路信難通。惆悵舊房櫳。

少年遊第二體

前段六句，後段四句，共五十一字，四韻

◓○◒●四字◒○◒●四字◒●●○○五字平韻起◒◒◒●四字◒○◓●四字◒●●○○五字叶◓●◓○○◒●七字◒●●○○五字叶◓●◒○○●●七字◒○●●○○六字叶

詞 蘇軾

去年相送，餘杭門外，飛雪似楊花。今年春盡，楊花似雪，猶不見還家。對酒卷簾邀明月，風露透窻紗。恰似嫦娥憐雙燕，分明照畫梁斜。

滿宮花第二體

前段五句，後段四句，共五十一字，五韻

◒◓○三字○●●三字仄韻起◓●◓○○●六字叶◓○◒●●○○七字◓●◓○○●六字叶

◒●○○○●●七字叶◓●◒○◒●六字◒○◒●●○○七字◒●◒○○●六字叶

詞

張　泌

花正芳，樓似綺。寂寞上陽宮裏。鈿籠金鎖睡鴛鴦，簾冷露華珠翠。　嬌艷輕盈香雪膩。細雨黃鶯雙起，東風惆悵欲清明，公子橋邊沉醉。

思越人

前段五句，後段五句，共五十一字，二平三仄韻

●○○三字○●●三字◓○◒●○○六字平韻起◓●◒○○●●七字◒○◒●○○六字叶　◓

○◒●○○●七字換仄韻●○●三字●○●三字叶◒●◒○○●●七字◒○◓●○●六字叶

詞　　孫光憲

古臺平，芳草遠，館娃宮外春深。翠黛空留千載恨，教人何處相尋。綺羅無復當時事。露花點，滴香淚。惆悵遙天橫淥水，鴛鴦對對飛起。

少年遊第三體

前段六句，後段五句，共五十一字，五韻

◐○◐●四字◐○◐●四字◐●●○○五字平韻起◐○◐●四字◐○◐●四字◐●●○○五字叶◐○◐●四字○○◐●四字◐●●○○五字叶●○◐●●○○七字叶◐●●○○五字叶

詞　　晏幾道

雕梁燕去，裁詩寄遠，庭院舊風流。黃花醉了，碧梧題罷，閒臥對高秋。繁雲破後，分明素月，涼影掛銀鈎。有人凝澹倚西樓。新樣兩眉愁。

探春令

前段四句，後段四句，共五十一字，六韻

◒○◒●●○○七字◒◒○○●五字仄韻起◒○◒○●○○●八字叶◒●◒○○●六字叶◒
○◒○○○●七字叶○◒○○●五字叶◒○◒●○○●七字◒●●○○●六字叶

詞　　蘇　軾(一)

玉窻蠅字記春寒，滿茸絲紅處。畫翠鴛雙展金蜩翅。未抵我愁紅膩。芳心一點天涯去。絮濛濛遮住。對花彈阮纖瓊指，爲粉靨空彈淚。

迎春樂

前段四句，後段四句，共五十一字，七韻

◒○◒●○○●七字仄韻起◒◒●○○●六字叶◒○◒●○○●七字叶◒●●○○●六字叶
◒◒◒◒○●●七字叶◒◒●○○○●七字叶◒●◒○○◒六字●●○○●五字叶

詞　　秦　觀

菖蒲葉葉知多少。唯有箇蜂兒妙。雨晴紅粉齊開了。露一點嬌黄小。早是被曉風力

(一)《全宋詞》作者署蔣捷。

暴。更春共斜陽俱老。怎得花香深處，作箇蜂兒抱。

望江東

前段四句，後段四句，共五十一字，八韻

◐●○○◐◐●七字仄韻起◐●●○○●六字叶◐○◐●●○●七字叶◐●●○○●六字叶

◐○●●○○●七字叶◐●●○○●六字叶◐◐○●◐○●七字叶◐●○○●五字叶

詞　　黃庭堅

江水西頭隔烟樹。望不見江東路。思量只有夢來去。更不怕江攔住。燈前寫了書無數。算沒箇人傳與。直饒尋得雁分付。又是秋將暮。

應天長第三體

前段同第二體，後段同第一體，故不圖不譜

河傳第一體

前段六句，後段五句，共五十一字，九韻

◐◐◐●四字仄韻起◐●◐○四字◐○○●四字叶●○○●四字◐◐●●四字叶◐○○●●五字叶◐○◐●○○●七字叶○○●三字叶◐●○◐●五字叶◐○○●○●六字叶◐○○●●五字叶

詞　　張泌

渺莽雲水。惆悵暮帆，去程迢遞。夕陽芳草，千里萬里。雁聲無限起。　夢魂悄斷烟波裏。心如醉。相見何處是。錦屏香冷無睡。被頭多少淚。

河傳第二體

前段六句，後段六句，平仄共十二韻，凡四更韻

○●二字仄韻起◐○○●四字叶●●○○四字換平韻◐○◐●●○○七字叶○○二字叶●○○三字叶○○◐●○○●七字更仄韻◐◐○三字叶◐●○○●五字叶◐○◐●●○○七字更平韻○○二字叶◐○◐●○五字叶

詞　　　　張　泌

紅杏。交枝相映。密密濛濛。一庭濃艷倚東風。香融。透簾櫳。　斜陽似共春光語。蜨爭舞。更引流鶯妒。魂銷千片玉樽前。神仙。瑤池醉暮天。

少年游第四體

前段同二體，後段同三體，惟三句、四句皆作四字，五句不用韻，故不圖

詞　　　　晏幾道

綠勾闌畔，黃昏淡月，攜手對殘紅。紗窗影裏，朦騰春睡，繁杏小屏風。　須愁別後，天高海闊，何處更相逢。幸有花前，一杯芳酒，歸計莫匆匆。

探春令第二體

前段四句，後段四句，共五十二字，五韻

◒○◒●●○○七字◒◒○○●五字仄韻起◒◒○◒●○○●八字◒◒●○○●六字叶

◒○◒●○○●七字叶◒◒○◒○五字叶◒◒○◒●○○●●九字◒●○○●五字叶

詞　　晏幾道

綠楊枝上曉鶯啼，報融和天氣。被數聲吹入紗窗裏，又驚起嬌娥睡。　綠雲斜嚲金釵墜。惹芳心如醉。爲少年濕了鮫綃帕上，都是相思淚。

醉花陰

前段四句三韻，後段同，共五十二字

◒◒◒◒○◒●七字仄韻起　◒●◒○●五字叶　◒●●○○五字　◒●◒○◒●○○●九字叶

詞　　婦李清照

薄霧濃雲愁永晝。瑞腦銷金獸。時節又重陽，寶枕紗窗半夜涼初透。　東籬把酒黃昏後。有暗香盈袖。莫道不銷魂，簾卷西風人似黃花瘦。

青門引

前段四句，後段四句，共五十二字，六韻

◒●○○●五字仄韻起　◒●◒○○●六字叶　◒○◒●●○○七字　◒○◒●◒●●○●九字

叶◐○◐●○○●七字叶◐●○○●五字叶◐○◐●○●六字◐○◐●○○●七字叶

詞　　張　先

乍暖還輕冷。風雨晚來方定。庭軒寂寞近清明，殘花中酒又是去年病。樓頭畫角風吹醒。入夜重門靜。那堪更被明月，隔牆送過鞦韆影。

雨中花

前段五句，後段五句，共五十二字，六韻

◐●◐○◐●六字仄韻起◐●◐○◐●六字叶◐●○○四字◐○◐●四字◐●○○●五字叶◐●◐○○●●七字叶◐●◐○○●六字叶◐◐●○○五字◐○◐●四字◐●○●五字叶

詞　　歐陽修

千古都門行路。能使離歌聲苦。送盡行人，花殘春晚，又到東君去。醉藉落花吹暖絮。多少曲堤芳樹。且攜手留連，良辰美景，留作相思處。

木蘭花第一體

前段六句三韻，後段同，共五十二字

●○○三字○●●三字仄韻起◓●◒○○●●七字叶◒●●三字●○○三字◓◓◓◒○◓●七字叶

詞　　毛熙震

掩朱扉，鉤翠箔。滿院鶯聲春寂寞。勻粉淚，恨檀郎，一去不歸花又落。　對斜暉，臨小閣。前事豈堪重想著。金帶冷，畫屏幽，寶帳慵薰蘭麝薄。

尋芳草(一)

前段六句，後段四句，共五十二字，六韻

◓●●○●五字仄韻起●○●●○◒●七字叶●○○●●五字○◓●◓◒◒六字◓○●三字叶

◓●●○○五字●◒●●○◒●七字叶●○○●●○◒●八字叶◒◓◓○○●六字叶

(一) 此調一名《王孫信》。

詞(一) 辛棄疾

有得許多淚。更閒却許多鴛被。枕頭兒放處，都不是舊家時，怎生睡。 更也沒書來，那堪被雁兒調戲。道無書却有書中意。排幾箇人人字。

醉紅妝

前段六句，後段六句，共五十二字，七韻

◐○◐●●○○七字平韻起●○◐三字●◐○三字叶◐○◐●●○○七字叶○◐●三字●○○三字叶

◐○◐●●○○七字叶●○●三字●○○三字叶◐●◐○○●●七字○◐●三字●○○三字叶

詞 張先

瓊林玉樹不相饒。薄雲衣，細柳腰。一般妝樣百般嬌。眉兒秀，總如描。 東風搖草百花飄。恨無計，上青條。更起雙歌郎且飲，郎未醉，有金貂。

(一)《全宋詞》調名署《王孫信》。

紅窗聽

前段四句，後段五句，共五十三字，六韻

◓●◒○◒●●七字仄韻起◒◓●◓○◒●七字叶◓○◒●○○●七字●○○◒●五字叶

◓●◒○○●●七字叶◒○●◒○●●七字◒○●●四字叶◓○◒●四字●○○○●五字叶

詞　　　　　　　　　晏　殊

淡薄梳妝輕結束。天付與臉紅眉綠。斷環書素傳情久，許雙飛同宿。　一餉無端分比目。誰知道風前月底，相看未足。此心終擬，覓鸞弦重續。

望遠行第一體

前段四句，後段五句，共五十三字，八韻

◒●○○●●○七字平韻起○●○○●○六字叶◒○◒●●○○七字叶◓○○●●○○七字叶

○●●三字●○○三字叶●●○○●○六字叶◒○○●●○○七字叶●○○●●○○七字叶

詞　　李珣

春日遲遲思寂寥。行客關山路遙。瓊窗時聽語鶯嬌。柳絲牽恨一條條。休暈繡，罷吹簫。貌逐殘花暗凋。同心猶結舊裙腰。忍辜風月度良宵。

河傳第三體

前段七句，後段七句，平仄共十一韻，凡三更韻

●●二字仄韻起○●二字叶◓○○●四字◓○○●四字叶●○○三字●○○三字◒●◓○○●●七字叶

◓◓◒◒○●七字更仄韻○●●三字叶◓●◒○●五字叶◓◒○三字換平韻◓◒○三字叶◓○二字叶◓○◒●○五字叶

詞　　顧敻

曲檻。春晚。碧流紋細，綠楊絲軟。露花鮮，杏枝繁，鶯囀野蕪平似剪。直是人間到天上。堪遊賞。醉眼疑屏障。步池塘。惜韶光。斷腸。爲花須盡狂。

河傳第四體

前段六句六韻，後段同第三體，故只刻前段圖

◓○◒●四字仄韻起◓○◒◓四字叶○○●●四字叶●○○●●●六字叶◓●二字叶◒○○●
●五字叶

詞　孫光憲

柳拖金縷。著烟濃霧。濛濛落絮。鳳皇舟上楚女。妙舞。雷喧波上鼓。龍爭虎戰分中土。人無主。桃葉江南渡。襞花箋。艷思牽。成篇。宮娥相與傳。

河傳第五體

前段六句四韻，後段同第二體，共五十三字

○●○●四字○●○●四字●●○○四字平韻起◓○◒●●○○七字叶○○二字叶●○○三字叶

詞　閻選

秋雨秋雨，無晝無夜，滴滴霏霏。暗燈涼簟怨分離。妖姬。不勝悲。西風稍急喧庭竹。停又續。膩臉懸雙玉。幾廻邀約雁來時。違期。雁歸人不歸。

河傳第六體

前段六句，後段六句，平仄共八韻，凡三更韻

◓●○●四字◓○○●四字●●○○四字平韻起◒○◓●◒●六字◓●○○四字叶●○○三字叶

◓○◒●○○●七字換仄韻○○●三字叶◓●○○●五字叶◒○◓●四字◒◓◓●

○○六字換平韻●○○三字叶

詞

韋　莊

錦浦春女，繡衣金縷，霧薄雲輕。花深柳暗時節，正是清明。雨初晴。玉鞭魂斷烟霞路。鶯鶯語。一望巫山雨。香塵隱映，遥見翠檻紅樓。黛眉愁。

怨王孫

前段六句，後段六句，平仄共九韻，凡四更韻

◓◓◓●四字◒○◓●四字仄韻起◓●○○四字◓○●●四字叶○●◒●○○六字換平韻●○○三字叶

◓○◒●○○●七字更仄韻○◓●三字叶●◓○◒●五字叶◓○●●◓●六字

●●○○四字更平韻●○○三字叶

詞　婦李清照(一)

夢斷漏悄，愁濃酒惱。寶枕生寒，翠屏向曉。門外誰掃殘紅。夜來風。　玉簫聲斷人何處。春又去。忍把歸期負。此情此恨此際，擬托行雲。問東君。

戀繡衾

前段四句，後段四句，共五十四字，五韻

◐●○○●◐○七字平韻起◐○○◐●●○七字叶◐●◐○◐●六字◐○◐◐●◐○七字叶
◐○◐●○○●七字◐◐○◐●◐○七字叶◐◐●○○●六字●○○◐●◐○七字叶

詞　陸　游

不惜貂裘換釣篷。嗟時人誰識放翁。歸棹借風輕(二)穩，數聲聞林外暮鐘。　幽栖莫笑蝸廬小，有雲山烟水萬重。半世向丹青看，喜如今身在畫中。

(一) 《全宋詞》作者佚名。
(二) 風輕：《全宋詞》作「樵風」。

臨江仙第一體

前段四句三韻，後段同，共五十四字

◓◒◒◓○◒●七字◓○◓●○○六字平韻起◓○◒●●○○七字叶◓○◒●●○○七字叶

詞 和　凝

海棠香老春江晚，小樓霧縠空濛。翠鬟初出繡簾中。麝烟鸞佩惹蘋風。　碾玉釵搖鸂鶒顫，雪肌雲髻將融。含情遙指碧波東。越王臺殿蓼花紅。

雙調望江南

前段五句三韻，後段同，惟換韻，共五十四字

○◓●三字◓●●○○五字平韻起◒●●○○●●七字◒●◒●●○○七字叶◒●●○○五字叶

詞 李後主

多少恨，昨夜夢魂中。還似舊時遊上苑，車如流水馬如龍。花月正春風。　多少淚，斷臉復橫頤。心事莫將和淚說，鳳笙休向淚時吹。腸斷更無疑。

江月晃重山

前段五句三韻，後段同，共五十四字

◐●○○●●六字◐○◐●○○六字平韻起◐○◐●●○○七字叶○○●三字◐●●○○五字叶

詞　　陸　游[一]

洞裏仙人種玉，江邊楚客滋蘭。鴛鴦沙暖鵁鶄寒。菱花晚，不禁鬢毛斑。芳草洲前道路，夕陽樓上闌干。碧雲何處望歸鞍。從軍客，耽樂不思還。

木蘭花第二體

前段同第一體，後段四句三韻，共五十四字

◐◐◐◐○◐●七字叶◐●◐○○●●七字叶◐○◐●●○○七字◐●◐◐○○●七字叶

[一]《全元詞》又署此詞作者爲劉秉忠。

詞　　　　　　　　　　　　　　　　魏承班

水[一]芙蓉，香旖旎。碧玉堂深清似水。閉寶匣，掩金鋪，倚屏拖袖愁如醉。遲遲好景煙花媚。曲渚鴛鴦眠錦翅。凝然愁望靜相思，一雙美[二]靨嚬香蕊。

杏花天

前段四句四韻，後段同，共五十四字

◓◒◒●○○●七字仄韻起◓●●○○◒●七字叶◒○●●○○●七字叶◒●◓○●●六字叶

詞　　　　　　　　　　　　　　　　朱敦儒

淺[三]春庭院東風曉。細雨打鴛鴦寒峭。花尖望見鞦韆了。無路踏青鬬草。人別後

(一) 水：《全唐五代詞》作「小」。
(二) 美：《全唐五代詞》作「突」。
(三) 淺：《全宋詞》作「殘」。

碧雲信杳。對好景愁多歡少。等他燕子傳音耗。紅杏開時(一)未到。

賣花聲第二體(二)

前段五句四韻，後段同，共五十四字

◐●●○○五字平韻起◐●○○四字叶◐○◐●●○○七字叶◐●◐○○●●七字◐●○○四字叶

詞　康與之

蹙損遠山眉。幽怨誰知。羅衾滴盡淚胭脂。夜過春寒愁未起，門外鴉啼。惆悵阻佳期。人在天涯。東風頻動小桃枝。正是銷魂時候也，撩亂花飛。

河傳第七體

前段五句三韻，後段同第三體，五十四字

(一) 時：《全宋詞》作「了」。

(二) 此調本名爲《浪淘沙令》。

◓○○●四字仄韻起◓○◒●四字◒○○●四字叶◒○◓●●○○七字◒●●○○●●七字叶

詞　　顧敻

燕颺晴景。小窗屏暖，鴛鴦交頸。菱花掩却翠鬟欹，慵整海棠簾外影。繡幃香斷金鸂鶒。無消息。心事空相憶。倚東風。春正濃。愁紅。淚痕衣上重。

月照梨花(一)

前段六句，後段六句，平仄共十一韻，凡四更韻

◓●○●四字仄韻起◒○○●四字叶◓●○○四字◒○◓●四字叶○●◒●○○六字換平韻●○○三字叶

◒○●●○○●七字更仄韻◓○●●四字叶◓●○●四字叶◓◒◒◓◒○○七字叶前平◒●○○四字叶●○○三字叶

詞　　黄昇

晝景方永。重簾花影。好夢猶酣，鶯聲喚醒。門外風絮交飛。送春歸。修蛾畫了無

(一) 此調本唐曲《河傳》，因李清照詞有「人靜皎月初斜，浸梨花」而更名。

人問。幾多別恨。淚洗殘(一)粉。不知郎馬何處嘶。煙草萋迷。鷓鴣啼。

河傳第八體

前段六句四韻，後段同第三體，共五十四字

◒○◒●四字仄韻起◒○◒●四字◒○◒●四字叶●○○三字◒●●○○●六字叶◒○○●●五字叶

詞　　孫光憲

太平天子。等閒遊戲，疏河千里。柳如絲，偎倚綠波春水。長淮風不起。如花殿脚三千女。爭雲雨。何處留人住。錦帆風。煙際紅。燒空。魂迷大業中。

河傳第九體

首段七句六韻，後段同第三體，共五十四字

(一)《全宋詞》「殘」字後多一「妝」字。

◐●二字仄韻起○●二字叶◐○◐○四字◐●◐●四字叶◐○◐●●○○七字換平韻◐○二字叶●○◐○●五字叶仄

詞 顧敻

棹舉。舟去。波光渺渺，不知何處。岸花汀草共依依。雨微。鷓鴣相逐飛。天涯離恨江聲咽。啼猿切。此意向誰說。艤蘭橈。獨無聊。魂銷。小爐香欲焦。

木蘭花第三體

前段五句三韻，後段同第二體，共五十五字

◐●◐○○●●七字仄韻起◐●◐○○●●七字叶○●●三字●○○三字◐●◐○○●●七字叶

詞 韋莊

獨上小樓春欲暮。愁望玉關芳草路。消息斷，不逢人，卻斂細眉歸繡戶。坐看落花空歎息。羅袂濕班紅淚滴。千山萬水不曾行，魂夢欲教何處覓。

鷓鴣天

前段四句，後段五句，共五十五字，六韻

◓●○○◓●○七字平韻起○○◓●●○○七字叶●○◓●○●●七字◓●○○◓●○七字叶　○●●三字●○○三字叶○○◓●●○○七字叶◓○◓●○○●七字◓●○○◓●○七字叶

詞　秦觀

枝上流鶯和淚聞。新啼痕間舊啼痕。一春魚鳥無消息，萬㈠里關山勞夢魂。　無一語，對芳樽。安排腸斷到黃昏。甫能炙得燈兒了，雨打梨花深閉門。

金鳳鉤

前段五句，後段五句，共五十五字，七韻

◓●●◓○●六字仄韻起◓◓●◓○◓●七字叶◓○○●四字◓○◓●四字◓●◓○◓●六

㈠　萬：《全宋詞》作「千」。

字叶◐○◐●○○●七字叶◐●◐◐○◐●七字叶◐○◐●四字◐○◐●四字叶◐●◐○◐●六字叶

詞

晁補之

春辭我向何處。怪草草夜來風雨。一簪華髮，少歡饒恨，無計殢春且住。春回常恨尋無路。試向我小園徐步。一闌紅藥，倚風含露。春自未曾歸去。

芳草渡

前段八句，後段八句，平仄共十韻

○○●三字●○○三字平韻起○○●三字●○○三字叶◐○◐●●○○七字叶○●●三字○●●三字●○○三字叶◐◐○三字換仄韻○●●三字叶◐●◐○◐●六字叶○○●三字●○○三字叶平○○●三字●○●三字叶仄●○○三字叶平

詞

歐陽修(一)

梧桐落，蓼花秋。煙初冷，雨才收。蕭條風物正堪愁。人去後，多少恨，在心頭。燕鴻

(一) 作者一說馮延巳。

遠。羌笛怨。渺渺澄江一片。山如黛，月如鉤。笙歌散，魂夢斷。倚高樓。

河傳第十體

前段七句六韻，後段同第三體，共五十五字

◒●二字仄韻起○●二字叶◒○●●四字叶◒○●●四字叶◓○○●四字◒●◓○◒●六字叶◓

○○●●五字叶

詞　　孫光憲

大堤

風颭。波斂。團荷閃閃。珠傾露點。木蘭舟上，何處越娃吳豔。藕花紅照臉。

狂殺襄陽客。煙波隔。渺渺湖光白。身已歸。心不歸。斜暉。遠汀鸂鶒飛。

河傳第十一體

前段六句五韻，後段同第三體，共五十五字

○●○●四字●○○三字平韻起◒●○○●○六字叶◓○●◒◒○七字叶○○二字叶◓○◒●

○五字叶

詞　溫庭筠

湖上閑望，雨蕭蕭。煙浦花橋路遥。謝娘翠蛾愁不銷。終朝。夢魂迷晚潮。　蕩子天涯歸棹遠。春已晚。鶯語空腸斷。若耶溪。溪水西。柳堤。不聞郎馬嘶。

河傳第十二體

前段七句，後段五句，共五十五字，十一韻，凡四更韻

●●二字仄韻起○●二字叶◒○◒●四字叶◒●○○四字◒○◒●四字叶◒◒●●○○六字換平韻◒○◒●○五字叶◒○◒●○○●七字更仄韻○○●三字叶◒●○○●五字叶◒◒○◒●◒◒●○○十字更平韻●○○三字叶

詞　李珣

去去。何處。迢迢巴楚。山水相連，朝雲暮雨。依舊十二峰前。猿聲到客船。　愁腸豈異丁香結。因離別。故國音書絕。想佳人花下對明月春風。恨應同。

鵲橋仙

前段五句二韻，後段同，共五十六字

◒○◓●四字◒○◒●四字◒●◒○◓●六字仄韻起◒○◓●●○○七字◓◓●○○◒●七字叶

詞　　秦　觀

纖雲弄巧，飛星傳恨，銀漢迢迢暗度。金風玉露一相逢，便勝卻人間無數。　柔情似水，佳期如夢，忍顧鵲橋歸路。兩情若是久長時，又豈在朝朝暮暮。

虞美人第一體

前段五句，後段同，惟換仄平韻，共五十五字

◒○◒●○○●七字仄韻起○●○○●五字叶◓○○●●○○七字換平韻◓●◓○○●六字●○○三字叶

詞　　李後主

春花秋月何時了。往事知多少。小樓昨夜又東風。故國不堪回首，月明中。　雕欄玉

砌應猶在。只是朱顏改。問君能有幾多愁。恰似一江春水，向東流。

瑞鷓鴣第一體

前段四句三韻，即七言絕句，後段同，惟用二韻，故不圖

詞

歐陽修

隴禽有恨

楚王臺上一神仙。眼色相看意已傳。見了又休還似夢，坐來雖近遠如天。猶能說，江月無情也解圓。更被春風送惆悵，落花飛絮兩翩翩。

採蓮子(一)

即七言絕句二首，惟後段換韻，故不圖

詞

皇甫松

船動湖光

菡萏香連十頃陂。小姑貪戲采蓮遲。晚來弄水船頭濕，更脫紅裙裹鴨兒。

(一) 此即七言絕句二首，作雙調。《欽定詞譜》以爲《採蓮子》單調。

灩灩秋。貪看年少信船流。無端隔水拋蓮子，遥被人知半日羞。

玉樓春

前段四句三韻，後段同，惟首句無韻

◓◓◓◒◒◓●七字仄韻起◓●◒○◒◓●七字叶◓◒○●●◒○七字◒●◓○◒●●七字叶

詞　　顧　夐

月照玉樓春漏促。颯颯風搖庭砌竹。夢驚鴛被覺來時，何處管弦聲斷續。惆悵少年遊冶去，枕上兩蛾攢細緑。曉鶯簾外語花枝，背帳猶殘紅蠟燭。

雨中花第二體

前段五句三韻，後段同第一體，共五十六字

◓●◒○○●●七字仄韻起◓◒●●○◓●七字叶◓◒●○○五字◒○◒●四字◓●○○●五字叶

詞　　　　王逐客

百尺清泉聲陸續。映瀟灑碧梧翠竹。面千步回廊，重重簾幕，小枕攲寒玉。試展鮫綃看畫軸。見一片瀟湘凝綠。待玉漏穿花，銀河垂地，月上闌干曲。

明月棹孤舟(一)

前段五句，後段五句，共五十六字，六韻

◓●◒○◒●●七字仄韻起◒○◓●○○●七字叶◓●○○四字◒○◓●四字◒●◓○○●
六字叶　◓●◒○◒●●七字叶◒◓●◓○◒●七字叶◓●○○四字◓○◒●四字◒●◓
○◒●六字叶

詞　　　　黃在軒

雁帶愁來寒事早。西風把鬢華吹老。猛省中秋，都來幾日，先自木樨開了。淰淰輕陰天弄曉。平白地被花相惱。一枕閒雲，半窗秋雨，時有陣香飛到。

(一) 此調本名《夜行船》，黃公紹詞名《明月棹孤舟》。

南鄉子第四體

前段五句四韻，後段同，共五十六字

◐●●○○五字平韻起◐●○○●●○七字叶◐●◐○○●●七字○○二字叶◐●○○◐●
○七字叶

詞　　蘇軾

霜降水痕收。淺碧鱗鱗露遠洲。酒力漸消風力軟，颼颼。破帽多情卻戀頭。佳節若爲酬。但把清樽斷送秋。萬事到頭都是夢，休休。明日黃花蝶也愁。

夜遊宮

前段五句，後段五句，共五十七字，八韻

◐●◐○◐●六字仄韻起◐◐●◐○◐●七字叶◐●◐○◐●●七字叶●○○三字◐◐○○
●●六字叶◐●○○●五字叶◐◐●◐○○●七字叶◐●◐○◐●●七字叶◐○◐●
○○六字○●●三字叶

詞　　　　　　　　　　　　　　　　陸　游

獨夜寒侵翠被。奈幽夢不成還起。欲寫新愁淚濺紙。憶承恩，歎餘生今至此。　蔌蔌燈花墜。問此際報人何事。咫尺長門過萬里。恨君心似危欄，難久倚。

一斛珠[一]

前段五句，後段五句，共五十七字，八韻

○○●●四字仄韻起◓○◒●○○●七字叶◒○◓●○○●七字叶○●○○四字◓●○○●五字叶

◒○◓●○○●七字叶◓○◒●○○●七字叶◓○◓●○○●七字叶◒●○○四字◓●○○●五字叶

詞[二]　　　　　　　　　　　　　　　　張　先

朱唇淺破雲輕柳弱。內家髻子新梳掠。生香真色人難學。橫管孤吹，月淡天垂幕。

[一] 此調又名《醉落魄》、《怨春風》、《醉落拓》。
[二] 《全宋詞》調名署《醉落魄》。

桃花萼。倚樓誰在闌干角。夜寒指冷羅衣薄。聲入霜林，簌簌驚梅落。

梅花引

前段七句，後段六句，共五十七字，十韻

●○○三字平韻起●○○三字叶◓●○○◓●○七字叶●○○三字叶●○○三字叠○●●○四字
○○◓●○五字叶◓○◓●○○●七字◓○○●○○●七字●○○三字叶●○○三字叠
○●●○四字叶●○○●○五字叶

詞

万俟雅言

曉風酸。曉霜乾。一雁南飛人度關。客衣單。客衣單。千里斷魂，空歌行路難。　寒梅驚破前村雪，寒雞啼破西樓月，酒腸寬。酒腸寬。家在日邊。不堪頻倚闌。

庭院深深(一)

即《臨江仙》第三體；前段五句三韻，後段同，共五十八字

(一) 此調本唐教坊曲名《臨江仙》，因李清照詞有「庭院深深深幾許」句，故又名。

◒●◒○◒●●七字◓○◒●○○六字平韻起◓○◓●●○○七字叶◓○◒●四字◒●●
○○五字叶

詞 　　　　　　　　鹿虔扆

金鎖重門荒苑靜，綺窗愁對秋空。翠華一去寂無蹤。玉樓歌吹，聲斷已隨風。　煙月不知人事改，夜闌還照深宮。藕花相向野塘中。暗傷亡國，清露泣香紅。

臨江仙第四體

前後段同第三體，惟首句皆作六字，第四句皆作五字，故不圖

詞 　　　　　　　　晏幾道

鬥草階前初見，穿針樓上曾逢。羅裙香露玉釵風。靚妝眉沁綠，羞艶粉生紅。　流水便隨春遠，行雲終與誰同。酒醒長恨錦屏空。相尋夢裏路，飛雨落花中。

踏莎行

前段五句三韻，後段同，共五十八字

◐●○○四字◐○◐●四字仄韻起◐○◐●●○○●七字叶◐○◐●●○○七字◐○◐●○○●七字叶

詞　　寇準

春色將闌，鶯聲漸老。紅英落盡青梅小。畫堂人靜雨濛濛，屏山半掩餘香裊。密約沉沉，離情杳杳。菱花塵滿慵將照。倚樓無語欲銷魂，長空黯淡連芳草。

小重山

前段六句，後段六句，共五十八字，八韻

◐●○○◐●○七字平韻起◐○○●●五字●○○三字叶◐○◐●●○○七字叶○◐●三字◐●●○○五字叶◐●●○○五字叶◐○○●●五字●○○三字叶◐○◐●●○○七字叶○◐●三字◐●●○○五字叶

詞　　韋莊

一閉昭陽春又春。夜寒宮漏永，夢君恩。臥思陳事暗銷魂。羅衣濕，紅袂有啼痕。歌吹隔重閽。繞亭芳草綠，倚長門。萬般惆悵向誰論。凝情立，宮殿欲黃昏。

東坡引第一體

前段五句，後段六句，共五十八字，十韻

◒○○●●五字仄韻起◒○●○●五字叶◒○◒●○○●七字叶◒○○●●五字叶◒○○●●疊一句◒○◒●四字○○●●四字叶◒●●○○●六字叶◒○◒●○○●七字叶◒○○●●五字叶◒○○●●疊一句

詞

辛棄疾

君如梁上燕。妾如手中扇。團團青影雙雙伴。秋來腸欲斷。秋來腸欲斷。黄昏淚眼，青山隔岸。但咫尺如天遠。病來只謝傍人勸。龍華三會願。龍華三會願。

虞美人第二體

前段五句二仄三平韻，後段惟換仄平韻，共五十八字

◒○◒●○○●七字仄韻起◒●○○●五字叶◒○◒●●○○七字換平韻◒○◒●◒○○七字叶●○○三字叶

詞　　毛文錫

寶檀金縷鴛鴦枕。綬帶盤宫錦。夕陽低映小窗明。南園綠樹語鶯鶯。夢難成。　玉爐香暖頻添炷。滿地飄輕絮。珠簾不卷度沉煙。庭前閑立畫鞦韆。豔陽天。

惜分釵㈠

前段八句，後段八句，平仄共十四韻，凡四更韻

○○●三字仄韻起○◓●三字叶●◓◒◓◒●七字叶●○○三字換平韻●○○三字叶◓○◓●

四字◓●○○四字叶○○二字叶　○◓●三字更仄韻○○●三字叶◒●○○○●●七字叶●

○○三字換平韻●○○三字叶◒○◓●四字◓◓○○四字叶○○二字叶

詞　　高深甫

桃花路。楊柳渡。一見魂驚幾回顧。眼青青。臉盈盈。口邊欲笑，齒上吞聲。輕輕。

人去也。情難舍。無限芳心春到惹。枕兒單。被兒寒。愁難擺脱，病害今番。看看。

㈠ 此調本名《擷芳詞》，又名《折紅英》、《清商怨》等。

接賢賓

前段四句，後段七句，共五十九字，六韻

◐○◐○●○○七字平韻起◐○●○○五字叶◐○●●四字◐●●●○○六字叶◐○◐

●○○●七字◐○◐●○○六字叶◐●◐○○●●七字◐○◐●○○六字叶●○○三字○●

●三字◐●●○○五字叶

詞

毛文錫

香韉鏤襜五色驄。值春景初融。流珠噴沫，躞蹀汗血流紅。少年公子能乘馭，金鑣玉轡瓏璁。爲惜珊瑚鞭不下，驕生百步千蹤。信穿花，從拂柳，向九陌追風。

東坡引第二體

前段同第一體，後段亦同，惟第三句作七字，故不圖

詞

辛棄疾

花梢紅未足。條破驚新綠。重簾下遍闌干曲。有人春睡熟。有人春睡熟。　　鳴禽破夢，雲偏目蹙。起來香鰓褪紅玉。花時愛與愁相續。羅裙過半幅。羅裙過半幅。

東坡引第三體

前段同第一體，後段亦同，第二句作五字，故不圖

詞　辛棄疾

玉纖彈舊怨。還敲繡屏面。清歌目送西風雁。雁行吹字斷。雁行吹字斷。夜深拜半，月瑣窗西畔。但桂影空階滿。翠幃自掩無人見。羅衣寬一半。羅衣寬一半。

填詞圖譜卷之三

東海查王望先生鑒定　同學毛先舒稚黃、仲恒雪亭參訂
西泠賴以邠損菴著　查繼超隨菴增輯　查曾榮春谷、王又華逸庵同輯

中調

後庭宴

前段五句，後段六句，共六十字，六韻

◓●◓○四字◓○◓●四字仄韻起◓○◓●○○●七字叶●◓◓●●○○七字◓○◓●○○●七字叶◓○●●○○六字◓●◓○○●六字叶◓○◓●四字◓●○○●五字叶◓●●◓○五字◓○○◓●五字叶

詞　　無名氏　雙雙燕

千里故鄉，十年華屋。亂魂飛過屏山簇。眼重眉褪不勝春，菱花知我銷香玉。

子歸來，應解笑人幽獨。斷歌零舞，遺恨清江曲。萬樹綠低迷，一庭紅撲簌。

繫裙腰

前段五句三韻，後段同，惟首句不叶韻，共六十字

◐○◐◐●○○七字平韻起○◐●●○○六字◐○◐●○○●七字◐●○○四字叶○○●●○○六字叶

詞　　　　張　先

濃[一]霜淡[二]照夜雲天。朦朧影畫勾闌，人情縱似長情月，算一年年。又能得幾番圓。欲寄西江題葉字，流不到五亭前，東池始有荷新綠，尚小如錢。問何日藕幾時蓮。「問」字羨。

賀聖朝第二體[三]

前段四句，後段五句，共六十字，六韻

[一] 濃：《全宋詞》作「惜」。
[二] 淡：《全宋詞》作「蟾」。
[三] 《欽定詞譜》未列《賀聖朝》雙調六十字式。

◓●◒○○●●七字仄韻起◓○◒●◓○○●八字叶◒○◓●●○○●八字◓○○●○●
○●八字叶　◓○◒●◓○●七字叶◓●○○四字◒●◓○●五字叶◓◒○◒●五字◒●
◓○◓●○●八字叶

詞　　歐陽炯

憶昔花間相見後。只憑纖手暗抛紅豆。人前不解巧傳心事，别來依舊辜負春晝。碧羅衣上蹙金繡。覩對鴛鴦，空裛淚痕透。想韶顔非久，終是爲伊只恁偷瘦。

臨江仙第五體

前段五句三韻，後段同，共六十字

◓●◓○◒●●七字◒○◒●○○六字平韻起◓○◓●●○○七字叶◓○◒●●五字◒●●
○○五字叶

詞　　賀鑄

巧翦合歡羅勝子，釵頭春意翩翩。豔歌淺笑拜(一)嫣然。願郎宜此酒，行樂駐華年。

(一) 笑拜：《全宋詞》作「拜笑」。

未至(一)文園多病客，幽襟淒斷堪憐。舊游夢掛碧雲邊。人歸落雁後，思發在花前。

臨江仙第六體

前段五句三韻，後段同，共六十字

◓●◓○◓●●七字◓○◓●○○六字平韻起◓○◓●●○○七字叶●○○●四字◓●◓●○○六字叶

詞　　　顧敻

碧染長空池似鏡，倚樓閑望凝情。滿衣紅藕細香清。象床珍簟，山障掩玉琴横。暗想昔時歡笑事，如今贏得愁生。博山爐暖淡煙輕。蟬吟人靜。殘日傍小窗明。

一剪梅

前段六句三韻，後段同，共六十字

(一) 至：《全宋詞》作「是」。

◐●○○◐●○七字平韻起◐●○○四字◐●○○四字叶◐○◐●●○○七字◐●○○四字
◐●○○四字叶

詞　　李清照

紅藕香殘玉簟秋。輕解羅裳，獨上蘭舟。雲中誰寄錦書來，雁字回時，月滿西樓。　花自飄零水自流。一種相思，兩處閒愁。此情無計可消除，才下眉頭，卻上心頭。

釵頭鳳

前段八句七韻，後段同，共六十字

○○●三字仄韻起○○●三字叶◐○◐●○○●七字叶○○●三字換仄韻○○●三字叶◐○○●
四字◐○○●四字叶●●●三字疊

詞　　陸游

紅酥手。黃縢酒。滿城春色宮牆柳。東風惡。歡情薄。一懷愁緒，幾年離索。錯錯錯。　春如舊。人空瘦。淚痕紅浥鮫綃透。桃花落。閑池閣。山盟雖在，錦書難托。莫莫莫。

一籮金(一)

前段五句四韻，後段同，共六十字

◓◒◒◓○◒●七字仄韻起◒●○○四字◒●○○●五字叶◓●◓○○●●七字叶◒○◓●
○○●七字叶

詞

失　名(二)

武陵春色濃如酒。游冶才郎，初試花間手。絳蠟燭殘人靜後。眉峰便作傷春皺。
　一霎風狂和雨驟。柳嫩花柔，渾不禁僝僽。明日餘香知在否。粉羅猶有殘紅透。

唐多令

前段五句四韻，後段同，共六十字

◒●●○○五句平韻起◒○◓●○五字叶◓◓○◒●○○七字叶◓●◓○○●●七字◒◓●

(一) 此調本名《蝶恋花》，或曰《鵲踏枝》等。
(二) 《全宋詞》作者署李石才。

●○○六字叶

詞　　劉過

蘆葉滿汀洲。寒沙帶淺流。二十年重過南樓。柳下繫船猶未穩，能幾日又中秋。　黄鶴斷磯頭。故人曾到不。舊江山都是新愁。欲買桂花同載酒，終不似少年游。

䩨紅

前段五句，後段五句，六十字，八韻

◐○○◐●四字◐○◐●四字仄韻起◐●◐○○●●七字叶◐○◐●◐○○●八字叶◐●◐◐
○◐●七字叶　◐●○○四字◐○○●四字叶●◐●○○●●七字叶◐○●●◐○○●八
字叶◐●●○○●●七字叶

詞　　無名氏

粉香尤媆，霜(一)寒可慣。怎奈向春心已轉。玉容別是一般閑婉。悄不管桃紅杏淺。

(一) 霜：《全宋詞》作「衾」。

月影簾櫳，金隄(一)波面。漸細細香風滿院。一枝折寄故人雖遠。莫輙使江南信斷。

蝶戀花

前段五句四韻，後段同，共六十字

◐●◐○○●●七字仄韻起◐●○○四字◐●○○●五字叶◐●◐○○●●七字叶◐○◐●○○●七字叶

詞　蘇　軾

春事闌珊芳草歇。客裏風光，又過清明節。小院黃昏人憶別。落紅處處聞啼鴂。

尺江山分楚越。目斷魂銷，應是音塵絕。夢破五更心欲折。角聲吹落梅花月。

朝玉階

前段六句四韻，後段同，共六十字

(一) 隄：《全宋詞》作「瓊」。

◒◓○◒●◓○七字平韻起◓○○●●五字●○○三字叶◒○○●●○○七字叶◒○○●●
五字●○○三字叶

詞

杜世安

簾卷春寒小雨天。牡丹花落盡，悄庭軒。高空雙燕舞翩翩。無風輕絮墜，暗苔錢。　擬將幽怨寫香箋。中心多少事，語難傳。思量真箇惡因緣。那堪長夢見，在伊邊。

感皇恩第一體(一)

前段六句，後段六句，共六十字，八韻

◒●○○●●○七字平韻起◒○○●●五字●○○三字叶◓○◒●●○○七字叶○○●三字◒
●◓●○○六字叶
◓●●○○五字叶◒○◓●●●○○八字叶◒○◒●●○○七字叶
○○●三字●○●三字●○○三字叶

(一)《欽定詞譜》未列《感皇恩》雙調六十字式。

詞　　張　先

廊廟當時共代工。睢陵千里約[一]，遠[二]相從。欲知賓主與誰同。宗枝内，黄閣舊有三公。　廣樂起雲中。湖山看畫軸兩仙翁。武林佳語幾時窮。元豐際，德星聚，照江東。

遐方怨第二體

前段六句四韻，後段同，共六十字

◐◐●三字●○○三字平韻起◐◐○◐●五字◐○◐●○五字叶◐○◐●●○○七字叶◐○
◐●●○○七字叶

詞　　顧　夐

鳳簾影細，簟紋平。象紗籠玉指，縷金羅扇輕。嫩紅雙臉似花明。兩條眉黛遠山横。　簫歇，鏡塵生。遼塞音書絶，夢魂長暗驚。玉郎經歲負娉婷。教人爭不恨無情。

[一] 約：《全宋詞》作「遠」。
[二] 遠：《全宋詞》作「約」。

蘇幕遮第一體(一)

前段七句，後段五句，共六十字，八韻

●○○三字○●●三字仄韻起◒●◒○四字◒◓○◒●五字叶◓●◒○○●●七字叶◒●○○
四字◓◓○◒●五字叶●○○三字○●●三字叶◒●◓○◓●○◒●九字叶◒●◒○○
●●七字叶●●◓●○○●七字叶

詞

周邦彥

隴雲沈，新月小。楊柳梢頭，能有春多少。試著羅裳寒尚峭。簾卷青樓，占得東風早。　翠屏深，香篆裊。流水落花不管劉郎到。三疊陽關聲漸杳。斷雨只怕巫山曉。

「斷雲」一本作「斷雨殘雲」，似較妥。

錦帳春

前段七句四韻，後段同，共六十字

(一)《欽定詞譜》未收《蘇幕遮》雙調六十字式。

◐●○○四字◐○○●四字仄韻起◐◐●◐○◐●七字叶●○○三字○●●三字◐◐○●●五字叶◐○○●四字叶

詞　辛棄疾

春色難留，酒杯常淺。更舊恨新愁相間。五更風，千里夢，看飛紅幾片。這般庭院。幾許風流，幾般嬌懶。問相見何如不見。燕飛忙，鶯語亂，恨重簾不卷。翠屏平遠。

望遠行第二體

前段四句，後段七句，共六十字，九韻

◐●○○●●○七字平韻起◐●●○○五字叶◐○○●●○○七字叶◐●●○○五字叶○●●三字●○○三字換平韻●○○●○○六字叶●○○●●○○七字叶○●◐○●◐○七字叶●●●○●五字●●●○○五字叶

詞　韋莊

欲別無言倚畫屏。含恨暗傷情。謝家庭樹錦雞鳴。殘月照邊城。人欲別，馬頻嘶。綠槐千里長堤。出門芳草路萋萋。雲雨別來易東西。不忍別君後，却入舊香閨。

玉瓏璁(一)

前段八句，後段同，共六十字，十四韻，凡四更韻

◐○●三字仄韻起◐○●三字叶◐○◐●○○●七字叶◐○●三字換仄韻◐○●三字叶疊二字◐

○◐●四字◐○◐●四字叶●●●本句疊三字

詞 無名氏

城南路。橋南樹。玉鉤簾卷香横霧。新相識。舊相識。淺顰低笑，嫩紅輕碧。惜惜

惜。劉郎去。阮郎住。爲雲爲雨朝還暮。心相憶。空相憶。露荷心性，柳花蹤跡。

得得得。

賀聖朝第三體(二)

前段五句，後段四句，共六十一字，七韻

(一) 此調又名《擷芳詞》、《折紅英》、《清商怨》等。

(二) 《欽定詞譜》未收《賀聖朝》雙調六十一字式。

◓●◒○○●●七字仄韻起◒●◓○○●六字叶◒●◓○○●六字◓◒○○●●六字◒●○
◓○●六字叶
◓○◒●○○●七字叶◒◓●◓○◒●○◓●十字叶◓◒○◒●五字叶◒
●◓○◒●○●八字叶

詞　　歐陽炯

憶昔花間初識面。紅袖半遮妝臉。輕轉石榴裙帶，故將纖纖玉指，偷撚雙鳳金線。　碧梧桐鎖深深院。誰料得兩情何日教繾綣。羨春來雙燕。飛到玉樓朝暮相見。

玉堂春

前段七句，後段五句，共六十一字，二仄四平韻

◓○○●四字仄韻起◓●◒○◒●六字叶◓●○○四字◓●○○四字換平韻◓●○○四字◒●
○○●五字◓●○○●●○七字平叶
◓●○○◒●六字◒○○●○五字叶◓●○○四字
◓●○○●五字○●○○●●○七字叶

詞　　晏殊

斗城池館。二月風和烟暖。繡戶珠簾，日影初長。玉轡金鞍，繚繞沙堤路，幾處行人映綠

楊。　小檻朱闌回倚，千花濃露香。脆管清絃，欲奏新翻曲，依約林間坐夕陽。

破陣子

前段五句三韻，後段同，共六十二字

◓●◓○◓●六字◓◓◓●○○六字平韻起◓●◓○○●●七字◓●○○◓●○七字叶◓
○○●○五字叶

詞　　辛棄疾

宿麥畦中雉雊，桑葉(一)陌上蚕生。騎火須防花月暗，玉唾長携綵筆行。隔牆人笑聲。　莫説弓刀事業，依然詩酒功名。千載圖中今古事，萬石溪頭長短亭。小塘風浪平。

臨江仙第七體

前段五句三韻，後段同，共六十二字

(一) 桑葉：《全宋詞》作「柔桑」。

◒●◒○◒●●七字◒○◓●●○○七字平韻起◒○◓●●○○七字叶◓○◒●●五字◓●●○○五字叶

詞

東野亡來無麗句，于君去後少交親。追思往事好沾巾。白頭王建在，猶見詠詩人。　　學道深山空自老，留名千載不干身。酒筵歌席莫辭頻。爭如南陌上，占取一年春。　　晏殊

促拍採桑子(一)

前段五句，後段五句，共六十二字，六韻

◒●●○○五字平韻起◓○◒◒●○○七字叶◒○◓●○◓●七字◒○○●◒○●●八字◒●○○四字叶

◒●●○○五字叶◓○○◓●○○七字叶◒○◓●○○●七字◒○●●◒○◓●八字◓●○○四字叶

(一)《欽定詞譜》仅收雙調五十字式，曰：「按《黄山谷集》，《醜奴兒》詞六十二字者，減去前後段第三句即是此詞，但換頭句黄詞止五字耳。因黄體已編入《似娘兒》調，兹不類列。」此調可入《欽定詞譜》所謂《似娘兒》調。

詞　　　元好問

冰[一]麝室[二]中香。可憐兒初浴蘭湯。靈椿未老丹桂[三]秀，東鄰西舍排家助喜，沽酒牽羊。　天與讀書郎。便安排富貴文章。高門自有容車日，明年且看青衫竹馬，雁雁成行。

金蕉葉第二體

前段五句四韻，後段惟第三句與前平仄有異

○○◐●○○●七字仄韻起◐○◐◐○○●七字叶◐●○○四字◐○◐●○○●七字叶◐●
◐○◐●六字叶

詞　　　柳　永

厭厭夜飲平陽第。添銀燭旋呼佳麗。巧笑難禁，豔歌無間聲相繼。准擬幕天席地。

(一) 冰：《全金元詞》作「朱」。
(二) 室：《全金元詞》作「掌」。
(三) 桂：《全金元詞》作「枝」。

金蕉叶泛金波霽(一)。未更闌已盡狂醉。就中有箇,風流暗向燈光底。惱遍兩行珠翠。

落燈風

前段六句,後段六句,共六十二字,八韻

◓●◓○○●●七字仄韻起◓●◒○○●●七字叶◓●●○○五字◒○●三字◒○◓●四字叶

◒●○○●五字叶

◒○◒●○○●七字叶◒◓○三字◒○○●四字叶◒●●○○五字◓

○◒◒○○●七字叶●●○○●五字叶

詞　　楊　慎

柳外落燈風乍起。杏靨梅鈿紛墮蕊。彩架閣鞦韆,紅繩緊,香塵滿地。春一分休矣。

銀塘初煖湔裙水。催莫愁,蘭舟遙艤。沽酒趁梨花,聽雙歌溫柔鄉裡。且住爲佳耳。

(一)霽:《全宋詞》作「齊」。

踏莎美人

前段五句，仄平各二韻，後段同，共六十二字

◓●○○四字◒○○●四字仄韻起◓○◓●○○●七字叶◒○◓●●○○七字換平韻○●◓
○○●●○○九字叶

詞 顧貞觀

渺渺風帆，淒淒煙樹。望中便是儂行處。離魂別後若相招。分付採菱歌畔木蘭橈。
水驛傳更，江樓聽雨。此情好待歸時語。雙魚一夜送秋潮。應自有人雙淚滴紅橋。

蘇幕遮第二體

前段七句四韻，後段同，惟三句、四句并作九字

●○○三字○●●三字仄韻起◒●◒○四字◒●○◒●五字叶◒●◒○○●●七字叶◒●○○
四字◓◓○○●五字叶

詞 范仲淹

碧雲天，紅叶地。秋色連波，波上寒煙翠。山映斜陽天接水。芳草無情，更在斜陽外。

黯鄉魂，追旅思。夜夜除非好夢留人睡。明月樓高休獨倚。酒入愁腸，化作相思淚。

贊成功

前段七句四韻，後段同，共六十二字

◓◒◓●四字●●○○四字平韻起◒○◒●●○○七字叶◓○◒●四字◒●○○四字叶○○●
●四字◓●○○四字叶

詞

毛文錫

海棠未拆，萬點深紅。香包緘結一重重。似含羞態，邀勒春風。蜂來蝶去，任繞芳叢。
昨夜微雨，飄灑庭中。忽聞聲滴井邊桐。美人驚起，坐聽晨鐘。快教折取，戴玉瓏璁。

漁家傲

前段五句五韻，後段同，共六十二字

◒●◓○○●●七字仄韻起◒○◓●○○●七字叶◒●◓○○●●七字叶○●●三字叶◒○
◓●○○●七字叶

詞　　王安石

平岸小橋千嶂抱。揉藍一水縈花草。茅屋數間窗窈窕。塵不到。時時自有清風掃。午枕覺來聞語鳥。欹眠似聽朝雞早。忽憶故人今總老。貪夢好。茫茫忘了邯鄲道。

定風波第一體

前段五句，後段六句，共六十二字，平仄共十一韻

◓●○○◓●○七字平韻起◓○◒●●○○七字叶◒●◒○○●●七字換仄韻○●二字叶◓○

◒●●○○七字叶前平◒●◒○○●●七字叶前仄○●二字叶◓○◒●●○○七字叶前平

◓●◒○○●●七字更仄韻○●二字叶◓○◒●●○○七字叶前平

詞　　葉夢得

破萼初驚一點紅。又看青子映簾櫳。冰雪肌膚誰復見。清淺。尚餘踈影照晴空。惆悵年年桃李伴。腸斷。祇應芳信負東風。待得微黃春亦暮。煙雨。半和飛絮作濛濛。

定風波第二體

同第一體，惟單用平韻，故不圖

詞　　蘇　軾

好睡慵開莫厭遲。自憐冰臉不時宜。偶作小紅桃杏色。閒雅。尚餘孤瘦雪霜姿。　休把閒心隨物態。何事。酒生微暈沁瑶肌。詩老不知梅格在。吟詠。更看綠叶與青枝。

明月逐人來

前段六句，後段六句，共六十二字，十一韻

◐○○●四字仄韻起◐○○●四字叶◐○●◐○○●七字叶◐○●●四字叶◐●○○●五字叶
◐●◐○◐●六字叶◐●○○●●六字叶◐○◐●四字叶○○●◐○●●七字叶◐○◐
◐四字◐●○○●五字叶◐●○○◐●六字叶

詞　　張元幹

花迷珠翠。香飄羅綺。簾旌外月華如水。烘紅影裏。誰會王孫意。最樂昇平景致。　長記宫中五夜。春風鼓吹。游仙夢輕寒半醉。鳳幃未煖，歸去熏濃被。更問陰晴天氣。

揉碎花箋

十三句，六十三字，七韻

◐○○三字◐●●三字◐●◐○●五字仄韻起◐●○○四字◐●◐○●五字叶◐○◐●○○六字◐○◐●四字叶◐●●◐○○●七字叶◐●○○四字◐●◐○●五字叶◐○○●○○六字◐○○●四字叶◐◐●○◐○●●八字叶

詞(一)　　江西烈婦(二)

惜多才，憐薄命，無計可留汝。揉碎花箋，忍寫斷腸句。道旁楊柳依依，千絲萬縷。抵不住一分愁緒。捉月盟言，不是夢中語。後回君若重來，不相忘處，把杯酒澆奴墳土。

(一)《全宋詞》調名署《祝英臺近》。

(二)《全宋詞》作者佚名。

甘州遍

前段六句，後段九句，共六十三字，八韻

◒○●三字◒●●○○五字平韻起●○○三字叶◒○◓●四字◒○◓●四字◒○◓○●○○七字叶

○◓●三字●○○三字叶◒○◓●○●六字◒●●○○五字叶◓○●三字◓●●

○○五字叶●○○三字叶◒○◓●四字◓●●○○五字叶

詞　　毛文錫

春光好，公子愛閒遊。足風流。金鞍白馬，雕弓寶劍，紅纓錦襜出長鞦[一]。花蔽膝，玉銜頭。尋芳逐勝歡宴，絲竹不曾休。美人唱，揭調是甘州。醉紅樓。堯年舜日，樂聖永無憂。

鳳啣杯

前段五句，後段六句，共六十三字，八韻

[一] 鞦：《全唐五代詞》作「楸」。

◒●○○○◒●七字仄韻起◒◒●◓○○●七字叶◓◓●○○五字◓○◒●○○●七字叶◓

◓●○○●六字叶●○○三字◓◒●三字叶◒○◒●○○●七字叶◓◒●○○五字◓○

◒●○○●七字叶◓◒●○○●六字叶

詞　　　　柳　永

追悔當初辜深願。經年價兩成幽怨。任越水吳山，似屏如障堪遊翫。奈獨自慵擡眼。　賞煙花，聽絃管。圖歡娛轉加腸斷。總時展丹青，強拈書信頻頻看。又爭似親相見。

黃鐘樂

前段五句三韻，後段同，共六十四字

◒◒◒◓◓◒○七字平韻起◒●○○四字◒◓○●●○○七字叶◒●◓○○●●七字◒○

◒●●○○七字叶

詞　　　　魏承班

池塘烟暖草萋萋。惆悵閑宵，含恨愁坐思堪迷。遙想玉人情事遠，音容渾似隔桃溪。

偏記同歡秋月低。簾外論心，花畔和醉暗相攜。何事春來君不見，夢魂長在錦江西。

瑞鷓鴣第二體

前段四句，後段六句，共六十四字，六韻

◐○◐●●○○七字平韻起◐○○◐●●○○七字叶◐●○○◐●○○●九字◐●○○●●
○七字叶　◐○◐●○○●七字◐○◐●○○六字叶◐○◐●○○六字◐●○○●五字●
○○三字叶◐●○○●●○七字叶

詞　　　晏　殊

越娥紅淚泣朝雲。越梅從此學妖嚬。臘月初頭庾嶺繁開後，特染妍華贈世人。　前溪昨夜深深雪，朱顏不掩天真。何時驛使西歸，寄與相思客，一枝新。報導江南別樣春。

侍香金童

前段六句，後段五句，共六十四字，八韻

◐●○○四字◐●○○●五字仄韻起●◐●◐○○●●八字叶◐●◐○○●●七字叶●●
○○四字◐○○●四字叶　●○●●○○●●十字叶◐●●○○◐●七字叶◐●
○○○●●七字叶◐●○○四字●○○●四字叶

詞

蔡　伸

寶馬行春，緩轡隨油壁。念一瞬韶光堪重惜。還是去年同醉日。客裏情懷，倍添淒惻。記南城錦徑名園曾遍歷。更柳下人家似織。此際憑欄愁脉脉。滿目江山，暮雲空碧。

醉春風

前段七句四韻，后段同，共六十四字

◐●○○●五字仄韻起◐○○◐●五字叶◐○◐●●○○七字●●●三字疊◐●○○四字◐○◐●四字◐○○●四字叶

詞

趙德仁

陌上清明近。行人難借問。風流何處不歸來，悶悶悶。回雁峰前，戲魚波上，試尋芳信。夜久蘭膏燼。春睡何曾穩。枕邊珠淚幾時乾，恨恨恨。惟有窓前，過來明月，照人方寸。

獻衷心第一體

前段九句，後段七句，共六十四字，八韻

●◓○◒●五字◒●○○四字平韻起○●●三字●○○三字叶◓◓○◒●五字◒●○○四字叶

○◓●三字○●●三字●○○三字叶　○●●三字●○○三字叶◓○◒●●○○七字叶◓●

○◒●◒●○○九字叶○●●三字○●●三字●○○三字叶

詞　歐陽炯

見好花顔色，爭笑東風。雙臉上，晚粧同。閉小樓深閣，春景重重。三五夜，偏有恨，月明中。　情未已，信曾通。滿衣猶自染檀紅。恨不如雙燕飛舞簾櫳。春欲暮，殘絮盡，柳條空。

麥秀兩岐

前段七句六韻，後段同，共六十四字

◒●○○●五字仄韻起◒●◓○●五字叶●○○三字○●●三字叶◒●○○●五字叶◓○◒●

○○●七字叶●○○●四字叶

詞　　　　　　　　　　　　　　和　凝

涼簟鋪班竹。鴛枕並紅玉。臉蓮紅，眉柳綠。胸雪宜新浴。淡黃衫子裁春縠。異香芬馥。　羞道交回燭。未慣雙雙宿。樹連枝，魚比目。掌上腰如束。嬌嬈不禁人拳跼。黛眉微蹙。

芭蕉雨

前段五句，後段六句，共六十五字，八韻。

◐●◐○●●六字仄韻起◐○○●●○○●八字叶◐●◐○○●六字叶○◐●●○○六字◐

○◐●四字叶　◐○◐◐◐●六字叶◐●◐○●五字叶◐●●◐○○◐●八字叶◐●●●

○○六字○●◐●○○六字◐○●○四字叶

詞　　　　　　　　　　　　　　程　垓

雨過涼生藕葉。晚庭消盡暑渾無熱。枕簟不勝香滑。爭奈寶帳情生，金尊意愜。玉人何處夢蝶。思一見冰雪。須寫個帖兒叮嚀說。試問道肯來麼，今夜小院無人，重樓有月。

淡黃柳

前段五句，後段八句，共六十五字，八韻。

◒○◓●四字◓●○○●五字仄韻起◓●◒○○●●七字叶◓●○○●●六字◒●○○●
○○七字叶　●○●三字叶◓○●○●五字叶◓○●三字◓○●三字叶●◒○◓●○○●八
字叶●●○○四字●○○●四字○●○○●●六字叶

詞　　　　姜夔

空城曉角，吹入垂楊陌。馬上單衣寒側側。看盡鵝黃嫩綠，都是江南舊相識。　正岑寂。明朝又寒食。強攜酒，小橋宅。怕梨花落盡成秋色。燕燕飛來，問春何在，唯有池塘自碧。

品令

前段六句，後段七句，共六十五字，九韻。

◓●○○●五字仄韻起◓◒●○○●六字叶◒○◓●四字叶◓○◓●◓○○●八字叶◒●
○○四字◓●◓○◓●六字叶　◓○○●四字叶●○●三字○○●三字叶◓○◒●◓○六字

◓●○○●●六字叶◓●○○四字◒◓◓◓◓●六字叶

詞

黃庭堅

鳳舞團團餅。恨分破教孤另。金渠體淨。隻輪慢碾玉塵光瑩。湯響松風，早減二分酒病。　味濃香永。醉鄉路，成佳境。恰如燈下故人，萬里歸來對影。口不能言，心下快活自省。

錦纏道

前段六句，後段七句，共六十六字，六韻。

◓●○○四字◓●◓○◒●六字仄韻起◓◒○◓○◒●七字叶◓○◒●○○●七字叶◓●○○四字◓●○○●五字叶●◒◒◓○五字◓○◒●四字叶◓◒◒◓○○●●八字叶◓○◒●○○六字●◓○◒●五字●●○○●五字叶

詞

宋　祁

燕子呢喃，景色乍長春晝。睹園林萬花如繡。海棠經雨胭脂透。柳展宮眉，翠拂行人首。　向郊原踏青，恣歌攜手。醉醺醺尚尋芳問酒。牧童遙指孤村，道杏花深處，那裡人家有。

謝池春

前段六句，後段六句，共六十六字，八韻

◓●○○四字◒●◓○○●六字仄韻起◓○◒◒○◓●七字叶◒○◒●四字◒◒○○●五字叶

◓○◒◓○◒●七字叶◒○●●四字◓●◒○○●六字叶◓○◒◒○◓●七字叶◒○◒●四字◓◒○○●五字叶◓○◒◓○◒●七字叶

詞

陸　游

賀鑑湖邊，初繫放翁歸櫂。小園林時時醉倒。春眠驚起，聽啼鶯催曉。歎功名誤人堪笑。　朱橋翠徑，不許京塵飛到。掛朝衣東歸欠早。連宵風雨，卷殘紅如掃。恨樽前送春人老。

風中柳[一]

前段六句四韻，後段同，共六十六字

[一] 此調本名《謝池春》。

◒●○○四字◒●◒○◒●六字仄韻起◒◒○◒○●●七字叶◒○◒●四字◒◒○○●五字叶◒◒◒●○○●七字叶

詞

孫夫人

鎖減芳容，端的爲郎煩惱。鬢慵梳宮妝草草。别離情緒，待歸來都告。怕傷郎又還休道。　利鎖名韁，幾阻當年歡笑。更那堪鱗鴻信杳。蟾枝高折，願從今須早。莫辜負鏡中人老。

聲聲令(一)

前段六句，後段八句，共六十六字，十韻。

◒○●●四字◒●○○四字平韻起◒○◒●●○○七字叶◒○◒●四字◒○●●○○六字叶◒●○○●●○七字叶

◒●○○四字叶○◒●三字●○○三字叶◒○◒●●○○七字叶◒○●●四字●○○三字叶●◒○三字叶◒●○◒●◒○七字叶

(一) 此調亦名《勝勝令》。

詞　俞克成

簾移碎影，香褪衣襟。舊家庭院嫩苔侵。東風過盡，暮雲鎖綠窗深。怕對人閒枕剩衾。樓底輕陰。春信斷，怯登臨。斷腸魂夢兩沉沉。花飛水遠，便從今。莫追尋。又怎禁驀地上心。

行香子

前段八句五韻，後段同，惟首句、次句無韻，共六十六字，亦有用韻同前者

◓●○○四字平韻起◓●○○四字叶◓○○◓●○○七字叶◓○◓●四字◓●○○四字叶●◓◓◓四字○●●三字●○○三字叶

詞　蘇軾

北望平川。野水荒灣。共尋春飛步孱顔。和風弄袖，香霧縈鬟。酒正半酣，人語笑，白雲間。飛鴻落照，相將歸去，淡娟娟玉宇清閒。何人無事，宴坐空山。望長橋上，燈火亂，使君還。

解珮令

前段六句三韻，後段同，惟第三句作七字，共六十七字

◓○○●四字◒○●●四字◓○◒◒◓○○●八字仄韻起◓●○○四字◓◓●◒○○●七字叶◓○○●○○●七字叶

詞

晏幾道

玉階秋感，年華暗去，掩深宮團扇無情緒。記得當時，自剪下機中輕素。點丹青畫成秦女。　涼襟猶在，朱弦未改，忍霜紈飄零何處。自古悲涼，是情事輕如雲雨。倚絲弦恨長難訴。

鳳凰閣

前段六句，後段六句，共六十七字，八韻

◓◒○◓●五字◒○◓●四字仄韻起◓○◓●◓○●七字叶◓●◒○◓●六字◓●○●四字叶◓●●◒○◓●七字叶

◒○○●四字◓●◒○◓◓六字叶◓○◒●◓○●七字叶○●●三字◓○○◓●○●七字叶◓◓●◒○◓●七字叶

詞　　葉清臣(一)

遍園林緑暗，渾如翠幄。下無一片是花萼。可恨狂風横雨，忒煞情薄。盡底把韶華送却。楊花無奈，是處穿簾透幕。豈知人意正蕭索。春去也，這般愁没處安著。怎奈向黄昏院落。

看花回

前段六句四韻，後段同，惟第四句作六字，共六十七字

◓●○○●●○七字平韻起◒●○○四字叶◓○◒●○○●七字◓◓◒◓●○○七字叶◒
○○●●五字◓●○○四字叶

詞　　柳　永

屈指勞生百歲期。榮瘁相隨。利牽名惹逡巡過，奈兩輪玉走金飛。紅顔成白首，極品何爲。　塵事常多雅會稀。忍不開眉。畫堂歌管深深處，難忘酒盞花枝。醉鄉風景好，攜

(一)《全宋詞》作者佚名。

手同歸。

感皇恩第二體

前段七句，後段七句，共六十七字，八韻

◒●●○○五字◓◓●●四字仄韻起◒●○○●○●七字叶◒◒●●四字◓●◓○◒●六字叶

◓○○●●五字叶○○●三字叶 ◒●○○四字◒○○●四字叶◒●◒○◓◒●七字叶◒

○○●四字◓●◒○○●六字叶◒○○●●五字○○●三字叶

詞　　毛滂

多病酒尊踈，飲少輙醉。年少唧杯可追記。無多酌我，醉倒阿誰扶起。滿懷明月冷。爐煙細。　雲漢雖高，風波無際。何似歸來醉鄉裏。玻璃紅盞，滿載春光花氣。蒲萄仙浪軟，迷紅翠。

青玉案第一體

前段六句，後段六句，共六十七字，十韻

◒○◓●○○●七字仄韻起◓◓●○○●六字叶◓●◒○○●●七字叶◓○○●四字◓○◒

●四字叶◒●○○●五字叶◓○◓●○○●七字叶◓◓○○◓◒●七字叶◓●◒○○●

●七字叶◓○○●四字◓○◒●四字叶◒●○○●五字叶

詞

賀　鑄

凌波不過横塘路。但目送芳塵去。錦瑟華年誰與度。月樓花院，綺窗朱戶。惟有春知處。飛雲冉冉蘅臯暮。彩筆新題斷腸句。試問閒愁知幾許。一川煙草，滿城風絮。梅子黄時雨。

垂絲釣

前段七句，後段八句，共六十七字，十三韻

◓○●●四字仄韻起◒●○◓○●六字叶◓●◓○四字●◓◒●四字叶○●●三字叶◓○○●

●五字叶○○●三字叶●◒○◓●五字叶◓○●●四字◒○○●○●六字叶●○●●四字

叶◒●○○●五字叶○●○○●五字叶○○●●四字叶●○○●●五字叶

詞　　　　周邦彦

縷金翠羽。妝成纔見眉撫。倦倚繡簾，看舞風絮。愁幾許。寄鳳絲雁柱。春將暮。向層城苑路。鈿車似水，時時花徑相遇。舊游伴侶。還到曾來處。門掩風和雨。梁間燕語。問那人在否。

兩同心

前段六句，後段六句，共六十八字，七韻；亦有用平韻者

◓●○○四字◓○◒●四字仄韻起◒○◓◒●○○七字◒◓●◓○◒●七字叶◓◒◒◓●
○○七字◓◓○●四字叶　◓●◓○○●六字叶◓○◒●四字叶◒○◓◓●○○七字◓◒
●◓○◒●七字叶◓◓◒◓●○○七字◓◒○●四字叶

詞　　　　柳　永

竚立東風，斷魂南國。花光媚春醉瓊樓，蟾彩過夜遊香陌。憶當時酒戀花迷，役損詞客。　別有眼長腰搦。痛憐深惜。鴛會冷夕雨淒淒，錦書斷暮雲凝碧。想別來好景良時，也應相憶。

殢人嬌

前段七句，後段七句，共六十八字，八韻

◓●○○四字◓●◒○◓●六字仄韻起◒●●◒○◓●七字叶◒○◓●四字●○○◒●五字叶○●●三字◒●◓○○●六字叶

◓●○○四字◒○●●四字叶◒◓●◓○○●七字叶◒○●●四字◓◒○○●五字叶○●●三字◒●◓○○●六字叶

詞　晏殊

玉樹微涼，漸覺銀河影轉。林葉靜踈紅欲徧。朱簾細雨，尚遲留歸燕。嘉慶日，多少世人良願。　楚竹驚鸞，秦箏起雁。縈舞袖急翻羅荐。雲迴一曲，更輕櫳檀板。香炷遠，同祝壽期無限。

青玉案第二體

與第一體同，惟後段第二句作八字，故不圖

詞　陳瓘

碧空黯淡同雲繞。漸枕上風聲峭。明透紗窓天欲曉。珠簾纔卷，美人驚報。一夜青山老。　使君命客金尊倒。正千里瓊瑤未經掃。皷壓江梅春信早。十分農事，滿城和氣，管取來年好。

天仙子第二體

同第一體，惟用變調，故不圖

詞　　　　　　　　　　　　　　　　　張　先

水調數聲持酒聽。午睡醒來愁未醒。送春春去幾時回，臨晚鏡。傷流景。往事後期空記省。　沙上並禽池上暝。雲破月來花弄影。重重簾幕密遮燈。風不定。人初靜。明日落紅應滿徑。

佳人醉

前段七句，後段六句，共六十九字，七韻

◒●◒○●●六字仄韻起◒●◒○○●六字叶●●◒○●五字◒○○●四字◒●○●四字叶●

●◒○●●六字●◒○○●○○●八字叶　◒○○●四字○●◒○◒○◒●八字◒●

○○●五字叶◐○●三字叶◐○○●四字◐●○○●●六字叶

詞　　柳　永

暮景蕭蕭雨霽。雲淡天高風細。正月華如水，金波銀漢，瀲灩無際。冷浸書帷夢斷，卻披衣重起臨軒砌。　素光遥指，因念翠眉音塵何處。相望同千里。儘凝睇。厭厭無寐，漸曉雕闌獨倚。

灼灼花(一)

前段七句，後段七句，共六十九字，八韻

◐●○○●五字仄韻起◐●○○●五字叶◐●○○四字◐○◐●四字◐○●●四字叶◐○○◐

●○○七字●◐○○●五字叶

◐●○○●五字叶◐●○○●五字叶●●○○四字●○○

●四字◐○○●四字叶●○●●●○○八字●○○○●五字叶

(一) 此調《欽定詞譜》列唐宋詞調名《連理枝》、《紅娘子》、《小桃紅》等，以李白《連理枝》雙調七十字式爲例。本譜以明代楊慎之作爲例詞，於理不妥。

詞　　　　　　　　　　　　　　　　　　　　　楊　慎

誰把纖纖月。掩在湘裙褶。鳳翠花明，猩紅珠瑩，蟬紗雪疊。顫巍巍一對弓兒，把芳心生拽。　掌上呈嬌怯。痛惜還輕撚。戲蕊含蓮，齒痕斜印，淩波羅襪。踏青回露濕怕春寒，倩檀郎溫熱。

獻衷心第二體

前段同第一體，惟次句、六句皆作五字，故只列後段圖

◐○○●四字◐●○○四字叶◐○◐●四字○●○○四字叶●◐○○●五字◐●○○四字叶
○○●三字○●●三字●○○三字叶

詞　　　　　　　　　　　　　　　　　　　　　顧　敻

繡鴛鴦帳暖，畫孔雀屏欹。人悄悄，月明時。想昔年歡笑，恨今日分離。銀釭背，銅漏永，阻佳期。　小爐煙細，虛閣簾垂。幾多心事，暗地思維。被嬌娥牽役，魂夢如癡。金閨裏，山枕上，始應知。

月上海棠

前段六句，後段六句，共七十字，八韻。

◐○◐●○○●七字仄韻起●○○◐○●○●八字叶◐●○○四字◐○○●○○●七字叶
○○●三字◐●○○●●六字叶◐○◐●○○●七字叶●○○◐●○○●八字叶◐●
○○四字◐◐○◐○○●七字叶○○●三字◐○○○●●六字叶

詞　陸　游

蘭房繡戶厭厭病。嘆春酲和悶甚時醒。燕子空歸，幾曾傳玉關邊信。傷心處，獨展團窠瑞錦。　熏籠消歇沈烟冷。淚痕深展轉看花影。漫擁餘香，怎禁他峭寒孤枕。西窻曉，幾聲銀瓶玉井。

水晶簾第四體(一)

同第一體，惟用雙調，故不圖

(一)《欽定詞譜》未收此類體式《水晶簾》。

詞(一)　　謝無逸

杏花村館酒旗風。水溶溶。颺殘紅。野渡舟横楊柳綠陰濃。望斷江南山色遠，人不見，草連空。　夕陽樓外晚煙籠。粉香融。淡眉峰。記得年時相見畫屏中。只有關山今夜月，千里外，素光同。

連理枝

前段七句四韻，後段同，共七十字

◐●○○●五字仄韻起◐●○○●五字叶◐◐◐◐四字◐○◐●四字◐○◐●四字叶◐◐○
◐●●○○八字◐◐○◐●五字叶

詞　　晏　殊

綠樹鶯聲老。金井生秋早。不寒不暖，裁衣按曲，天時正好。況蘭堂逢著壽筵開，見爐香縹緲。　組繡呈纖巧。歌舞誇妍妙。玉酒頻傾，朱弦翠管，移宮易調。獻金杯重疊祝長

(一)《全宋詞》調名署《江神子》。

生，永逍遙奉道。

小桃紅(一)

前段七句四韻，後段同，共七十字

◒●○○●五字仄韻起◒●○○●五字叶◒●○○四字◒○◒●四字◒○○●四字叶◒◒○◒
●●○○八字◒◒○◒●五字叶

詞　劉禹錫(二)

曉入紗窗靜。戲弄菱花鏡。翠袖輕勻，玉纖彈去，小(三)妝紅粉。畫行人愁外兩青山，與尊前離恨。宿酒醺難醒。笑記香肩並。暖借香(四)腮，碧雲微透，暈眉斜印。最多情生怕外人猜，拭香津微揾。

(一) 此體式同《連理枝》，實爲一體。
(二)《全宋詞》作者署劉過。
(三) 小：《全宋詞》作「少」。
(四) 香：《全宋詞》作「蓮」。

惜黄花

前段六句，後段七句，共七十字，十韻

◓○○●四字仄韻起◓○○●四字叶◓◓◓●○○●○○●十字叶◓●●○○五字◓●○○●五字叶◓●◓●○○●七字叶

◓○○●四字叶◓○●●四字叶●○○三字●○○◓○○●七字叶◓●●○○五字◓●○○●五字叶◓●●●○○●七字叶

詞

史達祖

涵秋寒渚。染霜丹樹。尚依稀是來時夢中行路。時節正思家，遠道仍懷古。更對著滿城風雨。

黄花無數。碧雲欲暮。美人兮，美人兮未知何處。獨自卷簾櫳，誰爲開尊俎。恨不得御風歸去。

千秋歲第一體

前段八句，後段八句，共七十一字，十韻

◓○◓●四字仄韻起◓●○○●五字叶○◓●三字○○●三字叶◓○○●●五字◓●○○●五字叶◓◓●三字◓○◓●○○●七字叶

○●○○●五字叶◓●○○●五字叶○●●三字

○○●三字叶◓◓○◓●五字◓●○○●五字叶◓●●三字◓○◓●○○●七字叶

詞　　秦　觀

水邊沙外。城郭輕寒退。花影亂，鶯聲碎。飄零踈酒盞，離別寬衣帶。人不見，碧雲暮合空相對。　憶昔西池會。鵷鷺同飛蓋。携手處，今誰在。日邊清夢斷，鏡裏朱顔改。春去也，落紅萬點愁如海。

西施第一體

前段七句，後段八句，共七十一字，七韻

◓○◓●●○○七字平韻起◓●●○○五字叶◓○◓●四字◓●●○○五字叶◓●○○四字◓●○○●五字◓●●○○五字叶◓○●●○○●七字◓○●三字●○○三字叶◓○◓●四字◓●●○○五字叶◓●○○四字◓●○○●五字◓○●○○五字叶

詞　　柳　永

柳街燈市好花多。盡讓美瓊娥。萬嬌千媚，黯黯在層波。取次梳妝，自有天然態，愛淺畫雙蛾。　斷腸最是金閨客，空憐愛，奈伊何。洞房咫尺，無計枉朝珂。有意憐才，每遇行雲處，幸時恁相過。

離亭燕

前段六句四韻，後段同，共七十二字

◐●◐○○●六字仄韻起◐●●○○●六字叶◐●◐○○●●七字●●◐○○●六字叶◐●
●○○五字◐●◐○○●六字叶

詞

孫浩然(一)

一帶江山如畫。風物向秋瀟洒。水浸碧天何處斷，霽色冷光相射。蓼嶼荻花洲，掩映竹籬茅舍。　雲際客帆高掛。烟外酒旗低亞。多少六朝興廢事，盡入漁樵閑話。悵望倚層樓，寒日無言西下。

(一)《全宋詞》作者又署張昇。

填詞圖譜卷之四

東海查王望先生鑒定　同學毛先舒稚黄、仲恒雪亭參訂

西泠賴以邠損菴著　查繼超隨菴增輯　查曾榮春谷、王又華逸庵同輯

中調

憶帝京

前段六句，後段七句，共七十二字，八韻

◒○◓●○○●七字仄韻起◓●◓○◒●六字叶◓●●○○五字◓●○○●五字叶◓●●○○五字◓●○○●五字叶◓◓●◓○◒●七字叶◓◓●○◓○●七字叶◓●○○四字

◒○◒●四字◓◒◓◓○◒●七字叶◓●●○○五字◓●○○●五字叶

詞　黄庭堅

鳴鳩乳燕春閒暇。化作綠陰槐夏。壽酒舞紅裳，睡鴨飄香麝。醉此洛陽人，佐郡深儒雅。

況座上玉麟金馬。更莫問鶯老花謝。萬里相依，千金爲壽，未厭玉燭傳清夜。不醉欲言歸，笑殺高陽社。

粉蝶兒第一體

前段六句，後段六句，共七十二字，八韻

◓●○○四字◒○○●○●六字仄韻起◓○◒◓○◒●七字叶◓○◒○◓●六字◒○◒●四字叶◓◒○◒◓◓○◒●九字叶

◓◒◓○四字◒○◓◒○●六字叶◓○○◓○◓●七字叶◓○○○●●六字◒○◓●四字叶◓◓○◓◒◓○○●九字叶

詞

毛滂

雪遍梅花，素光都共奇絕。到窗前認君時節。下重幃香篆冷，蘭膏明滅。夢悠揚空繞斷雲殘月。　沈郎帶寬，同心放開重結。褪羅衣楚腰一捻。正春風新著摸，花花葉葉。粉蝶兒這回共花同活。

撼庭竹

前段六句，後段六句，共七十二字，九韻

◒●○○●●○七字平韻起○◒●○○五字叶◓○◒●●○○七字叶◓○◒●●○○七字叶

●◓◓◒●五字○●●○○五字叶

◓●◓○●●○七字叶◒●●○○五字叶○○●●

○○●七字●●○○●◒○七字叶○●●三字○○◒●●○○七字叶

詞　　黄庭堅

嗚咽南樓吹落梅。聞鴉樹驚飛。夢中相見不多時。隔城今夜也應知。坐久水空碧，山月影沈西。買個宅兒住著伊。剛不肯相隨。如今却被天瞋你(一)，永落雞群受雞欺。空恁惡(二)，憐伊風日損花枝。

千秋歲第二體

同第一體，惟前段第三句、四句合作一句，故不圖

(一) 你：《全宋詞》作「作」。

(二) 惡：《全宋詞》作「可」。

詞 歐陽修(一)

數聲鶗鴂。又報芳菲歇。惜春更把殘紅折。雨輕風色暴，梅子青時節。永豐柳，無人盡日花飛雪。　莫把絲絃撥。怨極絃能說。天不老，情難絕。心似雙絲網，中有千千結。夜過也，東窗未白殘燈滅。

風入松第一體

前段六句，四韻，後段同，惟第四句作七字，共七十三字

◐○◐●●○○七字平韻起◐●○○四字叶◐○◐●○○●七字◐○◐●○○六字叶◐●◐○○●六字◐○◐●○○六字叶

詞 康與之

一宵風雨送春歸。綠暗紅稀。畫樓整日無人到，與誰同撚花枝。門外薔薇開也，枝頭梅子酸時。　玉人應是數歸期。翠斂愁眉。塞鴻不到雙魚遠，嘆樓前流水難西。新恨欲題

(一)《全宋詞》作者署張先。

紅葉，東風滿院花飛。

師師令

前段六句，後段六句，共七十三字，十韻

◒○◓●四字仄韻起◓◒○◒●五字叶◓○◒●●○○七字◓●●◒○○●七字叶◓●◒○○●●七字叶◓◓○○●五字叶

◒○◒●○○●七字叶◓◒○○●五字叶◓○◒●●○○七字◒●●○○◒●七字叶◓●◒○○●●七字叶◓◓○○●五字叶

詞

張　先

香鈿寶珥。拂菱花如水。學粧皆道稱時宜，粉色有天然春意。蜀綵衣長勝未起。縱亂霞㈠垂地。

都城池苑誇桃李。問東風何似。不須回扇障清歌，脣一點小於朱蘂。正值殘英和月墜。寄此情千里。

㈠ 霞：《全宋詞》作「雲」。

隔浦蓮

前段九句，後段七句，共七十三字，十韻

◒◒○◓◓●六字仄韻起◓●○○●五字叶◓●○○●五字○○●三字○○●三字叶◒◓○◓

●五字叶○○●三字●●○◒●五字◓○●三字叶 ○○●●四字◒○○●○●六字叶○○

●●四字◓●◓○◒●六字叶◒●◒○◓●●七字叶○●二字叶◒○○●○●六字叶

詞

周邦彦

新篁搖動翠葆。曲徑通深窈。夏果收新脆，金丸落，驚飛鳥。濃靄迷岸草。蛙聲鬧，驟雨鳴池沼，水亭小。

浮萍破處，簾花檐影顛倒。綸巾羽扇，困臥北窻清曉。屏裡吳山夢自到。驚覺。依然身在江表。

隔簾聽

前段八句，後段七句，共七十三字，十二韻

◓●○○◒●六字◓●○○●五字仄韻起◓○◓●○○●七字叶◓●●○○五字◓○◓●四

字叶◓●●三字叶◓○○●○◒●七字叶○○●三字叶 ◒○◒●四字叶◓●○○●五字叶

◐○◐●○○●七字叶◐○○●四字◐○○●四字叶◐○●三字叶◐○●○○●六字叶

詞　　柳　永

咫尺鳳衾鴛帳，欲去無因到。蝦鬚窣地重門悄。認繡履頻移，洞房杳杳。强語笑。逞如簧再三輕巧。梳妝早。琵琶閒抱。愛品相思調。聲聲似把相思告。隔簾贏得，斷腸多少。恁煩惱。除非共伊知道。

河滿子第三體

同第二體，惟用雙調，故不圖

詞　　孫光憲

寂寞芳菲暗度，歲華如箭堪驚。緬想舊歡多少事，轉添春思難平。曲檻絲垂金柳，小窗絃斷銀箏。深院空聞燕語，滿園閒落花輕。一片相思休不得，忍教長日愁生。誰見夕陽孤夢，覺來無限傷情。

傳言玉女

前段八句，後段八句，共七十四字，八韻

◐●○○四字◐●◐○◐●六字仄韻起◐○○●四字●◐○●●五字叶○◐●●四字◐●◐

○○●六字叶◐○○●四字◐○○●四字叶 ◐●○○四字●○○三字●◐●三字叶◐○◐

●四字●◐○◐●五字叶○○●◐四字◐●◐○◐●六字叶◐○◐●◐○○●八字叶

詞　晁叔用

一夜東風，吹散柳梢殘雪。御樓煙暖，正鰲山綵結。簫鼓向曉，鳳輦初回宮闕。千門燈火，九街風月。　繡閣人人，乍嬉遊，困又歇。艷妝初試，把珠簾半揭。嬌波溜人，手撚玉梅低說。相逢長是上元時節。

百媚娘

前段六句五韻，後段同，共七十四字

◐●●○○●六字仄韻起◐●●○○●六字叶◐●◐○○●●七字◐●●○○●六字叶◐●

◐○○●●七字叶◐●○○●五字叶

詞　張先

珠閣五雲仙子。未省有誰能似。百媚等應天乞與，靚餙艷妝俱美。取次芳華皆可意。何處無桃李。蜀被錦紋鋪水。不放綵鴛雙戲。樂事也知存後會，爭奈眼前心裡。綠皺小池紅疊砌。花外東風起。

越溪春

前段七句，後段六句，共七十五字，七韻

◐●◐○○●●七字◐●●○○五字平韻起◐○◐●○○●七字◐●◐◐●○○七字叶◐●
○○四字◐○◐●四字◐●○○四字叶◐○◐●○○六字叶◐●●○○五字叶◐○◐●
◐●●●八字◐○◐●○○六字叶○●●○○●六字○◐●●○○六字叶

詞　歐陽修

三月十三寒食日，春色遍天涯。越溪閬苑繁華地，傍禁垣珠翠烟霞。紅粉牆頭，鞦韆影裏，臨水人家。歸來晚駐香車。銀箭透窗紗。有時三點兩點雨霽，朱門柳細風斜。沉麝不燒金鴨，玲瓏月照梨花。

千年調

前段八句，後段八句，共七十五字，七韻

◐●●○○五字◐●○○●五字仄韻起◐●◐○◐●六字◐●○●四字叶◐○◐●四字◐●

○◐◐五字○●●三字◐◐○○●●六字叶 ◐○◐●四字◐●○○●五字叶◐◐○●●

●六字◐●○●四字叶◐○◐●四字◐●◐○●五字叶◐○◐◐○○六字○◐●三字叶

詞

辛棄疾

卮酒向人時，和氣先傾倒。最要然然可可，萬事稱好。滑稽坐上，更對鴟夷笑，寒與熱，總隨人甘國老。　少年使酒，出口人嫌拗。此箇和合道理，近日方曉。學人言語，未會十會巧。看他們得人憐，秦吉了。

解蹀躞

前段七句，後段七句，共七十五字，八韻

◐●◐○○●六字●◐○◐●五字仄韻起◐○◐●四字◐○◐◐●五字叶◐◐◐●○○六字

◐○◐●○●六字◐○◐●四字叶 ◐○●三字叶◐●◐○○●六字叶◐○◐◐●五字叶

◒○◒●○○◓◒●九字叶◓◓◒●○○六字◓○◒●○○六字◓○○●四字叶

詞　　周邦彦

候館丹楓吹盡，面旋隨風舞。夜寒霜月，飛來伴孤旅。還是獨擁秋衾，夢餘酒困都醒，滿懷離苦。甚情緒。深念凌波微步。幽房暗相遇。淚珠都作秋宵枕前雨。此恨音驛難通，待憑征雁歸時，寄將愁去。

訴衷情近

前段七句，後段八句，共七十五字，八韻

◓○◓●四字◓●◒○◓●六字◒○◒●○○六字◒●◓○◓●六字仄韻起◒●◓○◒●六字◒●○○四字◓●○○●五字叶　○○●三字叶◓●○○◓●六字叶◓○○●四字◓●○○●五字叶○○●三字叶◓○◓●○○六字◓●◓○◒●六字叶◓●○○●五字叶

詞　　柳　永

景闌晝永，漸入清和氣序，榆錢飄滿閒階，蓮葉嫩生翠沼。遥望水邊幽徑，山崦孤村，是處園林好。　閒情悄。綺陌人遊漸少。少年風韻，自覺隨春老。追前好。帝城信阻天涯，目斷暮雲芳草。竚立空殘照。

剔銀燈

前段七句五韻，後段同，惟第二句作六字，共七十五字

◐●◐○◐●六字仄韻起◐●●◐○◐●七字叶◐◐◐○四字◐○◐●四字◐●◐○○●六字叶◐○○●四字叶◐◐●●○○●七字叶

詞

柳　永

何事春工用意。繡畫出萬紅千翠。艷杏夭桃，垂楊芳草，各鬬雨膏煙膩。如斯佳致。早晚是讀書天氣。　漸漸園林明媚。便好安排歡計。論籃買花，盈車載酒，百琲千金邀妓。何妨沉醉。有人伴日高春睡。

下水船

前段七句，后段八句，共七十五字，十一韻

◐●○○●五字仄韻起◐●◐○○●六字叶◐●○○四字◐●◐○○●六字叶◐○●三字叶◐

●◐○●●六字◐●◐○○●六字叶　○○●三字叶◐●○○●五字叶◐●◐○○●六字
叶◐●○○四字◐○●●○●六字叶○○●三字叶◐●○○●●六字◐●◐○○●六字叶

詞　　黄庭堅

總領神仙侶。齊到青雲岐路。丹禁風微，咫尺諦聞天語。盡榮遇。看即如龍變化，一擲靈梭風雨。真遊處。上苑尋春去。芳草芊芊迎步。幾曲笙歌，櫻桃豔裡歡聚。瑶觴舉。回祝堯齡萬萬，端的君恩難負。

風入松第二體

前段六句四韻，後段同，共七十六字

◐○◐●●○○七字平韻起◐●●○○五字叶◐○◐●○○●七字◐○●◐●○○七字叶◐
●◐○○●六字◐○◐●○○六字叶

詞　　虞　集

畫堂紅袖倚清酣。華髮不勝簪。幾回晚直金鑾殿，東風軟花裏停驂。書詔許傳宫燭，輕羅初試朝衫。御溝冰泮水拖藍。紫燕語呢喃。重重簾幙寒猶在，憑誰寄錦字泥緘。

報道先生歸也，杏花春雨江南。

御街行第一體

前段七句四韻，後段同，共七十六字

◒○◒●○○●七字仄韻起●●○○●五字叶◒○◓●●○○七字●●◓○○●六字叶◓

○○●四字◒○◒●四字◓●○○●五字叶

詞

柳永

燔柴煙斷星河曙。寶輦回天步。端門羽衛簇雕欄，六樂舜韶先舉。霍書飛下，雞竿高聳，恩露均寰寓。赤霜袍爛飄香霧。喜色成春照。九儀三事仰天顔，八彩旋生眉宇。椿齡無盡，蘿圖有慶，常作乾坤主。

婆羅門引

前段七句，後段七句，共七十六字，九韻

◓○○●四字◓○◒●●○○七字平韻起◓○◒●○○六字叶◓●◒○○●六字◓●●○○

五字叶●○○●●五字●●○○四字叶　●○●○四字叶●◓●●○○六字叶●●◒◒◓●
六字◒●○○四字叶◒○◓●四字◒◒◓◓●●○○八字叶○◓●●●○○七字叶

詞　辛棄疾

落花時節，杜鵑聲裡送君歸。未消文字湘纍。只怕蛟龍雲雨，後會渺難期。更何人念我，老大傷悲。已而已而。算此意只君知。記取岐亭買酒，雲洞題詩。爭如不見，纔相見便有別離時。千里月兩地相思。

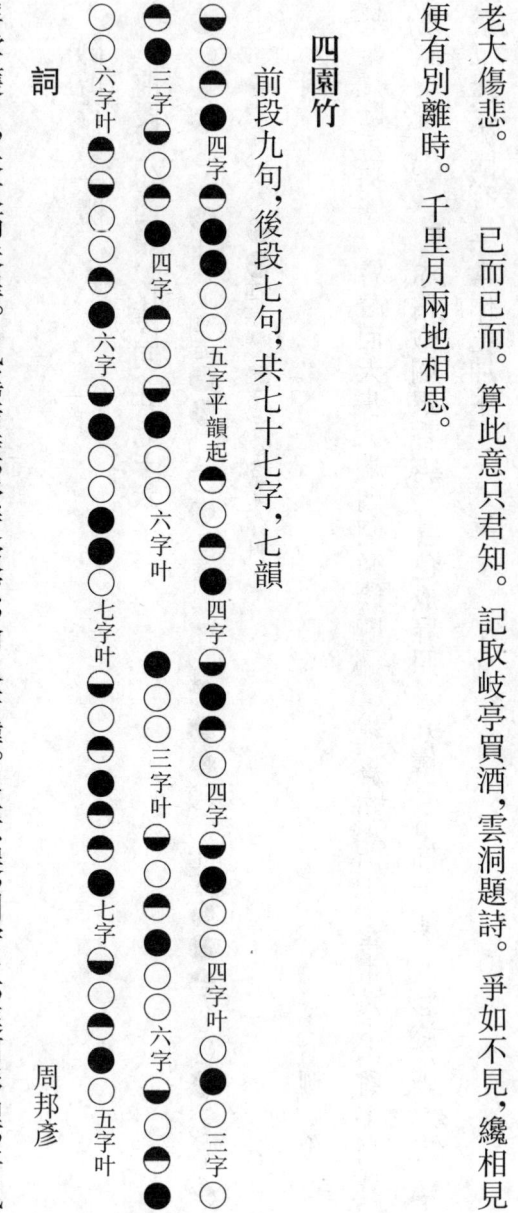

四園竹

前段九句，後段七句，共七十七字，七韻

◒○◓●四字◓●●○○五字平韻起◓○◓●四字◒●◓○四字◒●○○四字叶○●○三字○
◓●三字◒○◓●四字◓○◒●○○六字叶　●○○三字叶◒○◓●○○六字◒○◓●
○○六字叶◓◒○○◓●六字◒●○○●●○七字叶◒○◓●◓◓●七字◒○◓●○五字叶

詞　周邦彥

浮雲護月，未放滿朱扉。鼠搖暗壁，螢度破窻，偷入書幃。秋意濃，閒竚立，庭柯影裡，好風襟袖先知。　夜何其。　江南路遶重山，心知謾與前期。　奈何燈前墮淚，腸斷蕭娘舊日書。　辭猶在紙鴈信絕，清宵夢又稀。

祝英臺近

前段八句，後段八句，共七十七字，八韻

●○○三字○●●三字◒●◓○●五字仄韻起◓●○○四字◓●◓○●五字叶◓○◓●○○

六字◒○○●四字◓○●◒○○●七字叶　◓○●三字叶◓◓◒●○○六字◒○●○●

五字叶◒●○○四字◓●◓○●五字叶◓○◒●○○六字◒○◒●四字叶◓◓●●○○●七

字叶

詞

辛棄疾

寶釵分，桃葉渡，烟柳暗南浦。　怕上層樓，十日九風雨。　斷腸點點飛紅，都無人管，倩誰喚流鶯聲住。　鬢邊覷。　試把花下歸期，纔簪又重數。　羅帳燈昏，哽咽夢中語。　是他春帶愁來，春歸何處。　却不解帶將愁去。

撲蝴蝶

前段八句，後段七句，共七十七字，九韻

◒○◓●四字◓●○○●五字仄韻起◒○◓●四字◒○○●●五字叶◓○◒●○○六字◓●◒○◓●六字叶◒○●○○●六字叶◓○●三字叶

◓○◒●○●○○八字●○●三字叶○○●●四字◒○○●●五字叶◓○◓●○○六字◓●○○●●六字叶◒○●○○●六字叶

詞　無名氏

烟條雨葉，綠遍江南岸。思歸倦客，尋芳來較晚。岫邊紅日初斜，陌上花飛正滿。凄涼數聲羌管。怨春短。玉人應在明月樓中，畫眉懶。蠻箋錦字，多時魚雁斷。恨隨去水東流，事與行雲共遠。羅衾舊香猶暖。

側犯

前段八句，後段六句，共七十七字，十一韻

◓○◓●四字◓○◓●○○●七字仄韻起○●二字叶◓◓●○○◓◒●八字叶◒○◓●●五字◓●○○●五字叶○●二字叶◒◓●○○●○●八字叶

◒○◓●四字◓●○○●五字叶

◒◓●三字叶●○○◒●◓○●八字叶◓●○○◓○◓●八字叶◒◓●●◓○◒●八字叶

詞　　周邦彦

暮霞霽雨，小蓮出水紅妝靚。風定。看步襪江妃照明鏡。飛螢度暗草，秉燭遊花徑。人靜。攜艷質追涼就槐影。　金鐶皓腕，雪藕清泉瑩。誰念省。滿身香猶是舊荀令。見說□(一)姬酒壚寂靜。烟鎖漠漠藻池苔井。

鳳樓春

前段七句，後段九句，共七十七字，十一韻

◓●●○○五字平韻起◒●○○四字叶●○○三字叶◓○◒●●○○七字叶◒●●●○○六字叶◒●◓○○●●七字◓●●○○五字叶

●○○三字叶◒●○○四字叶◓○◒●四字◓○○●四字◓○○●○○六字叶◒●◓○四字◒◓◒●●○○七字叶◓○○●四字◒●○○四字叶

(一) □：《全宋詞》作「胡」。

詞 歐陽炯

鳳髻綠雲叢。深掩房櫳。錦書通。夢中相見覺來慵。匀面淚臉珠融。因想玉郎何處去，對淑景誰同。小樓中。春思無窮。倚闌凝望，闇牽愁緒，柳花飛趁東風。斜日照簾，羅幌香冷粉屏空。海棠零落，鶯語殘紅。「照簾」一作「照簇櫳」。

一叢花

前段七句四韻，後段同，共七十八字

◐○◐●●○○七字平韻起◐●●○○五字叶◐○◐●○○●七字◐◐●◐●○○七字叶◐
●◐○四字◐○◐●四字◐●●○○五字叶

詞 張先

傷高懷遠幾時窮。無物似情濃。離愁正恁牽絲亂，更南陌飛絮濛濛。嘶騎漸遥，征塵不斷，何處認郎蹤。雙鴛池沼水溶溶。南北小橈通。梯横畫閣黄昏後，又還是斜月簾櫳。沉恨細思，不如桃杏，還解嫁東風。

御街行第二體

前后段並與第一體同，惟第三句皆作六字，故不圖

詞

范仲淹

紛紛墜葉飄香砌。夜寂靜寒聲碎。真珠簾卷玉樓空，天淡銀河垂地。年年今夜，月華如練，長是人千里。　愁腸已斷無由醉。酒未到先成淚。殘燈明滅枕頭欹，諳盡孤眠滋味。都來此事，眉間心上，無計相迴避。

過澗歇

前段八句，後段七句，共七十八字，八韻

◒●◓●◓◒●七字仄韻起　◓◒◒○四字　◓●◒○◒●六字叶　●○●三字叶　◓●○○○

●六字　◓●○○●五字叶　◓●●三字　◓●◒○◓◒●七字叶

◓●○◓●五字　◓◒◓

◒●○○●八字叶　○○◓◒●五字叶　◒●○○四字　●●○○四字　●○●●四字　◓●●●

○○●七字叶

柳　永

詞

淮楚曠望極千里。火雲燒空，盡日西郊無雨。厭行旅。數幅輕帆旋落，艤棹蒹葭浦。避畏景，兩兩舟人夜深語。此際爭可便，恁奔利名九衢塵裏。衣冠冒炎暑。回首江鄉，月觀風亭，水邊石上，幸有散髮披襟處。

上西平(一)

前段七句，后段九句，共七十八字，八韻

●○○三字○●●三字●○○三字平韻起◐○●◐●○○七字叶◐○●●四字◐○◐●●○○七字叶◐◐◐◐○◐◐●○○十字叶

○○●三字○○●三字○●●三字●○○三字叶◐○●◐●○○七字叶◐○◐●四字◐○◐●●○○七字叶◐○●●四字●○○◐●○○七字叶

辛棄疾

詞

九衢中，盃逐馬，帶隨車。問誰解愛惜瓊華。何如竹外，靜聽窣窣蟹行沙。自憐是海山頭

(一) 此調又名《金人捧露盘》、《西平曲》、《上平南》。

種玉人家。　紛如鬬，嬌如舞，纔整整，又斜斜。要圖畫還我漁蓑。凍吟應笑，羔兒無分謾煎茶。起來極目，向彌茫數盡歸鴉。

陽關引

前段八句，後段七句，共七十八字，九韻

◓●○○●五字仄韻起◓●○○●五字叶○○●●○○●七字○○●三字叶●○○○●五字●●○○●五字叶●●○三字○●●●●○●七字叶

●●●○●○●●八字叶●○○●四字○○●●○●六字叶●●○○●五字●●○○●五字叶●●○○●五字●●●○●五字叶

詞　　寇準

塞草烟光濶。渭水波聲咽。春朝雨霽輕塵歛，征鞍發。指青青楊柳，又是輕攀折。動黯然，知有後會甚時節。　更盡一杯酒歌一闋。歎人生裏，難歡聚易離別。且莫辭沉醉，聽取陽關徹。念故人千里，自此共明月。

上南平[一]

前段八句，後段十句，共七十八字，九韻

●○○三字○●●三字●○○三字平韻起●◓○◓●○○七字叶○○◓●四字◓●◓●●○○
七字叶◓○◓●●○○七字叶◓●○○四字叶●○○三字叶○●●三字○●●三字●○○
三字叶●●○○●五字◓○●◓四字○●○○四字○●◓○○五字叶●○○●●○六字◓●
○○四字叶

詞

元　石烈[二]

蔓鋒搖，螳臂振，舊盟寒。恃洞庭彭蠡狂瀾。天兵小試，萬蹄一飲楚江乾。捷書飛上九重天。春滿長安。　舜山川。周禮樂，唐日月，漢衣冠。洗五州妖氣，關山已平，全蜀風行，何用一泥丸。有人傳喜日邊，都護先還。

[一] 此調揆諸調式基本結構，與上之《上西平》爲一類。《欽定詞譜》曰《上西平》調劉昂詞名《上平南》，本譜下所舉例詞於《全金元詞》中即署作者劉昂，故二者實爲同一。

[二]《全金元詞》作者署劉昂。

山亭柳

前段七句，後段七句，共七十九字，九韻

◒●○○四字平韻起◓●●○○五字叶◒●●●○○六字叶◓●◓○○●六字◓○◒●○○六字叶◓●◒○○●六字◓●○○四字叶

◓○◒●○○●七字◒○◓●●○○七字叶◒○●●○○六字叶◓●◒○◓●六字◓○◓●○○六字叶◓●◒○◓●六字◒●○○四字叶

詞

晏　殊

家住西秦。賭博藝隨身。花柳上鬭尖新。偶學念奴聲調，有時高遏行雲。蜀錦纏頭無數，不負辛勤。　數年來往咸京道，殘杯冷炙謾消魂。衷腸事托何人。若有知音見採，不辭遍唱陽春。一曲當筵落淚，重掩羅巾。

紅林擒近

前段八句，後段七句，共七十九字，八韻

◒●○○●五字◓○◒●○五字平韻起◓●◓○●五字◓◒●○○五字叶◒○◒○◓●六字◓●◓●○○六字叶◓●◓●○○六字叶◒●●○○五字叶

◓◓○◓●五字◒●●○○五字

叶◒○◓●四字◒○○●○○六字叶◓◒○◒●五字◒○●●四字◓○◓●◒◓○七字叶

詞 周邦彦

高柳春纔軟，凍梅寒更香。暮雪助清峭，玉塵散林塘。那堪飄風遞冷，故遣度幕穿窻。似欲料理新妝。呵手弄絲簧。冷落詞賦客，蕭索水雲鄉。援毫授簡，風流猶憶東梁。望虛檐徐轉，廻廊未掃，夜長莫惜空酒觴。

金人捧露盤(一)

前段八句，後段九句，共七十九字，八韻

●○○三字○◒●三字●○○三字平韻起◓◓○◒●○○七字叶◒○◓●四字◓○◒●●

○○七字叶◓○◒●◓○●七字◓●○○四字叶●○○三字○◒●三字○◒●三字●

○○三字叶●◒○◓●○○七字叶◒○●●四字◒○◒●●○○七字叶◓○◒●◓○●七字

◓●○○四字叶

(一) 此調即上之《上西平》調，見前述。

詞　　　　　　　　　　　　　　曾纯甫

記神京，繁華地，舊遊蹤。正御溝、春水溶溶。平康巷陌，繡鞍金勒躍青驄。解衣沽酒醉弦管，柳綠花紅。　到如今，餘霜鬢，嗟前事，夢魂中。但寒煙滿目飛蓬。雕欄玉砌，空餘三十六離宮。塞笳驚起暮天雁，寂寞東風。

款殘紅

前段八句，後段八句，共八十字，八韻

◒●●○○五字◓●○○●五字仄韵起◓●●○○五字◒●○○●五字叶◒○●●○五字◓

●○○●五字叶◒●●○○五字◓●○○●五字叶　◒○●●○五字◓●○○●五字叶◓

●●○○五字◓●○○●五字叶◓●○○●五字◒●○○●五字叶◒○●○○五字◓●○○

●五字叶

詞　　　　　　　　　　　　　　杨　慎

花徑款殘紅，風沼縈新皺。有意惜餘春，無計消長晝。香醪瀉玉窪，瑞腦噴金獸。誰與共溫存，寂寞黄昏後。　頻移帶眼空，只恁懨懨瘦。不見又思量，見了還依舊。爲問頻相見，何似長相守。天生並頭蓮，好結同心藕。

柳初新

前段七句，後段七句，共八十字，十韻

◒○◓●○○●七字仄韵起◓●●○○●六字叶◓○◒●四字◒○◓●四字◓●◓○◒●六
字叶◒●◒○○●六字叶◓◒○◒○○●七字叶　◓●○○◓●六字叶◒○○◒○○●七
字叶◓○○●四字◒○◓●四字◓●◓○◒●六字叶◓◓●○○●六字叶◓◒○◓○◒●七字叶

詞　　柳　永

東郊向曉星杓亞。報帝里春來也。柳臺煙眼，花勻露臉，漸覺綠嬌紅姹。妝點層臺芳榭。運神功丹青無價。　別有堯階試罷。新郎君成行如畫。杏園風細，桃花浪暖，競喜羽遷鱗化。遍九陌將遊冶。驟香塵寶鞍驕馬。

鬬百花

前段八句，後段七句，共八十一字，八韻

◓●◒○◒●六字仄韻起◒●◒○○●六字叶◒○◓●○○六字◒●◒○○●六字叶◒●
○○四字◒●◓●○○六字◓●●○○●六字叶◒●●○●五字叶　◓●○○四字◓●◒
○◒●六字叶◒◓◓●四字◒○●○○●六字叶◒●○○四字◒○◓●○○六字◒●◓○○
●六字叶

詞　　柳　永

煦色韶光明媚。輕靄低籠芳樹。池塘淺蘸煙蕪，簾幕閑垂風絮。春困厭厭，抛擲鬭草工夫，冷落踏青心緒。終日扃朱戶。　遠恨綿綿，淑景遲遲難度。年少傅粉，依前醉眠何處。深院無人，黄昏乍拆鞦韆，空鎖滿庭花雨。

最高樓

前段八句，后段八句，共八十一字，八韻

○◒●三字◒●●○○五字平韻起◓●●○○五字叶◓○◓●○○●七字◓○◒●●○○七字叶●○○三字叶○●●三字●○○三字叶　◓◓●◓○○●●八字◓◓●◓○○●●八字◒●●●○○六字叶◓○◓●○○●七字◓○◒●●○○七字叶●○○三字○●●三字●

○○三字叶

詞

辛棄疾

長安道，投老倦遊歸。七十古來稀。藕花雨濕前湖夜，桂枝風澹小山時。怎消除。須殢酒，更吟詩。

也莫向竹邊辜負雪，也莫向柳邊辜負月，閑過了總成癡。種花事業無人問，惜花情緒只天知。笑山中，雲出早，鳥歸遲。

新荷葉[一]

前段八句，後段六句，共八十二字，八韻

◓●○○四字◒○◓●○○六字平韻起◓●○○四字◓○◓●○○六字叶○○●三字◓○◒●◓●○○八字叶◒○◓●四字◓○◓●○○六字叶

◒●○○四字◒○●●○○六字叶◓●○○◓○◓●○○十字叶◒○◓●四字◒○●◓●○○七字叶◒◓●●●○◓●○○十字叶

[一] 此調又名《折新荷引》、《泛蘭舟》。

詞(一)　僧仲殊(二)

雨過回廊，圓荷嫩綠新抽。越女輕盈，畫橈穩泛蘭舟。波光豔，粉紅相間脈脈嬌羞。菱歌隱隱，漸遙依約回眸。　堤上郎心，波間妝影遲留。不覺歸時暮天碧襯蟾鉤。　風蟬噪晚，餘霞映幾點沙鷗。　漁笛不道有人獨倚危樓。

千秋歲引

前段八句，後段八句，共八十二字，九韻

◓●○○四字◓○●●四字仄韻起●●○○●○●七字叶○○●○●●●七字○○●●○○●七字叶●○○三字◓○●三字●○●三字叶　○●●○○●●七字叶○●●○○○●七字叶●●○○●○●七字叶○○●○○●●七字○○●●○○●七字叶●○○三字●○●三字○○●三字叶

(一)《全宋詞》調名署《折新荷引》。
(二)《全宋詞》作者署趙忭。

詞　王安石

別館寒砧，孤城畫角。一派秋聲入寥廓。東歸燕從海上去，南來雁向沙頭落。楚臺雲，庾樓月，宛如昨。無奈被些名利縛。無奈被他情擔閣。可惜風流總閑卻。當初謾留華表語，而今誤我秦樓約。夢闌時，酒醒後，思量着。

柳腰輕

前段八句，後段七句，共八十二字，九韻

◐○◐●○○●七字仄韻起○○●三字○○●三字叶◐○○●四字◐○○●四字叶◐●◐○○●六字叶◐○●○●○○七字●○○◐○○●七字叶

◐●○○◐●六字叶●◐○●○○●七字叶◐○○●四字◐○○●四字◐●○○○●六字叶◐○●◐●○○七字●○○●○○●七字叶

詞　柳　永

英英妙舞腰肢軟。章臺柳，昭陽燕。錦衣冠蓋，綺堂筵宴。是處千金爭選。顧香砌絲管初調，倚輕風珮環微顫。乍入霓裳促遍。逞盈盈漸催檀板。慢垂霞袖，急趨蓮步，進退奇容千變。笑何止傾國傾城，暫回眸萬人腸斷。

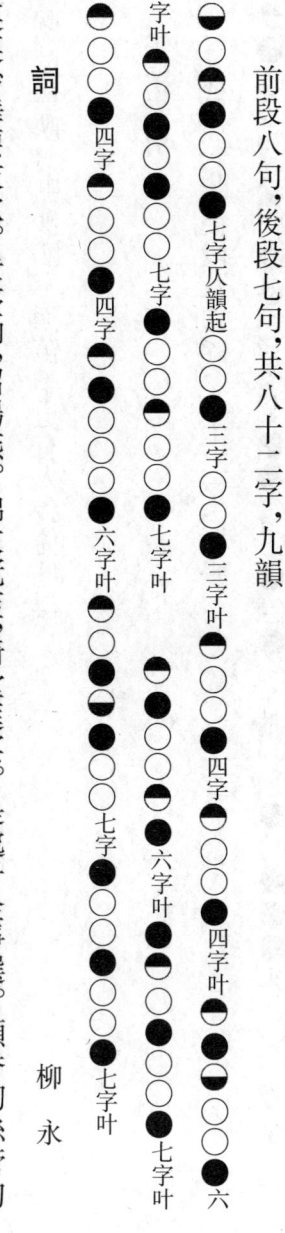

爪茉莉

前段八句，後段八句，共八十二字，九韻

◐●○○四字◐○◐●●五字仄韻起○○●三字●○○●四字叶◐○●●四字◐●●○○◐
●七字叶◐○◐◐●○○七字◐○●○●●六字叶 ◐○●○四字●○◐●○●六字叶○
●●三字●○○●四字叶○○●●四字●○◐◐○●六字叶◐◐○◐●◐○◐●九字叶◐○
◐○●●六字叶

詞　　　　柳　永

每到秋來，轉添甚況味。金風動，冷清清地。殘蟬噪晚，甚聒得人心欲碎。更休道宋玉多悲，石人也須下淚。衾寒枕冷，夜迢迢更無寐。深院靜，月明風細。巴巴望曉，怎生捱更迢遞。料我兒只在枕頭根底，等人來睡夢裏。

早梅芳

前段九句，後段九句，共八十二字，十韻

◐●○三字◐◐●三字仄韻起◐●○○●五字叶◐○◐●四字◐●○○●○●七字叶◐○○●

●五字◒●○○●五字叶●◒○◒●五字◒◒◒◒●五字叶◒◒○三字◒◒●三字叶◒
●○○●五字叶◒○◒●四字◒●○○●○●七字叶◒○○●●五字◒●○○●五字叶◒◒
○三字◒◒◒◒●五字叶

詞　　周邦彥

花竹深，房櫳好。夜闃無人到。隔窗寒雨，向壁孤燈弄餘照。淚多羅袖重，意密鶯聲小。正魂驚夢怯，門外已知曉。去難留，話未了。早促登長道。風披宿霧，露洗初陽射林表。亂愁迷遠覽，苦語縈懷抱。謾回頭，更堪歸路杳。

驀山溪第一體

前段九句五韻，後段同，共八十二字

◒○◒●四字◒●○○●五字仄韻起◒●●○○五字◒◒◒○◒●七字叶◒○◒●四字◒●
●○○五字○◒●三字叶○○●三字叶◒●○○●五字叶

詞　　黃庭堅

鴛鴦翡翠，小小思珍偶。眉黛斂秋波，盡湖南山明水秀。娉娉嫋嫋，恰近十三餘，春未透。

花枝瘦。正是愁時候。　尋花載酒，肯落誰人後。只恐遠歸來，綠成陰青梅如豆。心期得處，每自不由人，長亭柳。君知否。千里猶回首。

驀山溪第二體

同第一體，惟第七句皆不叶韻，故不圖

詞　易彦祥

海棠枝上，留得嬌鶯語。雙燕幾時來，並飛入東風院宇。夢回芳草，綠遍舊池塘，梨花雪，桃花雨。畢竟春誰主。　東郊拾翠，襟袖沾飛絮。寶馬趁雕輪，亂紅中香塵滿路。十千斗酒，相與買春閒，吳姬唱，秦娥舞。拚醉青樓暮。

驀山溪第三體

亦同第一體，唯第八句皆不叶韻，故不圖

詞　張東父

青梅如豆，斷送春歸去。小綠間長紅，看幾處雲歌柳舞。偎花識面，對月共論心，攜素手，采香遊，踏遍西池路。水邊朱戶，曾記銷魂處。小立背秋千，空悵望娉婷韻度。楊花撲面，香糝一簾風，情脈脈，酒厭厭，回首斜陽暮。

拂霓裳

前段八句，後段八句，共八十二字，十一韻

●○○三字平(一)韻起◓○◓●●○○七字叶○◓●三字◓○◓●●○○七字叶◓○○●●五字◓●●○○五字叶●○○三字叶◓○◓◓●●○○八字叶●○◓●四字◓◓●●○○六字叶◓◓●三字◓○◓●●○○七字叶◓○○●●五字◓●●○○五字叶●○○三字叶◓◓◓◓●●○○八字叶

詞

晏　殊

笑(二)秋天。晚荷花上(三)露珠圓。風日好，數行新雁貼寒煙。銀簧調脆管，瓊柱拔清弦。

(一) 平：原誤爲「年」。
(二) 笑：《全宋詞》作「樂」。
(三) 上：《全宋詞》作「綴」。

捧觥船。一聲聲齊唱太平年。　人生百歲，離別易會逢難。無事日，剩呼賓友啟芳筵。星霜催綠鬢，風露損朱顏。惜清歡。又何妨沈醉玉尊前。

洞仙歌第一體

前段六句，後段七句，共八十三字，六韻

◒○●●四字◓◒○○●五字仄韻起◓●○○◓◒●七字叶●○○◓●◒●○○九字○◓
●三字◒◓◒◒◓●六字叶　●○○●●五字◒●○○四字◒●○○●○●七字叶●◓
◓◒◒◓●○○九字◒◒●◓○○●七字叶●◓●○○●○○八字●◓●○○◓○◒●
九字叶

詞

蘇　軾

冰肌玉骨，自清涼無汗。水殿風來暗香滿。繡簾開一點明月窺人，人未寢，倚枕釵橫鬢亂。　起來攜素手，庭戶無聲，時見疎星度河漢。試問夜如何夜已三更，金波淡玉繩低轉。但屈指西風幾時來，又不道流年暗中偷換。

長壽樂

前段十句，後段五句，共八十三字，八韻

◐○●●四字仄韻起◐●○●●◐○○●九字叶◐●○○四字◐○○●四字◐●○○●●六字叶●◐○●●五字●○●○○●六字叶○●◐●●○○◐●九字叶○○●三字◐●○○●●六字叶○○●三字◐●●◐●○○○●九字叶◐●○●○○六字◐○◐●四字○○○●●五字叶

詞　　柳　永

花紅殢翠。近日來陡把狂心牽繫。羅綺叢中，笙歌筵上，有個人人可意。解嚴妝巧笑，次姿則成嬌媚。知幾度密約秦樓盡醉。仍攜手，眷戀香衾繡被。　情漸美，算好把夕雨朝雲相繼。便是仙禁春深，御爐香嫋，臨軒親試對。

滿路花

前段九句，後段八句，共八十三字，十韻

◐◐◐◐○五字◐●○○●五字仄韻起◐◐○◐●五字◐○●三字叶◐○●●四字◐●○○

●五字叶◓◒○◓●五字叶◓●○○四字◓○◓●○●六字叶　◒○◒●四字◓●○○●
五字叶◒◒○◓●五字○○●三字叶◒○◓●四字◒●○○●五字叶◒●○○●五字叶◓◒◓
◒◓○◒●◒●十字叶

詞

周邦彦

金花落燼燈，銀礫鳴窗雪。庭深微漏斷，行人絕。風扉不定，竹圃琅玕折。玉人新間闊。著甚情悰，更當恁地時節。　無言欹枕，帳底流清血。愁如春後絮，來相接。知他那裏，爭信人心切。除共天公說。不成也還似伊無個分別。

洞仙歌第二體

前段同第一體，後段亦同，惟第四句作十字，故不圖

詞

李元膺

廉纖細雨，殢東風如困。縈斷千絲爲誰恨。向楚宮一夢多少悲涼，無處問，愁到而今未盡。　分明都是淚，泣柳沾花，常與騷人伴孤悶。記當年得意處酒力方融，怯輕寒玉爐香潤。又豈識情懷苦難禁。對點滴簷聲夜寒燈暈。

蕙蘭芳引

前段八句，後段八句，共八十四字，八韻

◓●●○四字◓○●●○○●七字仄韻起◓●●○○五字○●●○●●六字叶◓○◓●四字

◓●●●○○●七字叶●●○●●五字●●○○○●六字叶●●○○四字○○○●四字

●●○○四字叶●○●○○五字○●◓○●●六字叶○○○●四字◓○●●四字叶○●○●

●○○●九字叶

詞

周邦彦

寒瑩晚空，點清鏡斷霞孤鶩。對客館深扃，霜草未衰更綠。倦遊厭旅，但夢繞阿嬌金屋。想故人別後，盡日空疑風竹。　塞北氍毹，江南圖障，是處溫燠。更花管雲箋，猶寫寄情舊曲。音塵迢遞，但勞遠目。今夜長爭奈枕單人獨。

洞仙歌第三體

同第一體，惟後段第五句作九字，故不圖

詞　　李元膺

雪雲散盡，放曉晴池院。楊柳於人便青眼。更風流多處一點梅心，相映遠，約略顰輕笑淺。　一年春好處，不在濃芳，小豔疏香最嬌軟。到清明時候百紫千紅，花正亂已失春風一半。早占取韶光共追遊，但莫管春寒醉紅自暖。

華胥引

前段九句，後段八句，共八十五字，八韻

◓○◓●四字●●○○四字●○◓●四字仄韻起◓●○○四字○○●●○●●七字叶●●○●
○○六字●●○○●五字叶◓●○○四字●○○●○●六字叶◓●○○四字●○○●
○○●七字叶◓○◓●四字◓◓○○●●六字叶●●○○○●六字●○○●四字叶◓●○○四
字●●○●○●六字叶

詞　　周邦彥

川原澄映，煙月溟濛，去舟似葉。岸足沙平，蒲根水冷留雁唼。別有孤角吟秋，對曉風嗚軋。紅日三竿，醉頭扶起寒怯。　離思相縈，漸看看鬢絲堪鑷。舞衫歌扇，何人輕憐細閱。點檢從前恩愛，鳳箋盈篋。愁剪燈花，夜夜和淚雙疊。

洞仙歌第四體

前段同第一體，故只列後段圖

●○○●四字叶●●○○●五字換仄韻●●○○●○○七字●●○○●●六字●●○○四字○

●●○●●○○●九(一)字叶●○○○●●○○八字●●●○○◐○●●九字叶起句韻

詞　　林外

飛梁壓水，虹影澄清曉。橘里漁村半煙草。歎今來古往物換人非，天地裏，惟有江山不老。　雨巾風帽。四海誰知道。一劍橫空幾番到，按玉龍嘶未斷，月冷波寒，歸去也林屋洞門無鎖。指雲屏煙障是吾廬，任滿地蒼苔年年不掃。

促拍滿路花(二)

前段九句，後段九句，共八十六字，九韻

(一) 九：原誤作「六」。
(二) 此調與上《滿路花》實爲一體。

◒○◓●●五字◓●●○○五字平韻起◒○○●●五字●○○三字叶◓○◒●四字◓●●

○○五字叶◓●○○●五字◒○◒●四字◓○◓●○○六字叶　●◓○◓●○○七字叶◓

●●○○五字叶◒○○●●五字●○○三字叶◓○●●四字◓●●○○五字叶◓●○○●五字

◓○◒●四字●○○●○○六字叶

詞　　黃庭堅

秋風吹渭水，落葉滿長安。黃塵車馬道，獨清閒。自然爐鼎，虎繞與龍蟠。九轉丹砂就，琴心三疊，蕊宮看舞胎仙。任萬釘寶帶貂蟬。富貴欲薰天。黃粱炊未熟，夢驚殘。是非海裏，直道作人難。袖手江南去，白蘋紅蓼，又尋湓浦廬山。

江城梅花引

前段八句，後段十句，共八十七字，十一韻

◒○◓●●○○七字平韻起●○○三字叶●○○三字叶◓●◓○◓●●○○九字叶◓●●

○○●●七字◓◒●三字●○○三字●●○三字叶　◓◒●◒●○○七字叶◓◓○三字叶◒

◓○三字叶◓●◓●◓●●七字◒●○○四字叶◒●○○◒●●○○九字叶◓●◓○○●●

七字◐●◐●三字●○○三字●●○三字叶

詞(一) 康與之(二)

娟娟霜月冷(三)侵門。怕(四)黄昏。又(五)黄昏。手撚一枝獨自對芳樽(六)。酒又不(七)禁花又惱，漏聲遠，一更更，總斷魂。　斷魂斷魂不堪聞。被半溫。香半薰(八)。睡也睡也睡不穩，誰與溫存。惟有床前銀(九)燭照(一〇)啼痕。一夜爲花憔悴損(一一)，人瘦也，比梅花，瘦幾分。

(一)《全宋詞》調名又署《攤破浣溪沙》。
(二)《全宋詞》作者署程垓，注曰：「案，此首《類編草堂詩餘》卷二誤作康與之。」
(三) 冷：《全宋詞》作「又」。
(四) 怕：《全宋詞》作「對」。
(五) 又：《全宋詞》作「怯」。
(六) 本句《全宋詞》作「愁把梅花，獨立對清尊」。
(七) 不：《全宋詞》作「難」。
(八) 薰：《全宋詞》作「溫」。
(九) 銀：《全宋詞》作「紅」。
(一〇) 照：《全宋詞》作「伴」。
(一一) 本句《全宋詞》作「一夜無眠連曉角」。

滿園花(一)

前段八句，後段八句，共八十七字，十二韻

◐●○○●五字仄韻起◐◐○◐●五字叶◐○○◐●◐◐●八字叶◐◐●◐○五字◐●○○
●五字叶◐●○○●五字叶◐●◐●●五字◐●○○○●六字叶　◐●○◐○○●●八字
叶◐●○○●五字叶◐●●◐○●六字叶◐○●◐○五字◐●○○●五字叶○○●三字叶◐●
●◐●●六字●◐○●●五字叶

詞　　秦　觀

一向沉吟久。淚珠盈襟袖。我當初不合苦撋就。慣縱得軟頑，見底心先有。行待癡心守。甚撚着脉子，倒把人來僝僽。近日來非常羅皂醜。佛也須眉皺。怎掩得衆人口。待收了孛羅，罷了從來斗。從今後。休道共我夢見，也不能得勾。

離別難

前段八句，後段十句，共八十七字，十八韻，平仄凡七更

(一) 此調又名《滿路花》、《促拍滿路花》、《歸去難》、《一枝花》等。

◓●◓●○○六字平韻起◒○◓●○○六字叶◒○○●●五字換仄韻◓○◒◓●五字叶●○○●●●○○八字平叶○●●三字更仄韻○○●三字叶◒○◒●●○○七字平叶○●●三字更仄韻○○●三字叶○●○三字換平韻◒○◓●○●六字仄叶◓●○○●五字更仄韻●●○○●五字叶◓○◓●○○六字平叶○●●三字更仄韻○○●三字叶◒○◒●●○○七字平叶

詞　　　　薛昭藴

寶馬曉韝雕鞍。羅幃乍別情難。那堪春景媚。送君千萬里。半妝珠翠落露華寒。紅蠟燭。青絲曲。偏能勾引淚闌干。良夜促。香塵綠。魂欲迷。檀眉半斂愁低。未別心先咽。欲語情難說。出芳草路東西。搖袖立。春風急。櫻花楊柳雨淒淒。

八六子

前段六句，後段十句，共八十八字，八韻

●○○三字平韻起◓○◒●○○六字◓●○○四字叶◓◓●○○◓●七字◓○◒●○○六字

◓○●○四字叶◓○◒●○○六字叶◓●◓○○●六字◒○◓●○○六字叶◓●●○○

◓○◒●九字◓○◒●四字◓○◒●四字◒○◓●◒○●●八字◒○◓●○○六字叶●
○○三字叶◒○◓◒◓○六字叶

詞　　　　　　　　　　秦　觀

倚危亭。恨如芳草萋萋，刬盡還生。念柳外青驄別後，水邊紅袂分時，愴然暗驚。無端天與娉婷。夜月一簾幽夢，春風十里柔情。怎奈向歡娛漸隨流水，素弦聲斷，翠綃香減，那堪片片飛花弄晚，濛濛殘雨籠晴。正銷凝。黄鸝又啼數聲。

瑞鷓鴣第三體

前段七句，後段九句，共八十八字，九韻

◓●○○◓◒●七字◒○◓●○○六字平韻起◓○○●◓●○○八字叶◓●○○◓●六字◒
●●○○五字叶○●●三字◒○◓●◓●○○八字叶
◒●●○○五字叶◓●●◒○◓●
○○九字叶○●●三字◒●◒●○○六字叶◒●◒○◓●六字◒●●○○五字叶○●●三字◒
○◓●四字◓●○○四字叶

詞　　　　　　　　　　　　　　　　　　　　　　柳　永

寶髻瑤簪麗(一)妝巧，天然綠媚紅深。綺羅叢裏獨逞謳吟。一曲陽春定價，何啻直千金。

傾聽處，王孫帝子鶴蓋成陰。　疑(二)態掩霞襟。動象板聲聲怨思難任。嘹亮處，迴

壓(三)弦管低沉。時恁回眸斂黛，空役五陵心。須信道，緣情寄意，別有知音。

勸金船

前段八句，後段八句，共八十八字，十韻

◓○◓●○○●七字仄韻起◓●○○●五字叶◓○●●○○●七字◓○●○●五字叶◓●○

●四字◓●◓○○●六字叶○●◓○○●六字●●○●四字叶　○○●●○○●七字叶○

●○○●五字◓○●●○○●七字叶●○●○●五字叶◓●○○四字◓●◓○○●六字叶◓

●●○○●六字◓●○●四字叶

(一) 麗：《全宋詞》作「嚴」。

(二) 疑：《全宋詞》作「凝」。

(三) 壓：《全宋詞》作「厭」。

詞 蘇軾

無情流水多情客。勸我如曾識。杯行到手休辭却，這公道難得。曲水池上，小字更書年月。如對茂林修竹，似永和節。　纖纖素手如霜雪。笑把秋花插，尊前莫怪歌聲咽。又還是輕別。此去翱翔，遍賞玉堂金闕。欲問再來何歲，應有華髮。

愁春未醒（一）

前段十句，後段十句，共八十九字，八韻

◐○◐●四字◐●◐○四字平韻起○●◐○●五字◐○◐●●○○七字叶◐●○○●五字○

◐●三字●○○三字叶◐○◐●四字◐○◐●四字◐●○○四字叶　◐●◐○四字◐○◐

●四字◐●○○四字叶●○●○○●●七字◐◐○○四字叶●●○○四字◐○○●●○○七字

叶◐○○●四字◐○●●四字○●○○四字叶

（一）此調本名《採桑子慢》，一名《醜奴兒慢》、《醜奴兒近》等。

詞(一)　　吴文英

東風未起，花上纖塵。無影峭雲濕，凝酥深塢(二)洗梅清。釣倦(三)愁絲冷，浮虹氣，海空明。若耶門閉，扁舟去懶，客思鷗輕。　幾度問春，倡紅冶翠，空媚晴陰(四)。看真色千岩一素，天淡無情。醒看重開，玉鉤簾外曉峰青。相扶輕醉，越山更上，臺最高層(五)。

魚游春水

前段八句，後段八句，共八十九字，十韻

◒◒○○● 五字仄韻起 ●●◓○○●● 七字叶 ◒○○● 四字 ◒●◓○◒● 六字叶 ◓◓◒◒◓

◓◒ 七字 ●◓○◓○◒● 七字叶 ◒●◓○ 四字 ◒○○● 四字叶　●●○○◓● 六字叶 ◓●

(一)《全宋詞》調名署《醜奴兒慢》。

(二)《全宋詞》「塢」字後有「乍」字。

(三) 倦：《全宋詞》作「卷」。

(四) 晴陰：《全宋詞》作「陰晴」。

(五) 越山更上，臺最高層：《全宋詞》作「越王臺上，更最高層」。

●◒○◒●七字叶○◒◒●○○六字○○●●四字叶◒◒○◓◒◒◓七字◓◓◒◒○○●

七字叶◒◒◓◒四字●○○●四字叶

詞

無名氏

秦樓東風裏。燕子還來尋舊壘。餘寒猶峭，紅日薄侵羅綺。嫩草方抽碧玉茵，媚柳輕窣黄金縷。鶯囀上林，魚游春水。　幾曲欄干遍倚。又是一番新桃李。佳人應怪歸遲，梅妝淚洗。鳳簫聲絕沉孤雁，望斷清波無雙鯉。雲山萬重，寸心千里。

鵲踏花翻

前段八句，後段八句，共九十字，八韻

◒●○○四字◒○●●四字◓○●●○○●七字仄韻起◒○●●○○六字◓●○○四字◒○

◓●○◒●七字叶◓○◓●●○○七字○○◓●◒○●七字叶

●●二字叶◓●◒○○●

六字叶○○●●◒○●七字叶◒●◓●○○六字◒○●●四字◒●◒○●五字叶◒○◒●●

○○七字◒○◓●○○●七字叶

詞　　　　徐　渭

鑼鼓聲頻，街坊眼慢，不知怎上高高騎。生來少骨多筋，軟陡騰翻，依稀略借鞍和轡。作時鶻打雪風天，停猶燕掠桃花地。下地。不動些兒珠翠。堪描耐舞軍裝伎。多少柳外妖嬌，樓中笑指，顛倒金釵墜。無端歸路又逢誰，斜陽繫馬陪他醉。

夏雲峰

前段八句，後段九句，共九十字，十韻

●○○三字平韻起◐◐●◐●◐●○○九字叶◐●◐○◐●六字◐●○○四字叶◐○○●四字○●●三字◐●○○四字叶◐●●◐○◐●●○○十字叶◐○◐●○○六字叶●○●三字◐○◐●○○六字叶◐●◐○◐●六字◐●○○四字叶●○○●四字◐◐●◐●○○七字叶◐●●○○●●七字◐●○○四字叶

詞　　　　柳　永

宴堂深。軒楹雨輕壓暑氣低沈。花洞彩舟泛斝，坐繞清潯。楚臺風快，湘簟冷，永日披襟。坐久覺疎弦脆管換新音。越娥蕙態蘭心。逞妖豔，昵歡邀寵難禁。筵上笑歌間發，舄履交侵。醉鄉深處，須盡興滿酌高吟。向此免名韁利鎖，虚費光陰。

謝池春慢

前段十句，後段十句，共九十字，十韻

◐○◐●四字◐◐●○○●六字仄韻起◐●◐○◐五字◐●○○●五字叶◐●○○●五字◐
●◐○●五字叶◐○◐三字○●●三字叶◐○◐●四字◐●○◐●五字叶
◐○◐●四字◐
◐●○○●六字叶◐●◐○◐五字◐●○○●五字叶◐●○○●五字◐●◐○●五字叶◐○
●三字○●●三字叶◐○◐●四字◐●○○●五字叶

詞

張　先

繚牆重院，時聞有啼鶯到。繡被掩餘寒，畫幕明新曉。朱檻連空闊，飛絮舞多少。徑沙平，池水渺。日長風靜，花影閒相照。　塵香拂馬，逢謝女城南道。秀豔過施粉，多媚生輕笑。鬬色鮮衣薄，碾玉雙蟬小。歡難偶，春過了。琵琶流怨，都入相思調。

一枝花㈠

前段八句，後段八句，共九十字，十二韻

◒●○○●五字仄韻起◓●○○●五字叶◒○◒●◓●○●八字叶◓◒●○○五字◒●○○●五字叶◓●○○●五字叶◓◓●○○五字◒●◒○○●六字叶

◓●●◒○◒●七字叶◓●○○●五字叶◓○◒●●○○●八字叶◓◒●○○五字◓●○○●五字叶◓●○○●五字叶◓●○○四字◓◓●○○◓●七字叶

詞

辛棄疾

千丈擎天手。萬卷懸河口。黄金腰下印大如斗。任㈡千騎弓刀，揮霍遮前後。百計千方久。似鬭草兒童，贏個他家偏有。

算枉了雙眉長皺。白髮空回首。那時間説向山中友。看丘隴牛羊，更辨賢愚否。且自栽花柳。怕有人來，但只道今朝病㈢酒。

㈠　此與上之《滿路花》、《滿園花》實爲同一調。

㈡　任：《全宋詞》作「更」。

㈢　病：《全宋詞》作「中」。

填詞圖譜卷之五

東海查王望先生鑒定　同學毛先舒稚黄、仲恒雪亭參訂

西泠賴以邠損菴著　查繼超隨菴增輯　查曾榮春谷、王又華逸庵同輯

長調

滿江紅第一體

前段七句，後段十句，共九十一字，九韻

◐●○○四字◐○●◐○◐●七字仄韻起◐○○◐●◐○○●九字叶◐●◐○○●●七字◐

○◐●○○●七字叶◐◐○◐●●○○八字○○●三字叶

◐◐●三字◐◐●三字叶◐◐

●三字◐◐●三字叶◐◐◐◐●五字◐○◐●四字叶◐●◐○○●●七字◐○◐●○○●七

字叶◐◐◐◐●●○○八字○○●三字叶

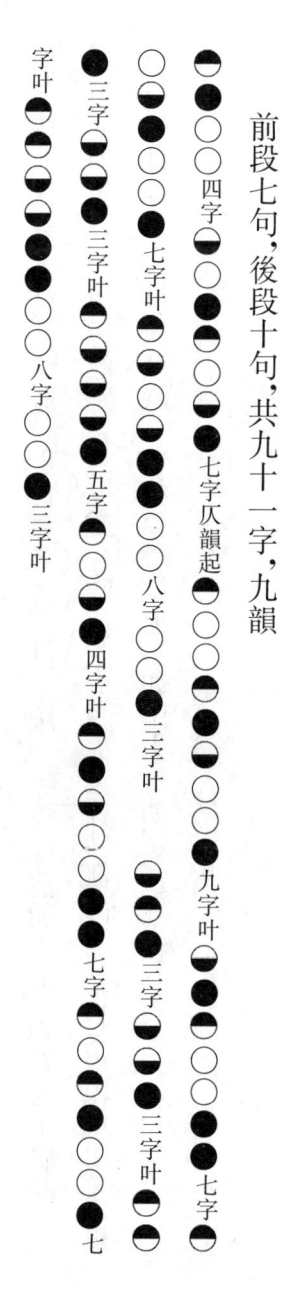

詞　康與之

惱殺行人，東風裏爲誰啼血。正青春未老流鶯方歇。蝴蝶枕前顛倒夢，杏花枝上朦朧月。問天涯何事苦關情，思離別。　聲一喚，腸千結。閩嶺外，江南陌。正長堤楊柳，翠條堪折。鎮日叮嚀千百遍，只將一句頻頻說。道不如歸去不如歸，傷情切。

法曲獻仙音

前段八句，後段十句，共九十二字，八韻

◐●○○四字◐○○●四字◐●◐○◐●六字仄韻起◐●○○四字◐○○●四字◐◐●○○
●六字叶◐◐●○○●六字○◐◐○●五字叶　◐○●三字叶●◐◐◐○○●七字○●●
三字◐◐◐○●●六字叶◐●●○○五字●◐○●○●七字叶◐●○○四字●○○◐●○
●七字叶●◐◐◐◐●●七字◐○○●四字叶

詞　周邦彦

蟬咽凉柯，燕飛塵幕，漏閣籤聲時度。倦脫綸巾，困便湘竹，桐陰半侵朱戶。向抱影凝情處，時聞打窗雨。　耿無語。嘆文園近來多病，情緒懶，尊酒易成間阻。縹緲玉京人，想伊然京兆眉嫵。翠幕深中，對徽容空在紈素。待花前月下見了，不教歸去。

東風齊著力

前段九句，後段九句，共九十二字，九韻

◒●○○四字◒○◒●四字◓●○○四字平韻起◒○●●四字◒●●○○五字叶◓●○○●

●六字◓○●◓●○○七字叶◒○●◒○●●七字◒●○○四字叶　◓●●○○五字叶○

◓●◓○◓●○○九字叶◓○●●四字◓●●○○五字叶◓●○○●●六字◒○●◓●

○○七字叶○○●三字◒○●●四字◓●○○四字叶

詞

胡浩然

殘臘收寒，三陽初轉，已換年華。東君律管，迤邐到山家。處處笙簧鼎沸，會佳宴坐列仙娃。花叢裏金爐滿爇，龍麝煙斜。此景轉堪誇。深意祝壽山福海增加。玉觥滿泛，且莫羨流霞。幸有迎春壽酒，銀瓶浸幾朶梅花。休辭醉，園林秀色，百草萌芽。

塞翁吟

前段九句，後段十句，共九十二字，九韻

◐●○○●五字○●●●○○六字平韻起●●●●○○六字叶●●●○○五字叶○○●●○○
●七字○●●●○○六字叶●●●三字●○○●四字○●○○四字叶　○○二字叶○○●
○○●●七字○●●○○●○七字叶●●●○○●●七字●○●三字●●○○四字●●○○
四字叶○○●●四字●●○○四字○●○○四字叶

詞

周邦彦

暗葉啼風雨，窗外曉色瓏璁。散水麝小池東。亂一岸芙蓉。蘄州簟展雙紋浪，輕帳翠縷如空。夢遠別，淚痕重淡，鉛粉斜紅。　冲冲。嗟憔悴新寬帶結，羞艷冶都銷鏡中。有蜀紙堪憑寄恨，等今夜，洒血書詞，剪燭親封。菖蒲漸老，早晚成花，教見薰風。

意難忘

前段十句，後段十句，共九十二字，十二韻

◐●○○四字平韻起◐◐○◐●五字◐●○○四字叶◐○○●●五字◐●●○○五字叶○●●

三字●○○三字叶◒●●○○五字叶◓●○◒○◓●七字◓●○○四字叶 ◒○◓●○○
六字叶◓◒○◓●五字◓●○○四字叶◒○○●●五字◒●●○○五字叶○●●三字●○○三
字叶◓●●○○五字叶◓◓◒◒○◓●七字◓●○○四字叶

詞

周邦彥

衣染鶯黃。愛停歌駐拍，勸酒持觴。低鬟蟬影動，私語口脂香。荷露滴，竹風涼。拚劇飲淋浪。夜漸深籠燈就月，細與端相。知音見說無雙。解移宮換羽，未怕周郎。長顰知有恨，貪耍不成妝。些個事，惱人腸。待說與何妨。又恐伊尋消問息，瘦減容光。

滿江紅第二體

前段八句四韻，後段與第一體同，共九十三字

◓●○○四字◓○●◒○◓●七字仄韻起◒◓●◓○◒●七字◓○◒●四字叶◓●◒○○●
●七字◓○◓●○○●七字叶◓◓○◓●●○○八字○○●三字叶

詞

周邦彥

盡日移陰，攬衣起春幃睡足。臨寶鑑綠雲繚亂，未忺妝束。蝶粉蜂黃都退了，枕痕一線紅

生玉。背畫欄脉脉悄無言，尋碁局。　重會面，何時卜。無限事，縈心曲。想秦箏依舊，尚鳴金屋。芳草連天迷遠望，寶香薰被成孤宿。最苦是蝴蝶滿園飛，無心撲。

花犯(一)

前段九句，後段十句，共九十三字，八韻

◒○◓◓●五字◒○◒●○五字平韻起○●●三字◒○◓●○◒●○八字叶◓●◓○○●六字◒○◒○○●六字◒●●○○五字叶◓○○●●五字◓●●○○五字叶◒○○三字○●●三字●○○三字叶◒○◓●四字◒●●○○五字叶◓●◓○●●六字◓●◒○◓●六字○●●○○五字叶◒○○●●五字◓●●○○五字叶

詞　　楊　慎

雲軿不輾地，仙居多麗譙。湖海念，元龍臥錦漣清霅苕。甫里筆床茶灶，山陰楸枰方罫，香籒記昏朝。醉鄉無畔岸，北斗挹天瓢。　樓中人，誰是伴，有松喬。靈文綠

(一) 此所列《花犯》者爲明人楊慎自度。宋人《花犯》調式與此異，爲雙調一百一字或一百二字式。

帙，齊物與逍遙。肯念草玄寂寞，暫遣壺公縮地，風御蓊瑯霄。闌干憑倒景，共和曉仙謠。

尾犯

前段十句，後段八句，共九十四字，八韻

◓●●○○五字◒●◓○四字◒●○●四字仄韻起◓●○○四字◓◒○○●五字叶◒◓●◒

○◓●七字◓○○◒○◒●七字叶◓○◒●四字◓●○○四字◓●○○●五字叶◒○○

●●五字◓◓◓●○●六字叶◓●○○四字◓◒○○●五字叶◓◒●◒○◒●七字◓◒○

◒○◓●七字叶◓○◒●四字◓◓◒●○○●七字叶

詞

柳　永

夜雨滴空階，孤館夢回，情緒蕭索。一片閒愁，想丹青難貌。秋漸老蛩聲正苦，夜將闌燈花旋落。最無端處，總把良宵，抵恁孤眠却。　佳人應怪我，別後寡信輕諾。記得當初，剪香雲爲約。甚時向深閨幽處，按新詞流霞共酌。再同歡笑，肯把金玉珠珍博。

雪梅香

前段六句，後段九句，共九十四字，八韻

◐○●三字◐○◐●●○○七字平韻起◐◐○◐●五字◐○◐●○○六字叶◐●◐○◐◐●
七字◐○◐●●○七字叶◐○◐●●○○七字◐●○○四字叶　◐○◐◐●五字◐●
○○四字◐●○○四字叶◐●○○四字◐○◐●○○六字叶◐●○○◐◐●七字◐○○●●
○○七字叶◐◐●○○●●七字◐●○○四字叶

詞　　　　柳　永

景蕭索，危樓獨立面晴空。動悲秋情緒，當時宋玉應同。漁市孤煙裊寒碧，水邨殘葉舞愁紅。楚天闊浪浸斜陽，千里溶溶。　臨風想佳麗，別後愁顏，鎮斂眉峯。可惜當年，頓乖雨跡雲蹤。媚態妍姿正歡洽，落花流水忽西東。無憀恨相思意盡，分付征鴻。

應天長第四體

前段九句四韻，後段同，惟第一句叶韻，共九十四字

◒◒◒◓●五字●◓●○○◓◓○●九字仄韻起◓●○○四字◓●◓○○●六字叶◒○○●

●五字●●●◓○○●七字叶○●●三字◒●○○四字◓○○●四字叶

詞

葉夢得

松陵秋已老，正柳岸田家酒醅初熟。鱸膾蓴羹，萬里水天相續。扁舟凌浩渺，寄一葉暮濤吞沃。青篛笠，西塞山前，自翻新曲。　來往未應足。便細雨斜風有誰拘束。陶寫中年，何待更須絲竹。鴟彝千古意，算入手比來尤速。最好是，千點雲峰，半篙澄綠。

天香第一體

前段十句，後段七句，共九十四字，九韻

◒●○○四字◒○◓●四字◒○◓◓○●六字仄韻起◓●○○四字◓○○●四字◓●◓○○

●六字叶◒◓◓●四字◒●●○○◓●七字叶◒●○○四字◓●●●○○●七字叶◒◒

●○◓●六字叶◓◒○◓○◒●七字叶◓●●○●◓○○●九字叶◓●◒○◓●六字◓◓

●○○◓◒●八字叶◓●○○四字◒○◓●四字叶

詞　王觀

霜瓦鴛鴦，風簾翡翠，今年又是寒早(一)。矮釘明窻，側開朱戶，斷莫亂教人到。重冷(二)未解，雲共雪商量不了。青帳垂氈，要密縫放圍宜小(三)。呵梅弄妝試巧。綉羅衣瑞雲芝草。伴我語(四)同語笑時同笑。已被金樽勸酒，又唱個新詞故相惱。盡道窮冬，元來恁好。

滿江紅第三體

前段同二體，後段同一體，惟第八句作八字，故不圖

詞　趙元鎮

慘結秋陰，西風送絲絲雨濕。凝(五)望眼征鴻幾字，暮投沙磧。欲往(六)鄉關何處是，水雲浩

(一) 早：《全宋詞》作「少」。
(二) 冷：《全宋詞》作「陰」。
(三) 本句《全宋詞》作「要密紅爐、收圍宜小」。
(四)《全宋詞》「語」字後有「時」字。
(五) 凝：《全宋詞》作「淒」。
(六) 欲往：《全宋詞》作「試問」。

蕩連(一)南北。但修眉一抹(二)有無中，遙山色。　天涯路，江上客。腸已(三)斷，頭應白。空搔首興歎，暮年離隔(四)。欲待忘(五)憂除是酒，奈酒行有盡愁(六)無極。便挽將(七)江水入樽罍，澆胸臆。

玉漏遲

前段八句，後段八句，共九十四字，十韻

◓○○●●五字◒○◓●◒○○●八字仄韻起◓●○○四字◓●◓○◒●六字叶◓●◒○◓
●六字◓◓●◒○○●七字叶○●●三字叶◓○◓●◒○○●八字叶　◓◓◓●○○六字

(一) 連：《全宋詞》作「迷」。
(二) 修眉一抹：《全宋詞》作「一抹寒青」。
(三) 已：《全宋詞》作「欲」。
(四) 隔：《全宋詞》作「拆」。
(五) 欲待忘：《全宋詞》作「須信道消」。
(六) 愁：《全宋詞》作「情」。
(七) 將：《全宋詞》作「取」。

◓◓●○○◓○◒●九字叶◓●○○四字◓◒◓○○●六字叶◓●◒○◓●六字◓○●◓
○◒●七字叶○●●三字叶◒○●○○●六字叶

詞　　宋祁

杏香飄禁苑，須知自古㈠皇都春早。燕子來時，繡陌漸熏芳草。蕙圃夭桃過雨，弄碎影紅篩清沼。深院悄。綠楊影裏㈡鶯聲低㈢巧。　早是賦得多情，更對景臨風㈣鎮辜歡笑。數曲欄干，故人㈤謾勞登眺。天際微雲過盡㈥，亂峯鎖一竿斜照。歸路杳。東風淚零多少。

六幺令

前段九句，後段九句，共九十四字，十韻

㈠ 古：《全宋詞》作「昔」。
㈡ 影裏：《全宋詞》作「巷陌」。
㈢ 低：《全宋詞》作「爭」。
㈣ 對景臨風：《全宋詞》作「遇酒臨花」。
㈤ 人：《全宋詞》作「國」。
㈥ 本句《全宋詞》作「漢外微雲盡處」。

◓○◒●四字◒●○○●五字仄韻起◒○◓○◒●六字◓●○○●五字叶◒●◒○◓●六字
◓●○●●五字叶◒○◒●四字叶◒○◓●四字◒●○○●○●七字叶◒○○●◓●六
字◓●○○●五字叶◒●◓●○○六字◓●○○●五字叶◒●◒○◓●六字◓●○○●五(一)
字叶◒○○●四字叶◒○○●四字◓●○○●○●七字叶

詞　　周邦彦

快風收雨，亭館清殘燠。池光靜横秋影，岸柳如新沐。聞道宜城酒美，昨日新醅熟。輕鑣相逐。衝泥策馬，來折東籬半開菊。　華堂花艷對列，一一驚郎目。歌韻巧共泉聲，間雜琮琤玉。惆悵周郎已老，莫唱當時曲。幽歡難卜。明年誰健，更把茱萸再三囑。

掃地花(二)

前段九句，後段十句，共九十四字，十一韻

(一) 五：原誤爲「六」。

(二) 此調亦名《掃地遊》、《掃花遊》。

◐○◐●四字◐◐●○○◐○○●九字仄韻起◐○●●四字◐◐○◐●五字◐○◐●四字叶
◐●○○四字◐●○○◐●六字叶◐○●三字叶◐●◐○○●○●八字叶　◐◐○●●五
字叶◐◐●○○五字◐○◐●四字叶◐○◐●四字◐○○●●五字◐○○●四字叶◐●○○四
字◐●◐○◐●六字叶◐○●三字叶◐◐○●○○●七字叶

詞　周邦彥

曉陰翳日，正霧靄煙横遠迷平楚。暗黄萬縷，聽鳴禽按曲，小腰欲舞。細遶回堤，駐馬河橋避雨。信流去。一葉怨題今在何處。春事能幾許。任占地持杯，掃花尋路。淚珠濺俎，嘆將愁度日，病傷幽素。恨入金徽，見説文君更苦。黯凝佇。掩重關遍城鐘鼓。

水調歌頭

前段九句，後段十句，共九十五字，八韻

◐●◐○●五字◐●●○○五字平韻起◐○◐●○●六字◐●●○○五字叶◐●◐○◐●六
字◐●◐○◐●六字◐●●○○五字叶◐●◐○●五字◐●●○○五字叶　◐◐●三字◐
●●三字●○○三字叶◐○◐●四字◐◐◐●●○○七字叶◐●◐○◐●六字◐●◐○◐●

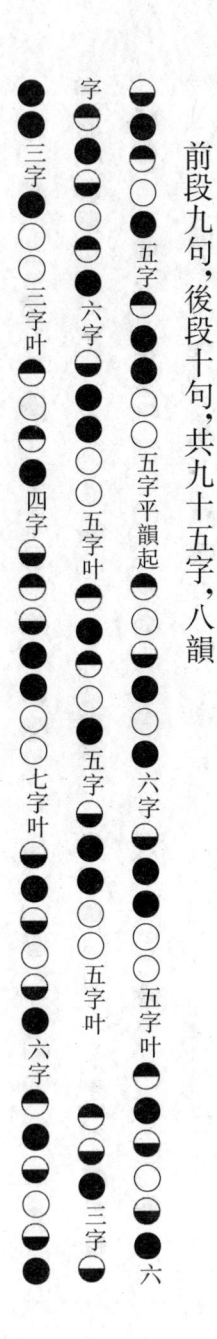

六字◐●●○○五字叶◐●◐○●五字◐●●○○五字叶

詞　　蘇　軾

明月幾時有，把酒問青天。不知天上宮闕，今夕是何年。我欲乘風歸去，又恐瓊樓玉宇，高處不勝寒。起舞弄清影，何似在人間。　轉朱閣，低綺戶，照無眠。不應有恨，何事偏向別時圓。人有悲歡離合，月有陰晴圓缺，此事古難全。但願人長久，千里共嬋娟。

天香第二體

同第一體，惟前段末二句作六字，後段次句作六字(一)，三句作十字，故不圖

詞　　劉方叔

漠漠江皋，迢迢驛路，天教爲傳春信。萬木叢邊，百花頭上，不管雪飛風緊。尋交訪舊，惟翠竹寒松相認。不意牽詩動興，何心襯妝添暈。　孤標最甘冷落，不許蝶親蜂近。直自從來潔白個中清韻。儘做重聞塞管，也何害香消粉痕盡。待到和羹，纔明底蘊。

(一) 此體後段第一句不用韻，亦與前第一體有異，此處未說明。

滿庭芳

前段九句，後段九句，共九十五字，九韻

◒●○○四字◒○◒●四字◓◓◒●○○六字平韻起◓○◒●四字◒●●○○五字叶◒●◒
○◓●六字◒◒●◒●○○七字叶◒○◓◒○◓●七字◒●●○○五字叶　○○二字叶◒
●●◒○◓●七字◒●○○四字叶◓◒◓○○五字◓●○○四字叶◓●◒○◓●六字◒◓●
◒●○○七字叶◒○●◒○◓●七字◒●●○○五字叶

詞　　秦　觀

山抹微雲，天粘衰草，畫角聲斷譙門。暫停征棹，聊共飲離尊。多少蓬萊舊事，空回首煙靄紛紛。斜陽外寒鴉數點，流水遶孤村。　銷魂。當此際香囊暗解，羅帶輕分。謾贏得青樓，薄倖名存。此去何時見也，襟袖上空惹啼痕。傷情處高城望斷，燈火已黄昏。

滿庭芳又一體

後段第一句五字○○○●●，第二句四字●○●●，第三句四字叶○●○○，餘俱同前

鳳凰臺上憶吹簫

前段十句，後段十句，共九十五字，九韻

◒●○○四字◓○○●四字○○◒●○○六字平韻起●◓○◒●五字◓●○○四字叶◒●◒
○◓●六字◒●●◓●○○七字叶○○●三字◒○◓●四字◓●○○四字叶○○二字叶◓
○◓●四字◒◓●◒◒◓●○○九字叶◓◓○◒●五字◒●○○四字叶◒●◒○◒●六字
◒◓●◒●○○七字叶○○●三字◒○◓◒●●○○八字叶

詞 李清照

香冷金猊，被翻紅浪，起來慵自梳頭。任寶奩塵滿，日上簾鉤。生怕離懷別苦，多少事欲說還休。新來瘦，非干病酒，不是悲秋。　休休。這回去也，千萬遍陽關也則難留。念武陵人遠，煙鎖秦樓。惟有樓前流水，應念我終日凝眸。凝眸處，從今又添一段新愁。

夢揚州

前段九句，後段十句，共九十五字，十韻

●○○三字平韻起◓◓○◒●○○七字叶◓●◓○四字◓●○◒○○六字叶◓○●◒○◓●

七字◓○◒●○○六字叶○○●三字○○●三字◓○◒●○○六字叶　◒●○○●○六字叶
◓●●○○五字◓●○○四字叶◓○◓○四字◓●○◓○○六字叶◓○◓●○○●七字◓●
○◒●○○七字叶○●●三字◒○◓●四字◒●○○四字叶

詞　秦　觀

晚雲收。正柳塘煙雨初休。燕子未歸，惻惻輕寒如秋。曲㈠闌外東風軟透，繡帷花密㈡香稠。江南遠，人何處，鷓鴣啼破春愁。長記曾陪燕遊。酬妙舞清歌，麗錦纏頭。殢酒爲花，十載因甚淹留。醉鞭拂面歸來晚，望翠樓簾卷金鉤。相㈢會阻，離情正亂，頻夢揚州。

倦尋芳

前段十句，後段九句，共九十六字，八韻

㈠ 曲：《全宋詞》作「小」。
㈡ 密：《全宋詞》作「蜜」。
㈢ 相：《全宋詞》作「佳」。

◓○◓●四字◒●○○四字◓◓○●四字仄韻起◓●○○四字◒●◓○◒●六字叶●○○三字
○◒●三字◓○◓●○○●七字叶◓○○●○○●●八字◒○○●四字叶◓○◓○○
●●七字◓●○○四字◒●○●四字叶◓●○○四字◓●◓○○●六字叶◓●◒○○●●七
字◓○◒●○○●七字叶◓○○●○○六字◓○○●四字叶

詞㈠ 王元澤

露晞向曉㈡，簾幕風輕，小院閒晝。翠徑鶯來，驚下亂紅鋪繡。倚危闌㈢，登高榭，海棠著㈣雨胭脂透。算韶華又因循過了，清明時候。　倦遊燕風光滿目，好景良辰，誰共攜手。恨被榆錢，買斷兩眉長鬬。憶得㈤高陽人散後，落花流水仍依舊。這情懷對東風，盡成消瘦。

㈠《全宋詞》調名署《倦尋芳慢》。
㈡ 曉：《全宋詞》作「晚」。
㈢ 闌：《全宋詞》作「墻」。
㈣ 著：《全宋詞》作「經」。
㈤ 得：《全宋詞》無「得」字。

黃鶯兒

前段七句，後段九句，共九十六字，九韻

◐○◐●○○●七字仄韻起◐●○○◐●○○八字◐◐○○●○○●八字叶◐●●●○○六字◐●○○●五字叶◐○◐●○○六字◐●○○○●○●八字叶

○●二字叶◐●●○○五字◐●○○●五字叶◐○◐●◐●○○八字◐○◐○◐●六字叶◐◐●●○○六字◐●○○●五字叶◐●◐●○○六字◐●○○●五字叶

詞　柳永

園林晴晝春誰主。暖律潛催幽谷暄和，黃鸝翩翩乍遷芳樹。觀露濕縷金衣，葉映如簧語。曉來枝上綿蠻，似把芳心深意低訴。　無據。乍出暖煙來，又趁遊蜂去。恣狂蹤跡兩兩相呼，終朝霧吟風舞。當上苑柳穠時，別館花深處。此際海燕偏饒，都把韶光與。

漢宮春第一體

前段九句，後段九句，共九十六字，九韻

◐●○○四字平韻起◐◐○◐●五字◐●○○四字叶◐◐○○◐●六字◐●○○四字叶◐○

◓●四字●○○◓●○○七字叶◒◓●◓○◓●七字◓○◒●○○六字叶　◓●○○◓
●六字◓◓○◓◒五字◓●○○四字叶◒○◓○◓◓六字◓●○○四字叶◒○◓●四字◓◒
○◓●○○七字叶◒○●◒○◓●七字◒○◓●○○六字叶

詞　　京　鏜

暖律初回。又燒燈市井，賣酒樓臺。誰將星移萬點，月滿千街。輕車細馬，隘通衢、蹴起香埃。今歲好土牛作伴，挽留春色同來。　不是天公省事，要一時壯觀，特地安排。何妨綵樓鼓吹，綺席樽罍。良宵勝景，語邦人、莫惜徘徊。休笑我癡頑不去，年年爛醉金釵。

漢宮春第二體

前段九句，後段九句，共九十六字，九韻

◒●○○四字◓○◒◓◒五字◓○◒●四字平韻起◒○◓●四字◓●◓○○●六字叶◒○◓
●●○○七字◒○○●四字叶◒◓◓◒○◓◓◒◒九字◓○○●四字叶　◒◒◓○○●
六字叶◓◒○◓●五字◒○◓●四字叶◒○◓●四字◓●◓○○●六字叶◒○◓●●○○七
字◒○○●四字叶◒◓●◒○◓●七字◓●◓○○●六字叶

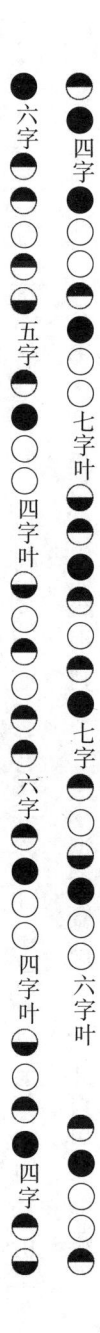

詞　　康與之

雲海沈沈，峭寒收建章，雪殘鳷鵲。華燈照夜，萬井禁城行樂。春隨鬢影映參差，柳絲梅萼。丹禁杳鼇峰對聳三山，上通寥廓。　春衫繡羅香薄。步金蓮影下，三千綽約。冰輪桂滿，皓色冷浸樓閣。霓裳帝樂奏升平，天風吹落。留鳳輦通宵宴賞，莫放漏聲閒却。

塞垣春

前段九句，後段八句，共九十六字，十韻

◓●○○●五字仄韻起◓◓●○○●六字叶●○○●四字◓○◒●四字◒◓○●四字叶◓●○◓●○○●八字叶◓●●○○●六字叶●◒○○◒●六字◓○◒●○●六字叶

◒●●○○五字◒○◓○◓○●七字叶◓●●○○五字◓○◓◒●五字叶◓◒◒◓◓◒●○○九字◓◓◓○○●六字叶◓●◓○●五字◓○○●●五字叶

詞　　周邦彦

暮色分平野。傍葦岸征帆卸。煙村極浦，樹藏孤館，秋景如畫。漸別離氣味難禁也。更物象供瀟灑。念多才渾衰減，一懷幽恨難寫。　追念綺窗人，天然自風韻閒雅。

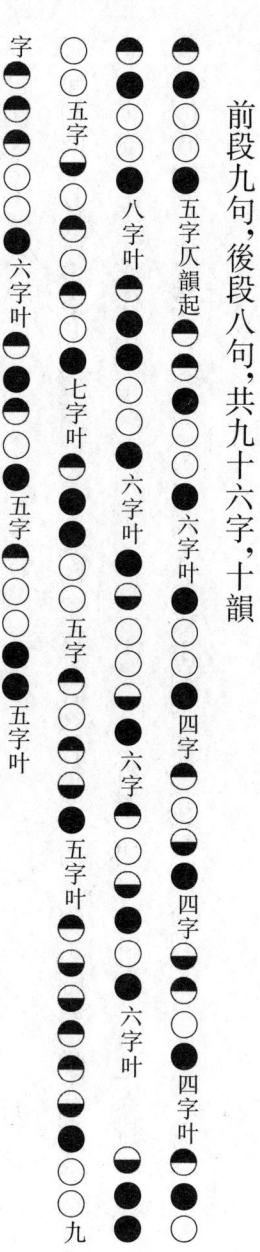

竟夕起相思，謾嗟怨遙夜。又還將兩袖珠淚沈吟，向寂寥寒燈下。玉骨爲多感，瘦來無一把。

燭影搖紅

前段九句，後段九句，共九十六字，十韻

◒●○○四字◓○◒●○○●七字仄韻起◒○◒●●○○七字◒●○○●五字叶◓●◒○◓●六字叶◓○◒◒○◓●七字叶◓○◒●四字◓●○○四字◒○◒●四字叶

◒●○○四字◓○◒●○○●七字叶◒○●●●○○七字◓●○○●五字叶◒●◒○◓●六字叶◓○◓○○◓●七字叶◓○◒●四字◓●○○四字◒○◓●四字叶

詞

趙長卿

梅雪飄香，杏花開豔燃春晝。銅駝煙淡曉風輕，搖曳青青柳。海燕歸來未久。向雕梁初成對偶。日長人困，綠水池塘，清明時候。簾幕低垂，麝煤煙噴黃金獸。天涯人去杳無憑，不念東陽瘦。眉上新愁壓舊。要消遣除非殢酒。酒醒人靜，月滿南樓，相思還又。

聲聲慢第一體

前段十句，後段八句，共九十七字，八韻

◒○◓●四字◒●○○四字◓●◓●○○六字平韻起◓●○○四字◓○◒●○○六字叶◓○
◒◓◒●六字◓○○◒●○○七字叶◓◒●三字◓◒○◓●五字◒●○○四字叶◓●
◒○◓●六字◓○○◓●◓●○○九字叶◓●○○◓●六字◒●○○四字叶◓○◓◓◒●
六字◓◓○◒●○○七字叶◓◓●三字◓◒○◒●◓○七字叶

詞

辛棄疾

開元盛日，天上栽花，月殿桂影重重。十里芬芳，一枝金粟玲瓏。管絃凝碧池上，記當時風月愁儂。翠華遠，但江南草木，煙鎖深宮。　只爲天姿冷澹，被西風醞釀，徹骨香濃。枉學丹蕉葉底，偷染妖紅。道人取次裝束，是自家香底家風。又怕是，爲淒涼長在醉中。

聲聲慢第二體

前段同第一體，後段亦同，惟第二句作三字，三句作六字，四句作四字，五句作六字，共九十七字，故不圖

詞 辛棄疾

停雲靄靄，八表同昏，盡日時雨濛濛。搔首良朋，門前平陸成江。春醪湛湛獨撫，恨彌襟閒飲東窗。空延佇，恨舟車園北，欲往何從。　歎息東園佳樹，列初榮。枝葉再競春風。日月于征，安得促席從容。翩翩何處飛鳥，息庭樹好語和同。當年事，同幾人親友似翁。

聲聲慢第三體

前段十句，後段八句，共九十七字，八韻

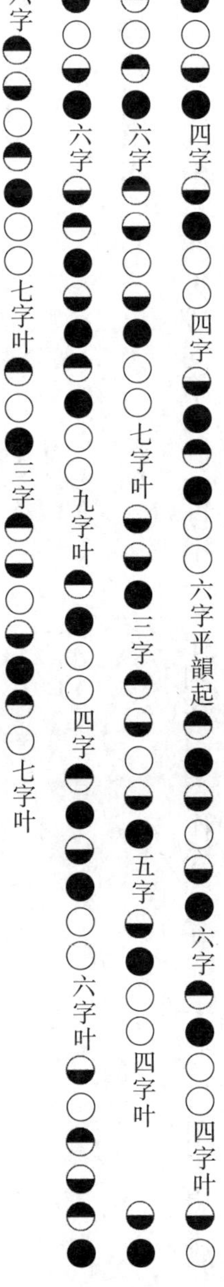

詞 辛棄疾

征埃成陣，行客相逢，都道幻出層樓。指點簷牙高處，浪湧雲浮。今年太平萬里，罷長淮千騎臨秋。憑欄望，有東南佳氣，西北神州。千古懷嵩人去，長笑我身在楚尾吳頭。看取弓刀，陌上車馬如流。從今賞心樂事，剩安排酒令詩籌。華胥夢，願年年人似舊遊。

聲聲慢第四體

前段同第三體，後段同第一體，惟第三句作四字，四句作六字，共九十七字，用仄韻，故不圖

詞 辛棄疾

東南形勝，人物風流，白頭見君恨晚。便覺君家叔度，去人未遠。長憐士元驥足，道直須別駕方展。問箇裏，待怎生銷鑠，胸中萬卷。況有星辰劍履，是傳家合在，玉皇香案。零落新詩，我欠可人消遣。留君再三不住，便直饒萬家淚眼。怎抵得，這眉間黄色一點。

聲聲慢第五體

前段同第一體，後段同第一體，惟第八句作六字，末句作四字，共九十七字，用仄韻，故不圖

詞

劉巨濟[一]

梅黃金重，雨細絲輕，園林霧煙如織。殿閣風微，簾外燕喧鶯寂。池塘彩鴛戲水，露[二]荷翻千點珠滴。閒晝永，稱瀟湘竿叟，爛柯仙客。　日午槐陰低轉，茶甌罷。清風頓生雙腋。碾玉盤深，朱李靜沈寒碧。朋儕閒歌白雪，卸巾紗樽俎狼藉。有皓月照黃昏，眠又未得。

八聲甘州

前段九句，後段九句，共九十七字，八韻

◓◒○◓●◓○◒八字　◒◒●○○五字平韻起　◓◒○◒●五字　◒●◓●四字　◓●○○四字叶

◓●○○○●六字　◓●●○○五字叶　◒●○○●五字　◓●○○四字叶

◓●◒○◒●六字

◓◓○◓●五字　◒●●○四字叶　◓◒○◒●五字　◒●●○○五字叶　◓◒○◒○◓●七字　◓

[一]《全宋詞》作者佚名。

[二] 露：《全宋詞》作「霧」。

◓○◓●●○○八字叶◒◒◓◓○◒●七字◓●○○四字叶

詞　　蘇軾

有情風萬里卷潮來，無情送潮歸。問錢塘江上，西興浦口，幾度斜暉。不用思量今古，俯仰昔人非。誰似東坡老，白首忘機。　記取西湖西畔，正暮山好處，空翠煙霏。算詩人相得，如我與君稀。約他年東還海道，願謝公雅志莫相違。西州路不應回首，爲我沾衣。

雨中花慢

前段九句，後段九句，共九十七字，八韻

◓●○○四字◓●○○四字◓○◒●○○六字平韻起◓○○◓●◒●○○九字叶◒●○○◓
●六字◓○◓●○○六字叶◓○○◓●五字◓●○○四字◓●○○四字叶　◒○●●四字
◓◓○◒四字◒◒◒●○○六字叶○◓●三字◒○◓●◓●○○八字叶◒●◒○◓●六字
◒○◓●○○六字叶◓○◒●◓○○●八字◓●○○四字叶

詞　　辛棄疾

馬上三年，醉帽吟鞭，錦囊詩卷長留。悵溪山舊管風月新收。明便關河杳杳，去應日月悠

悠。笑千篇索價，未抵蒲萄，五斗凉州。　停雲老子，有酒盈尊，琹書端可消憂。渾未解(一)，傾身一飽淅米矛頭。心似傷弓塞燕(二)，身如喘月吳牛。曉(三)天凉夜(四)月明誰伴，吹笛南樓。

慶清明慢

前段十句，後段九句，共九十七字，八韻

◒●○○四字◓○◓●四字◒○◒●○○六字平韻起◒○●○○●六字◒●○○四字叶◓●
◓○●五字◓◒○◒●●○○八字叶◒◒◓三字◓○◓●四字◒●○○四字叶　◒◓●三
字◒◓●三字◓◒●◒●●●○○九字叶◒●◒○◓●六字◒●○○四字叶◓●◒○◓●六
字◒○◒●●○○七字叶◒◒●三字◓○◓●◓●○○八字叶

(一) 解：《全宋詞》作「辦」。
(二) 燕：《全宋詞》作「雁」。
(三) 曉：《全宋詞》作「晚」。
(四) 《全宋詞》無「夜」字。

詞　　王　冠(一)

調雨爲酥，催冰做水，東君分付春還。何人便將輕暖，點破殘寒。結伴踏青去，好平頭鞋子小雙鸞。煙郊外，望中秀色，如有無間。　晴則箇，陰則箇，餖飣得天氣有許多般。須教鏤花撥柳，爭要先看。不道吳綾繡襪，香泥斜沁幾行斑。東風巧，盡收翠綠吹在眉山。

倦尋芳

前段十句，後段十句，共九十七字，八韻

◓○●●四字◓●○○四字◒●○●四字仄韻起◓●○○四字◒●◓○◒●六字叶◓●○○

◒●●七字◓○◒●○○●七字叶●○○三字●○○●●五字◓○○●四字叶◓○●三字

◓○○●四字○●○○四字◒●○●四字叶◒●○○四字●●◓○○●六字叶◒●◒○○●

●七字◓○◒●○○●七字叶●○○三字●○○●○○●七字叶

(一)《全宋詞》作者署王觀。

詞

潘元質

獸鐶半掩，鴛甃無塵，庭院瀟灑。樹色沉沉，春盡燕嬌鶯姹。夢草池塘青漸滿，海棠軒檻紅相亞。聽簫聲，記秦樓夜約，彩鸞齊跨。漸迤邐，更催銀箭，何處貪歡，猶繫驕馬。旋剪燈花，兩點翠眉誰畫。香滅羞回空帳裏，月高猶在重簾下。恨疏狂，待歸來碎揉花打。

醉蓬萊

前段十一句，後段十一句，共九十七字，七韻

◓◒○◒●五字◓●○○四字◓○○●四字仄韻起◒●○○四字◓◒○◒◓五字◓●○○四

字◓○◒●四字◓●○○●五字叶◓●○○四字◓○◒●四字◒○◒●四字◒○◒●四字叶　◒●◒○

◓○◒●八字◒●○○四字◓○○●四字叶◓●◒○四字◓◒○○●五字叶◓●◒○四字◓

○○●四字◓◓○◒●五字叶◓●○○四字◒○◓●四字◒○○●四字叶

詞

葉夢得

問春[一]風何事，斷送殘紅，便拚歸去。牢落征途，笑行人羈旅。一曲陽關，斷雲殘靄，做渭城朝雨。欲寄離愁，緑陰千囀，黄鸝空語。遥想湖邊浪摇空翠，絃管風高，亂花飛絮。曲水流觴，有山翁[二]行處。翠袖朱闌，故人應也，弄畫船烟浦。會寫相思，尊前爲我，重翻新句。

燕臺春[三]

前段十句，後段十二句，共九十七字，九韻

◐●○○四字◐○◐●四字◐○◐●○○六字平韻起◐●○○四字◐○◐●○○六字叶◐○◐●○○六字叶◐◐○◐●五字◐○◐●四字◐○◐●四字◐●○○四字叶◐○◐●四字◐●○○四字◐○◐●四字◐●○○四字叶◐○◐●四字◐○◐●○○六字叶◐●○○四字

(一) 春：《全宋詞》作「東」。

(二) 翁：《全宋詞》作「公」。

(三) 此調應爲《燕春臺》。《欽定詞譜》：「此調始自張先，蓋春宴詞也。」

◒○◒●四字◒●○○四字叶●○○三字叶◒●○◒●五字◒●○○四字叶

詞[一] 張先

麗日千門，紫烟雙闕，瓊林又報春回。殿閣風微，當時去燕還來。五侯池館屏[二]開。探芳菲走馬[三]，重簾人語，轔轔車幰[四]，遠近輕雷。雕觴霞灔，翠幕雲飛，楚腰舞柳，宮面妝梅。金猊夜暖，羅衣暗裛香煤。洞府人歸，笙歌院落[五]，燈火樓臺。下[六]蓬萊。猶有花上月，清影徘徊。

瑤臺第一層

前段十一句，後段十二句，共九十七字，九韻

[一]《全宋詞》調名署《宴春臺慢》。
[二] 屏：《全宋詞》作「頻」。
[三]《全宋詞》「走馬」二字後有「天街」二字。
[四] 車幰：《全宋詞》作「繡軒」。
[五] 笙歌院落：《全宋詞》作「放笙歌」。
[六]「下」字《全宋詞》置「燈火」與「樓臺」之間。

◓●○○◒●●七字○○●●○五字平韻起◓○○●四字◒○◓●四字◓●○○四字叶◓
○○●四字◓●◓◒四字◓●○○四字叶●○●三字●◒○○●五字◒●○○四字叶
○○二字叶◓○◒●四字◓○◒●●○○七字叶●○○●四字◓○○●四字◒●○○四字叶◓
○○◓●五字●◓●三字◓●○○四字叶●○○三字●○○○●五字●●○○四字叶

詞

張元幹

江左風流鍾間氣，洲分二水長。鳳凰臺畔，投懷玉燕，照社神光。荳花初秀，雨散暑空，洗出秋涼。慶生旦，正圓蟾呈瑞，仙桂飄香。　肝腸。掞文摛錦，駕雲乘鶴下鵷行。紫樞將命，紫微如綍，常近君王。舊山同梓里，荷月旦，久已平章。九霞觴，薦刀圭丹餌，衮繡朝裳。

長亭怨慢

前段九句，後段八句，共九十七字，十韻

◓○●◒○○●七字仄韻起◓●○○四字◓○○●四字叶◓●○○四字◓○○●◓○●七字叶
◓○○●四字叶◒●◓○○●六字叶●●●○○五字◓●●○○◒◓●●九字叶　●○○

●●五字◓●◓○○●六字叶○○●●四字◓○◓●○○●七字叶●◓●◓●○○七字◓○
●○○○●七字叶◓●●○○五字◒●◒○○●六字叶

詞　　　　　　　　　　　　　　　　　　　　　　　　　　　　　　姜　夔

漸吹盡枝頭香絮。是處人家，綠深門戸。遠浦縈迴，暮帆零亂向何許。閲人多矣。誰得似長亭樹。樹若有情時，不會得青青如此日暮。望高城不見，只見亂山無數。韋郎去也，怎忘得玉環分付。第一是早早歸來，怕紅蕚無人爲主。算空有并刀，難剪離愁千縷。

夏初臨[一]

前段十句，後段十一句，共九十七字，十一韻

◓●○○四字◓○○●四字◒○◓●○○六字平韻起◒●○○四字◒○◓●○○六字叶　◓○
◒●○○六字叶●◒○◓●○○七字叶◒○◒●四字◒○◓◒四字◒●○○四字叶　◓○

[一] 此調本《燕春臺》，《欽定詞譜》：「因黄裳有夏宴詞，劉涇改名《夏初臨》，舊譜以《燕春臺》與《夏初臨》兩列者誤。」

◒●四字◓●○○四字◓○◓●四字◒●○○四字叶◒○◓●四字◒○◓●○○六字叶◒●
○○四字叶●○◒◓●○○七字叶●○○三字叶◒○◓◒四字◓●○○四字叶

詞　劉巨濟

泛水新荷，舞風輕燕，園林夏日初長。庭樹陰濃，雛鶯學弄新簧。小橋飛入横塘。跨青蘋綠藻幽香。朱欄斜倚，霜紈未搖，衣袂先凉。　歡歌㈠稀遇，怨别多同，路遥水遠，烟淡梅黄。輕衫短帽，相攜洞府流觴。況有紅妝。醉歸來寶蠟成行。拂牙床。紗廚半開，月在回廊。

帝臺春

前段十一句，後段十一句，共九十七字，十二韻

◒●●三字仄韻起●○○三字◓◒●三字叶◒●◓○四字◓●○○四字◒○○●四字叶◓●
○○◓●●七字◓◒●◓○○●七字叶●○○三字◓●○○四字◒○○●四字叶　○○●

㈠ 歡歌：《全宋詞》作「歌歡」。

三字叶○●●三字叶◐●●三字叶◐○●三字叶◐◐●○○五字◐○○●四字◐●◐○○●六字叶◐●◐○●◐●七字◐◐◐◐◐○●七字叶◐◐●○○五字◐◐○○●五字叶

詞　　李景元

芳草碧。色萋萋，遍南陌。飛(一)絮亂紅，也似知人，春愁無力。憶得盈盈拾翠侶，共攜賞鳳城寒食。到今來，海角逢春，天涯行客。　愁旋釋。還似織。淚暗拭。又偷滴。謾(二)遍倚危闌，盡黃昏也，只是暮雲凝碧。拚則而今已拚了，忘則怎生便忘得。又還問鱗鴻，試重尋消息。

雨中花慢第二體

前段九句，後段九句，共九十八字，八韻

◐●◐○◐●六字◐●○○◐○○○八字平韻起◐●◐○◐●◐●○○十字叶◐●○○四字

(一) 飛：《全宋詞》作「暖」。

(二) 《全宋詞》「謾」字後有「佇立」二字。

◒○◓●四字◓●○○四字叶◓◓◓●●五字◒○◓●四字◓●○○四字叶　◒○●●四
字◒◓○◓四字◓◓◓●○○六字叶○◓●三字◓○◒●◓●○○八字叶◒●◒○◓●六字
◒○◓●○○六字叶◓○◒●◓○○●八字◓●○○四字叶

詞　　蘇　軾

今歲花時深院，盡日東風蕩颺茶煙。但有綠苔芳草柳絮榆錢。聞道城西，長廊古寺，甲第名園。有國豔帶酒，天香染袂，爲我留連。　清明過了，殘紅無處，對此淚灑樽前。秋向晚，一枝何事向我依然。高會聊追短景，清商不暇餘妍。不如留取十分春態，付與明年。

月下笛

前段十句，後段十句，共九十八字，八韻

◓●○○四字◒○○●四字◓◒○●四字仄韻起◒○●●四字◓●○◒○●六字叶◓○○◒
●●○七字◓○●◓○●●七字叶◓○○●●五字◒○○●四字●○○●四字叶　◒○●
●四字◓●●○○五字◓○○●四字叶◒○●●四字◓●◒○○●六字叶◓○○●○●○七

字◐○●◐○●●七字叶◐○○三字◐●○○●●六字○●●三字叶

詞

周邦彥

小雨收塵，涼蟾瑩徹，水光浮碧(一)。誰知怨抑，靜倚官橋吹笛。映宮牆風葉亂飛，品高調側人未識。想開元舊譜，柯亭遺韻，盡傳胸臆。　闌干四遶，聽折柳徘徊，數聲終拍。寒燈陋館，最感平陽孤客。夜沈沈雁啼甚哀，片雲盡卷清漏滴。黯凝魂，但覺龍吟萬壑，天籟息。

雲仙引

前段十句，後段十一句，共九十八字，九韻

◐●○○四字◐○●●四字◐○●●○○六字平韻起○○●三字●○○三字叶◐○◐○◐●六字◐●○○◐●○七字叶◐●◐○四字◐○●●四字◐●○○四字叶　◐○◐●○○六字叶●◐●○○○●○八字叶◐●○○四字◐○◐●四字◐●○○四字叶◐●○○四字○○●

(一) 碧：《全宋詞》作「璧」。

●四字◒●○○◒●○七字叶◒○◒●四字◒○◒●四字●●○○四字叶

詞

馮偉壽

紫鳳臺高，紅[一]鸞鏡裏，緋緋幾度秋馨。黄金重，綠雲輕。丹砂鬢邊滴粟，翠葉玲瓏煙剪成。含笑出簾，月香滿袖，天霧縈身。　年時花下逢迎。有遊女翩翩如五雲。亂擲芳英，爲簪斜朵，事事關心。長向金風，一枝在手，嗅蕊悲歌雙黛顰。遶[二]臨溪樹，對初弦月，露下更深。

玲瓏四犯

前段八句，後段八句，共九十八字，十韻

◒●○○四字◒◒●○○◒●○●九字仄韻起◒●○○四字◒●●○○●六字叶◒●◒●
○○六字◒◒◒○○●六字叶◒◒○◒●○●七字叶◒●●○○●六字叶◒○◒●○○

(一) 紅：《全宋詞》作「戲」。
(二) 遶：《全宋詞》作「遠」。

●七字叶◓○○●○○●七字叶◒○◓●○○●七字◒●○○●五字叶◒●◓●◓○六字◓
◓●○○●●七字叶◓◓○◓●◒●七字◓○○●四字叶

詞

周邦彦

穠李夭桃，是舊日潘郎親試春豔。自別河陽，長負露房霞(一)臉。憔悴鬢點吴霜，念想夢魂飛亂。歎畫欄玉砌都換。纔始有緣重見。　夜深偷展香羅薦。暗窗前醉眠葱蒨。浮花浪蕊都相識，誰更曾擡眼。休問舊色舊香，但認取芳心一點。又片時一陣風雨，惡吹分散。

孤鸞

前段九句，後段八句，共九十八字，十韻

◒○○●四字仄韻起◓◓●○○五字◒○○●四字叶◓●○○四字◓●●○○●六字叶◒◒◓
○◓●六字◓◒○●○○●七字叶◓●◒○◓●六字◓●○○●五字叶
◓●○◒●◓
○●八字叶◓◓●○○◒◓○●九字叶◓●○○●五字◓◓○◒●五字叶◓○◓○◓●六字

(一) 霞：《全宋詞》作「煙」。

●◐●●○○●七字叶◐●◐○●●六字◐◐○○●五字叶

詞　　朱敦儒

天然標格。是小萼堆紅，芳姿凝白。淡伫新妝，淺點壽陽宮額。東君想留厚意，倩年年與傳消息。昨夜前村雪裏，有一枝先拆。　念故人何處水雲隔。縱驛使相逢難寄春色。試問丹青手，是怎生描得。曉來一番雨過，更那堪數聲慶[一]笛。歸去和羹未晚，勸行人休摘。

八節長歡

前段九句，後段十句，共九十八字，九韻

◐●○○四字◐○○●四字◐●○○四字平韻起◐○○●●五字◐●●○○五字叶◐○○●
●○●七字◐●○◐●○○七字叶◐●○○●●六字◐●○○四字叶　◐○◐●○○六字
叶◐●●三字○○◐●○○六字叶◐●●○○五字○●●三字◐○●●○○六字叶○○●三字

[一] 慶：《全宋詞》作「羌」。

◐●◐●●○○七字叶○◐●○○◐●七字◐○●●○○六字叶

詞　　　　毛滂

名滿人間，記黃金殿，舊賜清閒。才高鸚鵡賦，風凜惠文池[一]。波濤何處試蛟鱷，到白頭猶守溪山。且做龔黃樣度，留與人看。　桃溪柳曲陰圓。離唱斷，旌旗卻春春還。襦袴寄餘溫，雙石畔，唯聞吏膽長寒。詩翁去，誰細繞屈曲闌干。從今後南來幽夢，應隨月度雲湍[二]。

並蒂芙蓉

前段九句，後段九句，共九十八字，十韻

◐●○○四字◐●○●●五字◐○◐●四字仄韻起◐●◐○○●六字◐◐○●四字叶◐○◐

○●●六字◐●◐○●○●七字叶◐○◐●四字叶●◐○◐◐○○○●九字叶◐◐◐

[一] 池：此字不韻，應爲誤刻。《全宋詞》作「冠」。

[二] 湍：《全宋詞》作「端」。

○●●六字●○○●●五字◒○◓●四字叶●●●○○五字◓○●○●五字叶◒○◓○●●

六字◓●◒○◒○●七字叶◓○●●四字叶●◒○●○○●七字叶

詞　　晁端禮

太液波澄，向檻中照影，芙蓉同蒂。千柄綠荷深並，丹臉爭媚。天心眷臨聖日，殿宇分明敞嘉瑞。弄香嗅蕊。願君王壽與南山齊比。池邊屢回翠輦，擁群仙醉賞，憑闌凝思。萼綠攬飛瓊，共波上遊戲。西風又看露下，更結雙雙新蓮子。鬭妝競美。問鴛鴦向誰留意。

雙雙燕

前段九句，後段九句，共九十八字，十一韻

◓○●●四字◓◒●○○五字◓○◒●四字仄韻起◒○◓●四字◓●◓○◒●六字叶◒●◒

○◓●六字叶◓◓●○○◓●七字叶◒○◓●○○六字◓●◒○◒●六字叶◒●○○

◓●六字叶◓◓●○○五字◓○○●四字叶◒○◒●四字◓●◓○◒●六字叶◒●◒○◓●

六字叶◓◒●◒○◒●七字叶◒◓◓●○○六字◓●◓○◓●六字叶

史達祖

過春社了，度簾幙中間，去年塵冷。差池欲住，試入舊巢相並。還相雕梁藻井。又軟語商量不定。飄然快拂花梢，翠尾分開紅影。芳徑芹泥雨潤。愛貼地爭飛，競誇輕俊。紅樓歸晚，看足柳昏花暝。應自棲香正穩。便忘了天涯芳信。愁損翠黛雙蛾，日日畫闌獨凭。

珍珠簾㈠

前段九句，後段十句，共九十八字，十一韻

◓○○●○○●七字仄韻起◓●○○◒●六字叶◒●●○○五字◓●○○●五字叶●●
○○○●●七字◓●●○○◒●七字叶○●二字叶●◒○○●五字●●○●四字叶○●
●●○○六字●○○○●五字○○○●四字叶●●●○○五字●●○○○五字叶●●○○○

㈠ 此調無雙調九十八字式，仅有雙調一百一字式。本譜乃因詞圖所據詞譜起句之後脱「層簾捲」三字之故，而列此體式。

●●七字●●○○○○●七字叶○●二字叶●●●○○五字◒○●●四字叶

詞　　吴文英

密沉爐暖餘煙裊[一]。佇立行人官道[二]。麟帶壓愁香，聽舞簫雲渺。恨縷情絲春絮遠，悵夢隔銀瓶難到。寒峭。有東風垂柳，學得腰小。　還近綠水清明，歎孤身如燕，將花頻繞。細雨濕黄昏，半醉歸懷抱。蠹損歌紈人去久，慢[三]淚沾香蘭如笑。書杳。念客枕幽單，看春漸老。

應天長第五體

前段十句，後段十句，共九十八字，十一韻

◓○◓●四字◒●◓○四字◒◒●◒○●六字仄韻起◒●○○四字◓●○○●◒●七字叶

○○●三字◒◓●三字叶◓●●●○○●七字叶◓○●◓●○○七字◒◒○●四字叶　◓

[一] 本句《全宋詞》作「蜜沈燼暖萸煙裊」。

[二] 本句前《全宋詞》多「層簾捲」三字。

[三] 慢：《全宋詞》作「漫」。

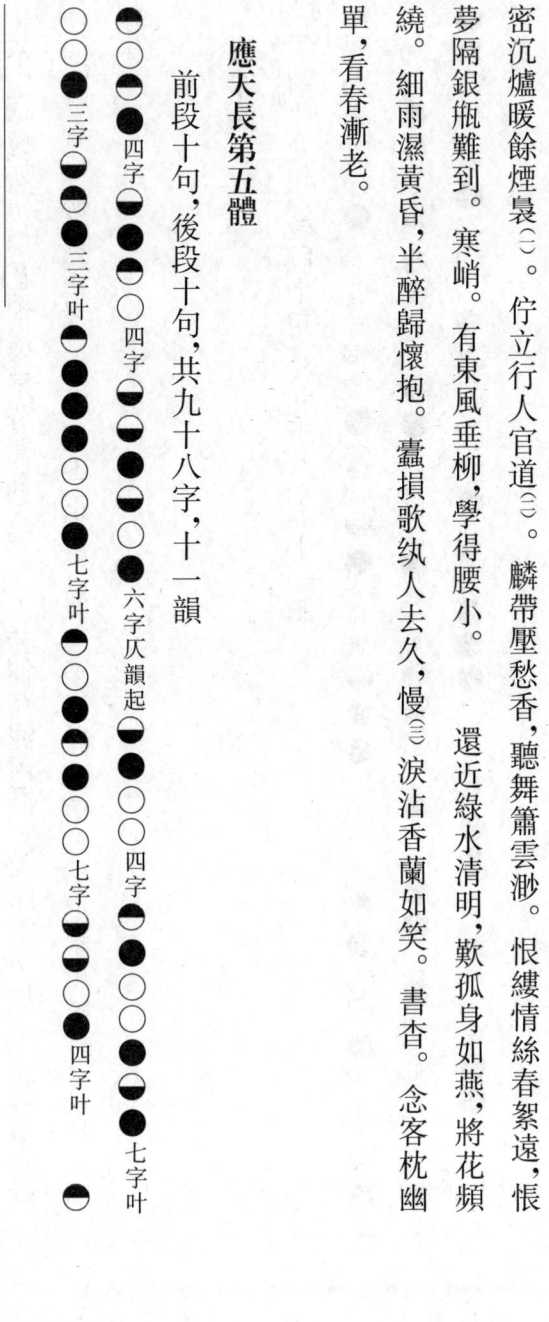

●◐○●五字叶◐●○○四字◐●◐○●五字叶◐●◐○四字◐●○○◐◐●七字叶◐○●

三字○●●三字叶◐◐●◐○○●七字叶◐○◐◐●○○七字◐◐◐●四字叶

詞 康與之

管絃繡陌，燈火畫橋，塵香舊時歸路。腸斷蕭娘，舊日風簾映朱戶。鶯能舞，花解語。念後約頓成輕負。緩雕轡獨自歸來，凭欄情緒。楚岫在何處。香夢悠悠，花月更誰主。惆悵後期，空有鱗鴻寄紈素。枕前淚，窻外雨。翠幙冷夜涼虛度。未應信此度相思，寸腸千縷。

應天長第六體

前後段同五體，惟第四句皆作六字，五句皆作五字，共九十八字，故不圖

詞 周邦彦

條風布暖，霏霧弄晴，池塘遍滿春色。正是夜堂無月，沉沉暗寒食。梁間燕，前社客。似笑我閉門愁寂。亂花過隔院芸香，滿地狼藉。長記那回時。邂逅相逢，郊外駐油壁。又見漢宮傳燭，飛煙五侯宅。青青草，迷路陌。強載酒細尋前跡。市橋遠柳下人家，猶自相識。

渡江雲

前段九句，後段十一句，共九十九字，八韻

◐○○●●五字◐○◐●四字◐●●○○五字平韻起◐○○●●五字◐●○○◐●●○○九字叶◐○●●四字◐◐●◐●○○七字叶◐◐○○◐○○●七字◐●○○四字叶　○○二字叶

◐○◐●四字◐●○○四字●◐○◐●五字○●○三字◐○◐●四字◐●○○四字叶◐○◐●○○●七字◐◐●◐●○○七字叶○●●三字◐○◐●○○六字叶

詞　　周邦彦

晴嵐低楚甸，暖回雁翼，陣勢起平沙。驟驚春在眼，借問何時委曲到山家。塗香暈色，盛粉飾爭作妍華。千萬絲陌頭楊柳，漸漸藏鴉。　堪嗟。清江東注，畫舸西流，指長安日下，愁宴闌，風翻旗尾，潮濺烏紗。今朝正對初弦月，傍水驛深艤蒹葭。沉恨處，時時自剔燈花。

高陽臺

前段九句，後段九句，共九十九字，九韻

◐●○○四字◐○◐●四字◐○◐●○○六字平韻起◐●○○四字◐○◐●○○六字叶◐○
◐●○○●七字◐◐○◐●○○七字叶◐○○◐●五字◐○◐●○○六字叶◐○◐●
○○六字叶◐◐○◐●五字◐●○○四字叶◐●○○四字◐○●●○○六字叶◐○◐●○○
●七字◐●○◐●○○七字叶●○○◐●○○七字◐●○○四字叶

詞

僧皎如

紅入桃腮，青回柳眼，韶華已破三分。人不歸來，空教草怨王孫。平明幾點催花雨，夢半闌欹枕初聞。問東君因甚，將春老却閒人。　東郊十里香塵。旋安排玉勒，整頓雕輪。趁取芳時，去尋島上紅雲。朱衣引馬黄金帶，算到頭總是虚名。莫閒愁一半悲秋，一半傷春。

新鴈過妝樓

前段九句，後段十句，共九十九字，九韻

●●○○四字平韻起○○●三字◐○◐●○○六字叶◐○○●四字◐●◐●○○六字叶◐●◐
○○●●七字◐○◐●●○○七字叶●○○◐○●●七字◐●○○四字叶◐○○●●六

字◓◓○●●五字◓●○○四字叶◓○○●四字◒●●●○○六字叶◒○◓○●●六字●◒●

○○◒●○八字叶◒○●三字◓●○○●五字◒○●○四字叶

詞　吴文英

夢醒芙蓉。風簷近，渾疑佩玉丁東。翠微流水，都是惜別行蹤。宋玉秋花相比瘦，賦情更苦似秋濃。小黄昏紺雲暮合，不見征鴻。　宜城當時放客，認燕泥舊迹，返照樓空。夜闌心事，燈外敗壁寒蛩。江寒夜楓怨落，怕流作題情腸斷紅。行雲遠，料澹蛾人在，秋香月中。

瑣窗寒

前段十句，後段十句，共九十九字，九韻

◓●○○四字◒○●●四字◓○○●四字仄韻起◒○●●四字◓●◓○◒●六字叶●○◒◒

◒◓○七字◓○◓●○○●七字叶◓◓○◓●五字◒○◒●四字◓○○●四字叶○●二

字叶○○●三字◓◓●○○五字◓○●●四字叶◒○●●四字◓●◒○○●六字叶●◒○◒

●◓○七字◓○◓●○◓●七字叶●○○◓●○○七字◓●○○●五字叶

詞　　周邦彦

暗柳啼鴉，單衣竚立，小簾朱戶。桐花半畝，靜鎖一庭愁雨。洒空堦更闌未休，故人剪燭西窻語。似楚江暝宿，風燈零亂，少年羈旅。　遲暮。嬉游處，正店舍無煙，禁城百五。旗亭喚酒，付與高陽儔侶。想東園桃李自春，小唇秀靨今在否。到歸時定有殘英，待客携樽俎。

金菊對芙蓉

前段十句，後段十句，共九十九字，九韻

◒●○○四字◓○◒●四字◓○◒●○○六字平韻起◓◒○◒●五字◓●○○四字叶◒○◓
●○○●七字◓◓◒◒●○○七字叶◓○○●四字◓○◓●四字◓●○○四字叶◓●◓
●○○六字叶◓◓○◓●五字◓●○○四字叶●◒○◒●五字◓●○○四字叶◒○◓●○○
●七字◓◓◒◓●○○七字叶◒○●●四字◒○◓●四字◒●○○四字叶

詞　　康與之

梧葉飄黃，萬山空翠，斷霞流水爭輝。正金風西起，海燕東歸。凭欄不見南來雁，望故人消息遲遲。木樨開後，不應誤我，好景良時。　只念獨守孤幃。把枕前囑付，一旦分飛。上秦樓遊賞，酒殢花迷。誰知別後相思苦，悄爲伊瘦損香肌。花前月下，黄昏院落，珠淚偷垂。

三姝媚

前段十一句，後段十句，共九十九字，十韻

◒○○●●五字仄韻起●○○◒○五字◓○○●四字叶◓●○○四字◓●○○●五字◓○○●四字叶●●○○四字◒●●◒○○●七字叶◓●○○四字◒●○○四字◓○○●四字叶

◒●◒○◒●六字叶●◓●○○五字◓○○●四字叶●●○○四字●◓○○●五字●○◒●四字叶◓●○○四字◒●●○○◒●七字叶●●○○◒●六字◒○●●四字叶

詞　史達祖

煙光搖縹瓦。望晴簷多風，柳花如洒。錦瑟横牀，想淚痕塵影，鳳絃常下。倦出犀帷，頻夢見王孫驕馬。諱道相思，偷理綃裙，自驚腰衩。　惆悵南樓遥夜。記翠箔張燈，枕肩歌罷。又入銅駝，遍舊家門巷，首詢聲價。可惜東風，將恨與閒花俱謝。記取崔徽模樣，歸來暗寫。

玉蝴蝶第三體

前段九句，後段十一句，共九十九字，十一韻

◓●◒○○●六字◓○◒●◓●○○八字平韻起◓●◒○◒●六字◓●○○四字叶◒○○◒
○◓●七字○◓●◒●○○七字叶●○○三字叶◒○◓●四字◒●○○四字叶　○○二字叶
◓○○●四字◒○○●四字◓●○○四字叶◒●○○四字◓○◒●●○○七字叶●○○◒○
◓●七字◒◓●◓●○○七字叶●○○三字叶◓○○●四字◒●○○四字叶

詞　　柳　永

漸覺東郊明媚，夜來膏雨一洒塵埃。滿目淺桃深杏，露染烟裁。銀塘靜魚鱗簟展，煙岫翠龜甲屏開。殷晴雷。雲中鼓吹，遊遍蓬萊。　徘徊。準旗前後，三千珠履，十二金釵。雅俗熙熙，下車成宴盡春臺。好雍容東山妓女，堪笑傲北海樽罍。且追陪。鳳池歸去，那更重來。

丁香結

前段十句，後段十句，共九十九字，十二韻

◒●○○四字◓○◒●四字◓◒◓○◒●六字仄韻起●●○○●五字叶◓●●三字叶◓●◒
○◒●六字叶◓○◒●●五字◒○●◓◓◓●七字叶◒○◒●●●六字◓●○○◒●六字
叶　○●二字叶●◓●○○五字◓●○○◓●六字叶◒●◓○四字◒●◒●四字叶◒○◒
●四字叶◒●◓○◓●六字◓●○○●五字叶◒◒○○●五字◒●○○◓●六字叶

詞

方千里

煙濕高花，雨藏低葉，爲誰翠消紅隕。嘆水流波迅。撫艷景。尚有輕陰餘潤。乳鶯啼處路，思歸意淚眼暗忍。青青榆莢滿地，縱買閒愁難盡。勾引。正記著年時，乍怯春寒陣陣。小閣幽窻，殘粧賸粉。黛眉曾暈。迢遞夢魂萬里，恨斷柔腸寸。知何時重見，空爲相思瘦損。

酹江月

即《念奴嬌》第九體；前段九句，後段九句，共一百字，七韻

◓○○●四字◓◒◒○●○○○●九字仄韻起◓●○○四字◒●●◒●◒○◓●九字叶◓●
○○四字◒○◓●四字◓●○○●五字叶◒○◓●四字●○○●○●六字叶　◒●◒●

○○六字◓○○●四字●◒○◒●五字叶◓●○○四字◒●○○◒●◒○○●九字叶◓●○○

四字◒○◒●●◓○◒●九字叶◒○○●四字◓○◒●○●六字叶

詞

蘇　軾

大江東去，浪聲沉千古風流人物。故壘西邊，人道是三國孫吳赤壁。亂石崩雲，驚濤掠岸，卷起千堆雪。江山如畫，一時多少豪傑。　遥想公瑾當年，小喬初嫁，了雄姿英發。羽扇綸巾，談笑間檣艣灰飛烟滅。故國神遊，多情應是笑我生華髮。人間如寄，一樽還酹江月。

按：此調《詞综》改本最穩，譜今从之。

念奴嬌第一體

前段十句，后段十句，共一百字，八韻

◓○○●四字●○◒三字◒●○○◓●六字仄韻起◓●◒○○●●七字◓●◒○◒●六字叶

◓●○○四字◒○◒●四字◓●○○●五字叶◒○●●四字◓○◒●○●六字叶　◒◓◓

●○○六字◒○○●四字◓◓○○●五字叶◓●◒○○●●七字◓●◒○◒●六字叶◒●

○○四字◒○◓●四字◒●○○●五字叶◒○◓●四字◓○◓●○●六字叶

張孝祥

詞

朔風吹雨，送淒涼，天意垂垂欲雪。萬里南荒雲霧滿，弱水蓬萊相接。凍合龍岡，寒銷桐柱，碧海冰澌結。憑高一笑，問君何處炎熱。　家在楚尾吳頭，歸期猶未，對此驚時節。記得年時貂帽暖，鐵馬千羣觀獵。狐兔成車，歌鐘殷地，歸踏層城月。持盃且醉，不須北望悽切。

念奴嬌第二體

前段十句四韻，后段同第一體，共一百字

◓○◓●四字●○◓三字◓●◓○◓●六字仄韻起◓●○○四字◓●●◓●○○●●九字叶

◓●○○四字◓○◓●四字◓●◓○●五字叶◓○◓●四字◓○◓●○●六字叶

黄庭堅

詞

斷虹霽雨，淨秋空，山染修眉新綠。桂影扶疎，誰便道今夕清輝不足。萬里青天，嫦娥何處，駕此一輪玉。寒光零亂，爲誰偏照醽醁。　年少從我追遊，晚城幽徑，遶張園森木。共倒金荷家萬里，難得樽前相屬。老子平生，江南江北，最愛臨風曲。孫郎微笑，坐來聲歕霜竹。

念奴嬌第三體

前段九句，後段十句，共一百字，九韻

◒○◒●四字●○◓○●○○●九字仄韻起◒●○○○●●七字叶◒●◒○◒●六字叶◒●○○四字○○◓●四字◓●○○●五字叶◒○◓●四字◓○◒●○●六字叶

◒●◒●○○六字◓○◒●四字◒●○○●五字叶◓●○○四字◒●●◒●○○○●九字叶◒●○○四字◒○◓●四字◓●○○●五字叶◒○◓●四字●○○●○●六字叶

詞

范元卿

尋常三五，問今夕何夕嬋娟都勝。天潤雲收崩浪靜。深碧琉璃千頃。銀漢無聲，冰輪直上，桂濕扶踈影。綸巾玉麈，庾樓無限清興。　誰念江海飄零，不堪回首，驚鵲南枝冷。萬點蒼山，何處是修竹吾廬三徑。香霧雲鬟，清輝玉臂，醉了愁重醒。參横斗轉，轆轤聲斷金井。

念奴嬌第四體

前段十句四韻，後段同第一體，惟第二第三句合作九字，共一百字

◓○◓●四字◓◒○○●五字◒○◒●四字仄韻起◓●○○四字◒◓●◓◓◒○◒●九字叶

◓●○○四字◒○◓●四字◓○◓○●五字叶◓○◒●四字◓○○●○●六字叶

詞

韓　駒

海天向晚，漸霞收餘綺，波澄微綠。木落山高，真個是一雨秋容新沐。喚起姮娥，撩雲撥霧，駕此一輪玉。桂華疎淡，廣寒誰伴幽獨。　不見弄玉吹簫，樽前空對此清光堪掬。霧鬢風鬟何處問，雲雨巫山六六。珠斗斕斒，銀河清淺，影轉西樓曲。此情誰會，倚風三弄横竹。

念奴嬌第五體

前段九句，後段十句，共一百字，八韻

◓○○●四字◓◓○●●五字◓○◒●四字仄韻起◓●◒○○●●七字◒●◒○○●六字叶

◒●○○四字◓○◒●四字◓●○○●五字叶◒○◓●◓○◓◓○●十字叶　◒●◓●○○六字◓○○●●五字◒○○●四字叶◒●◒○◓●●七字◓●◓○○●六字叶◓●○○四字◒○◓●四字◓●○○●五字叶◓○◒●四字◓○◒●○●六字叶

詞　　婦朱希真(一)

別離情緒，奈一番好景，一番愁(二)感。燕語鶯啼人乍遠，還是他鄉寒食。桃李無言，不堪攀折，總是風流客。東君也自怪人冷淡蹤跡。　花艷草草春工，酒隨花意薄，踈狂何益。除却清風并皓月，脉脉此情誰識。料得文君，重簾不卷，只等閒消息。不如歸去，受他真個憐惜。

念奴嬌第六體

前段同第四體，後段同第三體，唯第二句作五字，第三句作四字，共一百字，故不圖

詞　　趙鼎臣

舊遊何處，記金湯形勝，蓬瀛佳麗。綠水芙蓉，元帥與賓僚風流濟濟。萬柳亭邊，雅歌堂上，醉倒春風裏。十年一夢，覺來烟水千里。　惆悵送子重遊，南樓依舊否，朱欄誰倚。要識當時，惟是有明月、曾陪朱履。量減杯中，雪添頭上，甚矣吾衰矣。酒徒相問，爲言憔悴如此。

(一)《全宋詞》作者署朱敦儒。按，朱敦儒字希真，此處題「婦朱希真」，顯與朱淑真淆。

(二) 愁：《全宋詞》作「悲」。

念奴嬌第七體

前段同第二體，後段九句四韻，共一百字

◐◐◐●○○六字◐○◐●●◐○○●九字叶◐●○○四字◐●●◐●○○○●九字叶◐●○○四字◐○○●四字◐●○○●五字叶◐○●●四字◐○◐○○●六字叶

詞　朱敦儒

見梅驚笑，問經年，何處收香藏白。似語如愁，卻問我何苦紅塵久客。觀裡栽桃，壇頭種杏，到處成蹺隔。千林無伴，淡然獨傲霜雪。　且與管領春回，孤標爭肯接雄蜂雌蝶。豈是無情，知受了多少凄凉風月。寄驛人遥，和羹心在，忍使芳塵歇。東風寂寞，可人誰爲攀折。

念奴嬌第八體

前段同第三體(一)，後段同第四體，故不圖

(一) 此體前段第三句不用韻，與前第三體有異，此處未説明。

詞　　　　辛棄疾

野棠花落，又匆匆過了清明時節。刬地東風欺客夢，一枕銀屏寒怯。曲岸持觴，垂楊立馬，此地曾經別。樓空人去，舊遊飛燕能說。　聞道綺陌東頭，行人長見簾底纖纖月。舊恨春江流不盡，新恨雲山千疊。料得明朝，樽前重見，鏡裏花難折。也應驚問，近來多少華髮。

琵琶仙

前段九句，後段八句，共一百字，八韻

◒●◒○四字 ◒◒◒●●◒○◒●九字仄韻起 ◒◒◒●○○六字 ◒○◒○●五字叶 ◒◒●

◒○●●七字 ◒◒●◒○○●七字叶 ◒●○○四字 ◒○●●四字 ◒●○●四字叶 ◒◒●

◒●○○七字 ◒◒●○◒◒○●八字叶 ◒◒●○○◒六字 ◒◒○○●五字叶 ◒◒●◒○●

●七字 ◒◒○●●○●七字叶 ◒◒○●○○六字 ◒○○●四字叶

詞　　　　姜夔

雙槳來時，有人似舊曲桃根桃葉。歌扇輕約飛花，蛾眉正奇絕。春漸遠汀洲自綠，更添了幾聲啼鴂。十里揚州，三生杜牧，前事休說。又還是宮燭分煙，奈愁裏匆匆換時節。都把一襟芳思，與空階榆莢。千萬縷藏鴉細柳，爲玉樽起舞迴雪。想見西出陽關，故人初別。

百字謠(一)

前段九句，後段八句，共一百字，八韻

●○○●四字●○○◓●○○◓●九字仄韻起◓●○○●●七字○●○○●六字叶●●
○○四字○○○●四字●●○○●五字叶○○●●四字●○●●○●六字叶　○●●●
○○六字○○●●四字●●○○●五字叶○●○○●●七字●●●○○●六字叶●●○○四
字○○○●●●○○●九字叶●○○●●○○●○●十字叶

詞

周邦彦(二)

太真姑女，問新來誰與歡傳玉鏡。莫恨無人伸好語，人在藍橋仙境。一笑樽前，欣然相與，

(一) 此調實即《念奴嬌》，爲其另名。
(二) 《全宋詞》作者佚名。

便勝瓊漿飲。慇懃客意，耳邊說與君聽。　長記舊日君家，門闌喜動，綉褥芙蓉穩。回首龍門人得意，又報鳳樓芳信。只是相傳，房奩中好物事騣騣近。管教人道一雙冰玉清潤。

無俗念〔一〕

前段九句，後段八句，共一百字，八韻

◐○◐●四字　◐◐○○●◐○○●九字仄韻起　◐●○○○●●七字　◐●●○○●六字叶　◐●○○四字　◐○◐●四字　◐●○○●五字叶　◐○○●四字　◐○●●○●六字叶

◐○◐●○○六字　◐○○●◐●○○●九字叶　◐●◐○○●●七字　◐●○○○●六字叶　◐●○○四字　◐○○●四字　◐●○○●五字叶　◐○◐●○○◐●○●十字叶

詞　　　　虞　集

十年窓下，見古今成敗幾多豪傑。誰會誰能誰不濟，故紙數行明滅。亂葉西風，遊絲春

〔一〕此調實即《念奴嬌》，爲其另名。

夢，轉轉無休歇。爲他憔悴，不知有甚干涉。寥寥無住閒身，盡虚空界一片中霄月。雲去雲來無定相，月亦本無圓缺。非色非空，非心非佛，教我如何説。不妨跬步蟾蜍飛上銀闕。

御帶花

前段九句，後段九句，共一百字，八韻

◒○◒●○○●七字◓●○◓○●六字仄韻起◓○◓●四字◓◓○◒●●○○●九字叶◓◒
○○◓●●七字◒◓○●四字叶○○●三字◒○◓●四字◒●◓○●五字叶◒◒○○四
字◓◓●◓●●○七字◓◓○●四字叶◓○◒●四字◓◓●○○◓○◒●九字叶◓●○○四
字◓◓●◓○●●七字叶◒○●○○●●七字◓●◓○●五字叶

詞　　歐陽修

青春何處風光好，帝里偏愛元夕。萬重繒綵，構一屏峰嶺半空金碧。寶檠銀釭耀絳幕，龍虎騰擲。沙堤遠，雕輪繡轂，爭走五王宅。雍雍熙熙，作畫會樂府神姬，海洞仙客。拽香搖翠，稱執手行歌錦街天陌。月淡寒輕，漸向曉漏聲寂寂。當年少狂心未已，不醉怎歸得。

慶春澤[一]

前段十句，後段八句，共一百字，八韻

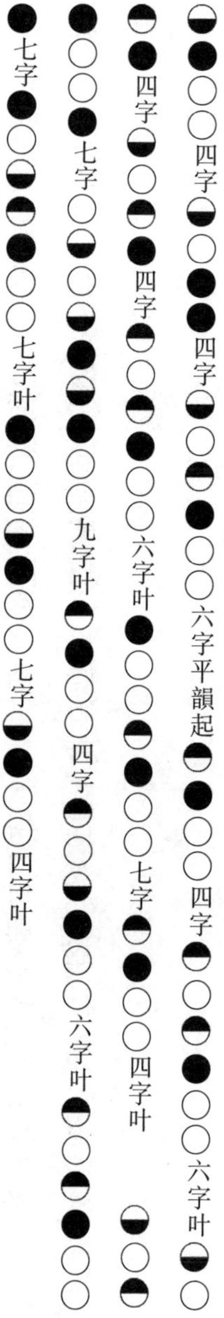

詞

劉叔安

燈火烘春，樓臺浸月，良宵一刻千金。錦步成[二]蓮，彩雲簇仗難尋。蓬壺影動，星毬轉映，兩行寶珥瑤簪。恣嬉遊玉漏聲催，未歇芳心。　笙歌十里誇張地，記年時行樂憔悴而今。客裏情懷，伴人閒笑閒吟。小桃未盡[三]劉郎老，把相思細寫瑤琴。怕歸來紅紫欺風，三徑成陰。

[一] 此調與《高陽臺》實屬一類。
[二] 成：《全宋詞》作「承」。
[三] 盡：《全宋詞》作「靜」。

玉燭新

前段八句，後段九句，共一百字，九韻

◒○○●●五字仄韻起◓◓●◒○◓○◒●九字叶◓◒●◓○◒●七字◓●◒○○●六字叶
◒○◓●四字◓◓●◒○○●七字叶◒◓●◒●○○七字◒○◓◒○●六字叶◒○◓
●○○六字◓◓●○○五字◓○◒●四字叶◓○◓●四字◒◓●◓●◓○◒●九字叶◒○
◓●四字◓●◒○○●六字叶◒◓●◒●○○七字◒○◓●四字叶

詞

周邦彦

溪源新臘後。見數朵江梅剪裁初就。暈酥破玉芳英嫩，故把春心輕漏。前村昨夜，想弄月黄昏時候。孤岸峭疎影横斜，濃香暗沾襟袖。樽前付與多才，問嶺外風光，故人知否。壽陽謾鬬，終不似照水一枝清瘦。風嬌雨秀，亂插繁花盈首。須信道慶管無情，看看又奏。

東風第一枝

前段九句，後段八句，共一百字，九韻

◓●○○四字◒○●●四字◒○◓●○●六字仄韻起◓○◓●○○六字◒○●○○●六字叶
◒○○●四字◒○●●○○●七字叶●●◒○●◒○七字○●◓○◒●六字叶　○●●
◓○●●七字叶○●●◓○●●七字叶◓○◓●○○六字◓○●◒●●六字叶○○●●四字
◒●●◓○○●七字叶●○●◒●○○七字◓●◓○○●六字叶

詞

呂聖求(一)

老樹渾苔，橫枝未葉，青春肯誤芳約。背陰未返冰魂，陽梢已含紅萼。佳人寒怯，誰驚起曉來梳掠。是月斜窓外棲禽，霜冷竹間幽雀。雲淡淡粉痕漸薄。風細細凍香又落。叩門喜伴金樽，倚闌怕聽畫角。依稀夢裡，見半面淺窺珠箔。甚時節重寫鸞箋，去訪舊遊東閣。

春夏兩相期

前段九句，後段十句，共一百字，九韻

(一)《全元詞》作者署張翥。

●○◐●○○●七字○○●●○●六字仄韻起●●○○四字◐●●○◐●六字叶◐○◐●●

○○七字◐●◐○○◐●七字叶◐●○○四字◐○○●四字◐○○●四字叶◐○◐●○

●六字叶◐●○○●五字◐○◐●四字叶◐●○○四字◐●◐○○●六字叶◐○◐●●○○

七字◐○◐●○○●七字叶◐●○○四字◐●○○四字◐○○●四字叶

詞

蔣　捷

聽深深謝家庭館，東風對語雙燕。似說朝來，天上婺星光現。金裁花誥紫泥香，繡裏藤輿紅茵軟。散蠟宮輝，行鱗厨品，至今人羨。西湖萬柳如線。料月仙當此，小停飈輦。付與長年，教見海心波淺。縈雲玉佩五侯門，洗雪華洞三春苑。謾拍調鶯，急鼓催鸞，翠陰生院。

雙頭蓮

前段十句，後段九句，共一百字，十韻

◐●○○四字○●●○○五字●○○●四字仄韻起○○●●四字叶●●●○●◐○○●九字叶

◐●○●○○六字●◐○○●五字○●●三字叶◐●○○四字◐○●○○●六字叶◐●

◓●○○六字●○○●●五字◓○○●四字叶◒○●●四字叶◓●●◓●◒○○●九字叶◓

●◓●○○六字◒○○◒●五字叶○●○◓●○○七字○○●●四字叶

詞

陸　游

華鬢星星，驚壯志成虛，此身如寄。蕭條病驥。向暗裡消盡當年豪氣。夢斷故國山川，隔重重烟水，身萬里。舊社凋零，青門俊遊誰記。盡道錦里繁華，嘆官閒晝永，柴荊添睡。清愁自醉。念此際付與何人心事。縱有楚舵吳檣，知何時東逝。空悵望鱠美菰香，秋風又起。

彩雲歸

前段十一句，後段九句，共一百字，十韻

◒○●●◓○○七字平韻起●○○三字●●○○四字叶◒●○●●○○●八字◒●●三字◓●

○○四字叶◒○●三字●○○●四字◓○◒●○五字叶◓●●○○●六字◓●○○四字叶

○○二字叶◒○●●四字◓○○●●○○七字叶●○●◓○●六字◒●●●○○六字叶◓●

○○○◓●七字◓◓◓●○○六字叶●○●三字◒●○◒●●○○八字叶

詞　　柳　永

蘅皋向晚艤輕航。卸雲帆，水驛魚鄉。當暮天霽色如晴晝，江練静，皎月飛光。那堪聽，遠村慶管，引離人斷腸。此際浪萍風梗，度歲茫茫。　堪傷。朝歡暮散，被多情賦與凄凉。别來最苦襟袖，依約尚有餘香。算得伊鴛衾鳳枕，夜永怎不思量。牽情處，惟有臨岐一句難忘。

五福降中天(一)

前段十句，後段十一句，十韻，一百字

◐○○●○○●七字●◐●○○●六字仄韻起◐●○○四字◐○◐●四字◐●○○◐●六字叶○○◐●四字叶●◐●○○五字◐○◐●四字叶○●○○●六字●●◐○●五字叶

◐●○○◐●六字叶◐○◐●●五字○○●三字叶●●○○四字◐○◐●四字◐●○○○●六字叶◐○●●四字◐●○○四字◐○◐●四字叶◐●○○四字○○○●●五字叶

(一) 此調實即《齊天樂》。

詞　　沈瑞節(一)

月朧烟淡霜鞋(二)滑，孤宿莫林荒驛。遶樹微吟，巡檐索笑，自分平生相得。冰池半釋。正節物驚心，淚痕沾臆。流水濺濺照影，古寺滿春色。　沉歎今年未識。暗香微動處，人初寂。酷愛芳姿，最憐幽韻，來欵禪房深密。他時恨悵，却月凌風，信音難的。雪底幽期，爲誰還露立。

萬年歡

前段九句，後段九句，共一百字，十一韻

◒●○○四字◓◒○◓●五字◒◓○●四字仄韻起◒●○○四字◓●◓○◒●六字叶◒●◒○◓●六字叶◓◒●○○●七字叶◒○●◓●○○七字◓○◒●○●六字叶◒○◓●四字叶◒○◓◒○◓●七字◒●○●四字叶◓●○○四字◒●◓○○●六字叶◓●◒○◓●

(一)《全宋詞》作者署沈端節，此處「瑞」字誤。

(二) 鞋：《全宋詞》作「蹊」。

六字叶◓○●◒○○●七字叶◒◒●◓●○○七字◓○◒●○●六字叶

詞　　胡浩然

燈月交光，漸輕風布暖，先到南國。羅綺嬌容，十里絳紗籠燭。花豔驚郎醉目。有多少佳人如玉。春衫袂整整齊齊，内家新樣妝束。歡情未足。更闌謾勾牽舊恨，縈亂心曲。悵望歸期，應是紫姑頻卜。暗想雙眉對蹙。斷弦待鸞膠重續。休迷戀野草閑花，鳳簫人在金谷。

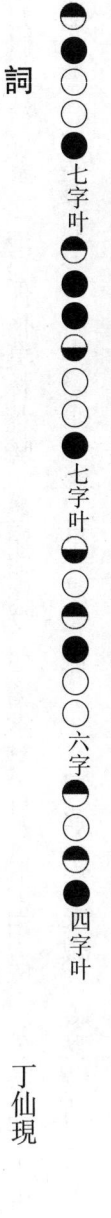

绛都春

前段十句，後段九句，共一百字，十一韻

◒○◓●四字◓●◓◓◓◒○○●九字仄韻起◓●◓○四字◓●○○四字○○●三字叶◒○◓●○○●七字叶◓◓●◒○○●七字叶◓○○●四字◒○◓●四字◓○○●四字叶○●二字叶○○◓●四字◓○◓◓◓◒○○●九字叶◒○◓○四字◒●◒○○◒●七字叶◒○◓●○○●七字叶◓●●◒○○●七字叶◒○◓●○○六字◓○◓●四字叶

詞　　丁仙現

融和又報，乍瑞靄霽色皇州春早。翠幰競飛，玉勒爭馳，都門道。鼇山彩結蓬萊島。向晚

色雙龍銜照。絳綃樓上，彤芝蓋底，仰瞻天表。　縹緲。風傳帝樂，慶三殿共賞群仙同
到。迤邐御香，飄滿人間聞嬉笑。須臾一點星毬小。漸隱隱鳴梢(一)聲杳。遊人月下歸
來，洞天未曉。

繞佛閣

前段九句，後段九句，共一百字，十三韻

◓○◓●四字仄韻起◒◓◓●○●○●八字叶◒●○●四字叶◓○◓●○○●○●九字叶◓
○●●四字◒◓◓●○◓◒●八字叶◒◓○●四字叶◓○○●四字◒○◓◒●五字叶◓
●◓○●五字◓●◒○○●●七字叶◒●◓○◒○○●●九字叶◓◓●○○五字◒●○●四
字叶◓○◒●四字叶◓◓●○○五字◒○○●四字叶◓○○●○○●七字叶

詞

周邦彥

暗塵四斂。樓觀迥出高映孤館。清漏將短。厭聞夜久籤聲動書幔。桂華又滿，閑步露草

(一) 梢：《全宋詞》作「鞘」。

偏愛幽遠。花氣清婉。望中迤邐，城陰度河岸。倦客最蕭索，醉倚斜橋穿柳線。還似汴堤虹梁橫水面。看浪颭春燈，舟下如箭。此行重見。歎故友難逢，羈思空亂。兩眉愁向誰舒展。

疏簾淡月第一體(一)

前段十句，後段十句，共一百字，十二韻

◓○◓●四字仄韻起◓◓●◓○五字◓◓◓●四字叶◓●◓○四字◓●◓○◓●六字叶◓○
◓●○●七字叶◓○○◓○○●七字叶◓○○●四字◓○◓●四字◓◓○●四字叶●
◓●◓○◓●七字叶◓◓○◓四字◓◓○●四字叶◓●◓○四字◓●◓○○●六字叶◓○◓
●○○●七字叶◓◓○◓◓○●七字叶◓○◓●四字○◓◓●四字◓○○●四字叶

詞　　張宗端

梧桐雨細。漸滴作秋聲，被風驚碎。潤逼衣篝，線裊蕙爐沉水。悠悠歲月天涯醉。一分秋

(一) 此調實即《桂枝香》。

一分憔悴。紫簫吟斷，素箋恨切，夜寒鴻起。又何苦淒涼客裡。草堂春綠(一)，竹溪空翠。落葉西風，吹老幾番塵世。從前諳盡江湖味。聽商歌歸興千里。露侵宿酒，疏簾淡月，照人無寐。

解語花

前段十句，後段十句，共一百字，十三韻

◐○◐●四字◐●○○四字◐●○○●五字仄韻起◐○○●四字叶◐○●三字◐●◐○◐●六
字叶◐○◐●四字叶◐◐●○○◐●七字叶◐◐○◐●○○七字◐●○○●五字叶◐●
◐○◐●六字叶◐◐○◐●五字◐●○●四字叶◐○◐●四字叶○○●三字◐●◐○○●六
字叶◐○◐●四字叶◐◐●◐○○●七字叶◐●○◐●○○七字◐●○○●五字叶

詞

周邦彥

風銷焰蠟，露浥烘爐，花市光相射。桂華流瓦。纖雲散，耿耿素娥欲下。衣裳淡雅。看楚

(一) 本句前《全宋詞》有「負」字。

女織腰一把。簫鼓喧人影參差，滿路飄香麝。　因念都城放夜。望千門如畫，嬉笑遊冶。鈿車羅帕。相逢處，自有暗塵隨馬。年光是也。惟只見舊情衰謝。清漏移飛蓋歸來，從舞休歌罷。

莊椿歲(一)

前段九句，後段十句，共一百一字，七韻

◒○◓●○○六字◓○◓●○○●七字仄韻起◒○◓●四字○○●●四字○○◓●四字叶●

●○○●○○●八字●○○●四字叶●○○●●五字○◓●○○●○○●九字叶◓●

○○●●六字●◒○◓○◒●七字叶◒○◓●四字◒○○●四字◒○○●四字●●○○四字

●○○●四字○○○●四字叶●○○●●○○七字○●●○○●六字叶

詞　　解方叔(二)

綸巾少駐家山，北窗睡覺南薰起。黄庭細看，長生秘訣，神仙奇趣。奈此蒼生願蘇炎熱，仰

(一) 此調實即《水龍吟》。
(二) 《全宋詞》作者署方味道。

爲霖雨。趁丹心未老，將整頓乾坤手爲經理。　好是今年慶事，抱奇孫一門佳氣。蓬山振佩，麟符重錫，褒綸新美，玉樹參庭，桂枝分種，香浮蘭芷。看他年接武三槐，長是伴莊椿歲。

大江乘（一）

前段九句，後段九句，共一百一字，八韻

◒○◓●四字●◓●◓●●○●●九字仄韻起◒●◓○○●●七字◓●◓○◒●六字叶◒●

○○四字◓○●●四字◒●○○●五字叶●○◒●◓○六字●◓◒●四字叶　◒◓◒●

○○六字◓○●●四字◓●○○●五字叶●●◒○○●●七字◒●◓○●●六字叶◓●

○○○○●●八字●●○○●五字叶◓○◓●四字◒○○●◓◓●七字叶

詞

阮逸女（二）

東陽四載，但好事一一爲民做了。談笑半閒風月裡，管甚訟庭生草。甌茗爐香，菜羹淡飯，

（一）此調調式類同《念奴嬌》。

（二）《全宋詞》作者署阮盤溪。

此外無煩惱。問侯何苦自饑，只要民飽。　猶念甘旨相違，白雲萬里，不得隨昏曉。暫捨蒼生歸定省，回首又看父老。聽得乖崖交章力薦，道此官員好。且來典憲，中書還二十四考。

錦堂春慢

前段十句，後段十句，共一百一字，八韻

◐●◐○四字◐○●●四字◐○◐●○○六字平韻起◐◐○◐四字○◐●●○○六字叶◐●

●○◐●六字◐◐●●○○六字叶●◐○◐●五字●◐○◐四字○●○○四字叶◐○◐

●○●六字◐○◐○●五字◐●○○四字叶◐●◐○●六字◐●○○四字叶◐●◐○●●

六字●◐◐○●○○七字叶◐●◐○●●六字◐◐○◐四字●●○○四字叶

詞　　司馬君寶

紅日遲遲，虛廊轉影，槐陰迤邐西斜。彩筆工夫，難狀晚意(一)煙霞。蝶尚不知春去，漫遶

(一)意：《全宋詞》作「景」。

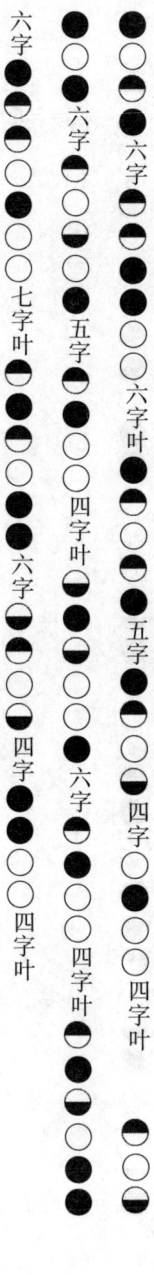

幽砌尋花。奈猛風過後，縱有殘紅，飛向誰家。　始知青鬌無價，欲飄零官路，荏苒年華。今日笙歌叢裡，特地咨嗟。席上青衫濕透，算感舊何止琵琶。怎不教人易老，多少離愁，散在天涯。

木蘭花慢第一體

前段十句，後段九句，共一百一字，九韻

◐○◐●●五字◐●●三字●○○三字平韻起◐◐●◐○五字◐○●●四字◐●○○四字叶◐
◐◐○◐●六字◐○○◐●●○○八字叶◐●◐○◐●六字◐○◐●○○六字叶◐○
◐●●○○七字叶◐●●○○○五字叶◐◐●○○五字◐○◐●四字◐●○○四字叶◐○◐○
◐●六字◐◐○◐●●○○八字叶◐●◐○◐●六字◐○◐●○○六字叶

詞　　京　鏜

算秋來景物，皆勝賞，況重陽。正露冷欲霜，煙輕不雨，玉宇開張。蜀人從來好事，遇良辰不肯負時光。藥市家家簾幕，酒樓處處絲簧。　婆娑老子興難忘。聊復與平章。也隨分登高，茱萸綴席，菊蕊浮觴。明年未知健否㈠，笑杜陵底事獨淒涼。不道頻開笑口，年年落帽何妨。

夜合花

前段十一句，後段十一句，共一百一字，十一韻

◓●◒○四字◒○●●四字◓○◒●○○六字平韻起◒○◓●四字◒○◓●○○六字叶◓◒

●三字●○○三字叶●◓○○○●○○八字叶◒○○●四字○○●●四字○●○○四字叶

◒○●●○○六字叶◒●◒○●●六字◓●○○四字叶◒○◓●四字◒○◓●○○六字叶

○○●三字●○○三字叶●◒○○●○○七字叶●○○●四字◒○◓●四字◓●○○四字叶

詞　　史達祖

柳鎖鶯魂，花翻蝶夢，自知愁染潘郎。輕衫未攬，猶將淚點偷藏。忘前事，怯流光。早去㈡窺春酥雨池塘。向消凝裏，梅開半面，情滿徐妝。　風絲一寸柔腸。曾在歌邊惹

㈠ 健否：《全宋詞》作「誰健」。

㈡ 《全宋詞》無「去」字。

恨，燭底縈香。芳機瑞錦，如何未織鴛鴦。人扶醉，月依牆。是當初誰敢疏狂。把閒言語，花房夜久，各自思量。

壽樓春

前段十一句，後段十一句，一百字，十二韻

◒○◒○○五字平韻起●○○◓●五字◒●○○四字叶◓●◒○○●六字◓◒○○四字叶◒●●三字◒○○三字叶◓●○○◒○○七字叶●◓●○○五字◒○●●四字◒●●○○五字叶

○◒●三字◒○○三字叶◓◒○●●五字◒●○○四字叶◓●◒○○●六字●◒○○四字叶◒●●三字◒○○三字叶●◓○○◒○○七字叶●◒◓○○五字○○◓◒◒◓○七字叶

詞　史達祖

裁春衫尋芳。記金刀素手，同在晴窗。幾度因風殘絮，照花斜陽。誰念我，今無腸。自少年消磨疎狂。但聽雨挑燈，攲床病酒，多夢睡時妝。　飛花去，良宵長。有絲闌舊曲，金譜新腔。最恨湘雲人散，楚蘭魂傷。身是客，愁爲鄉。算玉簫猶逢韋郎。近寒食人家，相思未忘蘋藻香。

疏簾淡月第二體

同第一體(一)，惟後段次句作五字，末作八字句，故不圖

詞(二)　王安石

登臨送目，正故國晚秋，天氣初肅。千里澄江，似練翠峰如簇。歸帆去棹殘陽裡，背西風酒旗斜矗。彩舟雲淡，星河鷺起，畫圖難足。　念往昔繁華競逐。歎門外樓頭，悲恨相續。千古憑高，對此謾嗟榮辱。六朝舊事隨流水，但寒煙衰草凝綠。至今商女，時時猶唱後庭遺曲。

(一) 此體上段第六句不用韻，與前第一體有異，此處未說明。
(二)《全宋詞》調名署《桂枝香》。

填詞圖譜卷之六

東海查王望先生鑒定　同學毛先舒稚黄、仲恒雪亭參訂

西泠賴以邠損菴著　查繼超隨菴增輯　查曾榮春谷、王又華逸庵同輯

長調

南浦

前段八句，後段八句，共一百一字，八韻

◒○◓●四字◓◒○◒●●○○八字平韻起◒●◒○○●六字◒●●○○五字叶◓●◓●●

●六字◓◒○◓●●○○八字叶◓◓○◒●◓○○●九字◒●●○○五字叶　◓●◓

○○●六字◓◒○◒●●○○八字叶◓●◒○○●六字◒●●○○五字叶◓●◓○○●●七

字◒○◓●●○○七字叶◓●○◒●◓○七字◒●●○○五字叶

詞　　魯逸仲

風悲畫角，聽單于三弄落譙門。投宿駸駸征騎，飛雪滿孤村。酒市漸閑燈火，正敲窗亂葉舞紛紛。送數聲驚雁乍離煙水，嘹唳度寒雲。好在半朧淡月，到如今無處不銷魂。故國梅花歸夢，愁損綠羅裙。爲問暗香閑豔也，相思萬點付啼痕。算翠屏應是兩眉，餘恨倚黃昏。

花犯又一體

前段十句，後段八句，共一百二字，八韻

◐○○三字◐○◐●四字◐○●○●五字仄韻起◐○○●四字◐◐●○○五字◐●○●四字叶

◐○◐●四字◐◐●○○◐●●八字叶◐◐●◐○○●七字◐○○●●五字叶◐◐◐

○●○●○◐○○九字◐◐●○○◐●七字叶◐◐●三字◐○●◐●○●七字叶◐○●◐○◐

●七字◐◐●○○○●●八字叶◐◐●●○○●七字◐○○●●五字叶

詞　　周邦彦

粉牆低，梅花照眼，依然舊風味。露痕輕綴，疑淨洗鉛華，無限佳麗。去年勝賞，曾孤倚冰盤共宴喜。更可惜雪中高樹，香篝熏素被。　今年對花太匆匆相逢，似有恨依依愁悴。凝望久，青苔上旋看飛墜。相將見脆圓薦酒，人正在空江煙浪裡。但夢想一枝瀟灑，黃昏斜照水。

瑤花

前段十句，後段十句，共一百二字，八韻

◒○◒●四字◒●○○四字◒●○○●五字仄韻起◒○◒●四字○●○三字◒●○○○●六字

叶◒○○●四字●◒◒○○○●七字叶●◒○◒●○○七字◒●◒○○●六字叶◒○◒

●○○六字◒◒●○○五字◒◒○●四字叶◒○◒●四字○●●三字◒●○○○●六字叶◒

○○●四字●◒●○○○●七字叶●◒○◒●○○七字◒●○○◒●六字叶

詞

吳文英

秋風采石，羽扇揮兵，認紫騮飛躍。江蘺塞草，應笑春，空鎖淩煙高閣。□(一)歌秦隴，問鐃

(一)□：《全宋詞》作「胡」。

鼓新詞誰作。有秀蓀來染吳香，瘦馬青芻南陌。　冰澌細響長橋，蕩波底蛟腥，不涴霜鍔。烏絲醉墨，紅袖暖，十里湖山行樂。老仙何處，算洞府光陰如昨。想地寬多種桃花，艷錦東風成幄。

憶舊遊

前段十一句，後段九句，共一百二字，八韻

◓◒○◓●五字◓●○○四字◒●○○四字平韻起◓●○○●五字◓○○●●五字◓●○○

四字叶◓○◓●○●六字◒●●○○五字叶◓◓●○○五字◒○◓●四字◓●○○四字叶

◒◒◓○●五字◓◓●○◒○●○○九字叶◓●○○●五字◓◒○○●五字◒●○○四字叶

◓○◓●◒●六字◒●●○○五字叶◓◓●○○五字◒○◓●◒◓○七字叶

詞　　周邦彦

記愁橫淺黛，淚洗紅鉛，門掩秋宵。墜葉驚離思，聽寒螿夜泣，亂雨瀟瀟。鳳釵半脫雲鬟，窗影燭光搖。漸暗竹敲涼，疏螢照晚，兩地魂消。　迢迢問音信，道徑底花陰時認鳴鑣。也擬臨朱戶，嘆因郎憔悴，羞見郎招。舊巢更有新燕，楊柳拂河橋。但滿目京塵，東風竟日吹露桃。

慶春宮

前段十句，後段十句，共一百二十字，九韻

◒●◒○四字◒○◒●四字◒○◒●○○六字平韻起◒●○○四字◒○◒●四字◒○◒●

○○六字叶◒○◒●四字◒◒●◒◒◒○七字叶◒○◒●四字◒●○○◒●○○八字叶

◒○◒●○○六字叶◒●○○四字◒●○○四字叶◒●○○四字◒○◒●四字◒○◒●○○

六字叶◒○○●四字◒◒●◒◒◒○七字叶◒○○●四字◒●○○◒●○○八字叶

詞

周邦彥

雲接平岡，山圍寒野，路回漸轉孤城。衰柳啼鴉，驚風驅雁，動人一片秋聲。倦途休駕，淡煙裏微茫見星。塵埃憔悴，生怕黄昏離思牽縈。華堂舊日逢迎。花艷參差，香霧飄零。絃管當頭，偏憐嬌鳳，夜深簧暖笙清。眼波傳意，恨密約匆匆未成。許多煩惱，只爲當時一餉留情。

石州慢

前段十句，後段十一句，共一百二十字，九韻

◒●○○四字◒●◓○四字◒◓○●四字仄韻起◒●◒●◒○◓●八字◓○○●四字叶◒○
◓●四字◓◓◓●○○六字◒○◒●○○●七字叶◓●●○○五字◓◒○○●五字叶○
●二字叶◓○◓●四字◓●○○四字◓○○●四字叶◒●◓○○●六字◒○○●四字叶◒○◓
●四字◓●◒●○○六字◒○◓◒○○●七字叶◓●●○○五字◓◒○○●五字叶

詞

張元幹

寒水依痕，春意漸回，沙際煙闊。溪梅晴照生香冷蕊，數枝爭發。天涯舊恨，試看幾許消魂，長亭門外山重疊。不盡眼中青，是愁來時節。　情切。畫樓深閉，想見東風，暗銷肌雪。辜負枕前雲雨，樽前花月。心期切處，更有多少淒涼，殷勤留與歸時說。到得再(一)相逢，恰經年離別。

(一) 再：《全宋詞》作「却」。

晝錦堂

前段十句，後段十一句，共一百二字，九韻

◓●○○四字◒○◓●四字◓◓◒●○○六字平韻起◓●◓○◒●六字◓●○○四字叶◒◒
○○○●●七字◓○◒●●○○七字叶○○●三字◓●◓○四字○○●●○○六字叶
○○二字叶○●●三字○◓●三字◒○◒●○○六字叶◓●○○●●六字●●○○四字叶◓○
◒●○○●七字◓○◒●●○○七字叶◒○●三字◒●◓○◒●六字◓●○○四字叶

詞 周邦彦

雨洗桃花，風飄柳絮，日日飛滿雕檐。懊惱一春幽恨，盡屬眉尖。愁聞雙飛新燕語，更堪孤枕宿醒忺。雲鬟亂，獨步畫堂，輕風暗觸珠簾。　多厭。晴晝永，瓊戶悄，香銷金獸慵添。自與蕭郎別後，事事俱嫌。短歌新曲無心理，鳳簫龍管不曾拈。空惆悵，長是每年三月，病酒懨懨。

氏州第一體

前段十一句，後段十句，共一百二字，九韻

◒●○○四字○◓●●四字◒○●◓○●六字仄韻起◓●○○四字◒○◓●四字○●◒○○
●六字叶◒●○○◓五字●●○○◒●六字叶◓●○○四字◒○◓●四字◒○○●四字叶
◓●○○○●●七字叶●◒●◒○◒●七字叶◓●○○四字◒○◓●四字●○○●五字叶
◓○◒○◓●六字○○●三字◒○◓●四字叶◓●○○●◒○七字○○●●四字叶

詞　　周邦彦

波落寒汀，村渡向晚，遥看數點帆小。亂葉翻鴉，驚風破雁，天角孤雲縹緲。官柳蕭疎甚，上掛微微殘照。景物關情，川途換目，頓來催老。漸解狂朋歡意少。奈猶被思牽情繞。座上琴心，機中錦字，覺最縈懷抱。也知人懸望久，薔薇謝，歸來一笑。欲夢高唐未成眠，霜空已曉。

拜星月慢

前段十句，後段十句，共一百二字，十韻

◓●○○四字◒○◒●四字◓●◒○◓●六字仄韻起◓●○○四字◓◒○○●五字叶●○●三
字◓●◒○◓●六字◓●◒○○●六字叶◓●○○四字◓◒○○●五字叶　●○○三字◓

●○○●五字叶◒○●●●○○●八字叶◓●◓●○○六字◓◒○●●五字叶◓○○◓●
○○●八字叶◒○●三字◓●○○●五字叶◓◓●◓●○○七字○◒○◓●五字叶

詞 周邦彦

夜色催更，清塵收露，小曲幽坊月暗。竹檻燈窻，識秋娘庭院。笑相遇，似覺瓊枝玉樹，暖日明霞光爛。水盼蘭情，總平生稀見。　畫圖中，舊識春風面。誰知道自到瑤臺畔。眷戀雨潤雲溫，苦驚風吹散。念荒寒寄宿無人館。重門閉，敗壁秋蟲歎。怎奈向一縷相思，隔溪山不斷。

水龍吟第一體

前段十句，後段十句，共一百二字，十韻

◓○◒●○○六字◓○●●○○●七字仄韻起◒○◓●四字◒○○●四字●○◒●四字叶◒
○○○四字◓○●●四字◒○○●四字叶◓○○◓●○○●●九字叶◒●●○○●六字
叶◓●○○●●六字叶●○○◓○○●七字叶◒○◓●四字◒○◓●四字◒○◒●四字
叶◒●○○四字◓○○●四字◓○○●四字叶◓○○●●○○◓●九字●○○●四字叶

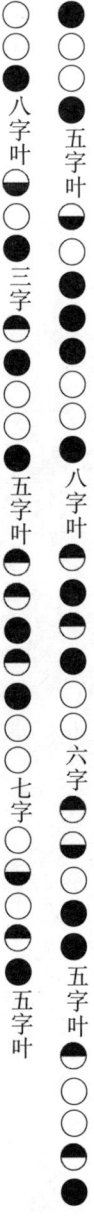

詞 陳亮

鬧花深處層樓，畫簾半卷東風軟。春歸翠陌，平莎茸嫩，垂楊金淺。遲日催花，淡雲閣雨，輕寒輕暖。恨芳菲世界遊人未賞，都付與鶯和燕。 寂寞憑高念遠。向南樓一聲歸雁。金釵鬬草，青絲勒馬，風流雲散。羅綬分香，翠綃封淚，幾多幽怨。正銷魂又是疎烟淡月，子規聲斷。

水龍吟第二體

同第一體，唯前段首句作七字，第二句作六字，故不圖

詞 劉叔安

弄晴臺館收烟候，時有燕泥香墜。宿酲未解，單衣初試，朦朦春思。前度桃花，去年人面，重門深閉。記彩鸞別後青驄歸去，長亭路芳塵起。 十二屏山遍倚。任蒼苔點紅如綴。黄昏人靜，暖香吹月，一簾花碎。芳意婆娑，緑陰風雨，畫橋烟水。笑多情司馬留春無計，濕青衫淚。

水龍吟第三體

同第一體，唯前段第九句作九字，第十句作七字(一)，故不圖

詞

秦　觀

小樓連苑橫空，下窺繡轂雕鞍驟。疎簾半卷，單衣初試，清明時候。破暖輕風，弄晴微雨，欲無還有。賣花聲過盡垂楊院宇，紅成陣飛鴛甃。　玉佩丁東別後。悵佳期參差難又。名韁利鎖，天還知道，和天也瘦。花下重門，柳邊深巷，不堪回首。念多情但有當時皓月，照人依舊。

宴清都

前段十一句，後段十一句，共一百二字，十一韻

◓●○○◓五字仄韻起○◓●三字◓◒◒◓○●六字叶◒○◓●四字○○●●四字●○○●四字叶◒○◓●○●六字叶◓◓●◒○◓●七字叶◒◓○三字○◒○●○●六字●●○●四字叶

○●二字叶◓●○○四字◓○●●四字○●○●四字叶◒○◓●四字○○●●四字◓●

(一) 第一體前段第九句本即九字，又本首例詞前段第十句即末句仍爲六字。此處所言不同者，二點均誤。

○●四字叶○◒●○○●六字叶◒●●○○◒●七字叶◒◒●◒●○○七字◒○◒●四字叶

詞　何籀

細草沿階軟。紅(一)日薄，蕙風輕藹微暖。東君(二)靳惜，桃英尚小，柳芽猶短。羅幃繡幙高卷。又早是歌慵笑懶。凭畫樓，那更天遠山遠，水遠人遠。　堪嘆。傳粉疎狂，竊香俊雅，無計拘管。青絲絆馬，紅纓繫羽(三)，甚處迷戀。無言淚珠零亂。翠袖儘(四)重重漬遍。故要得(五)別後思量，歸時覷見。

瑞鶴仙

前段十句，後段十二句，共一百二字，十二韻

◒○○●●五字仄韻起◒◒●○○五字◒○○●四字叶◒◒◒○●五字叶◒◒○◒●五字◒

(一) 紅：《全宋詞》作「遲」。
(二) 東君：《全宋詞》作「春工」。
(三) 纓繫羽：《全宋詞》作「巾寄淚」。
(四) 儘：《全宋詞》作「滴」。
(五) 得：《全宋詞》作「知」。

○◐●四字叶◐○◐●四字叶◐◐●○○◐●七字叶◐◐○◐●○○七字◐●◐○◐●六字

叶○●二字叶◐○○●四字◐●○○四字◐○◐●四字叶◐○◐●四字○●●三字◐○●

三字叶●○○三字◐●◐○◐●六字◐●○○●●六字叶◐◐○◐●○○七字◐○◐●四字叶

詞

康與之

瑞烟浮禁苑。正絳闕春回，新正方半。冰輪桂華滿。溢花衢歌市，芙蓉開遍。龍樓兩觀。見銀燭星毬有爛。卷珠簾盡日笙歌，盛集寶釵金釧。堪羡。綺羅叢裏，蘭麝香中，正宜遊玩。風柔夜暖，花影亂，笑聲喧。鬧蛾兒，滿路成團打塊，簇着冠兒鬬轉。喜皇都舊日風光，太平再見。

綺羅香

前段九句，後段九句，共一百三字，八韻

◐●○○四字◐○●●四字◐●◐○○●六字仄韻起◐●○○四字◐●◐○◐●六字叶◐◐

◐◐●○○七字◐◐●◐○◐●七字叶◐○○◐●○○七字◐○◐●◐○●七字叶◐

○◐●●●六字◐●○○●五字◐○○●四字叶◐●○○四字◐●◐○○●六字叶◐◐●◐

●○○七字◓◓◒◓○◒●七字叶◓◒◓◒●○○七字◓○○●●五字叶

詞

史達祖

做冷欺花，將煙困柳，千里偷催春暮。盡日冥迷，愁裏欲飛還住。驚粉重蝶宿西園，喜泥潤燕歸南浦。最妨他佳約風流，鈿車不到杜陵路。　沈沈江上望極，還被春潮急，難尋官渡。隱約遙峰，和淚謝娘眉嫵。臨斷岸新綠生時，是落紅帶愁流處。記當日門掩梨花，剪燈深夜雨。「春潮急」，《詞綜》云當作「春潮晚急」。

探春慢

前段十句，後段十句，共一百三字，八韻

◒●○○四字◓○●●四字◒◒◒○○●六字仄韻起◓●○○四字◒○●●四字◒●◒○◓●六字叶◒●○○●五字◓◒●◒○○●七字叶◓○◒●○○六字◓○◒◓○●六字叶

◒●○○●●六字◒●●◓○五字◒◓○●四字叶◓●○○四字◒○○●四字◓●●○○●六字叶◒●○○●五字◓●◓○○○●七字叶◓●○○四字◒◒◓○○●六字叶

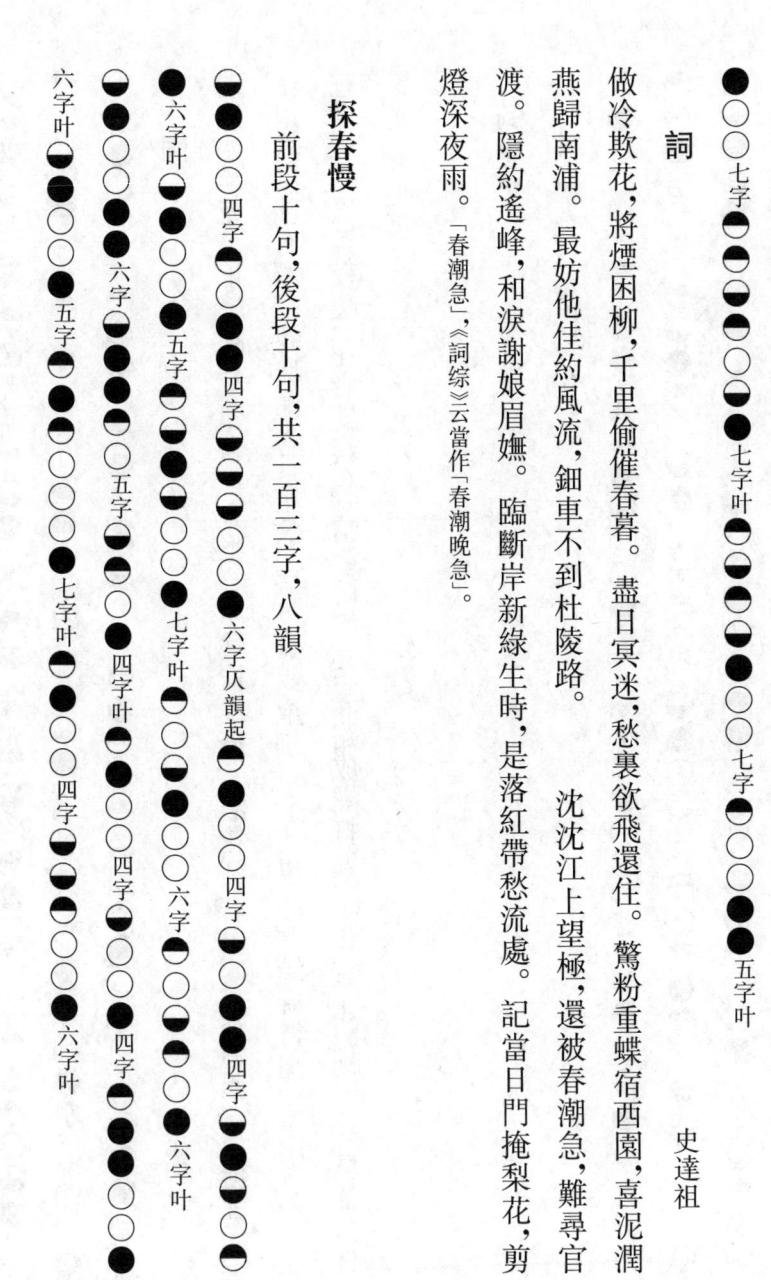

詞　　姜夔

衰草愁煙，亂鴉送日，風沙回旋平野。拂雪金鞭，欺寒茸帽，還記章臺走馬。誰念飄零久，謾贏得幽懷難寫。故人清沔相逢，小窻閑共情話。長恨離多會少，重訪問竹西，珠淚盈把。雁磧沙平，漁汀人散，老去不堪遊冶。無奈苕溪月，又喚我扁舟東下。甚日歸來，梅花亂零春夜。

惜餘歡

前段九句，後段十一句，共一百三字，九韻

◓○◓●四字●○●◓○五字◓◓○●四字仄韻起◒●●○○五字●○◓○●五字叶◒◒

○○●○●七字●○◓●●○○●八字叶◓○◒●◓◒◓●八字◓○○●四字叶◒◒

◒○●●六字叶●◓●○○五字◒◓○●四字叶◒●●○○五字●◒◓○○五字叶◒○◒●

◒○◒●八字●○○三字●◓○○●五字叶◓○○●四字◒○◓○四字◓○◒●四字叶

詞　　黃庭堅

四時美景，正年少賞心，頻啓東閣。芳酒載盈車，喜朋侶簪合。盃觴交飛勸酬獻，正酣飲醉主公陳榻。坐來爭奈玉山未頹，興尋巫峽。歌闌旋燒絳蠟。況漏轉銅壺，煙斷香鴨。猶整醉中花，借纖手重插。相將扶上金鞭㈠驄褭，碾春焙，願少延懽洽。未須歸去，重尋艷歌，更留時霎。

春雲怨

前段十句，後段八句，共一百三字，十韻

◒○●●四字仄韻起◓●○○●○○○●九字叶◓●◓○◒●六字●●◓○○●●七字叶◓
●○○四字◒○◒●四字◓●○○●○●七字叶◒●○○四字◒●◒●四字◓●◓○●五字
叶◒○◓●○○●七字叶◓○○◓●○○◒●九字叶◒●○○●○●七字叶◓●○○四
字◓●◒○◓○◒●八字叶◓●○○四字◓○○●四字◓●◓○◓●六字叶

詞　　馮偉壽

春風惡劣。把數枝香錦和鶯吹折。雨重柳腰嬌困，燕子欲扶扶不得。軟日烘煙，乾風收

㈠ 鞭：《全宋詞》作「鞍」。

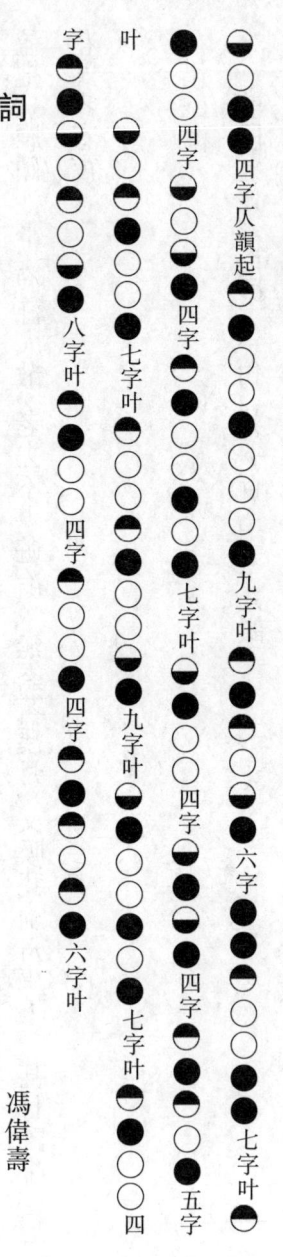

霧，芍藥荼蘼弄顏色。簾幙輕陰，圖書清潤，日永篆香絕。盈盈笑靨宮黃額。試紅鸞小扇丁香雙結。團鳳眉心倩郎貼。教洗金罍，共看西堂醉花新月。曲水成空，麗人何處，往事暮雲萬葉。

雨霖鈴

前段九句，後段八句，共一百三字，十韻

◒○○●四字仄韻起●○○●四字◒●○●四字叶◒○◒●○●六字◒○●●◒○○●八字叶

◒●○○●●六字●○◒◒●五字叶●◒●◒●○○七字◒◒◒◒◒○●七字叶○○

◒●○○●七字叶●○○◒●○●八字叶◒○●●◒●六字○◒●◒○○●七字叶●●

○○四字◒●◒◒◒◒○●八字叶◒●●◒●○○七字◒●○○●五字叶

詞

柳　永

寒蟬淒切。對長亭晚，驟雨初歇。都門帳飲無緒，方留戀處蘭舟催發。執手相看淚眼，竟無語凝咽。念去去千里煙波，暮靄沉沉楚天濶。多情自古傷離別。更那堪冷落清秋節。今宵酒醒何處，楊柳岸曉風殘月。此去經年，應是良辰好景虛設。便縱有千種風流，待與何人說。

金盞子

前段九句，後段十一句，共一百三字，十一韻

○●○○◓●○七字◓○◓●○●六字仄韻起◓●◓○○五字○○●三字◓○◓○○●六字叶◓◓●●○○六字●○○◓●五字叶◓○●三字叶◓●◓○○○六字◓○○●四字叶

◓●○○●五字叶◓●◓○◓○◓○八字○○●三字叶◓●●三字○○●三字叶◓○◓●○○六字叶◓○◓●○○六字◓◓○○●五字叶●○●三字●◓◓◓○○六字●◓○●四字叶

詞　　蔣捷

練月縈窗夢乍醒，黄花翠竹庭館。心字夜香消，人孤另，雙鶼被他羞看。擬待告訴天公，減秋聲一半。無情雁。正用恁時飛來，叫雲尋伴。猶記香（一）櫳暖。銀燭下纖影卸佩

（一）香：《全宋詞》作「杳」。

鸞[一]，春渦暈。紅豆小，鶯衣嫩。珠痕淡印芳汗。自從信誤青驪，想籠鸚停喚。鳳刀快，

但剪[二]書檐梧桐，怎剪愁斷。

喜遷鶯

前段十一句，後段十一句，共一百三字，十韻

◒○○●四字仄韻起◓◓●◓○五字◒○◓●四字叶◓●○○四字◒○◒●四字◒●◓○○●六字叶◓●◓○●●六字◓●◒○○●六字叶◓◒●三字●◒○◓●五字◓○○●四字叶

◓●二字叶◒●●◓●◒○七字◒●○○●五字叶◓●○○四字◓○◒●四字◒●◓○○●六字叶◓◓●○◒●六字◓●◓○○●六字叶◓○●三字◓◓○◒●五字◒○◒●四字叶

詞

高觀國

歌音淒怨。是幾度訴春，春都不管。感綠鶯紅，顰煙啼月，長是爲春消黯。玉骨瘦無一把，

[一] 鸞：《全宋詞》作「款」。

[二] 但剪：《全宋詞》作「翦盡」。

粉淚愁多千點。可憐損，任塵侵粉蠹，舞裙歌扇。　轉盼。塵夢斷峽裏雲歸，空想春風面。燕子樓空，玉臺粧冷，湖外翠峰眉淺。綺陌斷魂名在，寶篋返魂香遠。此情苦，問落花流水，何時重見。

春從天上來

前段十句，後段十句，共一百三字，十一韻

◐●○○四字平韻起◐◐●○○◐●○○九字叶◐◐○●四字◐●○○四字叶◐◐◐●○○六字叶●○○◐●五字◐◐●◐●○○七字叶●○○三字◐○○◐●五字◐●○○四字叶◐◐◐○●●六字◐●◐○○◐●○○九字叶◐●○○四字◐○◐●四字◐◐

◐●○○六字叶●○○◐●五字◐◐●◐●○○七字叶●○○三字叶◐○◐●四字◐●○○四字叶

詞　　吳彥高

海角飄零。歎漢苑秦宮墜露飛螢。夢裏天上，金屋銀屏。歌吹競舉青冥。問當時遺譜，有絕藝鼓瑟湘靈。促哀彈，似林鶯嚦嚦，山溜泠泠。梨園太平樂府，醉幾度春風鬢變星星。舞徹中原，塵飛滄海，飛雪萬里龍庭。寫□(一)笳幽怨，人憔悴不似丹青。酒微醒。一軒涼月，燈火青熒。

百宜嬌

前段十句，後段十一句，共一百三字，十三韻

●◐○◐●五字仄韻起◐●○○四字○●◐○●五字叶◐●○○◐五字◐○●三字◐○○●○

●六字叶◐○●●四字叶◐●○◐●○●七字叶◐○●◐●○○●八字◐○●○●五字叶

○●二字叶◐○○●四字叶◐●○○●五字○◐○●四字叶◐●○○●五字○○●三字◐○◐

●○●六字叶◐○●●四字叶◐●○○●○●七字叶◐○●○○○●●八字○○●三字叶

詞

姜夔

看垂楊迷(二)苑。杜若吹(三)沙，愁損未歸眼。信馬青樓去，重簾下，娉婷人妙飛燕。翠尊共

(一) □：《全宋詞》作「胡」。
(二) 迷：《全宋詞》作「連」。
(三) 吹：《全宋詞》作「侵」。

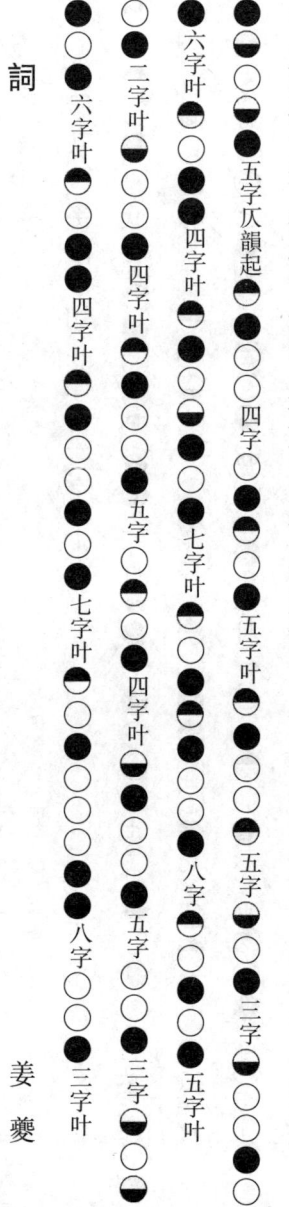

欵。聽豔歌郎意先感。便携手月地雲階裏，愛良夜微煖。無限。風流疎散。有暗藏弓履，偷寄香翰。明日聞津鼓，湘江上，催人還解春纜。亂紅萬點。悵斷魂煙水遙遠。又爭似相携乘一舸，鎮長見。

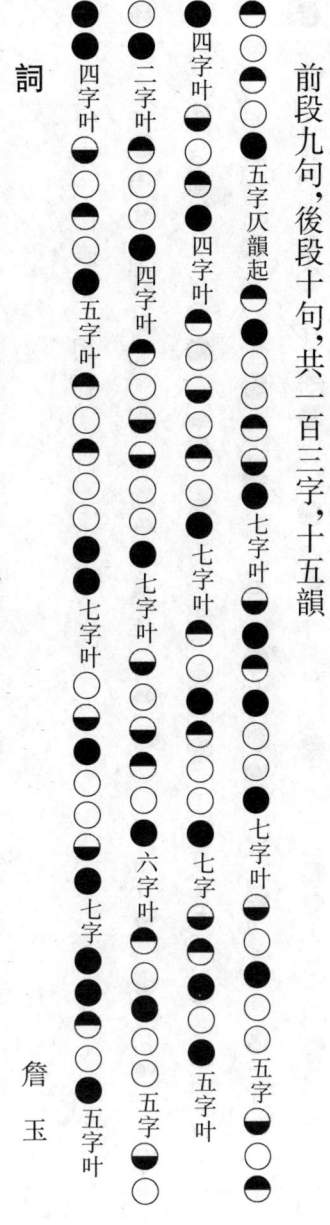

霓裳中序第一

前段九句，後段十句，共一百三字，十五韻

◓○◓○●五字仄韻起◓●○○◓◒●七字叶◒●◓●○○●七字叶◒○●○○五字◒○◓
●四字叶◒○◓●四字叶◓○◒○◓○●七字叶◓○●◓○○●七字◒◓●○●五字叶
○●二字叶◓○○●四字叶◓○◒◒○○●七字叶◒○◒◓○●六字叶◓○●○○五字◒○
●●四字叶◒○◓○●五字叶◓○◓○○●●七字叶○◒●○○◒●七字●●◓○●五字叶

詞　　詹　玉

一規古蟬魄。瞥過宣和幾春色。知那箇柳鬆花怯。曾搓玉團香，塗雲抹月。龍章鳳刻。是如何兒女消得。便孤了翠鸞何恨，人更在天北。磨滅。古今離別。幸相從蘇門仙客。蕭然林下秋葉。對雲淡星疎，眉清影白。佳人已傾國。漫贏得癡銅舊畫。興亡事道人知否，見了也華髮。

送入我門來

前段十句，後段九句，共一百四字，八韻

◒●○○四字◒○◓●四字◒○◓●○○六字平韻起◓●○○四字◓●●○○五字叶◒○◒
●○○●七字◓●●○○◒●○八字叶◓◒●三字◓●○○●●六字◒●○○四字叶 ◓
●●○◓●六字○○●○●●六字◓●○○四字叶◓●○○四字◒●●○○五字叶◓○◓●
○○●七字◓◒●○○●●○八字叶◓◒○◓●五字◓○◒●●●○○八字叶

詞 胡浩然

荼壘安扉，靈馗掛戶，神儺烈竹轟雷。動念流光，四序式週回。須知今歲今宵盡，似頓覺明年明日催。向今夕，是處迎春送臘，羅綺筵開。今古偏同此夜，賢愚共添一歲，貴賤仍偕。互祝遐齡，山海固難摧。石崇富貴篯鏗壽，更潘岳儀容子建才。仗東風盡力，一齊吹送入此門來。

永遇樂

前段十一句，後段十一句，共一百四字，八韻

◒●○○四字◓○○●四字●◓○●四字仄韻起◓●○○四字◒○◓●四字◒●○○●五字叶◒
○◓●四字◒○○●四字◓●◓○○●六字叶◓◒○◒○◓●七字◓◒◓○◒●六字叶
◒○◓●四字◓○◒●四字◓●◒○○●六字叶◓●○○四字◒○◓●四字◒●○○●五字
叶◒○◓●四字◓○○●四字◒●◓○○●六字叶◒◒●◒○◓●七字◓○◓●四字叶

詞　　　解方叔

風暖鶯嬌，露濃花重，天氣和煦。院落烟收，垂楊舞困，無奈堆金縷。誰家巧縱，青樓絃管，惹起夢雲情緒。憶當時紋衾燦枕，未嘗暫孤鴛侶。　芳菲易老，故人難聚，到此翻成輕誤。閬苑仙遙，蠻箋縱寫，何計傳深訴。青山綠水，古今長在，惟有舊歡何處。空贏得斜陽暮草，淡烟細雨。

二郎神

前段八句，後段八句，一百四字，九韻

◒○◓●四字◓●◒○◒●六字仄韻起◓◓●◒○◒●◓八字○○●◓○○●七字叶◒●

◒○○●●七字◓◓●◒○◓●七字叶◓●●◒○◓●七字◓●◒○○●六字叶○●

二字叶◒○◓●●○○●八字叶◓●●○○○●●八字◒●●◒○○●七字叶◒●◒○○●

●七字◓○●○○●●七字叶◓◒●○○◓●○○九字◒○○●四字叶

詞　　　　　　柳　永

炎光謝過，暮雨芳塵輕灑。乍露冷風清庭戶爽，天如水玉鈎遙掛。應是星娥嗟久阻，敘舊約飈輪欲駕。極目處微雲暗度，耿耿銀河高瀉。閒雅。須知此景古今無價。運巧思穿針樓上女，擡粉面雲鬟相亞。鈿盒金釵私語處，算誰在迴廊影下。願天上人間占得歡娛，年年今夜。一本作「炎光約謝過」字帶下作七字句。

瀟湘逢故人慢

前段八句，後段九句，共一百四字，九韻

◒○◒●四字◒◒○◓●◒●○○九字平韻起◓○●◒○五字叶●◒◓◒●◓●○○九字叶

◒○◓●四字◓○○◓●○○七字叶◓○●◓○◒●七字◓○◓●○○六字叶◒○●

三字◒◓●三字◓◒○◓○◒●○○九字叶◓◓●○○五字叶◓◒●○○◒●○○九字叶◒

○◓●四字◓○●◒●○○七字叶◒○●◓○○●七字◓○◓●○○六字叶

詞

王安禮

薰風微動，方櫻桃弄色，萱草成窩。翠幃敞輕羅。試冰簟初展幾尺湘波。疎檐廣廈，稱瀟灑一枕南柯。引多少夢魂歸緒，洞庭雨棹煙蓑。驚回處，閑晝永，更時時燕雛鶯友相過。正綠影婆娑。況庭有幽花池有新荷。青梅煮酒，幸隨分贏得高歌。功名事到頭終在，歲華忍負清和。

花心動

前段十句，後段十句，共一百四字，九韻

◒●○○四字●○○○○●○○●九字仄韻起◓●◓○四字○●○○四字◓●◓○○●六字叶

◓○◒●○○●七字○◒●○○◒●七字叶◓○●三字◒○◓●四字●○○●四字叶◓

●◒○◓●六字叶◒◓●○○五字●○○●四字叶◓●◓○四字◓●○○四字◓●◓○◒●

六字叶◓○◒●○○●七字◒○●◒○○●七字叶●○●三字◒○◓◒◓●六字叶

詞　　阮逸女

仙苑春濃，小桃開枝枝已堪攀折。乍雨乍晴，輕暖輕寒，漸近賞花時節。柳搖臺榭東風軟，簾櫳靜幽禽調舌。斷魂遠，閑尋翠徑，頓成愁結。　此恨無人共說。還立盡黄昏，寸心空切。強整繡衾，獨掩朱扉，簟枕爲誰鋪設。夜長更漏傳聲遠，紗窗映銀釭明滅。夢回處，梅梢半籠淡月。

歸朝歡

前段九句六韻，後段同，共一百四字，十二韻

◐◐◐◐○◐●七字仄韻起◐●◐○○●●七字叶◐○◐●●○○七字◐○◐●○○●七字叶◐◐○●●五字叶◐○◐●○○●七字叶◐○○三字◐○◐●四字◐●◐○●五字叶

詞　　馬莊父

聽得提壺沽美酒。人道杏花深處有。杏花狼藉鳥啼風，十分春色今無九。麝煤銷永晝。青

烟飛上庭前柳。畫堂深，不寒不暖，正是好時候。團團寶月憑㈠纖手。暫借歌喉招舞袖。真珠滴破小槽紅，香肌縮盡纖羅瘦。投分須白首。黄金散與親和舊。且銜盃，壯心未落，風月長相守。

尉遲盃

前段八句，後段八句，共一百五字，八韻

○○●三字◓◓●◓●○○●八字仄韻起◒○◓●○○六字◒●◒○◒●六字叶◒○◓●四字◒◓●○○◓◒●八字叶◓○○◓●○○七字◓○○●○●六字叶◒◓●●○○六字

◒◒●◒○◓●○●九字叶◓●○○●◒●七字◒●●◒○◓●七字叶◒○●◒○◓●七字◓○●○○●●●八字叶◓◒○◓●○○七字◓○◓●○●六字叶

詞

周邦彦

隋堤路，漸日晚密靄生深樹。陰陰淡月籠沙，還宿河橋深處。無情畫舸，都不管煙波隔南

㈠《全宋詞》無「憑」字。

浦。等行人醉擁重衾，載將離恨歸去。　因思舊客京華，長偎傍疎林小檻歡聚。冶葉倡條俱相識，仍慣見珠歌翠舞。如今向漁村水驛，夜如歲焚香獨自語。有何人念我無憀，夢魂凝想鴛侶。

春霽

前段九句，後段九句，共一百五字，八韻

◒●○○◓●●七字◒○◓●○●六字仄韻起◓●○○四字◒○○●四字◒●◓○◒●六字
叶◓○◓●四字◓○◒●○○●七字叶◓◓●○●五字◓○◒●◓○●七字叶◒◓◓
●◓●○○八字◓◒◒○◒◓○●八字叶●○○三字◒○◓●四字◒○◒●◓○●七字叶◓
●◓○○●●七字叶◓◓○●四字◒◒◓●○○◓○◒●十字◓○◒●四字叶

詞　　胡浩然

遲日融和乍雨歇，東郊嫩草凝碧。紫燕雙飛，海棠相襯，粧點上林春色。黯然望極，困人天氣渾無力。又聽得園苑，數聲鶯囀柳陰直。　當此暗想故國繁華，儼然遊人依舊南陌。院深沈，梨花亂落，那堪如練點衣白。酒量頓寬溪量窄。算此情景，除非殢酒狂歡恣歌沉醉，有誰知得。

花發沁園春

前段十句，後段十句，共一百五字，八韻

◐●○○四字●○○●四字◐○◐●○●六字仄韻起◐○◐●四字◐●○○四字◐●◐○◐
●六字叶◐○●●四字◐●●◐○◐●七字叶◐◐●○●○○七字◐○◐●○●六字叶
◐●○○◐●六字叶◐○◐○○五字◐◐○●四字叶◐○●●四字◐●○○四字◐●◐○○
●六字◐○●●四字◐◐●◐○◐●七字叶◐◐●◐●○○七字◐◐○●○●六字叶

詞　　　黄　昃

曉燕傳情，午鶯喧夢，起來檢較芳事。酴醿褪雪，楊柳吹綿，迤邐麥秋天氣。翻階傍砌，看芍藥新粧嬌媚。正鳳紫勻染綃裳，猩紅輕透羅袂。　畫暖朱闌困倚。是天姿妖嬈，不減姚魏。隨風惹粉，趂蝶栖香，引動少年情味，花濃酒美，人正在翠紅圍裡。問誰是第一風流，折花簪向雲髻。

二郎神第二體

前段八句，後段九句，共一百五字，九韻

◐○◐●四字◐◐●●○○●七字仄韻起◐●●○○五字◐○◐●◐●◐○◐●十字叶◐●

○○○◐●七字◐◐●◐○○●七字叶◐◐●◐○五字◐○◐●◐○○●八字叶○●

二字叶◐○◐●◐○○●八字叶◐◐●○○◐○◐●九字◐●○○●●六字叶◐●●◐○四字

◐○●●四字◐●◐○○●六字叶◐◐●●●○○◐●九字◐○○●四字叶

詞

徐幹臣

悶來彈鵲，又攪碎一簾花影。謾試着春衫，還思纖手薰徹金猊燼冷。動是愁端如何向，更(一)怪得新來多病。嗟舊日沈腰，而(二)今潘鬢怎堪臨鏡。重省。別時淚漬(三)羅衣猶凝。料爲我厭厭日高慵起，長託春酲未醒。雁足不來，馬蹄難去(四)，門掩一庭芳景。空竚

(一) 更：《全宋詞》作「但」。
(二) 而：《全宋詞》作「如」。
(三) 漬：《全宋詞》作「濕」。
(四) 去：《全宋詞》作「駐」。

立盡日欄干倚遍，晝長人靜。「凝」，牛鮍切。

西河

前段十二句，後段五句，共一百五十五字，十韻

◐◐●三字◐○◐●○●六字仄韻起◐○◐●●○○七字◐○◐●四字叶◐○◐●●○○七字◐○○●○●六字叶◐◐●○◐●六字◐◐◐◐○●六字叶◐○◐●四字◐○○◐○◐●七字叶◐○◐●●○○七字◐○◐●○●六字叶◐○◐●◐◐●七字◐◐○◐●○●七字叶◐●◐○○●六字叶◐○○◐●◐○○●九字叶◐●○○○◐●七字叶

詞

周邦彦

佳麗地，南朝盛事誰記。山圍故國遶清江，髻鬟對起。怒濤寂寞打空城，風檣遥度天際。斷崖樹猶倒倚，莫愁艇子曾繫。空餘舊跡，鬱蒼蒼霧沉半壘。夜深月過女墻來，傷心東望淮水。酒旗戲鼓甚處市。想依稀王謝隣里。燕子不知何世。向尋常巷陌人家相對。如說興亡斜陽裏。

解連環

前段十句，後段九句，共一百五字，十韻

◓○◒●四字仄韻起◒◒○◓●五字◓○○●四字叶◓◓●◒●○○七字◓◒●◓○五字◓

○◒●四字叶◓●○○四字◓○●◓○◒●七字叶◓◒○◓●五字◓●◓○◓●○●八字

叶

◒○◓○◓●六字叶◓◒○◓●五字◒◓○●四字叶◓●◒●○○六字◓◒●○○

◓◓○●九字叶◓●○○四字◓◓●◒○○●七字叶◒◒○◓◓●◒七字◓○◓●四字叶

詞　　周邦彦

怨懷難託。嗟情人斷絕，信音遼邈。縱妙手能解連環，似風散雨收，霧輕雲薄。燕子樓空，暗塵鎖一床絃索。想移根換葉，盡是舊時手種紅藥。汀洲漸生杜若。料舟移岸曲，人在天角。記得當日音書，把閒語閑言待總燒却。水驛春回，望寄我江南梅萼。拚今生對酒對花，爲伊淚落。

望海潮

前段十一句，後段十句，共一百五字，十一韻

◒○◒●四字◒○○●四字◒○◒●○○六字平韻起◒●◒○四字◒○◒●四字◒○◒●
○○六字叶◒●●○○五字叶◒◒◒◒●五字◒●○○四字叶◒●○○四字◒○◒●四字●
○○三字叶◒○◒●○○六字叶◒○◒●●◒●○○九字叶◒●◒○四字◒○◒●四字◒
○◒●○○六字叶◒●●○○五字叶◒●◒◒●五字◒●○○四字叶◒●○○◒●●○九字叶

詞　　柳永

東南形勝，三吳都會，錢塘自古繁華。烟柳畫橋，風簾翠幙，參差十萬人家。雲樹繞堤沙。怒濤卷霜雪，天塹無涯。市列珠璣，戶盈羅綺，競豪奢。重湖叠巘清佳。有三秋桂子，十里荷花。羌管弄晴，菱歌泛夜，嬉嬉釣叟蓮娃。千騎擁高牙。乘醉聽簫鼓，吟賞烟霞。異日圖將好景，歸去鳳池誇。一本作「歸去鳳池誇」。

涼州令

前段九句，後段八句，共一百五字，十三韻

◒●○○●五字仄韻起◒●◒○◒●六字叶◒○◒●●○○七字◒○○●四字◒●○○●五字叶◒○◒●○○●七字叶◒●○○●五字叶◒○○●○●六字叶◒○◒●○○●七字

叶

◐●○○●五字叶◐○●○○●六字叶◐○◐●●○○七字◐○◐●◐●○○●九字
叶◐○◐●○○●七字叶◐●○○●五字叶◐○◐●●○●七字◐○◐●○○●七字叶

詞　　歐陽修

翠樹芳條颭。的的裙腰初染。佳人携手弄芳菲，綠陰紅影，共展雙紋簟。插花照影窺鸞鑑。只恐芳容減。不堪零落春晚。青苔雨後深紅點。一去門閒掩。重來却尋朱檻。離離秋實弄輕霜，嬌紅脉脉似見胭脂臉。人非事往眉空斂。誰把佳期賺。芳心只願長依舊，春風更放明年艷。

鼓笛慢(一)

前段十句，後段九句，共一百六字，八韻

◐○◐●○○●七字◐●◐○○●六字仄韻起◐◐○◐●○○●●九字●◐○○●五字叶◐
●○○●五字◐○●◐○○●七字叶◐○○●●五字◐○●●四字○○●三字○○●三字

(一) 此調即《水龍吟》。

叶

◓●○○●●六字◓◓○●○○●七字叶◒○◓●四字◓○◒●四字◓◒○○●五字

叶

◓●○○●五字◒○◓●○○●七字叶◓○○◓●○○●○九字◓○○●●五字叶

詞

秦　觀

亂花叢裏曾攜手，窮艷景迷歡賞。到如今誰把雕鞍鎖定，阻遊人來往。好夢隨春遠，從前事不堪思想。念香閨正杳，佳歡未偶，難留戀，空惆悵。　永夜嬋娟未滿，歎玉樓幾時重上。那堪萬里，却尋歸路，指陽關孤唱。苦恨東流水，桃源路欲回雙槳。仗何人細與叮嚀問呵，我如今怎向。

飛雪滿羣山

前段十句，後段十句，共一百六字，八韻

◓●○○四字◒○○●四字◓○●●○○六字平韻起◒○●●四字◒○○●四字◓◓○●

○○六字叶◓○○◒●五字◓●●◒○●○七字叶◓○◒●○◓●●八字◒●●○○五字

叶

○●●◒○○●●八字○○○●四字◓●○○四字叶◒○●●四字◒○○●四字◓○

◓●○○六字叶◓○○◒●五字○○●○○●○七字叶○○◓●四字◒○●●○●○七字叶

詞　　　　張　榘

愛日烘晴，梅梢春動，曉窗客夢方還。江天萬里，高低煙樹，四望猶擁螺鬟。是誰邀藤六，釀薄暮同雲沍寒。却原來是鈴閣露黛，俄忽老青山。　都盡道年來須更好，無緣農事，雨澀風慳。鵞池夜半，銜枚飛渡，看樽俎折衝間。儘青油談笑，瓊花露杯深量寬。功名做了，雲臺寫作圖畫看。

望遠行第三體

前段八句，後段十一句，共一百六字，九韻

◒○●●○○●七字●●○○○●六字仄韻起●○○●四字●●○○四字●●●○○●六字叶
●●○○○●●○○●十字○●●○○●六字叶●○○○●○○●●九字叶　○●二字叶
○●◓○●●六字●●●●○○●七字叶●●●○四字●○●●四字○●●○○●六字叶○
●○○○●六字○○○●四字●●○○○●六字叶●●○○●五字○○○●四字叶

詞　　　　柳　永

長空降瑞寒風剪，淅淅瑤花初下。亂飄僧舍，密灑歌樓，迤邐漸迷鴛瓦。好是漁人披得一蓑歸去，江上晚來堪畫。滿長安高却旗亭酒價。幽雅。乘興最宜訪戴，泛小棹越溪瀟灑。皓霍奪鮮，白鷳失素，千里廣鋪寒野。須信幽蘭歌斷，同雲收盡，別有瑤臺瓊樹。放一輪明月，交光清夜。

望梅[一]

前段九句，後段九句，共一百六字，十韻

◐○○●四字仄韻起◐○○◐●五字◐○○●四字叶◐◐○◐●○○七字◐●●○○●○○●九字叶◐●○○四字◐◐●◐○○●七字叶◐◐○◐●◐●●○九字◐○○●四字叶

◐○●○◐●六字叶◐◐○◐●五字◐◐○●四字叶◐◐○◐●○○七字◐●○◐●◐○○●九字叶◐●○○四字◐●●◐○○●七字叶◐◐◐●◐五字◐●◐○◐●六字叶

[一]《欽定詞譜》：「此調始自柳永，以詞有『信早梅、偏占陽和』及『時有香來，望明艷、遙知非雪』句，名《望梅》。後因周邦彥詞有『妙手能解連環』句，更名《解連環》。」

詞　　　　柳　永(一)

小寒時節。正同雲暮慘，勁風朝冽。信早梅偏占陽和，向日處凌晨數枝先發。時有香來，望明艷遥知非雪。展礲金嫫蕋弄粉素英，旖旎清徹。　仙姿更誰並列。有幽光照水，疎影籠月。且大家留倚闌干，鬬醁醑飛看錦箋吟閱。桃李春花，料比此芬芳俱别。見和羹大用，莫把翠條謾折。

傾盃樂

前段十二句，後段七句，共一百六字，十一韻

◓●○○四字◓○◓●四字◒○◓●四字仄韻起◓◒●○○●●七字◒○◒●四字◒○◒●四字叶◒○◓●○○●七字叶●○○三字●○●三字◓○○●四字叶◓○○●四字◓●◒○◓●六字叶

◒◓●◒○○●七字叶◓◓●◒○○●●八字叶◓◓●◓●○○七字◒○◓●○●六字叶◓●●○○●●七字叶◒◓●◒○○●七字叶◓◓◓◒●●◒○◓●十字叶

(一)《全宋詞》列爲柳永存目詞。《梅苑》卷四列爲無名氏詞。

詞　　　　柳　永

禁漏花深，繡工日永，蕙風布暖。變韶景都門十二，元宵三五，銀蟾光滿。連雲複道淩飛觀。聳皇居，麗佳氣，瑞煙葱蒨。翠華宵幸，是處層城閬苑。龍鳳燭交光星漢。對咫尺鼇山開雉扇。會樂府兩籍神仙，梨園四部絃管。向曉色都人未散。盈萬井山呼鼇抃。願歲歲天仗裏常瞻鳳輦。

一萼紅

前段十句，後段十句，共一百七字，八韻

●○○●○○◒●八字◒●●○○五字平韻起◓●○○四字◓○◓●四字◓◒●●○○六
字叶◓●●◓○◒●七字◓◓●◒●●○○八字叶◓●○○四字◓○◒●四字◒●○○四
字叶◓●◓○◒●六字●◒○◒●五字◓●○○四字叶◓●○○四字◒○◓●四字◓
○◓●○○六字叶◒●●◒○◓●七字◓●○◓●○○七字叶◒●◓○◓●六字◓●○○
四字叶

詞

尹碙氏㈠

玉搔頭是何人敲折，應爲節秦謳。棐几朱絃，剪燈雪藕，幾回數盡更籌。草草又一翻春夢，夢覺了風雨楚江秋。却恨閑身，不如鴻雁，飛過粧樓。　又是水枯山瘦，歎回腸難貯，萬斛新愁。嬾復能歌，那堪對酒，物華冉冉都休。江上柳千絲萬縷，惱亂人更忍凝眸。猶怕月來弄影，莫上簾鈎。

望湘人

前段十一句，後段九句，共一百七字，九韻

◓○○◓●五字◒●◓○四字◓○◒●○●六字仄韻起◓●○○四字◓○◓●四字◓●◒○

◒●六字叶◓●○○四字◓○○●四字◒○◒●四字叶◓◓○◒●○○七字◓●◒○○●六

字叶

◒●◒○◓●六字叶◓◒○◓●五字◓○○●四字◓◒●○○五字◓●◓○◒●六

字叶◒●●●◓○○●八字叶◓●◒○○●六字叶◓◓●◓●○○七字◓●◒○◒●六字叶

㈠《全宋詞》作者署尹濟翁。按，尹濟翁，字碙民，盧陵人。

詞　　賀　鑄

厭鶯聲到枕，花氣動簾，醉魂愁夢相半。被惜餘薰，帶驚剩眼，幾許傷春春晚。淚竹痕鮮，佩蘭香老，湘天濃暖。記小江風月佳時，屢約非煙遊伴。須信鸞絃易斷。奈雲和再鼓，曲終人遠，認羅襪無踪，舊處弄波清淺。青翰棹艤白蘋洲畔。儘目臨皋飛觀。不解寄一字相思，幸有歸來雙燕。

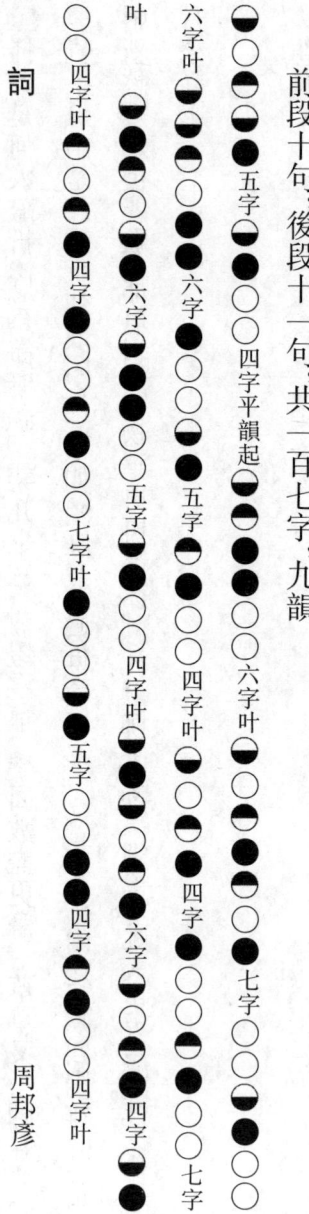

夜飛鵲

前段十句，後段十一句，共一百七字，九韻

◒○◓◒●五字◒●○○四字平韻起◒◓●●○○六字叶◒○◓●◓○●七字○○◒●○○六字叶◒◒◓○●●六字●○○◒●五字◓●○○四字叶◒○◓●四字●○○◓●○○七字叶◒●◓○◒●六字◒●●○○五字◒●○○四字叶◒●◒○◓●六字◒○◓●四字◒●○○四字叶◓○◓●四字●○○◓●○○七字叶●○○◒●五字○○●●四字◓●○○四字叶

詞　　周邦彦

河橋送人處，良夜何其。斜月遠墮餘輝。銅盤燭淚已流盡，霏霏涼露霑衣。相將散離會處，探風前津鼓，樹杪參旗。驊騮會意，縱揚鞭亦自行遲。迢遞路回清野，人語漸無聞，空帶愁歸。何意重紅滿地，遺鈿不見，斜徑都迷。兔葵燕麥，向殘陽影與人齊。但徘徊班草，唏噓酹酒，極望天西。

折紅梅

前段九句，後段九句，共一百七字，十一韻

●◐○●●五字◐○◐◐◐○○●八字仄韻起◐○●三字叶◐○◐●○○六字◐○○●四字叶
◐○◐●四字◐●◐○○○●七字叶○○◐●●●○○八字◐◐●○○●○◐●九字
叶◐○◐●四字叶●◐●○○◐○◐●九字叶◐●◐○◐●六字◐●◐○○●六字叶◐
○◐●四字叶◐●◐○○◐●七字叶◐○◐●◐●○○八字◐●○○●五字●○○●四字叶

詞 杜安世

喜輕澌初綻，微和漸入東郊時節。春消息。夜來徒覺紅梅，數枝爭發。玉溪珍館，不似箇尋常標格。化工別與一種風情，似匀點胭脂染成香雪。重吟細閱。比繁杏夭桃品流終別。可惜彩雲易散，冷落謝池風月。憑誰向說。三弄處龍吟休咽。大家留取時倚闌干，聞有花堪折，勸君須折。

女冠子第二體

前段十一句，後段十句，共一百七字，十韻

◓○◒●四字仄韻起◒○●●○●六字◒○○●四字叶◒○◓●四字◓○●●四字◒○○●四
字叶●○○●●五字◓●○○四字◓○◒●四字叶◓○◓●◓●○○八字◒○●●四字
叶◓○◒◒●○○●八字叶◓◒○◒●◓○○◒●十字叶◓○◒●四字●●○○●五
字◒○○●四字叶●○○●●五字◓○◒●四字◓○◒●四字叶◓○◒●◓○六字◒●◒
○○●六字叶

詞　康與之

火雲初布。遲遲永日炎暑，濃陰高樹。黃鸝葉底，羽毛學整，方調嬌語。薰風時漸動，峻閣池塘，芰荷爭吐。畫梁紫燕對對啣泥，飛來又去。

想佳期容易成辜負。共人人同上畫樓斟香醑。恨花無主，臥象床犀枕，成何情緒。有時魂夢斷，半窗殘月，透簾穿戶。去年今夜扇兒，搧我情人何處。

望海潮第二體

同第一體，唯后段末句分作四字一句、七字一句，故不圖

詞 秦觀

梅英疏淡，冰澌溶洩，東風暗換年華。金谷俊遊，銅駝巷陌，新晴細履平沙。長記誤隨車。正絮翻蝶舞，芳思交加。柳下桃蹊，亂分春色，到人家。西園夜飲鳴笳。有華燈礙月，飛蓋妨花。蘭苑未空，行人漸老，重來是事堪嗟。煙暝酒旗斜。但倚樓極目，時見棲鴉。無奈歸心，暗隨流水到天涯。

薄倖

前段八句，後段八句，共一百八字，八韻

◐○◐●四字仄韻起◐◐●◐○◐●七字叶◐◐●○○◐◐七字●●●○○●六字◐◐○

◐●○○七字◐○◐●○○●七字叶◐◐●◐○◐○◐●九字◐●◐○○●六字叶◐

●●○○●六字◐◐●◐○◐●七字叶◐○◐◐●◐○○●九字◐○◐●○●七字叶◐

◐○◐●◐○◐●九字◐○◐●○○●七字叶◐○◐●四字◐●◐○◐●六字叶

詞　　賀鑄

淡妝多態。更滴滴頻回眄睞。便認得琴心先許，欲㈠綰合歡雙帶，記畫堂風月逢迎，輕顰淺笑嬌無奈。向睡鴨爐邊翔鴛屏裏，羞把香羅偷解。　自過了燒燈後，都不見踏青挑菜。幾回憑雙燕丁寧深意，往來翻㈡恨重簾礙。約何時再正春濃酒困，人閑晝永無聊賴。懨懨睡起，猶有花梢日在。

一寸金

前段十一句，後段十一句，共一百八字，九韻

◒●○○四字◓●○○●○●七字仄韻起●◓○◓●五字◒○◓●四字◒○◒●四字◒○◒●四字叶◒●○○●五字叶◒○●三字◓○◓●四字叶◒○●◓●○○七字◓●○○◓◒●七字叶

◓●○○四字◒○◒●四字◒○●○●五字叶●◓○◒●五字◒○◒●四字◒○

㈠ 欲：《全宋詞》作「與」。

㈡ 翻：《全宋詞》作「却」。

◓●四字◓○◓●四字叶◓●○○●五字◓○●◓○◓●七字叶◓○◓◓●○○七字◓●
○○●五字叶

詞

周邦彥

州夾蒼崖，下枕江山是城郭。望海霞接日，紅翻水面，晴風吹草，青搖山脚。波暖鳧鷖作。沙痕退，夜潮正落。疎林外一點炊煙，渡口參差正寥廓。自歎勞生，經年何事，京華信漂泊。念渚蒲汀柳，空歸閑夢，風輪雨楫，終辜前約。情景牽心眼，流連處利名易薄。回頭謝治葉倡條，便入漁釣樂。

菩薩蠻慢

前段八句，後段九句，共一百八字，十韻

○○◓●四字仄韻起◓○◓●●●○◓○九字叶◓●◓○●○○七字●◓●◓○●○○●九
字叶◓●○○四字◓◓●●●○●七字叶●◓○◓●五字◓●◓○●●○●八字叶◓○
◓○●●六字叶◓○○●◓○●○●九字叶◓●◓○●◓●○○九字◓●●○○五字◓◓
○●四字叶◓●○○四字◓●●◓○○●七字叶●○○三字◓○◓●◓○◓●八字叶

羅壺秋

詞

曉鶯催起。問當年秀色爲誰料理。悵別後屏掩吳山，便樓燕月寒鬌蟬雲委。錦字無憑，付銀燭盡燒千紙。對寒泓靜碧，又把去鴻往恨都洗。桃花自貪結子。道東風有意吹送流水。謾記得當日心嫁卿卿，是日暮天寒，翠袖堪倚。扇月乘鸞，儘夢隔嬋娟千里。到嗔人，從今不信畫檐鵲喜。

無愁可解

前段十句，後段十句，共一百八字，十一韻

◒●◓○四字◓●◓●四字仄韻起◒○◓●○●六字叶◓○◒●○五字◓○◓●●●六字叶
◓●◓○○●●七字叶○●●●○●六字叶◓●◓●●○○七字◓◓●●四字叶◓◓◓●四
字叶◓●◓●○○六字◒◒●○○五字◒○○●四字叶●◓○●●五字◓●○○●●六
字叶◓◓○◒◓◓●七字叶◓●◓●○○●七字◓◒●●●五字◒○●○四字◓○●◓○
●六字叶

詞　　　　　　　　　　　　　　　　　　　　　　　　蘇　軾(一)

光景百年,看便一世。生來不識愁味。問愁何處來,便(二)開解箇甚底。萬事從來風過耳。何用不著心裏。你喚做展卻眉頭,便是達者。也則恐未。　此理本不通言,何曾道歡遊,勝如名利。道則渾是錯,不道如何即是。這裏原無我與你。甚喚做物情之外,若須待醉了,方開解時,問無酒怎生醉。

風流子第二體

前段十三句,後段十句,共一百十字,八韻

◒○◒●●五字○○●◒●●○○八字平韻起●◒●●○五字◓○○●四字◓○◒●四字◒

●○○四字叶◓○●三字◓○○●●五字◒●●○○五字叶◒●●○四字◒○◓●四字◓

○○●四字◓●○○四字叶　◒○○◒●五字◒○●◒◓●●○○九字叶◒●◓○○●六

(一)《全宋詞》作者署陳慥。

(二)便:《全宋詞》作「更」。

字◒●○○四字叶●○○●●五字◓○●●四字◓◒◒◒四字◓●○○四字叶◓●◓○◓●

六字◒●○○四字叶

詞　　秦觀

東風吹碧草，年華換行客老滄洲。見梅吐舊英，柳搖新綠，惱人春色，還上枝頭。寸心亂，北隨雲黯黯，東逐水悠悠。斜日半山，暝煙兩岸，數聲橫笛，一葉扁舟。青門同攜手。前歡記渾似夢裏揚州。誰念斷腸南陌，回首西樓。算天長地久，有時有盡，奈何綿綿，此恨無休。擬待倩人說與，生怕伊愁。

驪山石

前段十三句，後段十一句，共一百十字，八韻

◒○◒●●五字◒○●三字◓●●○○五字平韻起●◓●◓○五字◓○◓●四字◓○○●四字

●●○○四字叶◓●●◓○◒●●八字◓●●○○五字叶●●○○四字◓○●●四字○○●

●四字◓●○○四字叶

◓○○●●五字○○○●●五字◓●●○○五字叶◒●◒○○●

六字◓●○○四字叶●●○○四字○○●●四字○○●●四字◒●○○四字叶◓●◒○●●六

字◐●○○四字叶

詞　　　　　　　　　　　　　　　　　　失　名(一)

三郎年少客，風流夢，繡嶺蠱瑤環。漸浴酒發春，海棠睡暖，笑波生媚，荔子漿寒。況此際曲江人不見，偃月事無端。羯鼓三(二)聲，打開蜀道，霓裳一曲，舞破潼關。　馬嵬西去路，愁來無會處，但淚滿關山。空有香囊遺恨(三)，錦韈傳看。玉(四)笛聲沉，樓頭月下，金釵信杳，天上人間。幾度秋風渭水，落葉長安。

大聖樂

前段十一句，後段十一句，共一百十字，八韻

◐●○○四字◐○◐●四字◐○○○四字平韻起◐◐●◐●○○七字◐●◐○○●六字◐●

(一)《全金元詞》作者署僕散汝弼。

(二) 三：《全金元詞》作「數」。

(三) 本句《全金元詞》作「賴有紫囊來進」。

(四)《全金元詞》「玉」字前有「歎」字。

○○四字叶◓◒◒○○●●七字◓◒●○○◒●○八字叶◒○●●四字◒○◓●四字◒●
○○四字叶◒○◓●◓●六字◓●●○○◒●○八字叶◓◓○○●五字◓○●●四字◒
●○○四字叶◓●○○四字◒○◒●四字◒●○○◒●○七字叶○○●三字◓◒○◓●五字
◒●○○四字叶

詞　　康與之(一)

千朵奇峰，半軒微雨，曉來初過。漸燕子引教雛飛，菡萏暗薰芳草，池面涼多。淺斟瓊卮浮綠蟻，展湘簟雙紋生細波。輕紈舉動，團圓素月，仙桂婆娑。臨風對月恣樂，便好把千金邀豔娥。幸太平無事，擊壤鼓腹，攜酒高歌。富貴安居，功名天賦，爭奈皆由時命呵。休眉鎖，問朱顏去了，還更來麽。

高山流水

前段十一句，後段十二句，共一百十字，十三韻

(一)《全宋詞》作者佚名。

●○◓●●○○七字平韻起●○○◓●○○七字叶◓●●○○五字◓○●●○○六字叶○○●三字◓●○○四字叶◓○●三字◓●○○●●六字◓●○○四字叶◓○○●●五字◓○●○○五字叶○○二字叶○○●○●五字◓●●◓●○○七字叶●●○三字◓○●●四字◓●○○四字叶●○○◓●○○七字叶◓●○三字叶◓●◓○●●六字◓●○○四字叶●○○三字◓○◓●●○○七字叶

詞

吳文英

素絃一一起秋風。寫柔情都在春蔥。徽外斷腸聲，霜宵暗落驚鴻。低顰處，剪綠裁紅。仙郎伴，新製還賡舊曲，映月簾櫳。似名花並蒂，日日醉春濃。吳中。空傳有西子，應不解換徵移宮。蘭蕙滿，襟懷唾碧，總噴花茸。後堂深想費春工。客愁重。時聽蕉寒雨碎，淚濕瓊鐘。恁風流，也稱金屋貯嬌慵。

五綵結同心

前段九句，後段十句，共一百十一字，八韻

◓○○●四字◓●○○四字◓○◓●○○六字平韻起○●○○●五字○○●◓●◓●○○九

字叶◒○○●○○●七字○○●◓●○○七字叶○○●○○◓●七字●○◓●○○六字

叶◓○●○○●六字●◒○◓●五字◓●○○四字叶◒●○○四字◓○○●四字◒●◓

●○○六字叶◓○○●○○●七字◓○●◒●○○七字叶●◓●◒○◒●七字◓○◓●

○○六字叶

詞　趙彦端

人間塵斷，雨外風回，涼波自泛仙槎。非郭還非野，閒鶯燕時傍笑語清佳。銅壺花漏長如線，金鋪碎香爇簷牙。誰知道東園五畝，種成國豔天葩。　主人漢家龍種，正翩翩迴立，雪紵烏紗。歌舞承平，舊圍紅袖，詩興自寫春華。未知三斗朝天去，定何似鴻寶丹砂。且一醉朱顔相慶，共看玉井浮花。

惜餘春(一)

前段凡十二句，後段十一句，共一百十一字，九韻

(一) 此調又名《選冠子》、《選官子》、《惜餘春慢》、《蘇武慢》、《過秦樓》。

○●○○四字◓○◒●四字◓●◓○○●六字仄韻起◒○◓●四字◓●○○四字◓●◓○◒
●六字叶◒●◓●○○六字◒●○○四字◓○○●四字叶◓○○●●五字◒○○●四字◓○
◒●四字叶　◒◓●◓●○○七字◒○○●四字◓●◓○○●六字叶◒○●●四字◒●
○○四字◓●◓○○●六字叶◒●○○●○六字○●◒◒四字◒○○●四字叶◓◒○●◒五
字◒●○○●●六字叶

詞(一)

周邦彦

水浴清蟾，葉喧凉吹，巷陌馬聲初斷。閑依露井，笑撲流螢，惹破畫羅輕扇。人靜夜久凭闌，愁不歸眠，立殘更箭。歎年華一瞬，人今千里，夢沉書遠。　空見說鬢怯瓊梳，容消金鏡，漸懶趁時勻染。梅風地溽，虹雨苔滋，一架舞紅都變。誰信無聊爲伊，才減江淹，情傷荀倩。但明河影下，還看稀星數點。

(一)《全宋詞》調名署《過秦樓》。

女冠子第四體

前段十句，後段十句，共一百十一字，十韻

◐○○●四字仄韻起○○●三字◐○◐●四字叶◐○●◐◐○●七字叶◐○●●四字◐○◐●
○○◐◐●九(一)字叶◐●○○●五字◐◐◐○●五字叶◐◐○○●五字◐○◐●○○●
八字叶◐◐●○○五字◐○◐●四字◐●○○●●六字叶○○●●○●●七字◐○●●
四字◐●○○◐◐●七字叶◐●○○四字●◐○◐○○●七字叶●○○◐●◐○◐●九字◐
○○●四字叶

詞　　　柳永

淡煙飄薄。鶯花謝，清和院落。樹陰翠密葉成幄。麥秋霽景，夏雲忽變奇峰倚寥廓。波暖銀塘漲，新萍綠魚躍。想憂端(二)多暇，陳王是日烦(三)苔生閣。正鑠石天高，流金晝

(一) 九：原誤爲「五」。
(二) 憂端：《全宋詞》作「端憂」。
(三) 烦：《全宋詞》作「嫩」。

永，楚榭光風轉惡[一]。披襟處汲翻翠幕，以文會友，沈李浮瓜忍輕諾。別館清閒，避炎蒸豈須河朔。但尊前隨分雅歌豔舞，盡成歡樂。

霜葉飛

前段九句，後段十句，共一百十一字，十一韻

◓○◒●四字仄韻起◒◒●○○◒◓○●九字叶◓○◒●●○○七字◓◓○◒●五字叶◓◓●
◒○◓●七字叶◒○◒●○○●七字叶◓◓●○○五字◓◓●○○五字●●◓◓○●六字叶
◒◓◓●○○六字◒○◒●四字◓●○◓○●六字叶◓○◒●●○○七字◓●○○●五字叶◓
◓●○○●●七字叶◒○◒●○○●七字叶◓●◒○◒●六字◒●○○四字◓○◒●四字叶

詞

周邦彦

露迷衰草。疎星掛涼蟾低下林表。素娥青女鬬嬋娟，正倍添悽悄。漸颯颯丹楓撼曉。橫天雲浪魚鱗小。見皓月相看，又透入清輝，半餉特地留照。迢遞望極關山，波穿千里，

[一] 惡：《全宋詞》作「蕙」。

度日如歲難到。鳳樓今夜聽西風，奈五更愁抱。想玉匣哀絃閉了。無心重理相思調。念故人牽離恨，屏掩孤顰，淚流多少。

惜餘春慢㈠

前段十一句，後段十一句，共一百十三字，八韻

◓●○○四字◒○◒●四字◓●○●●●六字仄韻起◒○●●四字◓●○○四字◒●◓○◒
●六字叶◒●○○●○六字◒●○○四字◓○○●四字叶◓○○◒●◒○○●九字◓○○●
四字叶◒◓●◒●○○七字◒○◒●四字◓●○○◒●六字叶◒○●●四字◓●○○四
字◒●○○◒●六字叶◒●○○●○六字◒●●○四字◒○◒●四字叶◓◒○◒●○○七字
◒●◓○◒●六字叶

詞　　　　曾仲逸㈡

弄月餘花，團風輕絮，露濕池塘春草。鶯鶯戀友，燕燕將雛，惆悵睡殘清曉。還似初相見

㈠ 此與上之《惜餘春》實同一。
㈡ 《全宋詞》作者署孔夷。

時，攜手旗亭，酒香梅小。向登臨長是傷春滋味，淚彈多少。因甚却輕許風流，終非長久，又說分飛煩惱。羅衣瘦損，繡被香消，那更亂紅如掃。門外無窮路岐，天若有情，和天須老。念高唐歸夢凄涼，何處水流雲遶。

丹鳳吟

前段十一句，後段九句，共一百十四字，九韻

○●○○○●六字●●○○四字○○○●四字仄韻起○○○●四字○●●○○●六字叶○○●
●●○○●八字●●○○四字○○○●四字叶●●○○●●六字●●○○四字○●○●○●
六字叶●●●○●●六字●○●●○●●七字叶●●○○●五字●○○○●○●○●九
字叶○○○●四字●●●○○●六字叶●●○○○●●七字●○○○●五字叶●○●●○●
○●●九字叶

詞

周邦彦

迤邐春光無賴，翠藻翻池，黃蜂遊閣。朝來風暴，飛絮亂投簾幕。生憎暮景倚墻臨岸，杏靨夭邪，榆錢輕薄。晝永思惟傍枕，睡起無憀，殘照猶在庭角。況是別離氣味，坐來便覺

心緒惡。痛引澆愁酒，奈愁濃如酒無計銷鑠。那堪昏暝，蔌蔌半檐花落。弄粉調朱柔素手，問何時重握。此時此意長怕人道着。

沁園春第一體

前段十三句，後段十二句，共一百十四字，九韻

◒●○○四字◓◓○◒四字◓○◓○四字平韻起◓◒○◓●五字◒◒●●四字◒○○●四字

◓●○○四字叶◓●○○四字◒○◓●四字◓●○○◒●○七字叶○○●三字◓◒○◓●五字◓●○○四字叶

◒○◓●○○六字叶◓◒●○○◒●○八字叶◓◓○◒●五字◒○◓●四字◒○◓●四字◓●○○四字叶◒●○○四字◒○◓●四字◒●○○◓●○七字叶○○●三字◓◒○◓●五字◓●○○四字叶

詞

辛棄疾

三徑初成，雀怨猿驚，稼軒未來。甚雲山自許，平生志氣，衣冠人笑，抵死塵埃。意倦須還，身閑貴早，豈爲蓴羹鱸鱠哉。秋江上，看驚弦雁避，駭浪船回。東岡更葺茅齋。好都把軒窻臨水開。要小舟行釣，先應種柳，疏籬護竹，莫礙觀梅。秋菊堪餐，春蘭可佩，留待

先生手自栽。沈吟久，怕君恩未許，此意徘徊。

女冠子第五體

前段十一句，後段十句，共一百十四字，十韻

◒○◒●四字仄韻起◒◒○◒●◒●七字叶◒○◒●●五字◒◒○◒●五字◒●○○四字◒
●○●四字叶●◒◒○●●六字◒●◒○●○○●八字叶◒○○●四字◒●○○四字◒○○
●四字叶
◒◒○◒●○○●八字叶◒◒○◒◒◒◒○◒●十字叶◒○●●四字◒◒○
◒●五字◒●●○○●六字叶◒○○●●五字◒●◒○四字◒○○●四字叶○◒○○●●●
七字●●○○◒●六字叶

詞

周邦彦

同雲密布。撒梨花柳絮飛舞。樓臺悄似玉，向紅爐煖閣，院宇深沈，廣排筵會。聽笙歌猶未徹，漸覺輕寒透簾穿戶。亂飄僧舍，密灑歌樓，酒帘如故。　想樵人山徑迷踪路。料漁人收綸罷釣歸南浦。路無伴侶，見孤村寂寞，招颭酒旗斜處。南軒孤雁過，嚦嚦聲聲，又無書度。見臘梅枝上嫩蕋，兩兩三三微吐。

沁園春第二體

前段同第一體，唯第八句作七字，九句作八字，故只列後段圖

◒○●○◓●六字◓◒○◓●◒●○○九字叶◓◓○◒●五字◒○◓●四字◓○◒●四字

◒●○○四字叶◓●◒○○●●七字◓◒●○○◒●○八字叶○●●三字◓◒○◓●五字◒

●○○四字叶

詞　　秦　觀

宿靄迷空，膩雲籠日，晝景漸長。正蘭臯泥潤，誰家燕喜，蜜脾香少，觸處蜂忙。盡日無人簾幙掛，更風遞遊絲時過墻。微雨後，有桃愁杏怨，紅淚淋浪。　風流寸心易感，但依依竚立回盡柔腸。念小奩瑤鑑，重勻絳蠟，玉籠金斗，時熨沈香。柳下相將遊冶處，便回首青樓成異鄉。相憶事，縱蠻箋萬疊，難寫微茫。

賀新郎第一體

前段十句，後段十一句，共一百十五字，十二韻

◓●○○●五字仄韻起◓○○◒○◓●七字◓○○●四字叶◓●○○◓◒●七字◓●◓○◓

●六字叶◓◓●◒○○●七字叶◒●◒○○●●七字◓◒○◓●○○●八字叶◓◓●三字◒
○●三字叶　◓○◓●○○●七字叶◓◒○◓◓◒●七字◓○◒●四字叶◒●◓○◓◓
●七字◒◒◒○◓●六字叶◓◓●◒○◒●七字叶◓◓◓○○五字●●◒○四字◓●◓◓
●五字叶◓●●三字◓◓●三字叶

詞　蘇軾

乳燕飛華屋。悄無人桐陰轉午，晚凉新浴。手弄生綃白團扇，扇手一時似玉。漸困倚孤眠清熟。簾外誰來推繡戶，枉教人夢斷瑶臺曲。又却是，風敲竹。石榴半吐紅巾蹙。待浮花浪蕋都盡，伴君幽獨。穠豔一枝細看取，芳心千重似束。又恐被秋風驚綠。若待得君來，向此花前，對酒不忍觸。共粉淚，兩蔌蔌。

賀新郎第二體

同第一體，唯後段八句作八字，末句六字，故不圖

詞　劉克莊

深院榴花吐。畫簾開綵衣紈扇，午風清暑。兒女紛紛夸結束，新樣釵符艾虎。早已有遊人

觀渡。老大逢場慵作戲，任陌頭年少爭旗鼓。溪雨急，浪花舞。靈均標致高如許。憶生平既紉蘭佩，更懷椒醑。誰信騷魂千載後，波底垂涎角黍。又說是蛟饞龍怒。把似而今醒到了，料當年醉死差無苦。聊一笑吊千古。

賀新郎第三體

前段同第一體，後段亦同，惟四句分作四三句，九句作八字，故不圖

詞　　李　玉

篆縷銷金鼎。醉沉沉庭陰轉午，畫堂人靜。芳草王孫知何處，唯有楊花糝徑。漸玉枕騰騰春醒。簾外殘紅春已透，鎮無聊殢酒厭厭病。雲鬢亂，未忺整。江南舊事休重省。遍天涯尋消問息，斷鴻難倩。月滿西樓，憑欄久，依舊歸期未定。又只恐缾沉金井。嘶騎不來銀燭暗，枉教人立盡梧桐影。誰伴我，對鸞鏡。

金縷曲[一]

前段十一句，後段十一句，共一百十六字，十二韻

◐●○○●五字仄韻起●●◐○○五字◐●○○○●六字叶●●○○四字○○●三字◐●○○○●六字叶●●●○○○●七字叶○●●○○◐●七字●○○○●○○●八字叶●●●三字●○●三字叶◐○●●○○●七字叶●●○○○●●七字○○●●四字叶●●●○四字○○●三字●●○○○●六字叶●●●●○○●七字叶●●●○○●●七字●○○●●○○●八字叶○●●三字●○●三字叶

詞

劉辰翁

世事如何說。但舉鞍回頭，笑問并州兒葛。手障塵埃，黄花路，千里龍沙如雪。著破帽蕭蕭餘髮。行過故人柴桑里，撫長松潦倒山間月。柳共舞，命湘瑟。春風五老多年别。看使君神交意氣，依然晚合。袖有玉龍，提携去，滿眼黄金臺骨。説不盡古人癡絶。我醉看天天看我，聽秋風吹動檐間鐵。長嘯起，兩山裂。

[一] 此調即《賀新郎》，爲其另名。

摸魚兒

前段十句，後段十句，共一百十六字，十二韻

◓○◒◓○◒●七字◒◒◒◓○●六字仄韻起◓○◒●○○●七字◒●◓○○●六字叶○
◓●三字◓◓●◒○◒●○○●十字叶◓○◓●四字叶◓◓●○○五字◓○◒●四字◓●
◓○●五字叶

◒○●◓●○○◓●九字叶◒○◒◓○●六字叶◒○◓●○○●七字◓
●◓○○●六字叶○◓●三字叶◒◓●◓○◒●○○●十字叶◒○●●四字叶◒●●○○五
字◒○◓●四字◒●●○●五字叶

詞　　辛棄疾

更能消幾番風雨，匆匆春又歸去。惜春長怕花開早，何況落紅無數。春且住，見說道天涯芳草無歸路。怨春不語。算只有殷勤，畫檐蛛網，盡日惹飛絮。長門事准擬佳期又誤。蛾眉曾有人妒。千金縱買相如賦，脉脉此情誰訴。君莫舞。君不見玉環飛燕皆塵土。閒愁最苦。休去倚危欄，斜陽正在，烟柳斷腸處。

乳燕飛(一)

前段十一句，後段十一句，共一百十六字，十三韻

◓●○○●五字仄韻起◓○○三字●○◓●四字◓○◒●四字叶○●○◒○○●七字◓●○○◓●六字叶◓●●◓○○●七字叶◓●○○◒○●七字叶◓○○●●○○●八字叶◓●●三字◓○●三字叶

◒○●●○○●七字叶◓○○三字●○◓●四字○○●●四字叶◓◓●○○◓●七字◓●○○○●六(二)字叶◓○●○○●●七字叶◓●●○○●●七字◓○○●●○○●八字叶○●●三字●○●三字叶

詞　　黄　機

擊碎珊瑚樹。爲留春，怕春欲去，駛如風雨。春不留兮君休問，付與流鶯自語。但莫賦綠波南浦。世上功名花梢露。政何如一笑翻金縷。擊白日，莫教暮。　蒼頭引馬城西路。趁池亭，荻芽尚短，梅心未苦。小雨欲晴晴不定，漠漠雲飛輕絮。算行樂春來幾度。鞭影

(一) 此調即《賀新郎》，爲其另名。
(二) 六：原誤爲「七」。

不搖鞍小據，過橫塘試把前山數。雙白鷺，忽飛去。

金明池

前段十句，後段十句，共一百二十字，九韻

◒●○○四字◒○◓●四字◓●○○●●六字仄韻起◒◓●◒○◓○七字◓◒●●◓◓●七字叶◓◒○◓●○○七字◓◓●◒●◒○○●九字叶◓◓●○○五字◒○◒●四字◓●◒○○●六字叶

◓●◒○○◒●七字叶●◓●○○五字◓○○●四字叶◒○●◒○◓●七字◒●●◓○◒●七字叶●○○◓●○○七字◓◓●○○◒○○●九字叶◓◓●○○五字◒○◓●四字◓●◒○○●六字叶

詞

秦　觀(一)

瓊苑金池，青門紫陌，似雪楊花滿路。雲日淡天低晝永，過三點兩點細雨。好花枝半出墻頭，似悵望芳草王孫何處。更水遶人家，橋當門巷，燕燕鶯鶯飛舞。　怎得東君長爲主。

(一)《全宋詞》作者佚名。

把綠鬢朱顔，一時留住。佳人唱金衣莫惜，才子倒玉山休訴。况春來倍覺傷心，念故國情多新年愁苦。縱寶馬嘶風，紅塵拂面，也則尋芳歸去。

秋思耗

前段十二句，後段十二句，共一百二十三字，十四韻

◐●○○●五字仄韻起◐●◐○●◐○○●九字叶○●◐○四字◐○◐●四字◐◐○●四字叶

◐◐●○○五字◐○◐◐●●七字叶◐●◐○◐●六字叶◐●●○○五字◐○◐●四字

◐●◐○◐●六字◐○○●四字叶○●二字叶◐○◐●四字叶◐○◐●●○●七字叶◐

○◐●四字○○○●四字◐○◐●四字叶●◐●○○●○七字◐●○◐●五字叶●◐◐○●

●六字叶●●●○○五字◐◐○◐●●六字叶◐●◐○◐●六字叶

詞　　吴文英

堆枕香鬟側。驟夜聲偏稱畫屏秋色。風碎串珠，潤侵歌板，愁壓眉窄。動羅箑清商，寸心低訴敘怨抑。映夢窗零亂碧。待漲綠春深，落花香汎，料有斷紅流處，暗題相憶。歡夕。檐花細滴。送故人粉黛重飾。漏侵瑀瑟，丁東敲斷，弄晴月白。怕一曲霓裳未終，催

去驂鳳翼。歎謝客猶未識。謾瘦却東陽，燈前無夢到得。路隔重雲雁北。

春風裊娜

前段十二句，後段十五句，共一百二十五字，十韻

●○○◒●五字◓●○○四字平韻起○●●三字●○○三字叶●○○●●◓○○●九字◓○○

●四字◒●○○四字叶◓●○○四字◒○○●四字◓●○○◒●○七字叶◓●○○◓●●七

字◒○○●●○○七字叶◒●○○◓●六字◒○◓●四字◓○●◓●○○七字叶◒○●

三字●○○三字叶◒○●●四字◒●○○四字叶◓●○○四字◓○○●四字◓○◒●四字叶◓

●○○四字◒○◒●四字●◒○◒●五字◒○●●四字◒●○○四字叶

詞

馮偉壽

被梁間雙燕，話盡春愁。朝粉謝，午花柔。倚紅闌故與蝶圍蜂繞，柳綿無數，飛上搔頭。鳳管聲圓，蠶房香煖，笑挽羅衫須少留。隔院蘭馨趁風遠，鄰墙桃影伴煙收。　些子風情未減，眉頭眼尾，萬千事欲說還休。薔薇露，牡丹毬。殷勤記省，前度綢繆。夢裏飛紅，覺來無覓，望中新綠。別後空稠，相思難偶，歡無情明月，今年已是，三度如鈎。

白苧

前段十一句，後段十三句，共一百二十五字，十二韻

◓○○三字◓◒◓○○●●七字仄韻起◒○◓●四字◓●◒○◓●六字叶◓◒◒◓○◒●
◓○●十字叶◒●●○○五字◓◓●◒○○●七字叶◒◒◓○四字◒●◒○◓●六字叶◒●
◒◓○五字◒●○○●五字叶○●二字叶◒○◓●四字◓●○○四字◓○◒●四字◒●
◒○◓●六字叶○◓●三字◒◒●○○●六字叶◒○◓●四字◓○◒●◓◓○◒●九字叶◓
●○○◓●○○八字◒◓○●四字叶◓●○○四字◓●○○●五字叶

詞

柳　永(一)

繡簾垂，畫堂悄寒風淅瀝。遥天萬里，黯淡同雲冪冪。漸紛紛六花零亂散空碧。姑射宴瑤池，把碎玉零珠拋擲。林巒望中，高下瓊瑤一色。嚴子陵釣臺，歸路迷蹤跡。追惜。燕然畫角，寶籥珊瑚，是時丞相，虛作銀城換得。當此際，偏宜訪袁安宅。醺醺醉了，任他釵舞困玉壺傾側。又是東君暗遣花神，先報南國。昨夜江梅，漏泄春消息。「釵無困」一作「金

(一)《全宋詞》作者署紫姑。《花草粹編》作者署柳永。

釵舞困」，較妥。

十二時(一)

前段十句，中段七句，末段七句，共一百三十字，十一韻

◓○○◓○◒●七字◒●◒○○●六字仄韻起◓◓●◒○○●七字叶◓●◒○○●六字叶◓
●◒○四字◒○◓●四字◓●○○●五字叶◒●●◓●○○七字◓●◓○四字◓●○○◒
●六字叶

◒●○三字◒○◓●四字◓●◓○◒●六字叶◓◓●◒四字○○◓◓◓●○○
●九字叶◓◓○◓●五字◒○◓●●●六字叶

●●○◒○◓●七字◓●◒○○●六字叶
◓●○○四字◒○○●四字◓●○○●五字叶◓●○◓●五字◒○●○○●六字叶

詞

柳　永

晚晴初淡煙籠月，風透蟾光如洗。覺翠帳涼生秋思。漸入微寒天氣。敗葉敲窗，西風滿院，睡不成還起。更漏咽滴破憂心，萬感並生，都在離人愁耳。　天怎知，當時一句，做

(一) 此調調名一般作《十二時慢》。《花草粹編》調名無「慢」字。

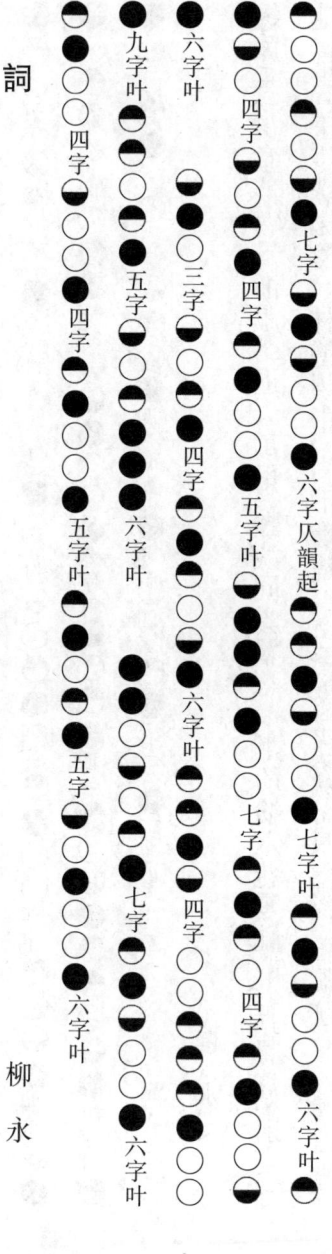

得十分縈繫。夜永有時，分明枕上覷著孜孜地。燭暗時酒醒，元來又是夢裡。睡覺來披衣獨坐，萬種無憀情意。怎得伊來，重諧雲雨，再整餘香被。祝告天發願，從今永無抛棄。

蘭陵王

前段八句，中段七句，末段九句，共一百三十一字，十七韻

●○●三字仄韻起◒●◒○◓●六字叶◒○●◒●◓○七字◒●○○◓◒●七字叶◒○○●
●五字叶◓●◒○◓●六字叶◒○○◒●◓○七字◓●○○◓◒●七字叶◒○◓○●五
字叶◓○●○○◒◓○●九字叶◓○◒●○○●七字叶◒○◓◒●五字◓○◒●四字◒●◒
●◓●●七字叶◓◓●○●五字叶◓●二字叶●○●三字叶◓◓●○○五字○◓◒●四字
叶◒○◓●○○●七字叶◓●●◒●五字◓○○●四字叶◒○◒●四字◒◓◓●●○●七
字叶

詞　張元幹

卷珠箔。朝雨輕陰乍閣。欄干外煙柳弄晴，芳草侵階映紅藥。東風如許惡。吹落梢頭嫩萼。屏山掩沉水倦熏，中酒心情怕盃勺。　尋思舊京洛。正年少疏狂歌笑迷著。障泥

油壁催梳掠。曾馳道同載，上林攜手，燈夜初過早共約。又爭信飄泊。　寂寞。念行樂。甚粉淡衣襟，音斷絃索。瓊枝璧月春如昨。悵別後華表，那回雙鶴。相思前事，除向醉裡暫忘却。

瑞龍吟

前段五句，中段六句，末段十五句，共一百三十三字，十五韻

○○●三字仄韻起◓●●●○○六字●○○●四字叶○○○●○○六字●○●●○●●八字
叶

●○●三字叶○●●○○●六字●○○●四字叶○○●●○○六字●○●●四字○○●
●四字叶

○●○○○●六字◓○○●四字叶○○○●四字○●●○○○六字○●○●四字叶
○○●●○●○○●九字叶○○●○○●●七字○○○●四字叶●●○○●五字叶●○●●
○○●●八字叶○●○○●五字叶○●●三字○○○○●六字叶●○●●四字●○○●四字叶

詞　周邦彦

章臺路。還見褪粉梅梢，試花桃樹。愔愔坊陌人家，定巢燕子歸來舊處。　黯凝佇。因念個人癡小，乍窺門戶。侵晨淺約宮黃，障風映袖，盈盈笑語。　前度劉郎重到，訪鄰尋

里。同時歌舞，唯有舊家秋娘，聲價如故。吟箋賦筆猶記燕臺句。知誰伴名園露飲，東城閒步。事與孤鴻去。探春盡是傷離意緒。官柳低金縷。歸騎晚，纖纖池塘飛雨。斷腸院落，一簾風絮。

大酺

前段十五句，后段十一句，共一百三十三字，十一韻

◓●○○四字○○●三字◒●◒○◒●六字仄韻起◒○○●●五字◓◒○◒●五字◓○◒●
四字叶◓●○○四字◒○◓●四字◒●◒○◒●六字叶◒○○◒●五字◓◒○◓●五字◓
○○●四字叶◓◒●◓○五字◓○◒●四字◓○○●四字叶
◒○○●●五字叶◓◒●◒
●○○●八字叶◓◓●◒○○●七字◓●○○四字◓○○◓○◒●七字叶◓●○○●五字◒
●●◓○○●七字叶◓◒●○○●六字◒◓◒●四字◒●◒○◒●六字叶◓○◓◒●●六
字叶

詞

周邦彦

對宿煙收，春禽靜，飛雨時鳴高屋。牆頭青玉旆，洗鉛霜都盡，嫩梢相觸。潤逼琴絲，寒侵

枕障，蟲網吹黏簾竹。郵亭無人處，聽簷聲不斷，困眠初熟。奈愁極頓驚，夢輕難記，自憐幽獨。　行人歸意速。最先念流潦妨車轂。怎奈向蘭成憔悴，衛玠清羸，等閒時易傷心目。未怪平陽客，雙淚落笛中哀曲。況蕭索青蕪國，紅糝鋪地，門外荊桃如菽。夜遊共誰秉燭。

浪淘沙慢

前段九句，后段十六句，共一百三十三字，十六韻

◓◒◓◒○●●七字◓◓○●四字仄韻起◒●○○◓●六字叶◒○◓●●●六字叶◓◓●

○○○●●八字叶◓○●三字◓◓○●四字叶◓◓●◒○◓◒●八字◒○◒◓●五字叶

◒●二字叶◓◒●◓○●六字叶◓◓◓◒◒○○●八字◓●○◓●五字叶◒◓●○○五字○

●○●四字叶◓○●●四字叶◒●○◒●◒○○●九字叶◒●○○◒●七字叶◒○●三字

◓○◓●四字叶◓○●三字◒○○●●五字叶◓◒●◓●○○七字◓●●三字◒○◓●○○

●七字叶

詞(一)　　　　周邦彦

晝陰重霜凋岸草，霧隱成堞。南陌指(二)車待發。東門帳飲乍闋。正拂面垂楊堪攬結。掩紅淚，玉手親折。念漢浦離鴻去何許，經時音信絕。情切。望中地遠天闊。向露冷風清無人處，耿耿寒漏咽。嗟萬事難忘，惟是輕別。翠尊未竭。憑斷雲留取西樓殘月。羅帶光消紋衾疊，連環解，舊香頓歇。怨歌永，瓊壺敲盡缺。恨春去不與人期，弄夜色，空餘滿地梨花雪。

西平樂

前段十二句，后段十四句，共一百三十七字，七韻

●●○○四字◓○●●四字◒●◓●○○六字仄韻起◒●○○四字◓○◒●四字◒○◓●

○○六字叶●●◓◒○◓●七字◒●○○●●六字◒○●●○○六字◒○◓●○○六字叶◒

(一)《全宋詞》調名署《浪淘沙》。

(二)指：《全宋詞》作「脂」。

●◐○◐●六字◐◐●◐●●○○八字叶◐○○●四字◐○●●四字◐●○○◐●
○○八字叶◐◐●◐○◐●七字◐●○○四字◐●○◐●六字◐●○○四字◐●○○●●
○七字叶◐●◐○四字◐●◐●四字◐●○○四字◐●○○四字●●○○四字◐●◐●○○
六字叶

詞

周邦彦

稺柳蘇晴，故溪歇雨，川迴未覺春賒。駝褐寒侵，正憐初日，輕陰抵死須遮。歎事逐孤鴻盡去，身與塘蒲共晚，爭知向此征途，區區佇立塵沙。追念朱顏翠髮，曾到處故地使人嗟。　道連三楚，天低四野，喬木依前臨路攲斜。重慕想東陵晦跡，彭澤歸來，左右琴書自樂，松菊相依，何況風流鬢未華。多謝故人，親馳鄭驛，時倒融尊，勸此淹留，共過芳時，翻令倦客思家。

多麗

前段十五句，后段十三句，共一百四十字，十一韻

◐◐◐◐●◐○○●九字仄韻起◐◐○◐○◐●七字◐○◐●◐●六字叶◐◐○◐○◐●

七字◓◒○◓●○●七字叶◓●○○四字◒○◒●四字◓○◒●四字◓○◓●四字叶●○●
三字◓○◒●四字◒●◓○●五字叶◒◒●三字◒○◓●四字◓◓○●四字叶◓◒●◒
○◓●七字◓◒○◓○●六字叶◓◒◒◓○○●七字◓●◒○◓◒●七字叶◓●○○四字
◒○○●四字◒○○●◓○●七字叶●○●三字◓○◒●四字◒●◓○●五字叶◒○●三字
◒●◓○四字◓◓◒●四字叶

詞　　聶冠卿

想人生美景良辰堪惜。問其間賞心樂事，古來難是並得。況東城鳳臺沁苑，泛晴波淺照金碧。露洗華桐，煙霏絲柳，綠陰搖曳，蕩春一色。畫堂迥，玉簪瓊佩，高會盡詞客。清歡久，重燃絳蠟，別就瑤席。　有翩若驚鴻體態，暮爲行雨標格。逞朱唇緩歌妖麗，似聽流鶯亂花隔。慢舞縈回，嬌鬟低嚲，腰肢纖細困無力。忍分散，彩雲歸後，何處更尋覓。休辭醉，明月好花，莫謾輕擲。

多麗又一體

前段八句、九句並作七字句，十句、十一句亦並作七字句，共一百三十九字，用平韻，餘

俱同前

六醜

前段十四句，後段十三句，共一百四十字，十六韻

●◒○◓●五字◓◓●○○◒●七字仄韻起◓○●○四字◒○○●●五字叶◓●○○四字叶◓
●○○●五字◓○◒●四字◓◓○◒●五字叶◒◒◓◓○◒●七字叶◓●◒○四字◒○◓
●四字◒○●○○●六字叶◓◒○◓●五字◒●○●四字叶◒○◒●四字叶◓◒○◓●
五字叶◓●○○◓○◓●八字叶◒○◓●○●六字叶◓◒○◓●◓○◒●九字叶◒○●三字
◓○◒●四字叶◒●◓◓●◒○◓●九字◓○○●四字叶○○●三字◓◓○●四字叶◓◓○
◓●○○●八字◒○◓●四字叶

詞

周邦彦

正單衣試酒，悵客裡光陰虚擲。願春暫留，春歸如過翼。一去無跡。爲問家何在，夜來風雨，葬楚宫傾國。釵鈿墮處遺香澤。亂點桃蹊，輕翻柳陌，多情更誰追惜。但蜂媒蝶使，時叩窗槅。東園岑寂。漸蒙籠暗碧。静繞珍叢底成歎息。長條故惹行客。似牽衣待話

別情無極。殘英小，強簪巾幘。終不似一朵釵頭顫嫋，向人欹側。漂流處，莫趁潮汐。恐斷紅尚有相思字，何由見得。

箇儂

前段十四句，後段十三句，共一百四十字，十六韻

○◓○○●五字○●●三字◒○○●四字仄韻起◒○●○四字◓○◒●●◓◓○●九字叶◒
●◓○○五字●◒●◓○五字●○○●四字叶◒○◒●○○●七字叶◒●○○四字◒○◒●
四字叶◒○◒○◓●六字叶◒●●○○五字◒○○●四字叶◒○◓●四字叶◓●○○●五
字叶◒●○○四字◒○◓●四字叶◒○●●○●六字叶●◒●○○五字◒○◒●四字叶○◓◓
◓○○●◓◓●十字叶◓●○○●五字◒○●○●五字叶◓○○●◓○●七字叶●◒○◓●
○○●八字◒○○●四字叶

詞

楊　慎

恨箇儂無賴，嬌賣眼，春心偷擲。蒼苔落花，一雙先印下月樣春跡。聞氣不知名，似仙樹御香，水邊韓國。羅襦襟解聞香澤。雌蝶雄蜂，東城南陌。何人輕憐痛惜。窺宋玉鄰牆，巫

山寧隔。尋尋覓覓。又暮雲凝碧。良夜千金，繁華一息。楚宮盼睞留客。愛長袖風流，鍾情何極。唱道是鳳幃深處附素足。顫裊周旋惡，憐伊盡傾側。叫檀郎莫枉春夕。恐佳期別後青天樣，何由再得。

六州歌頭

前段八句，中段十句，末段六句，共一百四十三字，十三韻

◐○●●四字◐●●○○五字平韻起○●●●○●六字●○○●○○六字叶●●○○●五字●○●○○●六字○●●○○●六字●○○三字叶○●○○●●六字○○●●○○七字叶●○○●●○●●○○十字叶○●○○●○○○七字叶●○○●四字○●●○●●六字●○○三字叶○●●○●●●○○九字叶●○○●●○○●八字○●●●○○六字叶○●●○●●六字●○○三字叶●●○○●●六字○○●●○○七字叶●●○●●五字●●●○○五字叶●●○○四字叶

詞

辛棄疾

晨來問疾，有鶴止庭隅。吾語汝只三事，太愁余病難扶。手種青松樹，礙梅塢妨花逕，纔數

尺如人立，卻須鋤。

秋水堂前曲沼，明于鏡可燭眉鬟。被山頭急雨耕壟灌泥塗。誰使吾廬映汙渠。歎青山好，簷外竹遮欲盡，有還無。刪竹去吾乍可食無魚。愛扶疏又欲爲山計，千百慮累吾軀。凡病此吾過矣，子奚知。口不能言臆對，雖盧扁藥石難除。有要言妙道，往問北山愚。庶有瘳乎。一本於「映汙渠」句分段。

採桑子近[一]

前段八句，中段八句，末段九句，共一百四十六字，九韻，凡三更韻

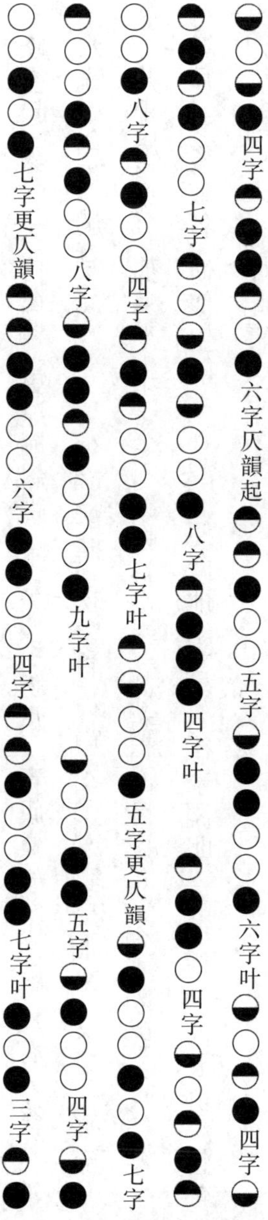

[一] 詞調無所謂一百四十六字式《採桑子近》者。此下所列例詞實爲辛詞《醜奴兒》、《洞仙歌》二首拼合者。

●○○五字◓◒●○○●○○●九字叶

詞　辛棄疾

千峰雲起，驟雨一霎兒價。更遠樹斜陽，風景怎生圖畫。青旗賣酒，山那畔別有人家，只消山水光中無事，過者一霎。　午醉醒時，松窗竹戶萬千瀟灑，野鳥飛來，又是一飛流萬壑。共千巖爭秀。孤負平生弄泉手，歎輕衫帽幾許紅塵，還自喜濯髮滄浪依舊。　人生行樂耳，身後虛名，何似生前一杯酒。便此地結吾廬，待學淵明，更手種門前五柳。　且歸去，父老約重來，問如此青山定重來否。

小諾皋

前段十四句，後段十四句，共一百四十六字，十四韻

◓●◓○四字◒○◒●四字◓●◓○○●六字仄韻起◓○◒●◒○◓七字◒○◓●四字叶◒●◓○◒●六字◒●◓○◓●六字叶●◓◓◓●◓◓◒●九字叶◒●○○四字◒○◓●四字叶◓●●●○◒●七字◓●◓○○●六字叶◓○●三字○◓●三字叶

◓●◓○四字◒○◒●四字●●●○◒●六字叶●◒◒◓◒○◓七字◒○●●四字叶◒●◓○◓●六字叶○

●○○◓●六字叶◓●◒◓●○◓◓●九字叶●●○○四字○○●●四字◓○◓●○○◓七字●●◓○◒●六字叶◓○●三字○◓●三字叶

詞

王世貞

闔闢以前，乾坤之外，到了不堪窮際。儘追求儘教胡突，依形附氣。何處小兒譫語，羞殺井蛙蛭蟻。說甚麽出世住世治世。黃面瞿曇，青牛老子。更有那我家司寇，伎倆一般而已。賺人處，還在此。　稷下萬言，河間千卷，畢竟沒須巴鼻。莫輕容古人瞞過，常談俗事。妝點幾張故紙，無柰藏頭露尾。不採他上計中計下計。濁酒三杯，清琴一几，別饒借淡風微月，受用剩山殘水。五更事，休辦取。

寶鼎現

前段八句，中段九句，末段八句，共一百五十五字，十四韻

◓○○●四字●●◒●四字○○◒●四字仄起◒◓●○○◒●七字◒●◒○○●●七字叶◓◓●●○○◒●八字◒●○○◓●六字叶◓●●◒○◓●七字◒●○○◒●六字叶

◓◓◒●○○●七字叶◓○◒○○●七字叶◒●●○○●●七字◒●◒○○●●七字叶●◓

●三字◐○◐●五字叶◐●◐○◐●六字叶◐◐●○○◐●七字◐●◐○◐●六字叶
◐●○○四字◐◐●◐○●七字叶◐○○●五字◐●◐○●六字◐●●●○●七字
叶◐●○○●五字叶○◐●◐●○○七字◐●○○●●六字叶

詞

康與之

夕陽西下，暮靄紅隘，香風羅綺。乘麗景華燈爭放，濃焰燒空連錦砌。覩皓月浸嚴城如畫，花影寒籠絳蕊。漸掩映芙蕖萬頃，迤邐齊開秋水。　太守無限行歌意。擁麾幢光動珠翠。傾萬井歌臺舞榭，瞻望朱輪軿鼓吹。控寶馬，耀貔貅千騎。銀燭交光數里。似亂簇寒星萬點，擁入蓬壺影裏。　宴閣多才，環豔粉瑶簪珠履。恐看看丹詔，催奉宸遊燕侍，便趁早占通宵醉。緩引笙歌妓。任畫角吹老寒梅，月滿西樓十二。

三臺

前段十三句，後段十三句，共一百七十一字，十三韻

◐◐○◐◐◐●七字◐○●○○●六字仄韻起●◐○◐●●○○八字◐○●◐○◐●七字叶
◐○●三字◐●○○●五字叶◐●●◐○◐●七字叶◐◐○○◐●○○七字◐◐●◐○◐●

七字叶◓◒○◓●◓●七字◓●○○○●六字叶◓◓◓◒●●○○八字◓●●◒○◒●七字

叶◒○◓●●五字◓○◓三字◓◓●◒○◒●七字叶◓●●◓●○○七字◓○●◓

○○●七(一)字叶◓◒○○●●●七字◓○◓○○●六字叶◓◓○●●●○○八字◓◒●◒

○○●七字叶◒○●◓○○●●八字◓◓○◒●○●七字叶◓◒●◒●○○七字◓○○◓

○◒●七字叶

詞

万俟雅言

見梨花初帶夜月，海棠半含朝雨。内院春不禁過青門，御溝漲潛通南浦。東風靜，細柳垂金縷。望鳳闕非煙非霧。好時代朝野多歡，遍九陌太平簫鼓。乍鶯兒百囀斷續，燕子飛來飛去。近緑水臺榭映鞦韆，鬬草聚雙雙遊女。餳香更酒冷，踏青路，會暗識夭桃朱戶。向晚驟寶馬雕鞍，醉襟惹亂花飛絮。正輕寒輕暖漏永，半陰半晴雲暮。禁火天已是試新粧，歲華到三分佳處。清明看漢宮傳蠟炬，散翠煙飛入槐府。斂兵衛閶闔門開，住傳宣又還休務。

(一) 七：原誤爲「六」。

哨遍第一體

前段十五句，後段十九句，共兩百三字，十四韻

◓●◓○四字◒●◓○四字◓●○○●五字仄韻起◒◓○◒●◓○◒八字◓○○◒◒○●
七字叶◓◓◒◒○●○○●九字叶◒○◓●◒○●七字叶◒◓●○○五字◒◒◓◓四字◒◒
◒◓◒◓六字叶◓◓○◒○●○○八字◓◓●○○◓◒◒八字◒●○○四字◓◓◒◒四字
◓○◓●四字叶◒◒◓○○五字◓○◒●◒○●七字叶◒●○◓●五字◒○○●○●
六字叶◓◓●○○五字◓○◓●四字◒○◓●○○●七字叶◒◓●○○五字◒○●●四字◒
○◒●○●六字叶◓●○◓●◓◓◒八字◓◓●○◒●◒◒八字◓○○●◒○●七字叶◒
○◒●○●六字叶◓●○○●五字◓○◒●○○●●八字◓●○○◓●六字叶◓○◒●●
○○七字◓○○◓●○●七字叶

詞　　蘇　軾

爲米折腰，因酒棄家，口體交相累。歸去來誰不遣君歸，覺從前皆非今是。露未晞征夫指予歸路。門前笑語喧童稚。嗟舊菊都荒，新松暗老，吾年今已如此。但小窗容膝閉柴扉，策杖看孤雲暮鴻飛，雲出無心，鳥倦知還，本非有意。噫歸去來兮，我今忘我兼忘世。

親戚無浪語，琴書中有真味。步翠麓崎嶇，泛溪窈窕，涓涓暗谷流春水。觀草木欣榮，幽人自感，吾生行且休矣。念寓形宇内復幾時，不自覺皇皇欲何之，委吾心去留誰計。神仙知在何處。富貴非吾願，但知臨水登山嘯詠，自引壺觴自醉。此生天命更何疑，且乘流遇坎還止。

哨遍第二體

前段同第一體，唯第六句作八字，後段亦同，唯首句至七(一)句用平韻，十三句、十四句皆作五字(二)，十五句作七字，十六句作六字，十七、八句四字，故不圖

詞

辛棄疾

池上主人，人適忘魚，魚適還忘水。洋洋乎翠藻青萍裏，相魚兮無便于此。嘗試思莊周談

(一) 七：原誤爲「九」。

(二) 若按此處所言者句逗，則十三、十四句皆不用韻，與第一體不同，此處未説明。又，揣度第二體説明，似意指韻數仍與第一體相同，因無圖示，且下段十三、十四句變爲五五式句逗後非韻句，較第一體少二韻，姑且按句意於例詞下段十二、十五句標作叶韻（「嬉」有仄讀，屬紙韻）。

兩事。一明豕虱一羊蟻。說蟻慕于羶，于蟻棄知，又說于羊棄意。甚虱焚于豕獨忘之，却驟說于魚爲得計，千古遺文，我不知言，以我非子。　子固非魚噫，魚之爲計子焉知。河水深且廣，風濤萬頃堪依。有網罟如雲，鵜鶘成陣，過而留泣計應非。其外海茫茫，下有龍伯，饑時一啖千里。更任公五十犗爲餌，使海上人人厭腥味。似鵾鵬變化，幾東遊入海，此計直以命爲嬉。古來謬算狂圖，五鼎烹死，恒爲平地。嗟魚欲事遠遊時，請三思而行可矣。

戚氏

前段十四句，中段十二句，末段十五句，共二百十二字，十八韻

●○○三字平韻起◓◓◒●●○○七字叶◓●○○四字◓○◒●●○○七字叶◒◒●◒○五字

◒○◓●●○○七字叶◒○◓●○●六字◓◓◒●●○○七字叶◓◓○◓四字◒○○●四字

◓○◓●○○六字叶◓◒○◓●五字◒◓◒●四字◒●○○四字叶　◒◓●●○○六字叶

◒◓◓●四字◓●●○○五字叶◒○●三字◓●○●四字◓●○○四字叶◓◒○三字◓●◓

●○○六字叶◓●◓●○○六字叶◓○◓●四字◓●○○四字◓◓◒●○○六字叶　◓◓

○◒●五字◒○◓●四字◓●○○四字叶◓●◒○◓●六字◓◒○◓●●○○八字◓○◓
●○○六字叶◓○◓●四字◒●○○●五字叶◓◒●◒●○○●八字叶◒◓●◒●○○七字叶
◓●○◓○○○七字叶●◒●◓●◓○○八字叶◓○◒●四字◒○◓●四字◓●○○四字叶

詞

柳　永

晚秋天。一霎微雨灑庭軒。檻菊蕭疏，井梧零亂惹殘煙。淒然望江關，飛雲黯淡夕陽間。當時宋玉悲感，向此臨水與登山。遠道迢遞，行人悽楚，倦聽隴水潺湲。正蟬吟敗葉，蛩響衰草，相應聲喧。

孤館度日如年。風露漸變，悄悄至更闌。長天靜，絳河清淺，皓月嬋娟。思綿綿，夜永對景那堪。屈指暗想從前。未名未祿，綺陌紅樓，往往經歲遷延。

帝里風光好，當年少日，暮宴朝歡。況有狂朋怪侶，遇當歌對酒競留連。別來迅景如梭。舊遊似夢，煙水程何恨㈠。念名利憔悴長縈絆。追往事空慘愁顏。漏箭移稍覺輕寒。聽嗚咽畫角數聲殘。對閒窗畔，停針向曉，抱影無眠。

㈠ 恨：《全宋詞》作「限」。

鶯啼序

前段八句，中段十句，三段十一句，末段十四句，共二百三十五字，十八韻

◓○◓●四字◒●●◒○●●七字仄韻起◒○●●●○○七字○◒●●○●六字叶○●◓○
◓○●七字◒○●●◓○●七字叶●●○○●五字◒◒●◓○●六字叶　◒●○○四字◓
◓●●四字◓●○○●五字叶●◓○○●○○七字◒○○●●●六字叶●○○◓◒◓◓七字
◒○◓●○○●七字叶◒○○三字●●●○四字●○○●四字叶　○○○●四字◒●◓
○○●○○●九字叶○●●○○●●七字◒●○○●五字叶◒○◒●四字◒○◓●四字○○
◓●○○●七字叶◒○○○●○○●八字叶◒○◓●◓●●七字叶◓●●○○五字●◒●◓
○●六字叶　●○○●四字叶◒●○○四字◓●○◓●五字叶●●●○○●六字○●○○四
字●●○○四字◒◓○●四字叶◒○◓○四字◒○○●四字●○○●○●●七字叶◓○○◓
●○○●八字●○○●○○六字●●○○四字○○●●四字叶

詞　楊　慎

碧雞唱曉，霞散綺重關疊畫。環村步幾簇生煙，空翠幻作仙界。莎草蕩灣繞洲渚，輕風送幅浦帆快。看舞鷗飛鷺，聯翩向泬寥外。　晴兆須臾，雨信頃刻，問水椿山帶。樹羽颭

風展青帘，駮霞銷晛日曬。浪花平洛神襯襪，紅妝湧出青羅蓋。浮修眉，約略黛螺，映盤鴉髻。梅花汀藻，文石錦沙綸組迎船絓。漁火焰漣漪倒影，歸棹穿方罫。蒲牢昏吼，棲鴉結陣，八村九寺鳴簫籟。提筠藍金線穿魚賣。松燈點點互月彩。臥玉塔浮瀾，素娥窈窕千態。翠巖深靄。禪室僧歸，杖錫微徑隘。月黑白林明處，香軟寒輕，薏苡缸中，梨夢縈唄。南巒老松，遙看晴雪，似銀龍下斟玉瀣。洗塵襟著得乾坤大，輞川何似吾廬，海變春醪，償風月債。

填詞圖譜續集一卷

東海查王望先生鑒定　同學毛先舒稚黄、仲恒雪亭參訂

西泠賴以邠損菴著　查繼超隨菴增輯　查曾榮春谷、王又華逸庵同輯

小令

閒中好

四句，十八字，二韻；亦有用仄韻者

○○●三字◒●◒○○五字平韻起●●○◒●五字○○◒◒○五字叶

詞　　段成式

閒中好，塵務不縈心。坐對當窓木，看移三面陰。

梧桐影

四句，二十字，二韻

◓●○三字○○●三字仄韻起○◓◓○○●○七字◓○◓●○○●七字叶

詞　　　　呂　嵒

明月斜，秋風冷。今夜故人來不來，教人立盡梧桐影。

醉妝詞

六句，二十二字，六韻

●○●三字仄韻起●○●疊二字●●○○●五字叶●○●三字叶●○●三字叶●●○○●五字叶

詞　　　　蜀主王衍

者邊走。那邊走。只是尋花柳。那邊走。者邊走。莫厭金杯酒。此調按四句、五句用倒疊法。

凭欄人

四句，二十四字，四韻

◓●○○●●○七字平韻起◓●○○○●○七字叶○○◓●○五字叶◓○○●○五字叶

邵亨貞

詞

誰寫江南一段秋。妝點錢塘蘇小樓。樓中多少愁。楚山無盡頭。

乾荷葉

七句，二十九字，四平一仄韻

◓○●三字●◓○三字平韻起◓●○○●五字●○○三字叶●○○三字叶◓○◓●●○○七字叶

●●○○●五字換仄韻

詞

劉秉忠

乾荷葉，色蒼蒼。老柄風搖蕩，減清香。越添黃。都因昨夜一番霜。寂寞秋江上。

九張機

六句，三十字，三韻

◓○○三字平韻起◓○●●●○○七字叶◓○◓●○○●七字○○◓●四字◓○○●四字◓

●●○○五字叶

詞　無名氏

一張機。采桑陌上試春衣。風晴日暖慵無力，桃花枝上，啼鶯言語，不肯放人歸。

憶君王(一)

五句，三十一字，五韻

◓○◓●●○○七字平韻起◓●○○◓●○七字叶●●○○○●○七字叶●○○三字叶◓●
○○○●○七字叶

詞　謝克家

依依宮柳拂宮墻。樓殿無人春晝長。燕子歸來依舊忙。憶君王。月照黃昏人斷腸。

後庭花破子

七句，三十二字，五韻

(一) 此調本名《憶王孫》。

◐◐◐◐○五字平韻起○○◐●○五字叶◐●○○●五字○○◐●○五字叶●○○三字叶●○
◐●四字◐○○●○五字叶

詞　王惲

綠樹遠連洲。青山壓樹頭。落日高城望，烟霏翠滿樓。木蘭舟。彼汾一曲，春風佳可遊。

調笑令

六句，三十二字，平仄共六韻

○●○●仄韻起疊二字◐◐○○◐●六字叶◐○◐●○○六字換平韻●●○○●○六字叶○●
○●換仄韻疊二字○●◐○◐●六字叶

詞　馮延巳

春色春色。依舊青山紫陌。日斜柳暗花蔫。醉臥春風少年。年少年少。行樂直須及早。

按：此調第五句并倒疊四句二字。

後庭花破子第二體

七句，三十三字，五韻

○○●●○五字平韻起◓○●◓○五字叶○○●○●五字○○●●○五字叶◓○○三字叶●
○○●四字●○●◓◓○六字叶

詞　　趙孟頫

清溪一葉舟。芙蓉兩岸秋。誰家採菱女，歌聲起暮鷗。亂雲愁。滿頭風雨，帶荷葉歸去休。

憶真妃(一)

前段四句，後段五句，共三十六字，五韻

◓○◓●○○六字平韻起●○○三字叶◓●●○○●六字●○○三字叶　○◓●三字○○●
三字●○○三字叶◓●◓○○●六字●○○三字叶

(一) 此調本名《相見歡》。

詞　康仲伯

匆匆一望關河。聽離歌。艇子急催雙槳，下清波。淋浪醉，闌干淚，奈情何。明日畫橋西畔，暮雲多。

拋毬樂

六句，四十字，四韻

◒●○○◒●○七字平韻起◒○◒●●○○七字叶◒○◒●○○●七字◒●○○●●○七字叶◒●○○●五字◒●○○●●○七字叶

詞　馮延巳

梅落新春入後庭。眼前風物可無情。曲池波晚冰還合，芳草迎船綠未成。且上高樓望，相共憑欄看月生。

傷情怨(一)

前段四句，後段四句，共四十二字，六韻

◐○○◐●●六字仄韻起●◐○○●五字叶◐●○○◐四字◐○○●●五字叶 ◐◐○◐●

●六字叶◐●○○◐○●七字叶◐●○○四字◐○○●●五字叶

詞

周邦彦

枝頭風信(二)漸小。看暮鴉飛了。又是黃昏，閉門收返照。　江南人去路杳(三)。信未通愁已先到。怕見孤燈，霜寒催睡早。

愁倚欄令(四)

前段五句，後段五句，共四十二字，六韻

(一) 此調本名《清商怨》。

(二) 信：《全宋詞》作「勢」。

(三) 杳：《全宋詞》作「緲」。

(四) 此調本唐教坊曲名《春光好》，因晏幾道詞「拚却一襟懷遠淚，倚闌看」而得名《愁倚闌令》。

◐○●三字●○○三字平韻起●○○三字叶◐●◐○○●●七字●○○三字叶　●○○三字

●○○三字叶◐○●●●○○七字叶◐●◐○○●●七字●○○三字叶

詞　程　垓

春猶淺，柳初芽。杏初花。楊柳杏花交映處，有人家。　玉窗明，煖烘霞。小屏上水遠山斜。昨夜酒多春睡重，莫驚他。

平湖樂

前段四句，後段四句，共四十三字，平仄共六韻

◐○◐●○○七字平韻起◐●○○●五字換仄韻◐●○○●●七字叶●○○三字平叶

◐○◐●○○●七字仄叶◐○◐●四字◐○◐●四字●◐●●○○六字平叶

詞　王　惲

採蓮人語隔秋煙。波靜如橫練。入手風光莫流轉。共留連。　畫船一笑春風面。江山信美，終非吾土，問何日是歸年。「何」字羨。

關河令(一)

前段五句，後段四句，共四十三字，六韻

◒○○●四字◒●◒●三字仄韻起◒●○○●五字叶◒●○○四字◒○○●●五字叶◒◒○◒●●六字叶◒●●◒○○●七字叶●●○○四字◒○○●●五字叶

詞　　周邦彦

秋陰時作，漸向暝。變一庭淒冷。佇聽寒聲，雲深無雁影。　更深人去寂靜。但照壁孤燈相映。酒已都醒，如何消夜永。

散餘霞

前段四句，後段四句，共四十五字，六韻

◒○◒●○○●七字仄韻起●●○◒●五字叶○●◒●○○六字●○○◒●五字叶◒○●○●●六字叶●◒○○●五字叶◒●●●○○六字●○○●●五字叶

(一) 此調本《清商怨》，周邦彦改用此調名。

詞　　毛滂

墻頭花口寒猶噤。放繡簾晝靜。簾外時有蜂兒，趂楊花不定。　闌干又還獨凭。念翠低眉暈。春夢枉惱人腸，更㦄㦄酒病。

琴調相思引(一)

前段四句，後段四句，共四十六字，五韻

◐●○○●●○七字平韻起◐○◐●●○○七字叶◐◐○◐四字◐●●○○五字叶◐●

◐○○●●七字◐○◐●●○○七字叶◐○○●四字◐●●○○五字叶

詞　　無名氏

胆樣瓶兒幾點春。剪來猶帶水雲痕。且移孤冷，相伴最深樽。　每爲惜花無曉夜，教人甚處不銷魂。爲君惆悵，何獨是黃昏。

(一) 此調又名《相思引》、《玉交枝》、《定風波令》。

十二時(一)

前段四句，後段四句，共四十六字，五韻

◒○◒●○○●七字●◒○○●五字仄韻起○○●○●五字●◒○○●五字叶　◓●◒

○○●●七字叶●◒○◓◓○●七字叶◒○◓◒●五字●◒○○●五字叶

詞　朱敦儒

連雲衰草連天晚，照連山紅葉。西風正搖落，更前溪嗚咽。燕去鴻歸音信絶。問黄花又共誰折。征人最愁處，送寒衣時節。

雙鸂鶒

前段四句，後段四句，共四十八字，八韻

◓●◒○○●六字仄韻起◓●◒○○●六字叶◒●●○○●六字叶◓●◒○○●六字叶

◓●○○○●六字叶◒●●○○●六字叶◓●◒○○●六字叶○○○●○●六字叶

(一) 此調又名《憶少年》、《隴首山》、《桃花曲》。

詞　　朱敦儒

拂破秋江烟碧。一對雙飛鸂鶒。應是遠來無力。稍下相偎沙磧。小管(一)誰吹橫笛。驚起不知消息。悔不當時描得。如今何處尋覓。

早春怨(二)

前段六句，後段五句，共四十九字，五韻

◐●○○四字◐○○●四字◐●○○四字平韻起◐●○○四字◐○○●四字◐●○○四字叶
○○●●○○六字叶◐●●○○●○七字叶◐●○○四字◐○○●四字◐●○○四字叶

詞　　張雨

盼得春來，春寒春困，陡頓無聊。半剔殘釭，片時春夢，過了元宵。空山暮暮朝朝。到此際無魂可消。却倚東風，水如衣帶，草似裙腰。

(一) 管：《全宋詞》作「艇」。
(二) 此調本名《柳梢青》。

沙塞子

前段四句，後段四句，共四十九字，六韻

◐●◐○○●六字仄韻起○◐●◐○●●七字叶◐○○◐●○○七字◐○○●四字叶

○○◐●○●●七字叶●◐●◐○●●七字叶●○○●○○●七字◐○○●四字叶

詞

趙彦端

春水緑波南浦。漸理棹行人欲去。黯銷魂柳際(一)輕煙，花梢微雨。　長亭放艤無計住。但芳草迷人去路。忍回頭斷雲殘日，長安何處。

風蝶令(二)

前段四句，後段四句，共五十二，字六韻

◐●○○●五字○○●●○五字平韻起◐○◐●●○○七字叶◐●◐○◐●●○○九字

(一) 際：《全宋詞》作「上」。

(二) 此調本唐教坊曲名《南歌子》。

叶

◒●○○●五字○○●●○五字叶◓○◒●●○○七字叶◓●◒○◒●●○○九字叶

詞　　李　祁

嫋嫋秋風起，蕭蕭敗葉聲。岳陽樓上聽哀箏。樓下淒涼江月爲誰明。霧雨沉雲夢，烟波渺洞庭。可憐無處問湘靈。只有無情江水遶孤城。

傾盃令

前段五句，後段四句，共五十二字，六韻

◓●○○四字◒○●●四字◓●◓○○●六字仄韻起◒●◓○○●六字叶◒●◓○○●六字叶

◒○○●○○●七字叶●○◒◒○○●七字叶○○●●○●六字◓●○○●●六字叶

詞　　呂渭老

隔座藏鉤，分曹射覆，燭焰漸催三鼓。箏按教坊新譜。樓外月生春浦。徘徊爭忍忙歸去。怕明朝無情風雨。珍花美酒團坐，且作樽前笑侶。

惜雙雙令(一)

前段四句，後段四句，共五十二字，八韻

◐●◐○○●●七字仄韻起◐●●◐○○●七字叶◐●○○●五字叶◐○◐●○○●七字叶
●○○●○○●七字叶◐●●◐○○●七字叶◐●○○●五字叶◐○◐●○○●七字叶

詞

劉弇

風外橘花香暗度。飛絮綰殘春歸去。醞造黃梅雨。冷烟曉占橫塘路。翠屏人在天低處。驚夢斷行雲無據。此恨憑誰訴。恁時却倩危絃語。

於中好(二)

前段四句，後段四句，共五十四字，八韻

(一) 此調又名《惜分飛》、《惜雙雙》、《惜芳菲》。

(二) 此調又名《端正好》。

◓○◓●○○●七字仄韻起●◓○●○○●七字叶◓○◓●○○●七字叶◓◓●○○●六字叶

◓○◓●○○●七字叶●◓●◓◓○●七字叶●◓●◓◓○●七字叶●○●○○●六字叶

詞

楊无咎

墻頭艷杏花初試。遶珍叢細挼紅蕋。欲知占盡春明媚。悄無意看桃李。持杯准擬花前醉。早一葉兩葉飛墜。晚來旋旋深無地。更聽得東風起。

翻香令

前段四句，後段四句，共五十六字，六韻

◓○◓●●○○七字平韻起◓○◓●●○○七字叶○◓●○○●六字●◓○◓●●○○八字叶

◓○◓●●○○七字叶◓◓○◓●◓○七字叶◓◓●○○●六字◓◓○◓●●○○八字叶

詞

蔣　捷(一)

金爐猶煖麝煤殘。惜香更把寶釵翻。重聞處餘薰在，這一番氣味勝從前。背人偷蓋小蓬山。更將沉水暗同然。且圖得氤氳久，爲情深嫌怕斷頭煙。

市橋柳

前段四句，後段四句，共五十六字，六(二)韻

◒●◒○○●●七字仄韻起◒●◒○○●六字叶◒○●●○○六字●○○●○●○●八字叶

◒●◒○○●●七字叶◒○○◒●◒○○●九字叶◒●●◒○○六字(三)●○○●○●●七字叶

詞

蜀　妓

欲寄意渾無所有。折盡市橋官柳。看君着上春衫，又相將放船楚江口。後會不知何

(一)《全宋詞》作者署蘇軾。

(二)六：原誤爲「七」，因倒數第二句圖例誤標「六字叶」，據木石居本改正。

(三)原後誤多「叶」字，據木石居本改正。

日又。是男兒休要鎮長相守。苟富貴無相忘，若相忘有如此酒。

茶瓶兒

前段五句，後段五句，共五十六字，九韻

◓◒○○○●●七字仄韻起◓○●◒○○●七字叶◒●○○●五字叶◓○○●四字◓●○○

●五字叶　◒●◒○○●●七字叶◒●●◒○○●七字叶◒●○○●五字叶◓○○●四字叶

◒●○○●五字叶

詞　李元膺

去年相逢深院宇。海棠下曾歌金縷。歌罷花如雨。翠羅衫上，點點紅無數。今歲重尋携手處。空物是人非春暮。回首青門路。亂英飛絮。相逐東風去。

惜瓊花

前段六句，後段六句，共五十八字，十韻

○○●三字仄韻起○●●三字叶●◒○●●五字叶◒◓○●四字叶◓○◒●○○●七字叶◒●

○○◐○●八字叶

◐○○●●五字叶◐○◐●四字○◐○●四字叶◐○◐●○○●七字叶◐●○○四字○◐○●四字叶

詞　　張　先

汀蘋白。苕水碧。每逢花駐樂。隨處歡席。別時攜手看春色。螢火而今飛破秋夕。河流如帶窄。任輕似葉，何計歸得。斷雲孤鶩青山極。樓上徘徊，無盡相憶。

散天花

前段五句，後段七句，共五十九字，九韻

◐●○○◐●○七字平韻起◐○◐●●○○七字叶◐○◐●●○○七字叶◐○○●●五字●○○三字叶

◐●○○●●○七字叶◐○◐●●五字●○○三字叶○○二字叶◐●●○○五字叶◐○○●●五字●○○三字叶

詞　　舒　亶

雲斷長空落葉秋。寒煙浪盡月隨舟。西風偏解送離愁。聲聲南去鴈，下汀洲。無奈多情去復留。驪歌齊唱罷，淚爭流。悠悠。別恨幾時休。不堪殘酒醒，凭危樓。

中調

于飛樂

前段九句，後段六句，共七十三字，八韻

●○○三字○●●三字◓●○○四字平韻起◒○●○●○○七字叶●○○三字○●●三字◒●

◒○四字叶◒○◒●四字●○○○●○○七字叶　◓○○●●○○七字叶◒○●●●○○

七字叶●○○◒●五字●●●○○五字叶◒○○●四字●○○●●○○七字叶

詞　　　　張　先

寶奩開，菱鑑淨，一掬清蟾。新妝臉旋學花添。蜀紅衫，雙繡蝶，裙縷鶼鶼。尋思前事，小屏風仍畫江南。　怎空教草解宜男。柔桑晴又過春蚕。正陰晴天氣，更暝色相兼。幽期消息，曲房西碎月篩簾。

春草碧[一]

前段七句，後段九句，共七十五字，七韻

◓○◓●○○●七字仄韻起◓●●○○五字○○●三字叶◓◓○●○○六字◓●○○●○●

七字叶◓●●○○五字○○●三字叶　○●二[二]字●●○○四字○○●●四字叶◓◓●○○

五字○○●三字○◓◓●○○六字◓○◓●○○●七字叶◓●●○○五字○◓●三字叶

詞

李獻能

紫簫吹破黃昏[三]月。簌簌小梅花，飄香雪。寂寞花底風鬟，顔色如花命如葉。千里浣凝[四]塵，淩波襪。心事，鑑影鸞孤，箏絃鴈絕。舊時雪堂人，今華髮，腸斷金縷新聲，杯深不覺琉璃滑。醉夢遶南雲，花上蝶。

(一) 此雙調七十五字式《春草碧》本名《番槍子》。
(二) 二：原誤爲「三」。
(三) 昏：《全金元詞》作「州」。
(四) 浣凝：《全金元詞》作「涴兵」。

荔枝香近

前段七句，後段七句，共七十五字，九韻

◓●○○四字◒●○○●五字仄韻起◓◓●●○○六字◒●○○●五字叶○○●●○○六字
◓●○○●五字叶●◓●○○○●●八字叶○●●三字叶●◓●○○●六字叶●●○○
四字◓●●○○●六字叶◓●○○四字●●○○●○●七字叶◓●◓○●●六字叶

詞　　周邦彦

照水殘紅，零亂風掀去。盡日惻惻輕寒，簾底吹香霧。黄昏客枕無聊，細響當窓雨。看兩兩相依新燕乳。　樓下水。漸緑遍行舟浦。暮往朝來，心逐片帆輕舉。何日迎門，小檻朱籠報鸚鵡。共剪西窓蜜炬。

碧牡丹

前段八句，後段七句，共七十五字，十一韻

◓●○○●五字仄韻起◓●○○●五字叶◓●○○四字●●○○●六字叶◓●○○四字◓●
○○●五字叶◓○○●○●六字叶●○●三字叶◓◓○●●五字叶◓○●○○●六字叶◓

●○○◓五字●●◓○●五字叶●●○○四字◓●●○○●六字叶◓○○●○●六字叶

詞 晏幾道

翠袖疎紈扇。涼葉催歸燕。一夜西風，幾處傷高懷遠。細菊枝頭，開嬫香還徧。月痕依舊庭院。事何恨。悵望秋意晚。離人鬢華將換。靜憶天涯路，比此情還(一)短。試約鸞箋，傳輿(二)素期良願。南雲應有新鴈。「與」字羨。

古陽關(三)

前段八句，後段八句，共七十八字，十韻

◓●○○●五字仄韻起◓●○○●五字叶○○●●四字○○●○○●六字叶●○○●●五字●

●○○●五字叶◓●●○◓五字◓◓●○●五字叶

◓●○○◓五字○◓●三字叶●○○

●四字叶○○●●○●六字叶●◓○◓●五字◓●○○●五字叶●◓◓○○五字●●◓○●

(一) 還：《全宋詞》作「猶」。

(二) 《全宋詞》無「輿」字。

(三) 此調本名《陽關引》。

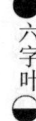

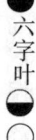

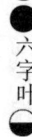

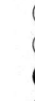

五字叶

詞　　晁補之

衰草蛩吟咽。暗柳螢飛滅。空庭雨過，西風緊飄黃葉。卷書帷寂靜，對此傷離別。重感歎中秋，數日又圓月。沙觜檣竿上，淮水濶。有飛梟客。詞珠玉氣冰雪。且莫教皓月，照影驚華髮。問幾時清尊，夜景共佳節。

望雲涯引

前段九句，後段七句，共七十九字，八韻

◐○○●四字●○●三字○○●三字仄韻起●●○○四字●●◐○○●六字叶○○●●四字●●○○●◐●●八字叶●●○○四字●○●○●五字叶◐○○●四字●○●○○●六字叶◐●○○四字◐●●○○●六字叶◐●○○●◐●●八字叶●●○○四字◐●○○○●六字叶

詞　　李　甲

秋容江上，岸花老，蘋洲白。露濕蒹葭，浦嶼漸增寒色。閑漁唱晚，鷺鴈驚飛處映遠磧。數點輕帆，送天際歸客。　鳳臺人散，漫回首沉消息。素鯉無憑，樓上暮雲凝碧。時向西風下認遠笛。宋玉悲懷，未信金樽消得。

夢玉人引

前段九句，後段八句，共八十二字，九韻

●○○三字平韻起○◐●●四字●○○三字叶●●○○四字◐○◐●○○六字叶●●○○四字
●●○○●○○七字叶●●◐○四字●○●○○五字叶
●○○●四字◐●◐○●●○○八字叶●●○○四字◐○○●○○六字叶◐●○○●五字○○◐●○五字叶●○●三字●○○●●○○七字叶

詞

呂渭老

上危梯。望畫閣迴，繡簾垂。曲水飄香，小園鶯喚春歸。舞袖弓彎，正滿城煙草淒迷。結伴踏青，趂蝴蝶雙飛。　賞心歡計，從別後無意到西池。自檢羅囊，要尋紅葉留詩。懶約無憑據，鶯花都不知。怕人問，強開懷細酌酴醾。

婆羅門令

前段六句，後段九句，共八十六字，十一韻

◐○●●○○●七字仄韻起◐○●●●○○●八字叶◐●◐○○◐●七字○○●三字叶○●

●三字◐●○○●五字叶◐◐◐○●●六字叶●○○◐●○○●八字叶◐○◐●○○●

七字◐◐●●◐◐○●八字叶◐○◐●四字叶◐●◐●四字叶●●○○四字●◐○●○○●

七字叶◐●○○●五字叶

詞　　　　柳　永

昨宵裏恁和衣睡。今宵裏又恁和衣睡。小飲歸來初更過，醺醺醉。中夜後，何事還驚起。　霜天冷風細細。觸疎窗閃閃燈搖曳。空牀輾轉重追想，雲雨夢任攲枕難繼。寸心萬緒。咫尺千里。好景良天，彼此空有相憐意。未有相憐計。

洞仙歌令(一)

前段六句，後段九句，共八十七字，九韻

(一) 此調本名《洞仙歌》。

◓○○●四字仄韻起◓●○○●五字叶◓●◒○●○●七字叶◓●○○●五字叶◓◒●
○○○●●八字◒●●○○●六字叶◒○○●●五字叶◒●○○四字◓●○○四字◓○
●●○○○●●九字叶◒●○○○●●七字◒●◒○○●六字叶●◒●○○●◒○八字●●
●○○五字●○○●四字叶

詞　　　康與之

若耶溪路。別岸花無數。欲斂嬌紅向人語。與綠荷相倚。恨回首西風波淼淼，三十六陂煙雨。新妝明照水。汀渚生香，不嫁東風，被誰誤遣躑躅騷客意。千里綿綿仙浪遠，何處淩波微步。想南浦潮生畫橈歸，正月曉風清，斷腸凝竚。

羽仙歌(一)

前段六句，後段十句，共八十八字，六韻

◒○●●四字●◒○○●五字仄韻起◒●◒○●○●七字叶●●○○●●六字◓●◒○○◒

(一) 此調即《洞仙歌》。

●七字◓●○○○●六字叶　◒○○●●五字◓●○○四字◒●○○●○●七字叶●○○

三字◒○●●四字◓●○○四字○○●三字●◒○○○●六字叶●◓◓◒◒●○○八字○●

●●○●○○●九字叶

詞　　潘　牥

雕檐綺戶，倚晴空如畫。曾是吳王舊臺榭。自浣紗人去後，落日平蕪行雲斷，幾見花開花謝。　淒涼欄檻外，一簇青山，多少圖王共爭霸。莫閒愁，金杯瀲灩，對酒當歌，歡娛地，夢中興亡休話。漸倚遍西風晚潮生，明月裏鷺鶿背人飛下。

遠朝歸

前段九句，後段九句，共八十九字，九韻

◒●○○四字◓●◒○○●●七字仄韻起◒○◓●四字◒●◓○○●六字叶○○●●四字◓

●◓○○●六字叶○○●三字叶●◒○●●五字◒◓○●四字叶　◒◓○●○○六字●◓

●○○五字◓○◒●四字叶◒○◓●四字○●●○○●六字叶○○●●四字●○●◒○○●

七字叶○○●三字◓○●●○●●七字叶

詞

趙耆孫

金谷先春，見乍開江梅[一]玉膩。珠簾院落，人静雨踈烟細。横斜帶月，別是一般風味。金尊裏。任遺英亂點，殘粉低墜。　惆悵秦[二]隴當年，念水遠天長，故人難寄。山城倦眼，無緒更看桃李。當時醉魄，算依舊徘徊花底。斜陽外，謾回首畫樓十二。

探芳信

前段九句，後段九句，共八十九字，十韻

◓○●三字仄韻起●◓●○○五字◒○◓●四字叶●◓○◒●五字◒○◓○●五字叶◒○◓
●○○●七字◓●○○●五字叶◓○○●●○○七字●○○●四字叶
◒●◓○●五字叶
●◒●○○五字◓○○●四字叶◒●○○四字○●●○●五字叶◓○◓●○○●七字◓●

[一]《全宋詞》「梅」字後多「晶明」二字。

[二]秦：《全宋詞》作「杜」。

○○●五字叶●○○三字●●○○●●六字叶

詞　張　炎

坐清晝。正治思縈花，餘酲倦酒。甚探芳人老，芳心尚如舊。消魂忍說銅駝事，不是因春瘦。向西園竹掃頹垣，蔓蘿荒甃。風雨夜來驟。歎歌冷鶯簾，恨凝蛾岫。愁到今年，都似去年否。賦情懶聽山陽笛，目極空搔首。我何堪，老却江潭漢柳。

採桑子慢(一)

前段九句，後段十句，共九十字，七韻

◐○◐●四字◐●◐○○●六字●◐●○○五字◐◐●●○○六字平韻起◐●○○四字◐○◐●●○○七字叶◐○◐●四字◐○◐●四字◐●○○四字叶

◐●●○四字●○○●四字◐●○○四字叶◐○●◐○○●七字●●○○四字叶◐●○○四字●○○●●○○七字叶◐○○●四字○○●●四字●●○○四字叶

(一) 此調又名《醜奴兒慢》。

詞[一]

潘元質

愁春未醒，還是清和天氣，對濃緑陰中，庭院燕語鶯啼。數點新荷，翠鈿輕泛水平池。一簾風絮，才晴又雨，梅子黄時。　忍記那回，玉人嬌困，初試單衣。共携手紅窓描繡，畫扇題詩。怎有而[二]今，半牀明月兩天涯。章臺何處，多應[三]爲我，蹙損雙眉。

玉京秋

前段十句，後段九句，共九十字，十二韻

○●●三字仄韻起◒○●○●五字◓○○●四字叶◓○●●四字◒○○●四字叶◒●○○◓●六字●○○○●○●七字叶○○●三字叶◓○○●四字◓○○●四字叶

◓●◒○○●六字叶●○○◒○◓●七字叶●●○三字○○○●四字◒○○●四字叶●●○○四字◓●●○●○○○●九字叶●○●三字叶◒●○○◓●六字叶

(一)《全宋詞》調名署《醜奴兒慢》。

(二) 而：《全宋詞》作「如」。

(三) 多應：《全宋詞》作「應是」。

詞　周密

烟水濶。高林弄殘照，晚蜩凄切。碧砧度韻，銀牀飄葉。衣濕桐陰露冷，採凉花時賦秋雪。歎輕別。一襟幽事，砌蛩能說。　客思吟商還怯。怨歌長瓊壺暗缺。翠扇(一)疎，紅衣香褪，翻成銷歇。玉骨西風，恨最恨閒却新凉時節。楚簫咽。誰倚西樓淡月。

長調

醉翁操

前段九句，後段十句，共九十一字，十六韻

○○二字平韻起○○二字叶○○●三字○○○○四字叶◐○●◐○○○七字叶●○○●○○六字叶○●○三字叶◐●●○○五字叶●●○●○●○七字叶，泛聲同此。●○●●四字○●○○四字叶●○●●四字○●○○●○六字叶○●○○○六字叶●●○○○○六字叶○○

(一)《全宋詞》「扇」字後有「恩」字。

●○五字叶○○○○○五字叶●●●○○五字叶●●○●○●○七字叶

詞琴曲　　蘇軾

琅然。清圜。誰彈響，空山無言。惟翁醉中和其天。月明風露娟娟。人未眠。荷蕢過山前。曰有心也哉此賢。　醉翁笑詠，聲和流泉。醉翁去後，空有朝吟夜怨。山有時而童巔。水有時而回川。思翁無歲年。翁今爲飛仙。此意在人間。試聽徽外三兩弦。「怨」叶平

雪獅兒

前段九句，後段八句，共九十二字，十一韻

◒○◓●四字◓◒●○●○○七字○○○●四字仄韻起◓●○○◓●六字◒○○●四字叶◒○◓●四字叶◓●●●○○●七字叶◓●●◒○◓●七字◒○○●四字叶

◓◒◒◓●六字叶●◒○◓●五字◓○○●四字叶◒●○○四字◓●◓○○●六字叶◓◒◒◓○●六字●○○◒●五字叶○○●三字叶●●○○○●六字叶

詞　　張雨

含香弄粉，便勾引遊騎尋芳，城南城北。別有西村斷港，水漸微綠。孤山路熱。伴老雀晚

先尋宿。怕凍損三花兩蕋，寒泉幽谷。　幾番花影濯足。記歸來醉臥，雪深平屋。春夢無憑，髩底鬧蛾爭撲。不如圖畫相對，展官奴風竹。燒黄燭。自聽瓶笙調曲。

露華

前段十句，後段九句，共九十二字，十韻

◐○●●四字仄韻起◐●●○○五字●◐○●四字叶●●◐○四字◐●◐○○●六字叶◐○●
●○○六字◐●●◐○●六字叶○◐●三字○○●三字○●●○●五字叶　○○●●○●
六字叶●●●○○五字○●○●四字叶●●●○○●六字●●○●四字叶●●●●○○六字◐
●●○○●六字叶○●●三字○○●○●●六字叶

詞

王沂孫

紺葩乍坼。笑爛漫嬌紅，不是春色。換了素妝，重把青螺輕拂。舊歌共渡烟江，却占玉奴標格。風霜峭，瑤臺種，時付與仙骨。　閒門晝掩淒惻。似淡月梨花，重化清魄。尚帶唾痕香凝，怎忍攀摘。嫩綠漸暖溪陰，簌簌粉雲飛出。芳艷冷，劉郎未應認得。

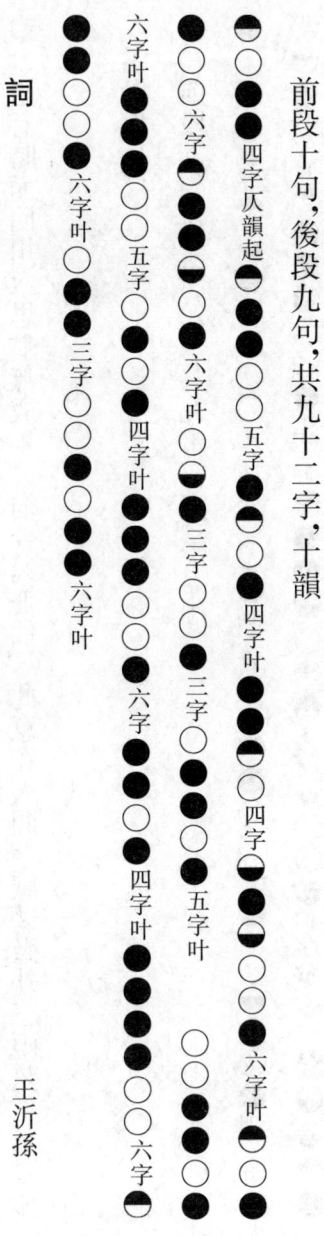

淒涼犯

前段九句，後段九句，共九十三字，十韻

◐○●●○○●七字◐◐◐◐○◐六字仄韻起●○●●四字○○●●四字●○○●四字叶◐
○◐●四字叶◐○●○○●●七字叶●◐◐○○●●七字叶○●◐○●五字叶◐●○○
●五字◐●○○四字●○○●四字叶◐○●●四字●◐◐●○○●七字叶◐●○○四字●◐
●○○●●六字叶●○○●◐●●七字●◐●三字叶

詞

姜　夔

綠楊巷陌西風起，邊城一片離索。馬嘶漸遠，人歸甚處，戍樓吹角。情懷正惡。更衰草寒烟淡薄。似當時將軍部曲。迤邐度沙漠。追念西湖上，小舫携歌，晚花行樂。舊遊在否，想如今翠凋紅落。謾寫羊裙，等新鴈來時繫著。怕匆匆不肯寄與，誤後約。

卜算子慢

前段九句，後段九句，共九十三字，十韻

◓○●●四字◒○◓○四字◓●◓○○●六字仄韻起◓●○○四字◓●◓○四字◒◓○●四
字叶●◓●○○五字●○○●四字叶◓●○○四字◓●◓○○●六字叶○●二字叶●◒○◓●
叶●◒○●●◒○●八字叶●●●○○五字●●○○●●○●八字叶　◓●○○●五字
○○●八字叶●◓●◒○●●七字●○○○●五字叶

詞

張先

溪山別意，煙樹去程，日落采蘋春晚。欲上征鞍，更掩翠簾，回面相盼。惜彎彎淺黛長長眼。奈畫閣歡遊，也學狂花亂絮輕散。水影横池館。對静夜無人，月高雲遠。一餉凝思，兩眼淚痕還滿。難遣。恨私書又逐東風斷。縱夢澤層樓萬尺，望湖城那見。

梅子黄時雨

前段十句，後段十句，共九十三字，十二韻

◒●○○四字●◓●◓○五字◒◓○●四字仄韻起●◓●○○五字◓○○●四字叶◒●◒
○○●六字◓○◓●○○●七字叶○○●三字叶●●◓○四字◒◓○●四字叶　○●二字叶
◒○○●四字叶●◒○◓●五字◒◓○●四字叶●●●○○五字◒○○●四字叶◒●◒○○

●●七字●○○●○○●七字叶○○●三字叶●◐●○○●六字叶

詞　　張　炎

流水孤村，愛塵事頓消，來訪深隱。向醉裏誰扶，滿身花影。鷗鷺相看如瘦，近來不是傷春病。嗟流景。竹外野橋，猶繫煙艇。誰引。斜川歸興。便啼鴂縱少，無奈時聽。待棹擊空明，魚波千頃。彈斷琵琶留不住，最愁人是黄昏近。江風緊。一行柳絲吹暝。

一枝春

前段八句，後段八句，共九十四字，十韻

◐●○○四字●○◐◐●◐○○●九字仄韻起◐○◐●四字◐●●○○●六字叶◐○◐●四字叶◐○●◐○○●七字叶○◐◐○◐◐○七字●◐●○○●六字叶

◐◐●○○●六字叶●○○◐●○○●九字叶◐○●●四字◐◐●○◐●六字叶◐●●●四字●◐●●○○●七字叶◐●●●●○○七字◐○●●四字叶

詞　　楊守齋

竹爆驚春，競喧闐夜起千門簫鼓。流蘇帳煖，翠鼎緩騰香霧。停杯未舉。奈剛要送年新句。應自賞歌清字圓，未誇上林鶯語。從他歲窮日暮。縱閒遊怎減劉郎丰度。屠蘇辨了，迤邐柳忻梅妬。宮壺未晚，早驕馬繡車盈路。還又把月夕花朝，自今細數。

玉女迎春慢

前段八句，後段九句，共九十五字，十一韻

◒●◒○○○●七字◒●●○○●六字仄韻起◒●◒○●●六字叶◒●◒○○●六字叶◒
○○●四字叶◒●●◒○○●七字叶◒○○●四字◒●●○◒◒○●八字叶◒○●●
○○六字◒○◒●四字●○○●四字叶●●○○●●六字◒●◒○●●六字叶●○○●四字叶
●◒●◒○○●七字叶●●○○四字◒●●○○●六字叶

詞　彭元遜

纔入新年逢人日，拂拂淡煙無雨。葉底妖禽自語。小啄幽香還吐。東風辛苦。便怕有踏青人誤。清明寒食，消得渡江黄翠千縷。看臨小帖宜春，填輕暈濕，碧花生霧。爲說釵頭裊裊，繫著輕盈不住。問郎留否。似昨夜教成鸚鵡。走馬章臺，憶得畫眉歸去。

徵招

前段九句，後段八句，共九十五字，十一韻

◐○●●○○●七字◐○●○○●六字仄韻起◐●●○○五字●○○○●五字叶◐○○●●五字叶◐○●●○○●七字叶◐●○○四字●○○●四字叶◐○○●四字叶◐●●○○五字◐○●◐◐●○○●九字叶●◐●○○五字●◐○◐●五字叶●○○●●五字叶◐○●●○○●七字叶◐○●●●◐○七字●●○◐●五字叶

詞

趙以夫

玉壺凍裂瑯玕折，鬖鬖逼人衣袂。暖絮漲空飛，失前山橫翠。欲低還又起。似妝點滿園春意。記憶當時，剡中情味。一溪雲水。天際絶人行，高吟處依稀灞橋鄰里。更剪剪梅花，落雲階月砌。化工真解事。强勾引老來詩思。楚天暮驛使不來，悵曲欄獨倚。

雙瑞蓮

前段十句，後段九句，共九十五字，十二韻

◒○○●●五字仄韻起◓●●○○五字○○○●四字叶◒○◓●四字◓●●○○●六字叶●●

◒○○●六字叶●◓●○○五字○●○●●五字叶◓○●●四字叶◒○○●四字叶◓●

◓●○○六字●◒●○○五字○○○●四字叶◒○●●四字◒●◒○○●六字叶◓●○○◓

●六字◓●●◓○○●七字叶○●●三字叶●●◓○○●六字叶

詞

趙以夫

千機雲錦裏。看並蒂新房，駢頭芳蕊。清標艷態，兩兩翠裳霞袂。似是商量心事。倚綠蓋無言，相對天醮水。彩舟過處。鴛鴦驚起。縹緲漾影搖香，想劉阮風流，雙仙姝麗。閒情未斷，猶戀人間歡會。莫待西風吹老，薦玉醴碧筒拚醉。清露底。月照一襟歸思。

掃花遊

前段十一句，後段九句，共九十五字，十三韻

◓○◓●四字◓●●○○五字●○○●四字仄韻起◓○◓●四字叶●◒○◓●五字◓○○●四

字叶●●○○四字◓●◒○●●六字叶◓○●三字叶●◓●◓○五字●○○●四字叶◒◓

●●●五字叶●●●○○五字◓○○●四字叶◓○◓●四字叶●◒○◓●◓○○●九字叶◓

●○○四字◓●◒○◓●六字叶◓○●三字叶●○○●○●●七字叶

詞

吴文英

水園沁碧，驟夜雨飄紅，竟空林島。艷春過了。有塵香墜鈿，尚遺芳草。步繞新陰，漸覺交枝逕小。醉深窈。愛緑葉翠圓，勝看花好。芳架雪未掃。怪翠被佳人，困迷清曉。柳絲繫棹。問閶門自古送春多少。倦蝶慵飛，故撲簪花破帽。酹殘照。掩重城暮鐘不到。

雨中花[一]

前段十句，后段十句，共九十六字，八韻

◓●○○四字◒○●●四字◓○●●○○六字平韻起●◓○●●五字◒●○○四字叶◓●◒

○●●六字◒○○●○○六字叶◒○●●四字○○●●四字●●○○四字叶

◓○◒●四字

○●◒○○◒六字●●○○四字叶◒●●○○●●七字◓●○○四字叶◓●◓○●○六字◒

○●●○○六字叶○○●●四字○○○●四字●●○○四字叶

[一] 此調即《雨中花慢》。

詞　　京　鏜

玉局祠前，銅壺閣畔，錦城藥市爭奇。正紫萸綴席，黄菊浮巵。巷陌連鑣並轡，樓臺吹竹彈絲。登高望遠，一年好景，九日佳期。　自憐行客，猶對嘉賓留連，豈是貪痴。誰會得心馳北闕，興寄東籬。惜别未催鷁首，追歡且醉蛾眉。明年此會，他鄉今日，總是相思。

慶清朝㈠

前段九句，後段九句，共九十七字，八韻

●●○○四字○○●●四字◒○◓●○○六字平韻起◒○●●四字◓○◓●○○六字叶◒●
●○●●六字○○●●●○○七字叶◒○●◓○●●七字◒●○○四字叶

◒●◓○●●六字●◓○◒●五字◓●○○四字叶◒○◓●四字◒○◒●○○六字叶○●◓○●●六字◓
○○●●○○七字叶◒○●◓○●●七字◒●○○四字叶

㈠ 此調名一作《慶清朝慢》。

詞　　　　　　　　王沂孫

玉局歌殘，金陵句絕，年年負却熏風。西鄰窈窕，獨憐入戶飛紅。前度綠陰載酒，枝頭色比似裙同。何須擬蠟珠作蒂，湘彩成叢。　誰在舊家殿閣，自太真仙去，掃地春空。朱幡護取，如今應誤花工。顛倒絳英滿逕，想無車馬到山中。西風後尚餘數點，還勝春濃。

綠蓋舞風輕

前段十句，後段十句，共九十七字，九韻

◓●●○○五字◓●○○四字◓◓◓○●五字仄韻起◓●○○四字◓○○●●五字●◓○●四字叶◓●○○四字●◓●○○○●七字叶●○○●●○七字◓◓○●四字叶○●二字

叶◓●○○四字◓●●○○五字●◓○●四字叶◓●○○四字●○●●●○○●九字叶●○○四字◓○●◓○○●七字叶●○○三字○●●○○●六字叶

詞　　　　　　　　周　密

玉立照新妝，翠蓋亭亭，淩波步秋漪。真色生香，明璫搖淡月，舞袖斜倚。耿耿芳心，柰千縷晴絲縈繫。恨開遲不嫁東風，顰怨嬌蕊。　花底。謾卜幽期，素手采珠房，粉艷初洗。雨濕鉛腮，碧雲深暗聚軟綃清淚。訪藕尋蓮，楚江遠相思誰寄。棹歌回，衣露滿身花氣。

西子妝

前段九句，後段八句，共九十七字，十一韻

◐●◐○四字◐○●●四字◐●◐○○●六字仄韻起◐○◐●●○○七字◐○◐●○○●七字叶◐○◐●四字叶◐●●◐○◐●七字叶●○○●●○○●八字◐○○●四字叶○○●三字叶●●○○四字●●○◐●五字叶◐○◐●●○○七字●●○●○○●七字叶◐○●四字叶◐○●○○○●七字叶◐○◐●●○○●●九字叶

詞(一)　　吳文英

流水麴塵，艷陽醅(二)酒，畫舸遊情如霧。笑拈芳草不知名，乍凌波斷橋西堍。垂楊謾

(一)《全宋詞》調名署《西子妝慢》。
(二)醅：《全宋詞》作「醅」。

舞。總不解將春繫住。燕歸來問彩繩纖手，如今何許。歡盟誤。一箭流光，又趁寒食去。不堪衰鬢著飛花，傍綠陰冷煙深樹。玄都秀句。記前度劉郎曾賦。最傷心一片孤山細雨。

卓牌兒(一)

前段十一句，後段八句，共九十七字，十一韻

○◓●○○五字◓●●○○●●七字仄韻起●◓◓●四字○○◓●四字○○○●四字●◓○

●四字叶◓◓●◓○五字◓◓●◓○◓●七字叶◓●◓●○○六字◓○●◓●○○七字●

○○●四字叶◓○◓●四字叶●○●◓○○●七字叶◓○○●四字叶○●◓○●五字叶○

●○○四字◓○●◓●◓○◓●九字叶○●二字叶●●○○●五字叶

詞

万俟雅言

東風綠楊天，如畫出清明院宇。玉艷淡泊，梨花帶月，胭脂零落，海棠經雨。單衣怯黃

(一) 應爲《卓牌子》，此九十七字式始於万俟詠，名《卓牌子慢》。

昏，人正在珠簾笑語。相並戲蹴鞦韆，共攜手同倚闌干，暗香時度。翠窗繡戶。路繚繞瀟通幽處。斷魂凝竚。嗟不似飛絮。閒悶閒愁，難消遣此日年年意緒。無據。柰酒醒春去。

暗香

前段八句，後段十句，共九十七字，十二韻

◓○●●四字仄韻起○◓○●●◒○○●九字叶◓●◓○四字◓●○○●○●七字叶○●◒
○●●六字◒○●○○○●七字叶◓●◓●●○○七字○●◓○●五字叶○●二字叶◓
●●三字叶●●●◓○五字●◓○●四字叶◓○●●四字叶◒●○○●○●七字叶○●○○●
●六字◒◓◓◒◒○●七字叶●◓●○●●六字◓○●●四字叶

詞　　姜　夔

舊時月色，算幾番照我梅邊吹笛。喚起玉人，不管清寒與攀摘。何遜而今漸老，都忘却春風詞筆。但怪得竹外疎花，香冷入瑤席。　江國。正寂寂。歎寄與路遙，夜雪初積。翠尊易泣。紅萼無言耿相憶。長記曾携手處，千樹壓西湖寒碧。又片片吹盡也，幾時見得。

玲瓏玉

前段九句，後段九句，共九十八字，九韻

◒●○○四字●◒●◓●○○七字平韻起◒○●●四字◓○◓●○○六字叶◓●○○●●六字●○○◒●五字◒●○○四字叶○○二字叶◒○○◒●◓○七字叶

●●○○●●六字◓○○○●○●○○九字叶◓●○○四字●○○●●○○七字叶○◒○○○●六字●○○○○●●七字●●○○四字叶●○●三字●○○○●◓○七字叶

詞

姚雲文

開歲春遲，早贏得一白瀟瀟。風窻淅簌，夢驚錦帳春嬌。是處貂裘透暖，任尊前回舞，紅倦柔腰。今朝。虧陶家茶鼎寂寥。料得東皇戲劇，怕蛾兒街柳先鬭元宵。宇宙低迷，倩誰分淺亞深凹。休嗟空花無據，便真箇瓊雕玉琢，總是虛飄。且沉醉，趁樓頭零片未消。

春草碧第二體

前段十句，後段九句，共九十八字，九韻

◐○○●四字仄韻起●●●○●○六字○●○●四字叶○○●三字○●◐○●五字◐○○●四字叶◐○◐●四字◐●◐○○◐●七字叶◐◐●●○○●七字●●◐○●五字叶

○●●○○●○七字●◐○●●◐◐○●九字叶○○◐●●五字●◐●●○○●七字叶○◐◐○四字●○◐○○●●七字叶◐●●○四字○○●三字●○●三字叶

詞　万俟雅言

又隨芳渚。坐看翠連霽空，愁徧征路。東風裏，誰望斷西塞，恨迷南浦。天涯地角，意不盡消沉萬古。曾是送別長亭下，細綠暗烟雨。　何處亂紅鋪繡茵，有醉眠蕩子拾翠游女。王孫遠柳外，共殘照斷雲無語。池塘夢生，謝公後還能繼否。獨上畫樓，春山暝，鴈飛去。

陌上花

前段八句，後段八句，共九十九字，八韻

◓○◓●○○六字◓●◓○○●六字仄韻起●●○○四字◓●◓○○●六字叶◓○◓●○○

●七字◓●◓○○●六字叶●○○●●◓○七字○●●○○●六字叶●○○●●○六字

○◓◓●●○○●九字叶◓●○○四字◓●◓○○●六字叶◓○●●○○●七字○●

○○○●六字叶●○○●●○○○●九字●○○●四字叶

詞

張翥

關山夢裏歸來，還又歲華催晚。馬影鷄聲，諳盡倦郵荒館。綠箋密記多情事，一看一回腸斷。待殷勤寄與舊遊，鶯燕水流雲散。　滿羅衫是酒香，痕凝處唾碧啼紅相半。只恐梅花，瘦倚夜寒誰暖。不成便沒相逢日，重整釵鸞箏鴈。但何郎縱有春風詞筆，病懷渾懶。

大有

前段八句，後段九句，共九十九字，九韻

◓●○○四字◓○○●四字●◓○○●○●七字仄韻起●○◓○○●◓○●九字叶◓◓●◓

○○●七字◓●●◓○○●七字叶●●●●○○六字◓◓●○○●六字叶◓○●三字○

◐●三字叶○●●◐○●○○●九字叶◐●○○四字●●●○○●六字叶◐●●○○●六字

◐○●○○○●七字叶◐○●●●○○七字◐○◐●四字叶

詞　潘希白

戲馬臺前，采花籬下，問歲華還是重九。恰歸來南山翠色依舊。簾櫳昨夜聽風雨，都不似登臨時候。一片宋玉情懷，十分衛郎清瘦。　紅萸佩，空對酒。砧杵動微寒暗欺羅袖。秋色無多，早是敗荷衰柳。强整帽檐攲側，曾經向天涯搔首。幾回憶故國蓴鱸，霜前鴈後。

芳草

前段九句，後段十句，共九十九字，九韻

●○◐○○○●七字◐○◐●○○六字平韻起◐○○●●五字◐○○●四字◐●○○四字叶

◐○○●●五字●○○●●○○七字叶●◐◐○○五字◐◐●●○○六字叶○○二字叶

◐○●●四字◐○●●●○○七字叶◐○○●●五字●○○●●五字◐●○○四字叶○○○

●●五字●◐○◐●○○七字叶●●●○○●●七字●●○○四字叶

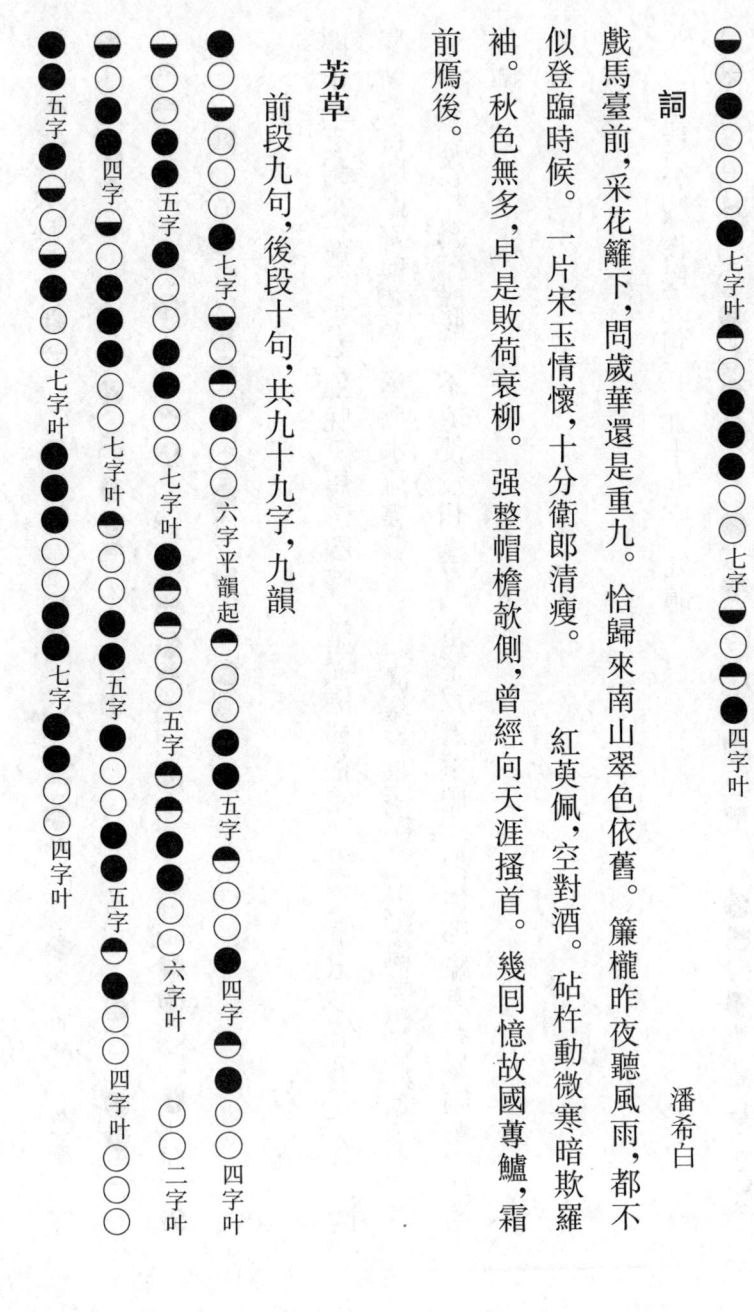

詞　　　　韓　縝

鎖離愁連綿無際，來時陌上初熏。繡幃人念遠，暗垂珠露，泣送征輪。長行長在眼，更重重遠水孤雲。但望極樓高，盡日目斷王孫。消魂。池塘別後，曾行處綠妒輕裙。恁時携素手，亂花飛絮裏，緩步香茵。朱顔空自改，向年年芳意長新。遍綠野嬉游醉眼，莫負青春。

燕山亭

前段十一句，後段九句，共九十九字，十韻

◒●○○四字○●●○四字●●○○○●六字仄韻起◒○◓○四字●●○○四字◒●●○○●六字叶◓●○○四字●○●○○◒●七字叶○●二字叶◒●●○○五字◓○○●四字叶

◒●○●○○六字●◒●○○●○○●九字叶◒○◓●四字●●○○四字◒◒●○○●六字叶◓●○○四字◓●●◓○○●七字叶○●二字叶◒●●◓○●●七字叶

詞　　　　徽　宗

裁剪冰綃，輕疊數重，冷淡胭脂匀注。新樣靚妝，艷溢香融，羞殺蕊珠宮女。易得凋零，更多少無情風雨。愁苦。閒院落淒涼，幾番春暮。憑寄離恨重重，這雙燕何曾會人言語。天遥地遠，萬水千山，知他故宫何處。怎不思量，除夢裏有時曾去。無據。和夢也新來不做。

垂楊

前段九句，後段九句，共九十九字，十一韻

◓○●●四字●◓○●●五字◓○○●四字仄韻起◓●○○四字◓○◓●○○●七字叶◓○
◓●○○●七字叶◓○◓●○○●七字叶◓○○◓●○○七字◓●○○●五字叶◓●◓
○●●六字叶○◓●◓○五字◓○○●四字叶●●○○四字◓○○●○○●七字叶◓○●●
○○●七字叶●◓◓◓○●●七字叶◓○◓●○○六字○●●三字叶

詞

蔣　捷[一]

銀屏夢覺，漸淺黄嫩綠，一聲鶯小。細雨輕塵，建章初閉東風悄。依然千樹長安道。翠雲

[一]《全宋詞》作者署陳允平。

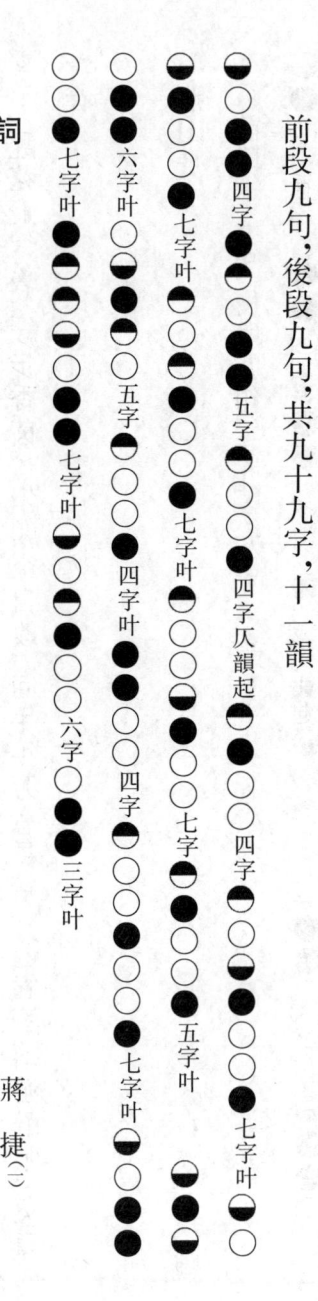

鎖玉窻深窈。斷橋人空倚斜陽，帶舊愁多少。還是清明過了。任烟縷露條，碧纖青嫋。恨隔天涯，幾回惆悵蘇堤曉。飛花滿地誰爲掃。甚薄倖隨波縹緲。啼鴂不喚春歸，人自老。

迷神引

前段九句，後段十句，共九十九字，十一韻

◓●◒○○●●七字仄韻起◓●●○○●六字叶◒○◓●四字◒●○○●五字叶◓○◒○○
●●○●九字叶◓●○○四字◓○●●四字叶◓●◓○四字◒●○●四字叶　◓●○○四字
◓●○○●五字叶●◓◒○○○●七字叶◓○○●四字◓○●○○●六字叶◓●○○四字
○○●◓○●六字叶○●◓○○○●●八字◓●●○○五字○○●三字叶

詞

晁補之

黯黯青山紅日暮。浩浩大江東注。餘霞散綺，囬(一)向烟波路。使人愁長安遠在何處。幾

(一)《全宋詞》無「囬」字。

點漁燈，小迷近塢。一片客帆，低傍前浦。　暗想平生，自悔儒冠誤。覺阮途窮歸心阻。斷魂縈目，一千里傷平楚。怪竹枝歌，聲聲怨爲誰苦。猿鳥一時啼驚島嶼，燭暗不成眠，聽津鼓。

無悶

前段十句，後段十句，共九十九字，十一韻

◓●○○四字◓●○四字◓●◓○◓●六字仄韻起●◓●○○五字◓○○●四字叶◓●◓
○●●六字●◓●◓○○○●八字叶◓○●●四字◓○◓●四字●○○●四字叶　○●二字
叶●○●三字叶●◓●○○○五字●○○●四字叶◓●●○○○五字●○○●四字叶◓●◓○◓●
六字叶◓●●○○○○●八字叶●◓●◓●○○七字◓●●○○●六字叶

詞　　王沂孫

陰積龍荒，寒度鴈門，西北高樓獨倚。悵短景無多，亂山如此。欲喚飛瓊起舞，怕攪碎紛紛銀河水。凍雲一片，藏花護玉，未教輕墜。　清致。悄無似。有照水南枝，已攙春意。誤幾度憑欄，莫愁凝睇。應是梨花夢好，未肯放東風來人世。待翠管吹破蒼茫，看取玉壺天地。

賽天香

前段九句，後段十句，共一百字，八韻

◒○◒●●○○七字◒●●○○●六字仄韻起◒●◒○○●●七字◒●◒○●●六字叶●●

○○四字○○●●四字●●○○●五字叶◒●○○四字◒○◒●○●六字叶◒●◒●

○○六字◒○◒●四字◒●○○●五字叶◒●◒○○●●七字◒●◒○◒●六字叶◒●○

四字○○◒●四字◒●○○●五字叶◒○○●四字●◒◒◒○●六字叶

詞　　　　楊　慎

芙蓉屏外倒金尊，滿座艷歌凝咽。半面新妝香透幌，環珮珊珊步怯。接黛垂鬟，低聲小語，問採香仙妾。柳嫋花停，鶯鶯燕燕標格。媚眼射注檀郎，雙鴛全露，裙底陵波襪。萬斛胭脂傾在水，染就銀河一色。天作紅墻，山爲翠幕，坐把伊儂隔。離魂牽惹，夢囬南浦涼月。

換巢鸞鳳

前段九句，後段十一句，共一百字，五平七仄韻

◒●○○四字平韻起●◒○●●五字◒●○○四字叶◒○○●●五字◒●●○○五字叶◒○◒

●●○○七字叶●◒◓◒○◒◓○八字叶●○◓三字◓●◓●○○●七字換仄韻　○●二字

叶○●●三字叶◒●◓○四字◒●○○●五字叶◓●○○四字◓○○●四字◒●◒○○●六字

叶◒◓◒◒●○○七字◓○◒●◒○●七字叶◒○○三字◓○◒●◓○●七字叶

詞

史達祖

人若梅嬌。正愁橫斷塢，夢遶溪橋。倚風融漢粉，坐月怨秦簫。相思因甚到纖腰。定知我今無魂可銷。佳期晚，謾幾度淚痕相照。　人悄。天渺渺。花外語香，時透郎懷抱。暗握荑苗，乍嘗櫻顆，猶恨侵堦芳草。天念王昌忒多情，換巢鸞鳳教偕老。溫柔鄉，醉芙蓉一帳春曉。

石州引

前段十句，後段十一句，共一百字，九韻

◓●○○四字○●●○四字○●○●四字仄韻起◒○◓●○○六字◓●●○○●六字叶◒○

◓●四字◓●◓●○○六字◒○●●○○●七字叶◒●●○○五字●◒○○●五字叶　○

●二字叶○○●●四字●●○○四字◓○○●四字叶●●○○四字◒●◓○○●六字叶●○○

●四字◒●○○四字◓○◒●○○●七字叶◒●◓○○●六字◒○○●四字叶

詞　　謝懋

日脚斜明，秋色半陰，人意淒楚。飛雲特地凝愁，做弄晚來微雨。誰家別院，舞困幾葉霜紅，西風送客聞砧杵。鞭馬出都門，正潮平洲渚。無語。匆匆短棹，滿載離愁，片帆高舉。京洛紅塵，因念幾年羈旅。淺顰輕笑，風月逢迎，別來誰畫雙眉嫵。囬首一銷凝望，歸鴻容與。

山亭宴

前段八句，後段八句，共一百一字，十韻

◓○◓●○○●七字仄韻起◓○○●○○●七字叶◓○◓○○●六字◒●◒○●●六字叶◓

○◒●●○○七字◓○●○○●七字叶◒●●○○五字◓●●○○●六字叶

◓○●●

◓○●七字叶◓○●◓○●●七字叶◒●●○○五字◓●●◒○◓●七字叶◒○○●●○○

七字◓●●●○○●七字叶◓●●○○五字◓●○○●五字叶

詞　張先

宴堂永晝喧簫鼓。倚青空畫欄紅柱。玉瑩紫微人藹，和氣春融日煦。故宮池館更樓臺，約風月今宵何處。湖水動鮮衣，競拾翠湖邊路。　落花蕩漾怨空樹。曉山靜數聲杜宇。天意送芳菲，正黯淡疎烟短雨。新歡寧似舊歡長，此會散幾時還聚。試爲挹飛雲，問解相思否。

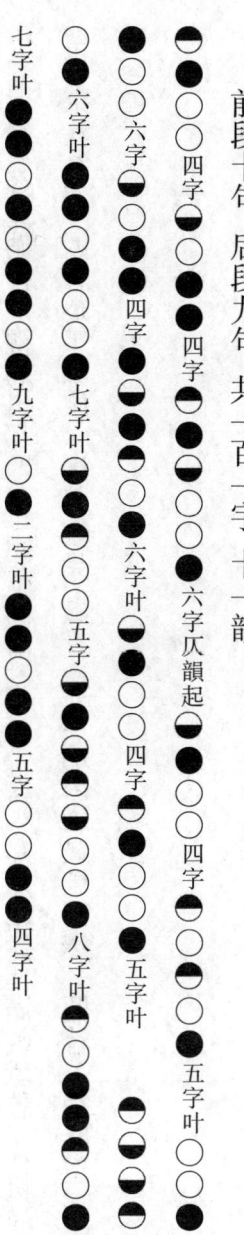

剪牡丹

前段十句，后段九句，共一百一字，十一韻

◓●○○四字◒○●●四字◓●◒○○●六字仄韻起◒●○○四字◓○◓○●五字叶○○●●○○六字◒○●●四字●◒●◓○●六字叶◒●○○四字◓●○○●五字叶　◓◒◒◓○●六字叶●●○●○○●七字叶◒●◓○○五字◒●◒◓◒○○●八字叶◓○●●◓○●七字叶●●○●○●●○●九字叶○●二字叶●●○●●五字○○●●四字叶

詞　張先

野綠連空，天青垂水，素色溶溶都淨。柔柳搖搖，墜輕絮無影。汀洲日落人歸，修巾薄袂，擷香拾翠相競。如解凌波，泊烟渚春暝。　綵縚朱索新整。宿繡屏畫船風定。金鳳響雙槽，彈出今古幽思誰省。玉盤大小亂珠迸。酒上妝面花艷眉相並。重聽。盡漢妃一曲，江空月靜。

真珠簾

前段九句，後段九句，共一百一字，十二韻

○○◓●○○●七字仄韻起●○○◓●◒○○●九字叶◓●○○四字◒●●○○●六字叶◓
●◒○○●●七字◓●◒○○○●七字叶○●二字叶●○○◒●五字◒○◓●四字叶◓
●○○○●六字叶●○○◓●○○○●九字叶◓●●○○五字●◓○○●五字叶○●○○○
●●七字◓●●○○○●七字叶○●二字叶●○○○●五字◓○○●四字叶

詞　　陸　游

山村水館參差路。感羈游正似殘春風絮。掠地穿簾，知是竟歸何處。鏡裹新霜空自憫，問幾時鸞臺鰲署。遲暮。謾憑高懷遠，書空獨語。　自古儒冠多誤。悔當年早不扁舟歸去。醉下白蘋洲，看夕陽鷗鷺。菰菜鱸魚都棄了，只換得青衫塵土。休顧。早收身江上，一蓑烟雨。

臺城路(一)

前段九句，後段十句，共一百一字，十二韻

◓○◓●○○●七字○◓●○○●六字仄韻起●●○○四字●○○●四字叶◓●◓○○●六字叶◓○●●四字叶◓○○●●○○●八字叶○●○○四字◓○◓●●○●七字叶◓●○○●●六字叶●◓○◓●●○○●九字叶◓●○○四字◓○●●四字◓●◓○○●六字叶◓○◓●四字叶◓●●○○五字●○○●四字叶◓●○○四字◓○○●●五字叶

詞　　方岳

孤蓬夜傍低叢宿，蕭蕭雨聲悲切。一岸霜痕，半江煙色。愁到沙頭枯葉。淡雲沒滅。西風吹老滿汀新雪。天豈無情，離騷點點送歸客。歸去來兮怎得。盡鷺翹鷗倚乍寒時節。秋晚山川，夕陽浦溆，贏得別腸千結。濤翻浪疊。那得似西來，一笻橫絕。搔首江南，鴈銜千里月。

(一) 此調本名《齊天樂》。

小樓連苑(一)

前段八句，後段八句，共一百二字，八韻

◓○◒●○○六字◓○●●○○●七字仄韻起◓○◓●●○○●八字◒○○●四字叶◓●

○○四字◒○◒●●○○●八字叶●◒○●●○○◓●九字◓○●○○●六字叶◓●

○○○●六字●○○●○○●七字叶◒○●●四字◓○◓●●○○●八字叶●●○○四字◓

○○●●○●●八字叶●◒○◓●○○七字◓●◓○○●六字叶

詞

楊樵雲

一枝斜墮牆腰，向人顫嫋如相媚。是誰剪取斷雲零玉，輕輕妝綴。不是幽人，如何能到水邊沙際。又匆匆過了春風半面，儘長把重門閉。　只管相思成夢，道無情又關鄉意。蒼苔半畝，如今已是鹿胎田地。甚欲追陪，却嫌花下翠環解語。待何時月轉幽房，醉了不教歸去。

(一) 此調本名《水龍吟》。《欽定詞譜》：「楊樵雲詞因秦觀詞起句更名《小樓連苑》。」

上林春慢

前段十一句，後段九句，共一百二十字，九韻

◐●○○四字○●◐○四字◐●◐○○●六字仄韻起◐●◐○四字○○●●四字◐◐●○○

●六字叶◐○○●四字◐○●●○○●七字叶●○○三字●◐●◐○五字●◐○●四字叶

◐○◐●○●●七字叶◐○●●●○○●●九字叶●◐◐○四字○○●●四字○◐●○○●

六字叶○○●●四字●◐●●○○●七字叶●○○三字◐○●●○○●七字叶

詞　晁沖之

帽落宮花，衣惹御香，鳳輦晚來初過。雀降詔飛，龍銜燭戲，端門萬枝燈火。滿城車馬，對明月有誰閒坐。任狂遊，更許傍禁街，不扃金鎖。　玉樓人暗中擲果。珠簾下笑著春衫裊娜。素蛾遶釵，輕蟬撲鬢，垂垂柳絲梅朶。夜闌飲散，但贏得翠翹雙嚲。醉歸來，又重向曉窻梳裹。

曲遊春

前段九句，後段十句，共一百二十字，十韻

◒●○○●五字◒●○○●五字○●○●四字仄韻起●●○○四字●◒○◒●●○○●九字叶

◓●◒○●●六字◓●●○○●六字叶◓●○◓●○○七字◒●●○○●六字叶◓●

◒○○●六字叶◓◒●○○五字◒◓○●四字叶◒●○○四字●◒○◓●五字●○○●四字叶

◒●○○●五字叶◓●●◒○○●七字叶◓◓●●○○六字◓○●●四字叶

詞　　周密

禁苑東風外，颺煖絲晴絮，春思如織。燕約鶯期，惱芳情偏在翠深紅隙。漠漠香塵隔沸，十里亂絲叢笛。看畫船盡入西泠，閑卻半湖春色。　柳陌新煙凝碧。映簾底宮眉，堤上游勒。輕暝籠烟，怕梨雲夢冷，杏香愁冪。歌管酬寒食。奈蝉怨良宵岑寂。正恁醉月搖花，怎生去得。

瀟蘭香

前段十句，後段十句，共一百三字，八韻

◒○●●四字◓●○○四字◓●◓○●●六字仄韻起◒○◓●四字◓●○○四字◓●◓●

○●六字叶●○○○●○○七字○◒◒○●●六字叶◓●◒○●●六字◒○○●四字

叶

◒●○○●●六字●●○○四字○○○●四字叶○○●●四字●●○○四字◓●

●○○●六字叶◓○◒●●○○七字◒●○○●●六字叶◓●●◓●○○七字◒○○●

四字叶

詞

吳文英

盤絲繫腕，巧篆垂簪，玉隱紺紗睡覺。銀瓶露井，彩箑雲窻，往事少年依約。爲當時曾寫榴裙，傷心紅綃褪萼。黍夢光陰漸老，汀洲煙蒻。　莫唱江南古調，怨抑難招，楚江沉魄。薰風燕乳，暗雨梅黃，午鏡澡蘭簾幕。念秦樓也擬人歸，應剪菖蒲自酌。但悵望一縷新蟾，隨人天角。

西江月慢

前段九句，後段八句，共一百三字，九韻

◒○◓●四字○●●●○○●七字仄韻起○●●○○五字◒○○●四字●○○●四字叶◓◓

◒●●○○七字◓○◒●●○○●八字叶●◓○◓●○○七字○●◓○●五字叶●◓

●○○○●●八字叶●◓●◒○●●七字叶◒●○○●●七字◓●○○●五字叶◓●◓●

●○○七字◒○◒●●○○●八字叶●◒●◒●◒○七字○◒●三字叶

詞

呂渭老

春風淡淡，清晝永落英千尺。桃杏散平郊，晴蜂來往，妙香飄擲。傍畫橋煮酒青帘，綠楊風外數聲長笛。記去年紫陌朱門，花下舊相識。　向寶帕裁書憑燕翼。望翠閣煙林似織。聞道春衣猶未整，過禁煙寒食。但記取角枕題情，東窗休悮這些端的。更莫待青子綠陰，春事寂。

竹馬子(一)

前段十一句，後段十句，共一百三字，九韻

◒○●○○五字○○◒●四字◒◒○●四字仄韻起●○○●●五字○○●●四字◒○○●四字

◒◒●●○○六字○○◒●四字●○○●四字叶●●●○○五字●○○◒●○○○●九字叶

●●○○●五字◒○●●四字◒○○●四字叶◒◒○◒○●六字叶◒●◒○○●六字

(一) 此調又名《竹馬兒》。

叶◐◐●●○○六字●○○●四字◐●○○●五字叶○○●●四字●●○○●五字叶

詞　　柳　永

登孤壘荒涼，危亭曠望，靜臨煙渚。對雌霓掛雨，雄風拂檻，微收煩暑，漸覺一葉驚秋，殘蟬噪晚，素商時序。覽景想前歡，指神京非霧非煙深處。向此成追感，新愁易積，故人難聚。憑高盡日凝佇。贏得消魂無語。極目霽靄霏微，斷鴉零亂，蕭索江城暮。南樓畫角，又送殘陽去。

龍山會

前段九句，後段九句，共一百三字，十一韻

◐●○○●五字仄韻起◐●○○四字◐●○○●五字叶◐○○●●五字叶◐○◐●●◐○○●九字叶◐●●○○五字◐○●○○○●七字叶◐○◐○○●●七字●○○●四字叶

○○○●○○六字◐●○○四字◐●○○●五字叶◐○○●●五字叶◐○●●●◐○○●九字叶◐●●○○五字◐●◐○○○●七字叶◐◐●●○●●七字●●○●四字叶

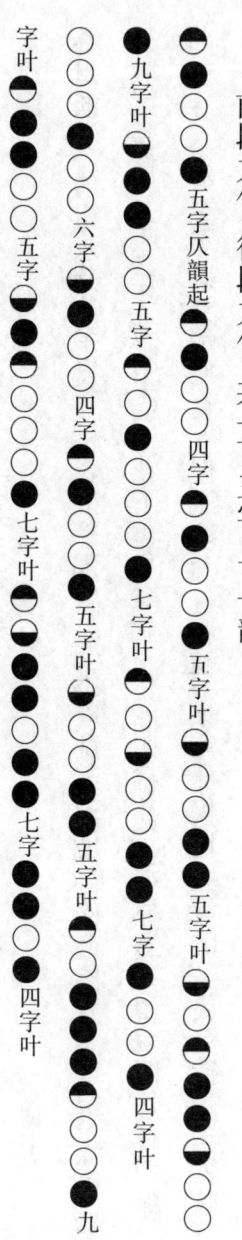

詞

趙以夫

九日無風雨。一笑凭高，浩氣横秋宇。羣峯青可數。寒城小一水縈洄如縷。西北最關情，謾遥指東徐南楚。黯銷魂斜陽冉冉，鴈聲悲苦。　今朝寒菊依然，重上南樓，草草成歡聚。詩朋休浪賦。舊題處俛仰已隨塵土。莫放酒行疎，清漏短涼蟾當午。也全勝白衣未至，獨醒凝竚。

湘江靜

前段十句，後段十一句，共一百三字，十韻

◐●○○○●●七字仄韻起●○○●○○●七字叶◐○◐●四字◐○●●四字●◐○○●五字
叶◐●●○○五字◐◐●○○○●七字叶◐○◐●四字○○●○四字○◐●◐○●六字
叶●●○三字○●●三字叶◐○◐●○○●七字叶○○●●四字○○●●四字●◐○○
●五字叶●●●○○五字◐●◐●○○●七字叶◐○●●四字◐○◐●四字○○◐●四字叶

詞

史達祖

暮草堆青雲浸浦。記匆匆倦篙曾駐。漁榔四起，沙鷗未落，怕愁沾詩句。碧袖一聲歌，石城怨西風隨去。滄波蕩晚，菰蒲弄秋，還重到斷魂處。酒易醒，思正苦。想空山桂香懸樹。三年夢冷，孤吟意短，屢煙鐘津鼓。屐齒厭登臨，移橙後幾番涼雨。潘郎漸老，風流頓減，閒居未賦。

西湖月

前段十句，後段十句，共一百三字，九韻

◐○◐●○○●七字●●○○四字●○○●四字仄韻起◐○◐●四字◐○◐●四字●○○●四字叶◐○○●●五字●◐●○○○●●八字叶◐●●◐●○○七字◐●●○○●六字叶

◐○◐●○○六字●●●○○五字●◐○●四字叶◐○○●四字◐○●●○四字叶●○○●四字叶◐○○●●五字●◐●○○○◐●八字叶◐●◐●○○六字◐◐○●四字叶

詞　黄子行

湖光冷浸玻瓈蕩，一餉薰風，小舟如葉。藕花十丈，雲梳霧洗，翠嬌紅怯。壺觴圍坐處，正酒醁吹波潮暈(一)頮。尚記得玉臂生涼，不放汗香輕浹。殢人小摘墻榴，爲碎掐猩紅，細認裙褶。舊遊如夢，新愁似織。淚珠盈睫。秋娘風味在，怎得對銀釭生笑靨。消瘦沈約詩腰，彷佛堪捻。

向湖邊

前段十句，後段九句，共一百四字，十韻

◓●○○四字◓○○●四字◓●●○○●六字仄韻起●●○○四字●○○○●五字叶◓◓◓

○●◓○七字○○◓●四字◓●○●○●六字叶◓●○○四字●○○●●五字叶◓●

○○四字◓●○○●五字叶◓◓◓●●◓○○○●十字叶●●○○四字●○○●五字叶●

○○○●○○●八字叶◓○◓○●●○○◓●十字叶●●○○四字●●○○●五字叶

詞　　江緯

退處鄉關，幽棲林藪，舍宇第須茅蓋。翠巘清泉，啓軒窻遙對。遇等閒鄰里過從，親朋臨

(一) 潮暈：《全宋詞》作「紅映」。

顧，草草便成幽會。策杖携壺，向湖邊柳外。旋買溪魚，便斫銀絲膾。誰復欲痛飲如長鯨吞海。共惜醺酣，恐歡娱難再。矧清風明月非錢買。休追念金馬玉堂心胆碎。且鬭樽前，有阿誰身在。

拜星月(一)

前段九句，後段八句，共一百四字，十一韻

◓●○○四字◒○○●四字◒●○○○●六字仄韻起◓●○○四字●○○○●五字叶◓◒●

●●○○○●九字叶◓●●◓○○○●八字叶◒●○○四字●◓○○●五字叶●◒○◓

●○○●八字叶●○○◓●○○●八字叶◓◓○●○○六字◓●○○●五字叶●○○◓●

○○●八字叶◒○●◓●○○●八字叶◓◒●◒●○○七字●○○●●五字叶

詞　　周密

膩葉陰清，孤花香冷，迤邐芳洲春換。薄酒孤吟，悵相知遊倦。想人在絮幕香簾凝望。

(一) 此調調名一作《拜星月慢》。

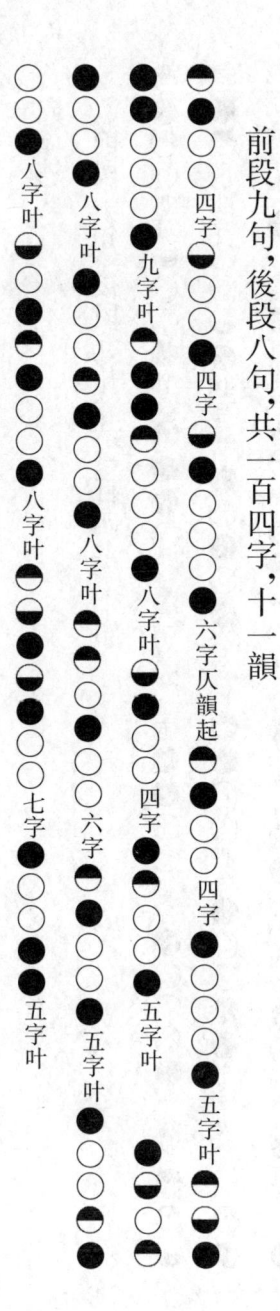

悮認幾許煙檣風幔。芳草天涯，負華堂雙燕。記簫聲淡月梨花院。砑箋紅謾寫東風怨。一夜花落鵑啼，喚四橋吟伴。蕩歸心已過江南岸。清宵夢遠逐飛花亂。幾千萬絲縷垂楊，繫(一)春愁不斷。

陽春(二)

前段十句，後段八句，共一百四字，十一韻

●○○三字○○●三字仄韻起◒●◓○○●六字叶◒●◓○○五字○○●三字◓●◒◓●○
●七字叶●○○●四字叶◒●●●○○●七字叶◒●◓●○○六字●○○●○○●七字叶
●◒●◒○○◒●八字◒●●○○●●七字叶○◒○○●●六字●○◒●◓○●七字叶
○○●●○●六字叶◓◓●○○○●七字叶●○◓◓●○○七字●○○◓●五字叶

詞　　史達祖

杏花煙，梨花月。誰與暈開春色。坊巷曉愔愔，東風斷，舊火銷處近寒食。少年蹤跡。愁

(一) 繫：《全宋詞》作「翦」。
(二) 此調又名《陽春曲》。

暗隔水南山北。還是寶絡雕鞍，被鶯聲喚來香陌。記飛蓋西園寒猶凝，驚醉耳誰家夜笛。燈前重簾不挂，殢華裾粉淚曾拭。如今故里信息。賴海燕年時相識。奈芳草正鎖江南，夢春衫怨碧。

霜花腴

前段十句，後段十句，共一百四字，十一韻

◓○●●四字●◓◒◒○●●○○九字平韻起●●○○四字●○○●四字◒○●●○○
六字叶●◒●○四字叶●◓○◒●○○七字叶●○○◓●五字○○●○四字叶○●●○○
五字叶○●◓○○●六字●○○●●五字●●○○四字叶◒●○○四字◒○○●四字
○○●●○○六字叶●○●○四字叶●○○○●○○七字叶●○◒●●○○七字◓○○
●●五字叶

詞

吳文英

翠微路窄，醉晚風憑誰爲整欹冠。霜飽花腴，燭銷人瘦，秋光做也都難。病懷強寬。恨鴈聲偏落歌前。記年時舊宿，淒涼暮煙。秋雨野橋寒。妝靨鬓英爭艷，度清商一曲，暗墜金蟬。芳節多陰，蘭情稀會，晴暉稱拂吟箋。更移畫船。引珮環邀下嬋娟。算明朝未了重陽，紫萸應耐看。

綺寮怨

前段十句，後段九句，共一百四字，十二韻

◓●○○四字●●●○四字平韻起○●○三字叶◒○●○●○○七字◓○●○●○○七字叶◒◒○○四字◓○●●●五字●◓○●○五字叶●○○●●○○七字●◒●◓○◒●○八字叶

○●○○●○六字叶◒○○●四字◓○●●○○六字叶◒●○○四字叶◒●◓●○○六字叶○◒◒○○●六字◒●●●○○六字叶○○●○四字叶◓○●○◓○●○八字叶

詞

王學文[一]

忽忽東風，又老冷雲。吹晚陰。疎簾下茶鼎孤煙，斷橋外梅豆千林。江南庾郎，憔悴睡未

[一]《全宋詞》作者署趙功可。

醒，病酒愁怎禁。倚闌干一扇風凉，看平地落花如雪深。千曲囊中古琴。平泉金谷，不堪舊事重尋。當日登臨。都化作夢銷沈。元龍丘墳無恙，誰喚起共論心。哀歌怨吟。問何似啼鳥枝上音。

夢橫塘

前段十二句，後段十句，共一百五字，八韻

◓○◒●四字◓●○○四字◓○○●○●六字仄韻起◓●○○四字◓●●○○○●七字叶◒
●○○四字◓●○●四字◓○○●四字叶●◒○◓●五字◓●○○四字○○●三字○○●三字
叶◒○○●○○六字●◒○●●五字●◓○●四字叶●●○○四字○●●●○○●七字叶
◓○●○○●●七字●●○○●○●七字叶●●○○四字◓○○●四字●○○○●五字叶

詞　　劉一止

浪痕經雨，鬢影吹寒，晚來無限蕭瑟。野色分橋，翦不斷前溪風物。船繫朱藤，路迷煙寺，遠鷗浮沒。聽疎鐘斷鼓，似近還遥，驚心事，傷羈客。　　新醅旋壓鵝黃，拚清愁在眼，酒病縈骨。繡閣嬌慵，爭解說短封傳憶。念誰伴塗妝綰髻，嚼蕊吹花弄秋色。恨對南雲，此時淒斷，有何人知得。

十二郎(一)

前段十句，後段十二句，共一百五字，九韻

●○●●◐●●七字●○●●四字仄韻起●◐●○○五字◐○●●四字◐●◐○◐●六字叶

◐●◐○○◐●七字◐●●◐○○●七字叶○●●◐○五字○○○●四字●○○●四字叶

○●二字叶○○●●四字●○○●四字叶●◐●○○五字◐○○●四字◐●○○●六字叶

●●○○四字●○○●四字○●●○○●六字叶○●◐●●五字○○●●四字●○○●四字叶

詞　吳文英

素天際水浪拍碎，凍雲不凝。記曉葉題霜，秋燈吟雨，曾繫長橋過艇。又是賓鴻重來後，猛賦得歸期才定。嗟繡鴨解言，香鱸堪釣，尚廬人境。幽興。爭如共載，越娥妝鏡。念

(一) 此調本唐教坊曲名《二郎神》。

倦客依前，貂裘茸帽，重向淞江照影。酹酒蒼茫，倚歌平遠，亭上玉虹腰冷。迎醉面暮雪，飛花幾點，黛愁山暝。

西湖(一)

前段六句，中段七句，末段六句，共一百六字，十一韻

○●●三字仄韻起◒○○●○●六字叶◓○◒●四字●○○●○◓●七字叶◒○◓●●○○

七字◒○○●○●六字叶◓○●三字○●●三字叶◒○○●○●六字◓○◒●●○○七字

●○●●四字叶●○○◒●●○○八字◓○◒●○●六字叶◓○●●◓◓●七字叶◓◒

○○●○●七字叶◓●●○○●六字叶●◓○●●五字○○○◓●●六字◒○○○●五字叶

詞

張　炎

花最盛。西湖曾泛烟艇。閒紅深處，小秦箏斷橋夜飲。鴛鴦水宿不知寒，如今翻被驚醒。　那時事，都倦省。闌干來此閒凭，是誰分得半機雲，恍疑晝錦。想當年飛燕皺裙

(一) 此調本名《西河》，張炎改用《西湖》。

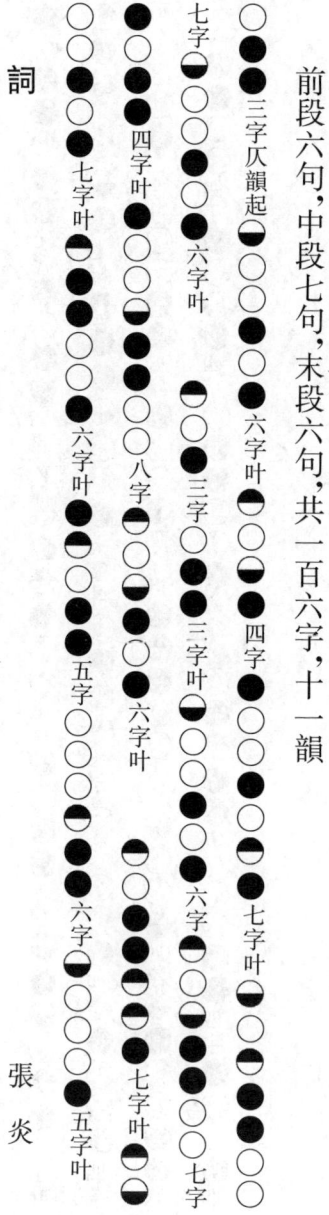

時，舞盤微墮珠粉。　軟波不翦素練靜。　碧盈盈移下秋影。　醉裏玉書難認。　且脫巾露髮，飄然乘興一葉，愁香天風冷。

安公子

前段九句，後段八句，共一百六字，十二韻

◓●○○●五字◓○◓●○○●七字仄韻起◓●◓○○●●七字◓◓○○●五字叶●◓●○○五字◓●○○●五字叶◓◓○●●○○●八字叶●●○○●五字叶◓●○○○●六字叶

◓●○○●五字叶◓○◓●○○●七字叶●●○○●●七字●◓○○●五字叶○●◓○○●●○○十字叶◓●○●●○○●八字叶●●●○○五字●◓●○○●六字叶

詞　　柳永

遠岸收殘雨，雨殘稍覺江天暮。　拾翠汀洲人寂靜，立雙雙鷗鷺。　望幾點漁燈，掩映蒹葭浦。停畫橈兩兩舟人語。　道去程今夜。　遙指前村煙樹。　遊宦成羈旅。　短檣吟倚閑凝佇。萬水千山迷遠近，想鄉關何處。　自別後風亭月榭孤歡聚。　剛斷腸惹得離情苦。　聽杜宇聲聲，勸人不如歸去。

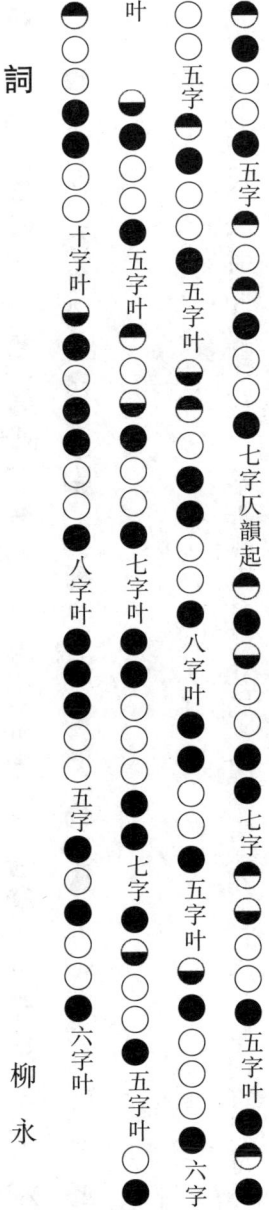

角招

前段九句，后段十一句，共一百六字，十四韻

◓○●○○●六字●○●●○●六字仄韻起◓○○●●五字叶◓●◓○○●○●八字叶○●
●三字叶●◓●○○○●七字◓●○○○●六字叶○○●●○○六字●○○○●五字叶○
●二字叶◓○●●四字叶◒○●●四字◓●○○●五字叶◓○○●●五字叶◓●○○四字◒
○○●四字叶○○●●四字叶◓●●◒○○●七字叶◓●◒○◓●●七字◒●◓○○○●
八字叶

詞

趙以夫

曉寒㈠薄苔枝上，翦成萬點冰蕚。暗香無處著。立馬斷魂晴雪籬落。溪㈡略彴。恨寄驛音書遼邈，夢繞揚州東閣。風流舊日何郎，想依然林壑。　離索。引杯自酌。相看冷淡，一笑人如削。水雲寒漠漠。底處群仙，飛來霜崔。芳姿綽約。正月滿瑤臺珠箔。徙倚

㈠ 寒：《全宋詞》作「風」。
㈡ 《全宋詞》「溪」字前有「横」字。

闌干寂寞盡，分付許多愁城頭角。

奪錦標

前段十句，後段十句，共一百八字，九韻

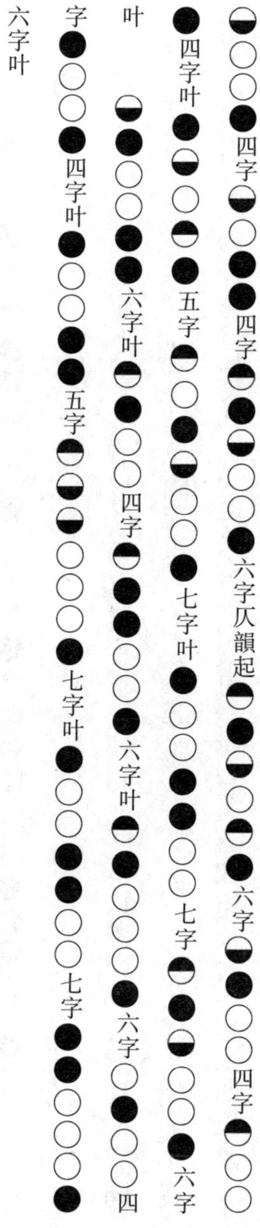

詞

張埜

凉月横舟，銀潢浸練，萬里秋容如拭。冉冉鸞驂鶴馭，橋倚高寒，鵲飛空碧。問歡情幾許，早收拾新愁重織。恨人間會少離多，萬古千秋今夕。　誰念文園病客。夜色沈沈，獨抱一天岑寂。忍記穿針亭榭，金鴨香寒，玉徽塵積。凭新凉半枕，又依稀行雲消息。聽窗前淚雨浪浪，夢裏檐聲猶滴。

绿意㈠

前段九句，後段九句，共一百九字，九韻

◓○◓●四字仄韻起●◓○◓●五字◒○○●四字叶○●○○◓●○○八字◒●●○○●六字叶

◒○◓●○○●七字◓●●●○○●七字叶◓○●●○○六字●●●○○●六字叶

○●○○●●六字●○●●●○○○●九字叶◓●○○四字◒●○○四字◒●●○○●六字叶

◒○○●○○●七字◓●●◒○○●七字叶◓●◓●●○○七字●●●○○●六字叶

詞

無名氏㈡

碧圓自潔。向淺洲遠浦㈢，亭亭清絕。猶有遺簪不展秋心，能卷幾多炎熱。鴛鴦密語同傾蓋，且莫與浣紗人說。恕㈣歌忽斷花風，碎卻翠雲千疊。　回首當年漢舞，怕飛去謾皺留仙裙褶。戀戀青衫，猶染枯香，還笑鬢絲飄雪。盤心清露如鉛水，又一夜西風聽㈤

㈠ 此調名乃姜夔自度曲《疏影》之另名，張炎詠荷葉改易爲《绿意》。

㈡《全宋詞》作者署張炎。

㈢ 浦：《全宋詞》作「渚」。

㈣《全宋詞》「恕」字前多一「恐」字。

㈤ 聽：《全宋詞》作「吹」。

折。喜淨看匹練秋光，倒瀉半湖明月。

解珮環(一)

前段十句，後段十一句，共一百九字，九韻

◓○●●四字仄韻起●◓○◓●五字◓●○●四字叶◓●○○四字◓●○○四字◓●●○○
●六字叶◓○◓●○○●七字●○◓○○○●七字叶●○○●●○○七字◓●○○○●六字
叶◓●◓○○●六字●○○○●五字●◓○●四字叶◓●○○四字◓●○○四字◓●
○○○●六字叶○○●●○○●七字◓●○○●●六字叶●◓○●●五字○○●●四字
○○○●四字叶

詞

彭元遜

江空不渡。恨蘼蕪杜若，零落無數。遠道荒寒，婉娩流年，望望美人遲暮。風煙雨雪陰晴晚，更何須春風千樹。盡孤城落木蕭蕭，日夜江聲流去。日晏山深聞笛，恐他年流落，

(一) 此調本名《疏影》，因彭元遜詞有「遺珮環、浮沈澧浦」而另名。

與子同賦。事濶心違，交淡媒勞，蔓草沾衣多露。汀洲窈窕餘醒寐，遺珮浮沉澧浦。有白鷗淡月，微波寄語，逍遙容與。

江城子慢

前段十一句，后段十句，共一百九字，十四韻

◒○●○●五字仄韻起◓●◓●○五字叶○○●三字叶●○●三字叶○●●三字◓●◓○○●
六字叶●○●三字叶◒●○○○●●七字◒○●○○○●●八字叶●◓●●○○六字◒○◓
●○●六字叶◒◒○○●●六字●◒○○●五字◒◓○●四字叶●○●三字叶◒○●○
●○○○●九字叶●○●三字叶◒●◒○○●●七字◒○◓◒○○●●八字叶●○●○○○
六字◓○●三字叶

詞　　呂渭老

新枝媚斜日。花徑霽晚碧。泛紅滴。近寒食。蜂蝶亂，點檢一城春色。倦遊客。門外昏鴉啼夢破，春心似遊絲飛遠碧。燕子又語斜檐，行雲自沒消息。當時烏絲夜語，約桃花時候，同醉瑤瑟。甚端的。看看是榆角楊花飛擲。怎忘得。斜倚紅樓回淚眼，天如水沉

沉連翠璧。想伊不整啼妝，影簾側。

八寶妝

前段十句，後段九句，共一百十字，九韻

○●○○四字●○○●四字◐●◐○○●六字仄韻起◐●◐○○●●七字◐●○○○●六字叶
◐○○●●○六字◐●○○四字◐○◐●○○●七字叶◐●●○○●六字◐○○●四字
叶
◐●◐●○○六字●○●●四字◐○○●○●六字叶●◐●●◐●七字◐○●
○○○●七字叶●○●◐○●●七字叶◐○◐●○○●七字叶●●●○○五字○○●●○○
●七字叶

詞

李　甲

門掩黃昏，畫堂人寂，暮雨乍收殘暑。簾卷疎星庭戶悄，隱隱嚴城鐘鼓。空街煙暝半開，斜月朦朧，銀河澄淡風淒楚。還是鳳樓人遠，桃源無路。　惆悵夜久星繁，碧雲望斷，玉簫聲在何處。念誰伴茜裙翠袖，共携手瑤臺歸去。對修竹森森院宇。曲屏香暖凝沈炷。問對酒當歌，情懷記得劉郎否。

擊梧桐

前段十句，後段十句，共一百十字，十韻

◒●○○●五字仄韻起◒●◓○●○○●九字叶◓●◒○●五字◓○●◓●○○●●九字
叶◒○◓●四字◒○◓●四字◒●◒○●●六字叶◓●○○●五字●●◓◓●五字○○○●
四字叶　◒●○○四字○○●●四字叶◓●○○○●六字叶◓●○○●五字◓●●●●
○○○●九字叶○●○○四字○●●○○●六字●◓○●●五字叶●◒◒○○○●七字◒◓
○●四字叶

詞

李　珏

楓葉濃于染。秋正老江上征衫寒淺。又是秦鴻過，霽煙外寫出離愁幾點。年來歲去，朝生暮落，人似吳潮展轉。怕聽陽關曲，奈短笛喚起，天涯清遠。雙屐行春，扁舟嘯晚。憶着鷗湖鶯苑。小小(一)梅花屋，雪月後記把山扉牢掩。惆悵明朝，何處故人相望，但碧雲半斂。定蘇堤重來時候，芳草如剪。

(一) 小小：《全宋詞》作「鶴帳」。

疎影

前段十一句，後段八句，共一百十字，十一韻

◐○◐●四字仄韻起◐○○●●五字◐◐○●四字叶◐●○○四字◐●○○四字◐◐●◐○
●六字叶◐○◐●○○●七字◐●●●○○●七字叶●◐○◐●五字◐○◐●四字◐○○●
四字叶
◐●○○◐●六字◐○◐●●○◐○●九字叶◐●◐○●●六字叶○○●●◐
○○●八字叶◐○◐●○○●七字叶◐●●◐○◐●七字叶◐◐○◐●○○七字◐●◐
○○●六字叶

詞

鄧光剡

瑤尊蘸翠。短長亭送別，風戀晴袂。臘樹迎春，一路清寒，能消幾日羈思。霜華不借陽關柳，悄莫繫行人嘶騎。對梅花一笑，分携約勝，別來相寄。　人物仙蓬妙韻，瑞鸞斂迅翼聊憩香枳。見說使君好語。先傳付與芙蓉清致。客來欲向(一)荊州事。但細語岳陽樓記。夢故人剪燭西窗，已隔洞庭煙水。

(一) 向：《全宋詞》作「問」。

八犯玉交枝(一)

前段十句，後段九句，共一百十字，十二韻

◒●○○四字◓○○●四字◓●●○○●六字仄韻起◒●○○○●●七字◓●◒○○●六字叶◒○○●四字叶◓◓◒●○○六字◒○●●○○●七字叶○●●○○●六字◒○○●四字叶
●○●●●○六字●○●●四字叶◒◒○●○●六字叶◓◒●○○○●七字叶●◒●○○○●七字叶●◒●○○●●七字叶◓○◒●○○●七字叶●◓●○○五字◒○◒●○○●七字叶

詞

仇　遠

滄島雲連，綠瀛秋入，暮景欲沉洲渚。無浪無風天地白，聽得潮生人語。擎空孤柱。翠倚高閣憑虛，中流蒼碧迷煙霧。惟見廣寒門外，青無重數。不知是水是山，不知是樹。漫漫知是何處(二)。倩誰問凌波輕步。謾凝睇乘鸞秦女。想庭曲霓裳正舞。莫須長笛吹

(一) 此調又名《八寶妝》。
(二) 下起三句，《全宋詞》作：「遙想貝闕珠宮，瓊林玉樹。不知還是何處。」

愁去。怕喚起魚龍，三更噴作前山雨。

透碧宵

前段十一句，後段十二句，共一百十二字，十一韻

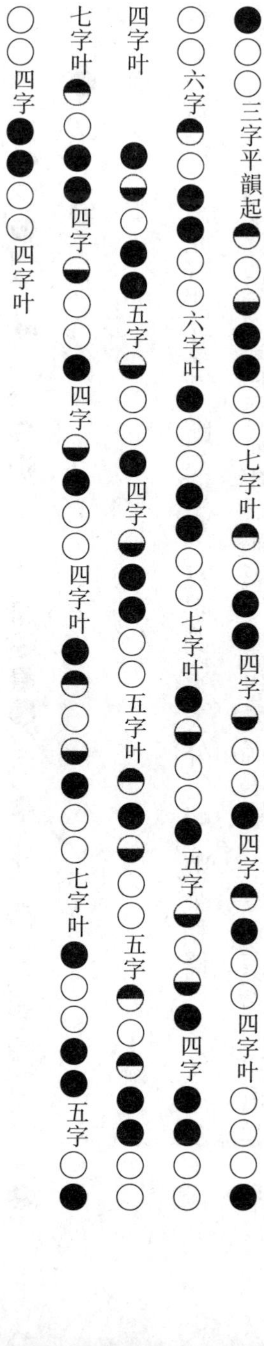

詞

查　荎

艤蘭舟。十分端是載離愁。練波送遠，屏山遮斷，此去難留。相從爭奈心期，久要屢更霜秋。嘆人生杳似萍浮。又翻成輕別，都將深恨，付與東流。　想斜陽影裏，寒煙明處，雙槳去悠悠。愛渚梅幽香，動須采掇倩纖柔。艷歌粲發，誰傳餘韻，來說仙遊。念故人留此遐洲。但春風老後，秋月圓時，獨倚江樓。

玉山枕

前段十一句，後段十一句，共一百十三字，十一韻

●●二字仄韻起○●二字叶●○●○○●六字叶◓○●●四字○○●●四字◓●○○四字●●○

●四字叶◓○◓●●○○七字◓●●●○○●七字叶◓◓○○●○○七字●○○●○○●

八字叶◓○○●○○●七字叶◓○●三字○○●三字叶◓○●●四字◓○●●四字◓●

○○四字●◓○●四字叶◓○○●●○○七字●◓●●○○●七字叶●◓○●●○○七字●

○○●○○○●八字叶

詞

柳　永

驟雨。新霽。蕩原野清如洗。斷霞散彩，殘陽倒影，天外雲峰，數朵相倚。露莎(一)煙芰滿池塘，見次第幾番紅翠。當是時河朔飛觴，避炎蒸想風流堪繼。　晚來高樹清風起。動簾幕，生秋氣。畫樓晝寂，蘭堂夜靜，舞豔歌姝，漸任羅綺。訟閒時泰足風情，便爭奈雅歌都廢。省教成幾闋新歌，盡新聲好尊前重理。

(一) 莎：《全宋詞》作「荷」。

紫萸香慢

前段十句，後段十二句，共一百十四字，十二韻

◓○◓◓○○●七字◓○●●○○六字平韻起●◓○○●五字◓○●●○○六字叶◓●◓
○○●六字●◓○○●五字◓●○○四字叶●○○◓●五字●●●○○五字叶◓●◓●○●
○七字叶○○二字叶●●○○四字叶◓●●●○○六字叶●○○●●五字○○●●四字○
●○○四字叶◓○●○○●六字◓○●●○○六字叶●○○●○○●七字●○○●四字○●
◓●○○六字叶○●◓○四字叶

詞

姚雲文

近重陽偏多風雨，絕憐此日暄明。問秋香濃未，待攜客出西城。正自羈懷多感，怕荒臺高處，更不勝情。向樽前又憶，漉酒插花人。只座上已無老兵。淒清。淺醉還醒。愁不肯與詩平。記長楸走馬，雕弓搾柳，前事休評。紫萸一枝傳賜，夢誰到漢家陵。盡烏紗便隨風去，要天知道，華髮如此星星，歌罷涕零。

八歸

前段十句，後段十一句，共一百十五字，八韻

◒○◓●四字◒○○●四字◒◓●●◓●六字仄韻起◒○◓●○○●七字◒●●○○●六字
◓○○●四字叶◓●◒○○●●七字●◓●◒○○●七字叶●◓◓●●○○七字◓●●○
●五字叶◒●○○●●六字○○○●四字◓●○○○●六字叶●○○●四字◓○○●四字
◓●◒○○●六字叶●○○●●五字◓●○○●○●七字叶◒○◓●○○●七字◓●○○四
字○○○●●五字叶

詞

姜　夔

芳蓮墜粉，疎桐吹緑，庭院暗雨乍歇。無端抱影銷魂處，還見篠牆螢暗，蘚階蛩切。送客重尋西去路，問水面琵琶誰撥。最可惜一片江山，總付與啼鴂。　長恨相從未款，而今何事，又對西風離別。渚寒煙淡，棹移人遠，縹緲行舟如葉。想文君望久，倚竹愁生步羅襪。歸來後翠尊雙飲，下了珠簾，玲瓏閑看月。「而」字羨

子夜歌

前段十句，後段十二句，共一百十七字，十一韻

●○○●○五字◓●◓◓●○○●八字仄韻起●◒●○○○●七字◓●●○○●六字叶◒●

●○四字◒○○●四字◓●○○●五字叶●○○○●○○七字◒●●○●●六字●○○●四字叶

◓○●○○●●七字◓◓●○○●六字叶◒●○○四字○○●●四字叶◒●○○●五字叶

●◒○●●○○七字◒●○●㈠四字叶○●○○四字●◓○●四字叶◒○○●五字叶

●○○○●○○七字◓○●●四字叶

詞

彭元遜

視春衫篋中，半在浥浥酒痕花露。恨桃李如風吹㈡盡，夢裏故人如㈢霧。臨潁美人，秦川公子，却㈣共何人語。對誰㈤家花草池臺，回首故園咫尺，未成歸去。昨宵聽危絃急

㈠ 本句末符原誤圖爲「○」。
㈡ 吹：《全宋詞》作「過」。
㈢ 如：《全宋詞》作「成」。
㈣ 却：《全宋詞》作「晚」。
㈤ 誰：《全宋詞》作「人」。

管，酒醒不知何處。飄泊情多，衰遲感易。無限堪憐許。似尊前眼底紅顔，消幾寒暑。年少風流，未諳春事。追與東風賦。待他年君老巴山，共君聽雨。

夜半樂

前段十句，中段十句，末段十句，共一百四十四字，十五韻

◓○●●○●六字仄韻起◒○●●四字◒●○○●五字叶●●●○○五字◓○○●四字叶◓○

●●四字◒○●●四字叶◓○○●○○六字◓○○●四字叶◓●●◒○●○●八字叶◓

○●●四字◓●●●○○六字●○○●四字叶◒●◓○○◒○○●九字叶◓○○●四字◒○

●●四字◓◒●●○○六字◓○○●四字叶●○●三字○◒○◓●五字叶●●二字叶◓●

◓●○○六字●○○●四字叶●●●○○●○●八字叶●○○三字◒●●●○○●七字叶○

◓●三字◓●○○●●六字○○●三字○○●三字叶

詞

張　先(一)

凍雲黯淡天氣。扁舟一葉，乘興離江渚。渡萬壑千巖，越溪深處。怒濤漸息，樵風乍起。

(一)《全宋詞》作者署柳永。

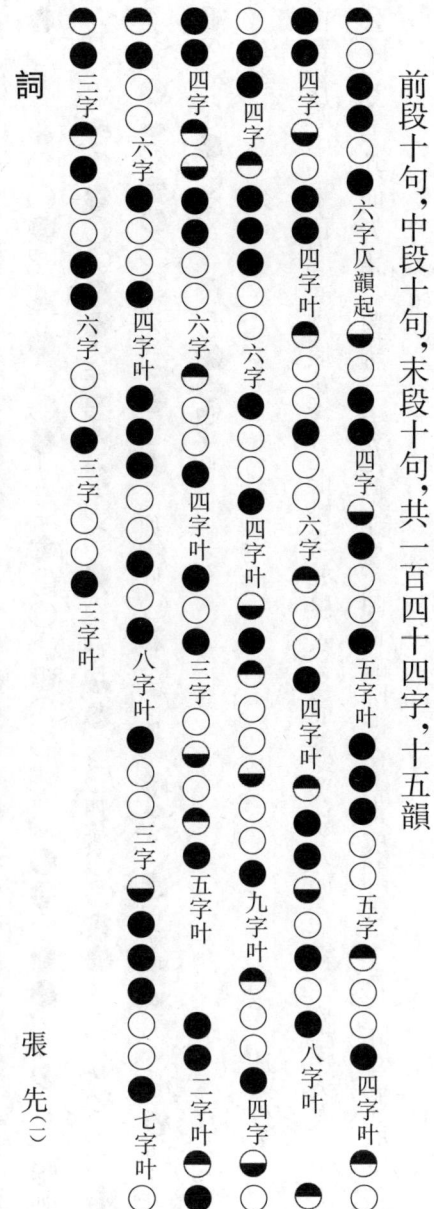

更聞商旅相呼，片帆高舉。泛畫鷁翩翩過南浦。　望中酒旆，閃閃一簇煙村，數行霜樹。殘日下漁人鳴榔歸去。敗荷零落，衰楊掩映，岸邊兩兩三三，浣紗遊女。避行客，含羞笑相語。　到此。因念繡閣輕抛，浪萍難駐。歎後約丁寧竟何據。慘離懷，空恨歲晚歸期阻。凝淚眼，杳杳神京路斷，鴻聲遠，長天暮。

添字鶯啼序(一)

前段八句，次段九句，三段十四句，末段十三句，共二百四十字，十九韻

◒◒●○●●六字●○○●●五字仄韻起◓○◓◒●○○七字◓●○◓○●六字叶◓○●
○○●●七字◒○◓●○○●七字叶●○○●五字◒◒●○○●六字叶　◓●○○四字
◓◓●●四字●○○●●五字叶◓○◓○●○○七字◓○◒◓○●六字叶●○○◒○◓●七
字◓○●●○○●七字叶●○○◒●○○七字●○○●四字叶　◒○○●四字◓●○○四
字●○◓◓●五字叶◓●●●○●七字◓◓○●四字叶●●○○四字◓○○●四字叶○○●

(一) 此調名本爲《鶯啼序》。

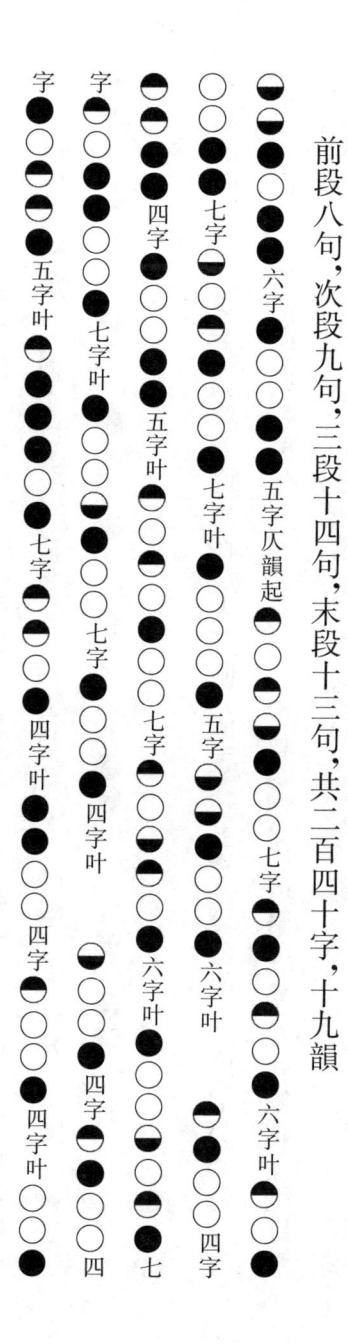

●四字○○○●四字◒○◒●○○●七字叶◓○○●●○○●八字叶○○●●四字○○●●

○○六字◓●◓◓○●六字叶

○○●●四字●●○○四字●◓○◓●五字叶◓◓●◒

○○●七字叶◓●○○四字◓●○○四字●○○●四字叶◒○◓●○○○●八字◒○◒●○

●●七字●◒○○●○○●八字叶◒○○●○○六字●●○○四字●●○○四字●○●●四字叶

詞

吳文英

殘寒正欺病酒，掩沈香繡戶。燕來晚飛入西城，似說春事遲暮。畫船載清明過却，晴煙冉冉吳宮樹。念羈情遊蕩，隨風化爲輕絮。　十載西湖，傍柳繫馬，趁嬌塵輭霧。溯紅漸招入仙溪，錦兒偷寄幽素。倚銀屏春寬夢窄，斷紅濕歌紈金縷。暝堤空輕把斜陽，總還鷗鷺。　幽蘭旋老，杜若還生，水鄉尚寄旅。別後訪六橋無信，事往花委。瘞玉埋香，幾番風雨。長波妒盼，遙山羞黛，漁燈分影春江宿。記當時短楫桃根渡。青樓彷彿，臨分敗壁題詩，淚墨慘澹塵土。　危亭望極，草色天涯，歎鬢侵半苧。暗點檢離痕歡唾。尚染鮫綃，嚲鳳迷歸，破鸞慵舞。殷勤待寫書中長恨，藍霞遼海沈過鴈，漫相思彈入哀箏柱。傷心千里江南，怨曲重招，斷魂在否。

附録

一、相關撰述者生平資料

（一）查培繼

培繼，字王望，號勉齋，海鹽學廩生，中順治辛卯舉人，聯捷壬辰進士，任廣東東莞知縣，行取戶、刑二部主事員外郎中，授廣西道監察御史，轉戶、刑、兵科掌印給事中，差巡江西饒九南道按察司副使，丁卯告歸。配姚氏，累封恭人。子嗣欽。生萬曆乙卯五月廿八日寅時，卒於康熙壬申十二月廿三日子時，壽七十有八。祔葬竺橋祖塋。崇祀江西名宦本邑鄉賢祠。詳浙江、江西通志

——清查燕緒《海寧查氏族譜》卷三，宣統己酉（一九〇九）重葺本，遼寧圖書館藏

江西按察副使十一世勉齋公傳

浙江、江西通志：查培繼，字王望，號勉齋，海鹽人。順治壬辰進士，除廣東東莞縣知縣，有政聲，歷兵、戶、刑三科給事中。疏章數上，如清關弊、行官兑、禁鷹戶等疏，皆關國計。出爲江西按察副使，

分巡饒九南道。時寇亂初靖，培繼力事拊循，尤以興學校、敦教化爲首務，建義塾，禁淫祠，慎蘆課，捍水患，拯飢民，捐奉修白鹿洞書院，時與諸生講學，興賢育才，造就實多。既報最，有期，三郡士民爲建講堂，培繼力辭弗獲，乃改講堂爲希賢書院，取自漢以來官於三州者，得十四人而祠之，自爲記，復捐奉置田，令諸生肄業其中。

——清查元翔《海寧查氏族譜》卷二，清道光八年（一八二八）刊本，上海圖書館藏

（二）查繼超

繼超，字聲止，號隨菴，原名繼侯。邑庠生。《約編》云：爲人剛決有口辯，雄長一時。嘗爲祖塋訟事，始終出力。配張氏、繼屠氏，生子嗣孝。生天啟辛酉三月初三日子時，卒康熙辛巳八月初五日子時，壽八十有一。葬桃源嶺。

——清查燕緒《海寧查氏族譜》卷三，宣統己酉（一九〇九）重葺本，遼寧圖書館藏

（三）查曾榮

錢塘庠生，中康熙己酉舉人，榜姓嚴，歷任廣東惠來縣知縣，敕授文林郎加僉事道銜。配丁氏，贈孺人，繼陳氏，贈孺人，子二，克然、克照，繼克灼。生崇正癸未七月初二亥時，卒康熙戊子九月廿九日

丑時。葬艮山門外。詳墓記。

——清查燕緒《海寧查氏族譜》卷三，宣統己酉（一九〇九）重葺本，遼寧圖書館藏

惠來知縣十二世春谷公傳

《主善齋文鈔》：兄諱曾榮，字春谷，大糸紹庭公之元孫也。居省城，入錢塘庠，中康熙己酉舉人，由金華府教授遷知廣東惠來縣。蒞官七年如，建常平，均丁口，修學宫，葺城垣，革戶書，值櫃減櫃稅耗糧，請免漁船撥兵，請勻漏配以恤窮竈。又以六樓地方岡巒縣亘，軍屯雜處，每至負隅梗化，因議調北山驛，於該處彈壓。捐奉設立梅林衙署，團練鄉勇，以佐汛防之不逮。時海氛餘孽未靖，當事倚重，特加僉事道銜，而先後協平招撫山寇李英、溫都水賊蔡三十二等，擒其巨魁，餘黨就撫者悉矜全之，然約束嚴，不使擾害於閭閻。所條議邊海水陸形勢、文武互爲控禦、弭盜安民之計，悉心講畫，俱見施行。其爲治精勤，潔清自矢，邑之人士請具書於《續修惠來縣志》者，已見其概。而兄所手自編定者，有《葵陽稿》，亦嘗附大糸文集後刊行，總題曰《啟承家集》。然則兄之循卓著聲，其志當由繼大糸而興起者，縱名位未稱，而《葵陽》一編，後人讀之，即以治譜爲家學，何不可乎？兄有子三人，其伯仲遂居於粵，今以再世矣。光遠有耀，可想見遺愛之未泯云。

——查元翔《海寧查氏族譜》卷二，清道光八年（一八二八）刊本，上海圖書館藏

(四) 仲恒

仲恒,字道久,父敬則,以文行著於鄉,載郡志。恒九歲能文,長負氣節,事母金少不懌,即長跪俟顏霽始起。伯兄鼎遭謗下獄,恒未弱冠,變服爲傭保,策應得脱。居常泊如,與其婦鍾校讎卷帙,或累月不出庭戶,於書無所不讀,著有《四書彙纂》二十卷、《大禮簡》四十九卷、《春秋井觀》三卷、《宋詩鈔萃》十二卷、《詞學全書》四十卷、《淇園文集》十卷、《編年詩鈔》八卷、《題虹詞》六卷,學者稱雪亭先生。子婦,鍾忠惠公化民女孫,名筠,字賁若,以賢孝聞,所著有《梨雲榭詩餘》三卷、《淇園詩文集》四卷。子清,有經術,能世其家。

——《錢塘縣志》卷二十二,清康熙五十七年(一七一八)刻本

(五) 賴以邠

賴以邠,字水西,號迂翁,少爲仁和諸生,負雋才。中年棄去,布衣野服,蕭然物外。詩詞書畫,無不擅長,尤工於寫蘭,雨晴風雪各盡其態,好事家爭奉縑粟相易,藏若拱璧。

——鄭澐修,邵晉涵纂《杭州府志》卷九十六「方技」,《續修四庫全書》本

（六）毛先舒

毛先舒，後改名騤，字稚黄，生而早慧，志嗜學，六歲能辨四聲，工詩善屬文，爲陳司李子龍所稱賞。時文社方興，舒與張綱孫、沈謙、陸圻、柴紹炳、孫治、吴百朋、陳廷會、丁澎、虞黄昊相倡和，稱西陵十子。山陰劉都憲宗周講學於蕺山，舒執贄問性命之學，坐語移日，及退，宗周謂人曰：毛生久以篤學擅名，豈非東南之寶乎？無何，竟棄舉子業，肆力於古，辯析反覆，必本經術，有鄭玄、王肅之概。詩以大雅爲主，文自兩漢暨唐宋俱兼其體。與修《浙江通志》，所登必擇忠孝節義事，人咸歎服。顧好談聲韻，著《韻學指歸》，謂字有聲有音有韻，而韻爲尤要。顧韻有六條，一曰穿鼻，二曰展輔，三曰斂脣，四曰抵齶，五曰直㦯，六曰閉口。又撰《唐韻四聲表》及《詞韻》、《曲韻》諸書，《思古堂》等集行世。

——《錢塘縣志》卷二十二，清康熙五十七年（一七一八）刻本

二、序跋題詞

（一）查培繼《填詞圖譜序》

碧月夜滿，瓊樹朝新，六季風華，沿流增餙，填詞之家，染毫抒翰，爭一字之奇，競一韻之巧，幾於江

皋拾翠，洛浦探珠矣。然虛實失調，四聲舛叶，識者病之。此余家仲隨菴偕損菴賴子、靜齋王子，有《圖譜》之刻，釐辨精確，用以鼓吹騷壇，厥功匪渺。漢初古樂凋散，高、惠、文、景及武帝時，已無可考，太史公作樂書，僅述《樂記》之言，後人以爲揣摩影響，少所發明，試披繹《圖譜》，吾知其虞、夔拊石，衛、曠調鐘，太始元音，多得不傳之秘，烏可忽諸？旹康熙十八年歲次己未長至日查培繼題於如皋草堂。

（二）查繼超《填詞圖譜序》

夫人有聲即有音，而韻行乎其間，疊韻爲歌而成詩，經聖人刪存而名經。詩之可以爲經也，巷曲謳吟之可以爲詩也，自《三百篇》始也。降是而漢魏之樂府古詩，六朝之選體，唐之五七言律，宋之詞，元之北曲，明之南劇，音韻之道盡矣，其流蔑以加矣。迺今操觚家羣然爲詞，亦風尚使然，有漸進而復古之思乎？余髫年頗寄情於此，而困於體裁，艱於平仄，每欲意爲長短，別創調以與古人爭衡，而究不可得。自乙卯入中州，客桐丘官署，與内兄屠子尹和、四明張子又陶，簿書之暇，互相唱答，遂彙集《選聲》、《嘯餘》、《九宫譜》，參以《花間》、《草堂》、汲古閣六十種諸冊，考定繕錄，各存藏本，以爲法程，未敢問世也。今春歸里，過鴻寶堂，見宅相王子靜齋案頭積殘簡，盈笥滿篋，中有《填詞圖譜》一集，取而閱之，知損菴賴子數十年心血所存，王子手抄較正，將以付之剞劂者，遂出余藏本對勘，脗合過半，畧有異同。王子復因而增輯之，取太極陰陽之義，而爲圖爲譜，以正之都諫家兄，兄曰：「有聖人作焉，取是譜而刪存之，何不可以爲經哉？」余與賴子、王子曰：「今則第可謂《填詞圖譜》。」遂以弁首。旹康熙十八年歲次己未孟冬月，海昌查繼超隨菴氏題於滴露軒。

（三）仲恒《詞韻序》

古者，詩歌依永叶律，太師採之，播諸樂章，奏之朝廟，則韻者音聲之所自協也。《記》曰「聲相應謂之音」，又曰「聲成文謂之音」。《三百篇》變而騷賦，騷賦不可入樂再變而樂府，樂府又不叶律，唐人遂以絶句爲歌謳，絶句少宛轉又變爲詞。詞，始於隋唐，而盛於兩宋。周邦彥、万俟雅言爲有宋大晟正副，邦彥每製一詞，即編入樂府，依律謳詠；雅言製詞，按月用律，山谷稱爲一代詞人。玉林云：「雅言之詞，發妙音於律呂之中，詞聖也。」比類以觀作詞，而音韻不叶，又烏能抑揚盡致乎？乃詩韻向有成編，而詞韻久無定式，將何以調宮商、協律呂，以繼《三百篇》之餘？世人講詞而不講韻，韻之義，昔賢取古抗隊之法，爲輕清重濁高下之準，故韻有聲有音，辨其義於脣舌，晰其理於微茫，晰之不精、辨之不確，膏肓之疾、骨髓之害，何可勝道？蓋字備五音，一聲之中五音具焉，其中亦有上生下生之義，宮不可侵商，羽不可犯角，推此意求之，則沈子去矜之編三十韻爲十四韻，幷上去而分隸之，分者使合，合者使分，良有以也，非潛心音義、洞察源流，闡自然之音，通五方之語，又何能闢慧眼、破疑城，以訂不朽之業耶？今天下幅員廣大，風土不同，音聲亦異。吳楚之聲，傷於輕浮，燕冀之語，失之重濁。去聲似入，秦隴之音也；平聲似去，梁益之調也。至於河北河東，聲調既别，取韻尤遠，故必徧覽古詞，審之《中原音韻》，考之《洪武正韻》，正之以休文原韻，則去矜之功，自足正訛定謬，上訂前人之誤，下開絶學之源矣。余髫年能辨句讀，輒喜作長短句，奈棘闈屢躓，時作時止。客歲遭先慈之變，今秋作壁上觀，哀痛之餘，寄情吟詠，因取沈子韻，細心尋繹，既悉其義，復得其源，譬之治水，宜通宜塞，去矜之指使也。通之塞之，余不孝之胼胝也，當世之士，名高白雪，有句即合鸞歌；響遏行雲，措詞便諧鳳律。試取是編而流覽焉，或不致毁而覆瓿歟。旹康熙戊午中元前一日錢塘仲恒雪亭題於琪園竹閣。

——《填詞圖譜》六卷本，上海圖書館藏

（四）徐士俊《詞韻序》

聲成文，謂之音，韻也者，固聲音之關鍵也。一篇之中，排列轉移，非此則無以相準，《詩三百篇》尚沿古韻，漢魏樂府未有變更，至唐以詩取士，則參酌於沈約之所編，而頒之禮部，士子奉之，不啻金科玉律，罔敢踰越，可謂嚴矣。至後此作詞，其於韻似乎稍寬，然而非寬也，以詞無定韻，作者或泛泛焉似浮萍之相觸，擬鴛鴦之並棲，聯接之間，未免乖舛。近得沈去矜、毛穉黄諸子，究心韻學，編輯成書，因而吳薗次、趙千門兩先生，各有專刻，便於遵守，肰斟酌未盡，注釋未詳，吾友仲子雪亭，更加攷訂，補其闕略，而詞韻迺爲大成。嗟乎！詞先於曲，而《詞韻》一書反居曲後，亦時爲之也。自今以往，作詞者人手一編，無忘仲子功。 旹康熙己未仲春之吉，同學弟徐士俊野君題。

——《詞學全書》三種本，上海圖書館藏

（五）江聲《詞鏡平仄圖譜序》

填詞之法，貴乎平仄叶而音韻調，可以譜爲樂章，入於管絃，原非可率爾執筆也。近世好古之家，染毫抒翰，爭奇競巧，按調立詞，仍其句之短長，循其韻之妥叶，而詞中曲折奥妙，句中平仄聲韻，悉中規矩繩墨者寔難，是能窺其表未洞其裏也。坊友栖梧氏有見及此，苦心詳摹，釐辨平仄，昭如日星，故名以《詞鏡》。鑒是書者，開卷瞭然，纖毫畢現，自能按節循聲，合乎樂府，用以鼓吹休明，極其美善，即用以洞鑒妍媸，區別羣倫，寧非是書之一助也哉。時乾隆癸卯瓜秋，晉水聞臯江聲序。

（六）官志涵《詞鏡平仄圖譜序》

凡音者，由人心生也。先王感人心而天下和平，爲之樂以宣其湮鬱，而清濁、大小、長短、疾徐、遲速、高下、出入，莫不有自然之音響節奏，以合乎人心，不言而同然之。故而歸於聽之者，平其心以成其政，故曰「聲音之道，與政通矣」。秦漢政失，樂官廢墜，杜夔僅傳《文王》、《鹿鳴》、《伐檀》、《騶虞》四詩，則其他多所失據，不能盡得其音響節奏所存，而《安世房中歌》僅出於唐山夫人所作，他如《陌上桑》、

《羽林郎》、《盧江小吏》，音節猶爲近古，然以求乎語和而莊，義寬而密，用之鄉人邦國以化天下，其旨豈盡無失歟？詞學濫觴樂府，一沿齊梁綺靡之習，昔人嗤爲淫哇不足珍。然自唐李太白，宋歐陽永叔、蘇子瞻多發爲之，紫陽朱子講學明道，亦時時間作，蓋人心之思，相雜成理，言之有長短，聲之有高下，其用要於得性情之正，而導心氣之和，如此則必訾詞學爲非古，亦非篤論也。顧人之習之者易流於鄙慢淫佚不可止，則雖言之短長，聲之高下，無一不合於自然之音響節奏，吾知審音之君子，所貴者必不在乎此而在乎彼矣。然亦本其音響節奏之不失，即其長短，按其高下，因以推於性情心氣之微，而貞淫邪正之判然不揜者，猶可以得懲勸之所存，否則決裂謬訛，即其長短高下紛紜舛錯，而欲以求乎性情心氣之間，此必不可得之數也，吾故於林氏栖梧《詞鏡圖譜》有所焉。世之君子反復其中之音響節奏，以自驗發乎情止乎禮義之寔，其諸審聲知音、審音知樂、審樂知政，先王感人心而天下和平之道，亦於是乎在，而詞學自此爲無弊也夫。乾隆癸卯年初秋，劍津枝亭官志涵題。

（七）林栖梧輯梓《詞鏡平仄圖譜詞例》

一、填詞雖屬小道，然宋世明堂封禪虞主祔廟之文皆用之，比於周漢雅頌樂府，亦成一代之制也。巨典攸存，故無輕置。

一、填詞，宋雖後於唐，而詞以宋爲盛。每調之詞，宋不可得方取唐，唐不可得方及元、明。梁武帝曾有《江南弄》等詞，雖六朝已濫觴，槩不敢取盡取。

一、古來才人多工於詞。近日詞家，皆俎豆周、柳，規模晏、辛，其才華情致，不讓古人，然耳目有限，見聞未廣，究爲未窺全豹。茲編每調圖譜皆備，按圖諧音，按譜命意，以是平仄音韻叶，則學詩填詞家思過半矣。

一、詞有長短之句，字數雖同，其讀斷各別，當詳摹之平仄音韻。諸刻本有圖字上者，有注字下者，有方界文旁者，總屬錯雜。茲仍依古譜圖圈之法，詞以墨，平仄以硃，便讀者一覽瞭然，無煩眼目他往矣。

一、圖圈即是譜。詞字面紅○爲平，紅●爲仄，譜平而可仄者用紅◒，譜仄而可平者用紅◓，大約上半爲現譜之音，下半爲通用之法。

一、詞有用韻句斷讀法。該用平韻注以平字，下皆平韻以叶字注之；用仄韻注以仄字，下皆仄韻，亦以叶字注之，句則以○斷之。

——林栖梧輯刻《詞鏡平仄圖譜》，乾隆癸卯年（一七八三）秋鐫

（八）灃《雪亭詞序》

自樂府廢而聲律寢衰，唐人一變古風，詩詞之學，一時並重。若論夫詞，則謫仙之《清平調》、《憶秦

娥》、《菩薩蠻》等作，尚矣。宋人繼興，一時稱盛。南渡之先，久矣有聲壇坫。至於永叔之詞以秀逸稱，子瞻以豪放稱，少游以婉約稱，子野以娟潔稱，易安以妍婉稱。至若魯直之蒼老，介甫之峻削，稼軒之豪爽，務觀之蕭散，皆各有擅長，傳誦一時。若乃屯田哀感頑艷，清真宛延流美，康伯排敘整齊，均如江上群巒，各競秀色。詞之一道，可謂歎觀止矣。且也雪亭主人夙擅倚聲，著名藝圃，大江南北，風雅主盟。頃以大作詞鈔見眎，客中多暇，快讀一過，不勝悦服。蓋詞重清空，兼重性靈，而聲律摹古，何可廢也。大作學力既富，閱歷亦深，可以抗手前輩、奪席時人矣。讀畢鄭重逗之，遂書數語以弁首。年愚弟澧，時客虎林。

（九）葉恭綽《雪亭詞》題耑

此詞題名，不知何時挖去，無從推度。當屬朱居易衣，窮搜旁證，結果從《古今詞匯》、《詞綜》諸書考得《雪亭詞》，乃仲恒所作。恒，字道久，仁和人。妻鍾氏，名筠，字賁若。查初白母亦氏鍾，故道久稱之爲甥云。民國二十五年秋，葉恭綽記，此詞藏篋中已六載矣。

——仲恒《雪亭詞》十六卷稿本，張宏生編《清詞珍本叢刊》第七册影印，鳳凰出版社二〇〇七年版

（十）仲恒《雪亭詞跋》

不佞治經之暇，時喜倚聲，日累月積，得稿甚富，因並錄一帙，以便不時觀覽。友人有嗜痂者，見之

則攫去，然未窺全豹者多。兹並鈔一集，都十六卷，遂署名《雪亭詞》云。漁隱老人元識。

——馮乾編校《清詞序跋彙編》，鳳凰出版社二〇一三年版

三、評論

（一）《詞學全書》十四卷，内府藏本。國朝查繼超編。繼超字隨庵，海寧人。是編輯於康熙己未，以毛先舒《填詞名解》四卷、王又華《古今詞論》一卷、賴以邠《填詞圖譜》六卷《續集》一卷、仲恒《詞韻》二卷，彙爲一編，無所發明考正。（《四庫全書總目提要》）

（二）《填詞圖譜》六卷《續集》二卷，浙江汪啟淑家藏本。國朝賴以邠撰。以邠，字損庵，仁和人，是編踵張綖之書而作，亦取古詞爲譜，而以黑白圈記其平仄爲圖，顛倒錯亂，罅漏百出。爲萬樹《詞律》所駁者不能縷數。（《四庫全書總目提要》）

（三）《詞韻》二卷，浙江汪啓淑家藏本。國朝仲恒撰。恒字道久，號雪亭，錢塘人。詞韻舊無成書，明沈謙始創其輪廓。恒作是書，又因謙書而訂之。考填詞莫盛於宋，而二百餘載作者雲興，但有製調

之文，絶無撰韻之事。核其所作，或竟用詩韻，或各襍方言，亦絕無一定之律。不應一代名流都忘此事，留待數百年後始補闕拾遺。蓋當日所講，在於聲律。抑揚抗墜，剖析微芒。至其詞則雅俗通歌，惟求諧耳，所謂有井水喫處都唱柳詞是也，又安能以《禮部韻略》頒行諸酒壚茶肆哉？作者不拘，蓋由於此，非其智有所遺也。自是以還，周德清作《中原音韻》，攤派入聲，立爲定法。而詞韻則終無續定者，良以北曲必用北韻，猶之梵唄必用梵音。既已自爲一家，遂可自成一格。至於詞體，在詩與曲之間，韻不限於方隅，詞亦不分今古。將全用俗音，則去詩未遠；將全從詩韻，則與俗多乖。既虞、針、真、因、陰之無分，又虞、元、魂、灰、咍之不叶，所以雖有沈約陸詞，終不能勒爲一書也。沈謙既不明此理，强作解事，恒又沿訛踵謬，轇轕彌增。既以所分者言之：平、上、去分十四韻，割魂入真、軫，割咍入佳、蟹，此諧俗矣；而麻、遮仍爲一部，則又從古。三聲既真、軫一部，侵、寑一部，庚、梗一部，元、阮一部，覃、咸一部矣，入聲則質、陌、錫、職、緝爲一部，是真、庚、青、蒸、侵又合爲一也。物、月、曷、黠、屑、叶合一部，是文、元、寒、删、先、覃、鹽又合爲一也。不俗不雅，不古不今，欲以範圍天下之作者，不亦難耶？大抵作詞之韻，愈考愈岐，萬不得已，則於古韻相通之中，擇其讀之順吻者用之，如東、冬、江、陽之類。江、陽古亦不通，此據六朝以下言之。其割屬也，亦擇古韻相通者割之。如割魂入文，魂本通文，割咍入佳，咍本通佳之類。既入聲亦以此爲消息，庶斟酌於今古之間，或不大謬。必欲强立章程，不至於非馬非驢不止。故今於諸韻書外，惟錄《曲韻》，而《詞韻》則僅存目焉。（《四庫全書總目提要》）

（四）《詞律》二十卷，通行本。國朝萬樹撰。樹有《璇璣碎錦》，已著錄。是編糾正《嘯餘譜》及《填詞圖譜》之訛，以及諸家詞集之舛異。（《四庫全書總目提要》）

（五）近復有《填詞圖譜》者，圖則葫蘆張本，譜則臏捧《嘯餘》，持論或偏，參稽太略。（萬樹《詞律·自敘》）

（六）近日《圖譜》，踵張世文之法，平用白圈，仄用黑圈，可通者則變其下半，一望茫茫，引人入暗，且有讎校不精處，應白而黑、應黑而白者，信譜者守之，尤易迷惑。（萬樹《詞律·發凡》）